mtb

Umwelthinweis:
Dieses Buch wurde auf chlor- und säurefreiem Papier gedruckt.

Fiona Harper

Der Weihnachtstausch

Roman

Aus dem Amerikanischen von
Anita Sprungk

mtb

MIRA® TASCHENBUCH
Band 25869
1. Auflage: November 2015

MIRA® TASCHENBÜCHER
erscheinen in der HarperCollins Germany GmbH,
Valentinskamp 24, 20354 Hamburg
Geschäftsführer: Thomas Beckmann

Deutsche Erstveröffentlichung

Titel der nordamerikanischen Originalausgabe:
Make My Wish Come True

erschienen bei: Mills & Boon, London

Published by arrangement with
Harlequin Enterprises II B.V./S.àr.l

Konzeption/Reihengestaltung: fredebold&partner GmbH, Köln
Umschlaggestaltung: Any.way, Hamburg
Redaktion: Eva Wallbaum
Titelabbildung: Shutterstock; Thinkstock/Getty Images, München;
istockphoto.com
Autorenfoto: © Harlequin Enterprises S.A., Schweiz
Satz: GGP Media GmbH, Pößneck
Druck und Bindearbeiten: CPI books GmbH, Leck – Germany
Printed in Germany
Dieses Buch wurde auf FSC®-zertifiziertem Papier gedruckt.
ISBN 978-3-95649-226-6

www.mira-taschenbuch.de

PROLOG

Weihnachten 1981

Juliet saß auf dem braunen Veloursofa, die Arme vor der Brust verschränkt, und sah zu, wie ihre Schwester inmitten von zerfetztem Geschenkpapier und achtlos fallen gelassenen Geschenkbändern spielte. Gemmas blonde Locken hüpften, während sie ihrer neuen Puppe fröhlich vor sich hin plappernd die Haare bürstete. Juliets Blick fiel auf den Taschenrechner, der noch in seiner Verpackung neben ihr auf dem Sofa lag, und ihr wurde ein wenig übel.

Die Puppe hatte auf ihrem Wunschzettel gestanden, nicht auf Gemmas. Offenbar hatte ihre Mutter da irgendwas durcheinandergebracht. Aber Daddy hatte gesagt, Mummy sei im Moment ein bisschen traurig und tue deshalb seltsame Dinge.

Gemma hörte auf, der Puppe die Haare zu kämmen, und blickte auf. „Wann gibt es was zu essen?", fragte sie. „Ich habe Hunger."

Ein Blick auf die Uhr auf dem Kaminsims zeigte Juliet, dass es zehn nach vier war. Auch sie hatte Hunger. Das Weihnachtsessen hätte schon vor Stunden stattfinden sollen. Am liebsten wäre sie zu Daddy gelaufen und hätte ihn gefragt, aber als sie sich das letzte Mal in die Küche gewagt hatte, hatte er dort gesessen, tief über den Tisch gebeugt, und leise geweint.

„Bald", versicherte sie Gemma und rang sich ein Lächeln ab.

Ihre Schwester nickte und beschäftigte sich weiter mit ihrer Puppe. Juliet blieb einfach sitzen. Jetzt war ihr noch übler.

Einige Augenblicke später stand Gemma auf und drückte ihre Puppe an sich. „Ich gehe zu Mummy und zeige ihr, was ich mit Georginas Haaren gemacht habe."

Juliet sprang vom Sofa auf und stellte sich in den Türrahmen, um ihr den Weg zu versperren. Genau das hatte sie befürchtet. „Nicht jetzt", sagte sie leise. „Mummy ist weggegangen, weil sie an die frische Luft musste."

Überrascht zog Gemma die Brauen hoch, aber sie stellte die Worte ihrer älteren Schwester nicht infrage. Schließlich war sie gerade erst fünf. Juliet hingegen war schon neun, ein großes Mädchen. Alt genug, um die Wahrheit zu kennen. Das hatte Daddy gesagt. Gemma aber sei noch zu klein. Sie könne das noch nicht verstehen, und deshalb solle Juliet aufpassen, dass sie es nicht erfuhr.

Plötzlich hatte sie wieder das Bild vor Augen, wie ihre Mutter aus dem Haus gerannt war. An ihren Fingern hatte noch die unfertige Füllung für die Weihnachtspute geklebt. Sie war in ihr Auto gesprungen und weggefahren. Juliet stockte der Atem, als sie sich daran erinnerte. Ein Zittern erfasste sie, aber Gemma schaute aus großen Augen vertrauensvoll zu ihr hoch, also überspielte sie ihre Angst und ihr Entsetzen mit einem Lächeln.

„Kommt sie bald wieder?“, wollte Gemma wissen, die sich offensichtlich nur halbherzig für die Antwort ihrer Frage interessierte, da sie gerade begann, die Haare der Puppe zu einem Flechtzopf, oder was eine Fünfjährige darunter verstand, zusammenzubinden.

Juliet lächelte krampfhaft weiter, obwohl sie sich fühlte, als hätte sich ein großes schwarzes Loch in ihr aufgetan, in das sie hineingezogen wurde.

„Ja“, sagte sie und blinzelte die Tränen weg, die sich in ihren Augenwinkeln bildeten.

Sie beugte sich zu Gemma hinunter. „Wenn du willst, bringe ich dir bei, wie man Georgina richtige Zöpfe macht. Das kannst du dann Mummy zeigen, wenn sie wieder nach Hause kommt.“

Gemma schlang ihr die Arme um den Nacken und drückte sie heftig. „Du bist so eine tolle große Schwester, Juliet! Ich hab dich lieb.“

Die Leute mochten Gemma besonders gern, denn sie war niedlich und quirlig. Nicht dass Juliet so genau verstand, was genau sie damit meinten, aber sie vermutete: nicht schüchtern und nervös, wie sie selbst es war. Manchmal hätte sie sich gewünscht, Gemma wäre anders, aber in diesem Moment verstand sie gut, warum alle begeistert waren, wenn ihre kleine Schwester sie mit ihrer ausufernden Liebe überschüttete.

Sie war wirklich eine tolle große Schwester, oder etwa nicht? Also würde sie Gemma auch weiterhin eine tolle große Schwester sein. Die beste große Schwester, die man sich vorstellen konnte.

Im Schneidersitz ließ sie sich auf dem Teppich nieder, und Gemma hockte sich neben sie. Dann nahm Juliet die Puppe und begann, ihr die Haare zu Zöpfen zu flechten. „Schau", sagte sie, „so macht man das …"

Nachdem sie es Gemma einmal vorgeführt hatte, überließ sie ihr die Puppe, damit sie selbst es versuchen konnte. Und während ihre Schwester vor sich hin plapperte und Zöpfe flocht – wobei sie ihre kleinen kurzen Finger fast darin einschnürte –, warf Juliet einen Blick zur Wohnzimmertür.

Vielleicht sollte sie nachsehen, ob Daddy ihre Hilfe beim Kochen brauchte, solange Gemma beschäftigt war. Irgendwer musste schließlich das Essen zubereiten. Und sie wusste nicht, ob Mummy jemals wieder nach Hause kommen würde.

1. KAPITEL

Juliet blieb mitten im Gedränge stehen. Die anderen Passanten strebten links und rechts an ihr vorbei, während sie ihr Weihnachtsnotizbuch aus der Tasche hervorkramte. Wie jedes Mal, wenn sie es zur Hand nahm, fühlte sie sich plötzlich geborgen, und ihr wurde warm ums Herz. Auch heute war das nicht anders. Ihr Blick fiel auf den hübschen Blumendruck auf dem Einbanddeckel, und sie lächelte. Weihnachtssterne.

Andere Leute hatten Wunschzettel, aber Juliet verschwendete ihre Zeit nicht daran. Wünsche brachten einen keinen Schritt weiter. Wenn etwas vollkommen sein sollte, musste man planen, Listen schreiben, sich informieren. Juliet lag viel daran, ein perfektes Weihnachtsfest auszurichten, und dieses Notizbuch war ihr Fahrplan dorthin, ihr strahlendes Leuchtfeuer mitten im vorweihnachtlichen Chaos. Es war Tagebuch, Terminkalender, Adressbuch und To-do-Liste in einem. Und spätestens ab Anfang November jedes Jahres trug sie es ständig mit sich herum.

Sie schlug es auf und fand schnell die Seite mit der Einkaufsliste für heute, die sie mit einem bunten Klebestreifen markiert hatte.

Ah, ja.

Kandierte Kirschen für die Nasen der Rudolf-Cupcakes, die sie für den Weihnachtsmarkt zu backen versprochen hatte, Zimtstangen und Gewürznelken für den heißen Apfelsaftpunsch nach dem Weihnachtsliedersingen in der Kirche, zwei Rollen Tesafilm und einen Meter rotes Samtband.

Sorgsam verstaute sie das Büchlein wieder in ihrer Handtasche und schlängelte sich geschickt durch den Strom der anderen Weihnachtseinkäufer. Sie entdeckte Lücken, noch bevor sie sich auftaten, schätzte richtig ein, wer in Bewegung bleiben und wer anhalten würde, um die schöne Festtagsbeleuchtung zu bewundern.

Ja, es gab allen Grund, sie zu bestaunen. Juliet war sehr stolz auf ihre Heimatstadt. Gerade um diese Jahreszeit zeigte sich

Tunbridge Wells von seiner schönsten Seite. Kein Wunder, dass so viele Supermarktketten und Kaufhäuser ihre aufwendigen Weihnachtswerbefilme jedes Jahr im Oktober hier drehen ließen. Die Kurpromenade der Pantiles diente dabei als bevorzugter Schauplatz, war sie doch eine der ältesten Straßen der Stadt mit ihren herrlichen viktorianischen und georgianischen Gebäuden und den vielen kleinen Läden, die sich unter den über zweihundert Jahre alten Kolonnaden aneinanderschmiegten. Zwischen den weißen Säulen hingen Lichterketten, und ihre hellen Lämpchen wanden sich um die Äste der Bäume, die in einer langen Reihe entlang der Mitte der gepflasterten Straße angepflanzt wurden. Jedes Ladenfenster war liebevoll mit Tannengrün und verlockenden Weihnachtsleckereien dekoriert. Von den Marktständen wehte der Duft von Glühwein und gerösteten Esskastanien zu ihr herüber.

Aber Juliet hatte an diesem Nachmittag wirklich keine Zeit, stehen zu bleiben und irgendetwas zu bewundern oder zu riechen. Ihr Weihnachtsnotizbuch rief sie aus den Tiefen ihrer Handtasche zur Ordnung, zerrte an ihrem Bewusstsein und erinnerte sie an all die kleinen leeren Kästchen auf ihrer To-do-Liste, die regelrecht danach hungerten, endlich abgehakt zu werden.

Sie warf einen kurzen Blick auf die altmodische Uhr über einer der Boutiquen. Zehn nach zwei. Um zwanzig nach drei musste sie die Jungs von der Schule abholen. Wenn sie ihre Einkäufe erledigt hatte, würde sie noch ein Paket für ihre ältere Nachbarin aufgeben, und dann hatte sie gerade noch ausreichend Zeit, um zum Fleischer zu sausen und den Truthahn zu bestellen.

Dieser köstliche pralle Vogel war das Herzstück des Weihnachtsessens. Wenn sie diesen Punkt abhaken konnte, würde das ihre Liste in einer Kettenreaktion mit lauter kleinen Häkchen überfluten. Der Gedanke löste ein leichtes Schwindelgefühl in ihr aus, bevor das schöne Bild all der kleinen glücklichen Kästchen auch schon verdrängt wurde und ihr die verzerrten Klänge von „All I Want for Christmas Is You“ aus ihrer Tasche entgegendröhnten.

Gemma?

Juliet blieb stehen und kramte nach ihrem Handy.

Nicht Gemma.

Nur die Grundschule St. Martin mit einer Mitteilung an alle Eltern, dass an der Schule schon wieder Kopfläuse aufgetreten waren. Großartig. Zu Hause warteten vier Köpfe, die auf Läuse untersucht werden mussten. Sie würde den Nissenkamm den ganzen Abend nicht aus der Hand legen können. Ein absoluter Zeitfresser! Genau das hatte ihr jetzt noch gefehlt.

Sie schloss die SMS und suchte auf dem Display nach weiteren Nachrichten, aber nichts piepte, nichts blinkte. Kein neues Icon poppte auf. Frustriert stopfte sie ihr Handy zurück in die Handtasche. Jetzt war sie noch wütender auf ihre Schwester, als sie ohnehin schon gewesen war. Aber hatte sie etwas anderes erwartet?

Natürlich wusste sie, wie Gemmas Arbeitstag aussah, wie schwierig es für sie war, persönliche Anrufe zu tätigen oder entgegenzunehmen, und dass ihr oft nur wenig Zeit blieb, um Textnachrichten am späten Abend zu beantworten. Schließlich hatte sie oft genug damit geprahlt, wenn sie auf einer ihrer Stippvisiten zu Hause war.

Na ja, vielleicht tat sie ihrer Schwester unrecht, was das anging.

Gemma prahlte nicht wirklich. Sie hatte nur diese gewisse Art, von ihrer Arbeit beim Film zu erzählen, von den interessanten Leuten, die sie beim Drehen kennenlernte, von den exotischen Orten, die sie besuchte … Nun, wahrscheinlich konnte sie kaum verhindern, dass ihre Berichte klangen, als wäre sie viel interessanter als die durchschnittliche Vorstadt-Hausfrau.

Zum letzten Mal hatte sie Gemma auf dem Grillfest anlässlich der Feiertage im August gesehen. Dabei war es Juliet endlich gelungen, ihre Schwester in die Enge zu treiben und darum zu bitten, sich dieses Jahr am Riemen zu reißen und sich an den Weihnachtsvorbereitungen zu beteiligen. Zu ihrer nicht geringen Überraschung hatte Gemma sich einverstanden erklärt, aber zurzeit herrschte die totale Funkstille zwischen ihnen. Einmal mehr hatte es Gemma geschafft, sich unbemerkt aus der Affäre zu ziehen – wie immer, wenn eine Familienfeier anstand.

Die ganze Situation begann Juliet allmählich über den Kopf zu wachsen. Da ihr Hilfe versprochen worden war, hatte sie vielleicht ein bisschen übertrieben, als sie die Weihnachtsplanungen in Angriff genommen hatte. Inzwischen ging es nicht mehr darum, dass sie sich von ihrer Schwester ein bisschen schwesterliche Solidarität wünschte. Nein, sie war vermutlich sogar darauf angewiesen – und diese Vorstellung jagte ihr Angst ein.

Im Moment war es allerdings noch zu früh, um in Panik zu geraten. Es war erst der erste Freitag im Dezember, und Gemma sollte schon in etwas mehr als einer Woche zurück sein. Bis dahin würde sie allein zurechtkommen. Aber vielleicht sollte sie ihrer Schwester eine kleine Erinnerung schicken. Nur um sicherzugehen, dass sie nicht vergaß, wie viel noch zu besprechen und zu klären war …

Sie starrte auf ihr Telefon. Im Grunde hätte sie am liebsten gefragt, warum Gemma alles daransetzte, um ihrer Familie aus dem Weg zu gehen, sogar zu Weihnachten. Aber sie fürchtete, ihre Schwester dadurch erst recht in die Flucht zu schlagen. Juliet atmete langsam aus. Nein, jetzt war nicht der richtige Augenblick, um dieses Thema anzuschneiden. Also schickte sie stattdessen eine launige kleine Nachricht – keine Forderungen, kein Druck –, steckte ihr Handy in die Handtasche zurück und machte sich auf den Weg zur Post.

Sie war kaum ein Dutzend Schritte weit gekommen, als das Smartphone schon wieder klingelte. Jetzt war es vermutlich tatsächlich Gemma. Wenn man sie brauchte, war sie nirgendwo zu finden, doch wenn man das Warten aufgab und ohne sie klarzukommen versuchte, dann tauchte sie urplötzlich auf und warf alle sorgsam geschmiedeten Pläne einfach über den Haufen. Typisch.

„Ja?“, meldete sie sich, wobei ihr Tonfall vielleicht ein bisschen zu scharf ausfiel.

„Mrs Taylor?“

Eine tiefe, volltönende Stimme, in der Autorität mitschwang. Definitiv nicht Gemma.

„Ja?", wiederholte sie und versuchte diesmal, nicht wie ein Gewitterziege, sondern eher wie eine aufrechte Bürgerin zu klingen.

„Hier spricht Police Constable Graham, Polizei Tunbridge Wells."

Oh Gott! Was war jetzt passiert? Die Kinder! War den Zwillingen ein Unfall geschehen? Oder war Violet mit einer dieser neuen Freundinnen abgehauen, mit denen sie in letzter Zeit rumhing? In was für Schwierigkeiten sich Polly gebracht haben mochte – die viel eigenständiger war, als es ihr guttat –, wagte sie sich gar nicht erst auszumalen.

Ihr versagte die Stimme. Sie schaffte es einfach nicht, den Polizisten zu fragen, was los sei. Stattdessen stieß sie nur einen schwachen krächzenden Laut aus, den der Beamte offenbar als Aufforderung verstand fortzufahren.

„Es geht um Sylvia Wade ... Wenn ich recht informiert bin, ist sie Ihre Großtante?"

Juliet räusperte sich und zwang sich zur Ruhe. Jemand brauchte sie. Für hysterische Anfälle hatte sie jetzt keine Zeit.

„Was ist denn los? Ist ihr etwas passiert?"

„Keine Sorge. Es geht ihr ... gut." Sie hörte, wie der Polizeibeamte tief durchatmete. „Umwerfend, könnte man sagen", fügte er mit ironischem Unterton hinzu. „Ich denke nur, Sie sollten so schnell wie möglich zum Freizeitzentrum kommen."

Gemma klopfte an die Wohnwagentür – laut genug, um gehört zu werden, aber doch nicht so kräftig, dass es als fordernd hätte aufgefasst werden können. Während sie wartete, biss ihr der eisige Wind in die Wangen, und ihre Fingerknöchel wurden so kalt, dass sie die Hand zur Faust schloss. Glanzvoller Job? Hah! Darüber konnte sie im Moment nicht einmal lachen. Sie zog die Kapuze ihrer wasserdichten Wetterjacke enger um ihr Gesicht und bereitete sich darauf vor, ein strahlendes Lächeln zu zeigen.

Natürlich würde er nicht selbst die Tür öffnen. Er war viel zu sehr daran gewöhnt, dass ein gesichtsloser Helfer das für ihn tat.

Noch einmal klopfte sie. In ihrer Tasche vibrierte das Handy. Sie ignorierte es. Selbst wenn der Regisseur dran sein sollte, um lautstark seinem Unmut darüber Luft zu machen, dass sein wichtigster Star nicht aufzufinden war, würde es sie nur unnötig Zeit kosten, den Anruf entgegenzunehmen.

Es kam ihr wie eine Ewigkeit vor, bis sie ein gedämpftes „Ja?" von der anderen Seite der Wohnwagentür vernahm. Der Tonfall klang eher nach jemandem, der irgendwo an einem Karibikstrand ein ausgiebiges Sonnenbad nahm, statt sich mitten im Dezember im äußersten Westen von Irland sonst was abzufrieren.

Als sie den Wohnwagen betrat, traf die Hitze sie wie ein Faustschlag. Kein Wunder, dass er so entspannt klang. Hier herrschten geradezu tropische Temperaturen. Auf jeden Fall war es so warm, dass der etwa ein Meter achtzig große blonde Schönling, nach dem sie gesucht hatte, nur ein ausgewaschenes T-Shirt und Shorts tragen konnte, während er sich auf dem Sofa im Wohnwagen lümmelte. Sie schloss die Tür hinter sich, und sofort brach ihr der Schweiß aus. Schließlich trug sie mehrere Lagen Thermokleidung, Wollpullover, Schal und Mütze.

„He, Gemma", begrüßte er sie lächelnd und zeigte dabei seine viel zu weißen Zähne. Aus irgendeinem Grund ärgerte die perfekte Symmetrie sie.

Noch mehr aber machte es sie wütend, wie unvollständig bekleidet er war. Eigentlich hätte er die dunklen Sachen tragen sollen, die von der Kostümbildnerei sorgfältig ausgewählt worden waren. Immerhin sollte er dem Bild eines gequälten Helden entsprechen, der drauf und dran war, die Welt zu retten. Trotzdem ließ sie sich ihre Verärgerung nicht im Geringsten anmerken. „Alle am Set sind jetzt bereit für dich, Toby." Ihre Miene war eine Maske völliger Ruhe, während sie im Hinterkopf Drehzeiten und Terminpläne über den Haufen warf und neu kalkulierte.

Wenn sie ihn dazu bringen konnte, sich zu beeilen, verloren sie vielleicht keine kostbare Zeit, bevor es zu dunkel wurde. Schon dreimal hatte sie den Drehplan für den nächsten Tag ändern müssen. Die letzte Version der ausgedruckten DIN-A4-

Zettel lag fix und fertig in ihrem provisorischen Büro. Sie hatte wirklich keine Lust, sie in den Papierkorb zu werfen und noch einmal von vorn zu beginnen.

Ein kurzer Blick in die Runde. Wo steckte das Mädchen von der Garderobe? Sie hatte vor nicht einmal einer halben Stunde gesehen, wie es den Wohnwagen betreten hatte, und sie hätte schwören können, dass die Kleine ihn nicht wieder verlassen hatte. „Holt Caitlin irgendwas aus dem Lastwagen?", erkundigte sie sich mit Unschuldsmiene.

Toby grinste nur, und sein Blick huschte zum hinteren Teil des Wohnwagens, wo sein Schlafzimmer lag. „So was in der Art."

Gemma drehte sich fast der Magen um, und sie sah vor ihrem geistigen Auge, wie sie den Drehplan Blatt für Blatt in den Papierkorb fallen ließ. Innerlich belegte sie Tobias Thornton, Actionstar und Sexkanone, mit jedem Schimpfnamen, der ihr nur einfiel.

So großartig ihr Job auch war, manchmal wünschte sie sich, nicht in der Filmindustrie zu arbeiten. Dieser Job ruinierte die Fantasie. Wenn der Streifen in die Kinos kam, würden ihre Freundinnen ihn gemeinsam mit ihr ansehen wollen, damit sie ihnen den ganzen Tratsch erzählte, der damit verbunden war, und ihnen Einblick in die Insidergeheimnisse gab. Die anderen würden im abgedunkelten Kino sitzen und beim Anblick von Toby – seinem umwerfenden Lächeln und seinen perfekt definierten Bauchmuskeln – tiefe Seufzer ausstoßen. Sie selbst dagegen würde nur daran denken, wie oft sie ganz kurz davor gestanden hatte, ihm dieses Lächeln mit ihrem Klemmbrett aus dem Gesicht zu schlagen.

Was gäbe sie dafür, einen *richtigen* Helden kennenzulernen. Einen Mann, wie ihn diese Schauspieler vorgaukelten, ohne es jemals wirklich zu sein. Ihr Problem war, dass sie sich immer Männer angelte, die dynamisch und aufregend *schienen*, aber sich schließlich als ein wenig … nun ja, unzuverlässig und unecht erwiesen.

Ein dumpfes Geräusch erklang aus Richtung des Schlafzimmers, und die Kostümbildner-Assistentin tauchte auf, eine dunkle Hose in der Hand. „Oh, hallo“, sagte sie leichthin. Zu leichthin, um zu der fleckigen Röte zu passen, die ihren Hals bedeckte. „Ich habe gerade … du weißt schon … Tobys Lederkleidung notdürftig geflickt.“ Kichernd warf sie ihm einen nervösen Blick zu.

Das hätte erklären können, warum Toby noch nicht am Set aufgetaucht war und keine Hose trug. Aber Gemma hatte da ihre Zweifel. Caitlins Haare waren verwuschelt, und sie trug ihren Pullover auf links.

Doch sie erwiderte nichts. Es war ihr egal, was die beiden trieben – auch wenn sie Caitlin für ein bisschen klüger gehalten hätte. Ihr war nur eines wichtig: den heißen Filmstar in seine Lederklamotten und auf ein rasendes Motorrad zu bekommen.

„Jetzt alles wieder in Ordnung?“, fragte sie mit einem raschen Blick auf ihre Armbanduhr.

Caitlin nickte.

„Schön. Dann könntest du Toby vielleicht *in* seine Kleider helfen, damit wir endlich weitermachen können?“ Diese Stichelei hatte sie sich nicht verkneifen können. Die Versuchung war zu groß gewesen. Aber um ihrer Bemerkung jede Schärfe zu nehmen, ließ sie ihr schönstes Regieassistentinnen-Lächeln erstrahlen. Ihre Geheimwaffe.

Toby und Caitlin warfen sich schuldbewusste Blicke zu, und dann strich der Schauspieler sich mit der Hand durchs Haar und wirkte tatsächlich ein ganz klein bisschen verlegen.

Na also, Ziel erreicht. Mit einem einzigen geschickten Zug hatte sie die beiden wissen lassen, dass sie kein leichter Gegner war, sich aber wegen so etwas auch nicht auf die Palme bringen ließ – vorausgesetzt, Toby verließ innerhalb der nächsten fünf Minuten in voller Montur den Wohnwagen.

Das schiefe Lächeln, mit dem er sie bedachte, verriet, dass er die Botschaft erhalten und verstanden hatte.

Sie erwiderte das Lächeln und meinte es diesmal aufrichtig. Als sie sich locker die Kapuze über den Kopf streifen wollte, stellte sie fest, dass die Hitze im Trailer ihre Locken zu einem Krauskopf von phänomenalem Volumen aufgeplustert hatte. Na toll. Sie zerrte die Kapuze darüber und eilte, gewappnet für den Kälteschock, zur Tür. Im nächsten Moment war sie draußen im schneidenden Wind, schlang hastig ihre Jacke enger um sich und stapfte über den Parkplatz der an einem See gelegenen viktorianischen Jagdhütte, die sie als Basislager nutzten. Das Wasser war aufgewühlt und grau, darüber erhob sich ein uralter zerklüfteter Berg. Doch Gemma nahm sich nicht mal einen Augenblick Zeit, um die raue Landschaft in sich aufzunehmen. Stattdessen nutzte sie die Gelegenheit, dem Wind ein paar erlesene Flüche anzuvertrauen, Schimpfworte, die sich gegen kindsköpfige Schauspieler richteten, gegen das Wetter, das einen persönlichen Rachefeldzug gegen sie zu führen schien, und jede Menge anderer Dinge, die ihr gerade einfielen.

Nach der Wärme in Tobys Wohnwagen empfand sie die eisige Kälte als noch viel schlimmer, und das verbesserte ihre Laune nicht gerade. Außerdem weckte es eine Sehnsucht in ihr.

Vielleicht lag es daran, dass sich der Dreh schon sehr lange hinzog. Jedenfalls war sie der Meinung, sich wirklich ein ruhiges, entspanntes Weihnachtsfest verdient zu haben, nachdem dieser Job erledigt war. Sie sehnte sich nach einer Pause, bevor sie erneut ein Flugzeug bestieg, das sie an einen weit entfernten Ort brachte, wo das Ganze wieder von vorn begann. Gemma seufzte. Jener Liegestuhl am Karibikstrand rief förmlich nach ihr.

Wenn sie doch nur nicht Juliets Drängen nachgegeben und zugesagt hätte, Weihnachten mit ihr und ihrer Familie zu verbringen. Bei ihrer letzten Begegnung hatte Juliet so lange auf dem Thema herumgeritten, dass Gemma schließlich einfach irgendetwas gesagt hatte, um sie endlich zum Schweigen zu bringen.

Im Grunde war Juliets Nachbar schuld. Hätte er keinen Streit mit ihr angefangen, hätte sie nie drei Gin und Tonic getrunken. Vielleicht wäre sie dann noch in der Lage gewesen, sich aus der Sache herauszureden. Zumindest hätte sie sich noch genau erinnern können, was Juliet zu ihr gesagt hatte. Jetzt blieb ihr nur die Möglichkeit, mitzuspielen und Stück für Stück dahinterzukommen, was sie eigentlich versprochen hatte. Juliet würde sie ohnehin irgendwann genau instruieren. Vermutlich mit einem laminierten Blatt voller idiotensicherer Anweisungen.

Aber darüber brauchte sie sich nicht ausgerechnet jetzt den Kopf zu zerbrechen. Es war höchste Zeit, ihren aufgeblasenen Actionstar an den Set zu bugsieren. Sie gab dem Fahrer des Luxus-Allradwagens, der schon längst bereitstand und mit laufendem Motor wartete, ein Zeichen. Toby kam aus seinem Wohnwagen, als das Auto vorfuhr, und zehn Sekunden später schoss der SUV über die Einfahrt davon. Gemma lächelte in sich hinein, als er aus ihrem Blickfeld verschwand. Genau deshalb verdiente sie den herrlich fetten Scheck, den sie für ihre Arbeit bekam.

Sie zog ihr Handy aus der Tasche und rief den ziemlich gestressten ersten Regieassistenten an, um ihm mitzuteilen, dass ihr Star unterwegs sei. Großartig. Zeit, ins Büro zu gehen und all die Blätter mit den Drehplänen zu verteilen …

Sie hatte das Telefon gerade wieder in ihrer Tasche verstaut, als es erneut vibrierte.

Was war nun schon wieder? Verzweifelt hoffte sie, dass es nicht die Mitteilung war, es habe angefangen zu regnen und sie müsse sich innerhalb von zehn Minuten erneut als Babysitter für die Schauspieler betätigen. Aber ein Blick auf die Anrufer-Kennung zeigte ihr: Es war etwas ganz anderes.

Ich weiß, dass Brad Pitt oder wer auch immer dich bestimmt wahnsinnig auf Trab hält, aber ich muss dringend mit dir über Weihnachten reden. ;) Ruf mich an. Jx

Der lustige Smiley täuschte Gemma kein bisschen. Sie konnte förmlich die lautlosen Schreie hören, die ihre Schwester ausgestoßen hatte, während sie die launige kleine Nachricht schrieb. Sie starrte auf das Display, das nach wenigen Sekunden automatisch dunkel wurde. Natürlich war ihr klar, dass sie mit Juliet über Weihnachten reden musste. Seit vierzehn Tagen schon war ihr das bewusst. Aber …

Vor ihrem geistigen Auge tauchte das Bild einer sanft im Wind schaukelnden Palme über leuchtend gelbem Sand auf. Sie sah ein Cocktailglas, so groß, dass ein Goldfisch darin hätte schwimmen können.

Gemma seufzte.

Jetzt war sie nicht in der Stimmung, um bis zum Erbrechen über Lebkuchenrezepte zu reden oder darüber zu diskutieren, ob am großen Tag ein Truthahn oder eine Gans serviert werden sollte. Ihr war auch nicht danach, sich mit kaum verbrämter Kritik an ihrem Lebensstil auseinanderzusetzen. Oder zu überlegen, ob sie daran gedacht hatte, nach den Zeugnissen der Kinder zu fragen. Wenn sie jetzt zurückrief, dann würde sie nur gestresst und abwehrend klingen. Was sie auch war.

Später. Sie würde später mit Juliet reden. Wenn ihre Arbeit getan war und sie mehr Zeit hatte.

Vielleicht, nachdem sie ein paar Gin und Tonic getrunken hatte.

2. KAPITEL

Zwanzig Minuten später stand Juliet vor dem Bälleparadies in der Soft-Play-Arena des örtlichen Freizeitzentrums. Sie schloss die Augen und öffnete sie wieder. Trotzdem konnte sie immer noch nicht recht glauben, was sie sah. Dort saß Großtante Sylvia inmitten Tausender knallbunter Plastikbälle und zog eine finstere Miene. Außer ihrer Tante, ihr selbst und zwei uniformierten Polizeibeamten war fast niemand auf der Spielfläche. Ein paar verärgert wirkende Mütter beeilten sich, ihren Kindern in Mäntel und Schuhe zu helfen, und murrten darüber, dass sie ihre Nachmittagsaktivitäten vorzeitig beenden mussten.

„Sie kommt einfach nicht raus, ganz gleich, was wir sagen", wandte sich die zierliche Polizistin an Juliet. „Sie fragt immer nur nach Mary."

Juliet nickte. Tja, Pech gehabt. Ihre Mutter war schon vor fast fünf Jahren gestorben. Sie stieg in das Bällebad und watete auf ihre Tante zu. „Hallo, Tante Sylvia ... Die netten Polizeibeamten würden gern wissen, ob du jetzt hier herauskommen möchtest."

Tante Sylvia warf den beiden uniformierten Zuschauern einen giftigen Blick zu. „Mir gefällt nicht, wie diese junge Frau guckt. Ihre Augen stehen außerdem viel zu eng zusammen. Aus der wird nichts Gutes, wenn sie groß ist. Lass dir das gesagt sein."

Hilflos starrte Juliet ihre Großtante an. Am liebsten hätte sie geweint – über die Würdelosigkeit der Situation, in der die alte Frau sich befand, darüber, was aus ihr geworden war und dass sie vergessen hatte, wer sie einmal gewesen war. Aber Juliet weinte grundsätzlich nicht. Zumindest nicht in der Öffentlichkeit. Und schon gar nicht, wenn jeder um sie herum von ihr erwartete, die Sache wieder in Ordnung zu bringen.

Sie streckte ihre Hand aus. „Es wird Zeit, nach Hause zu gehen, Tante Sylvia. Komm mit ..."

Der Kopf ihrer Tante schnellte herum. Statt die Polizistin anzufunkeln, wandte sie ihre Aufmerksamkeit jetzt Juliet zu. „Mary!", rief sie.

Juliet schenkte ihr ein mattes Lächeln. Sie vermutete, dass sich in dem demenzkranken Hirn ihrer Tante die Grenzen zwischen Mutter und Tochter verwischt hatten. Und je älter sie selbst wurde, desto mehr Ähnlichkeit mit ihrer Mutter entdeckte sie im Spiegel. Die gleichen braunen Augen, die gleiche lange Nase, die gleichen hohen Wangenknochen. Nicht unbedingt hübsch, aber mit einem Knochenbau, der sie auch nicht reizlos erscheinen ließ. In den vergangenen Monaten jedoch hatten sich tiefe Linien in ihre Stirn gegraben, und ihre Augen waren umwölkt. Ihr Alter – und ihre Scheidung – waren ihr allmählich anzusehen.

Sylvia verschränkte die Arme vor der Brust. „Irgendjemand hat mich hier hineingesetzt, und jetzt lassen sie mich einfach nicht wieder raus", erklärte sie. „Deshalb habe ich ihnen gesagt, sie sollen dich rufen. Ich wusste, dass du kommst und alles in Ordnung bringst. Du warst immer so ein gutes Mädchen …"

„Ich bin nicht Mary", erwiderte Juliet besänftigend. „Ich bin Juliet. Marys Tochter."

Verwirrung zeigte sich auf dem Gesicht der alten Frau. Juliet ging vorsichtig auf sie zu, aber ihre Tante, plötzlich misstrauisch geworden und im Zweifel über die Identität ihrer Besucherin, wich ihr aus.

Juliet seufzte. *Wenn du deine Feinde nicht schlagen kannst, verbünde dich mit ihnen.* Sie kickte vorsichtig ein paar Bälle beiseite und ließ sich langsam zwischen ihnen auf dem schlüpfrigen gepolsterten Boden nieder.

Plötzlich lächelte Sylvia. „Oh ja! Ich erinnere mich …" Einen Moment ließ sie den Blick über das Meer aus buntem Kunststoff hinweg in die Ferne schweifen, die Lippen leicht zu einem Lächeln verzogen und versunken in einer Erinnerung, von der Juliet befürchtete, sie könnte sich wieder verflüchtigen, bevor ihre Tante sie in Worte fassen konnte.

Aber dann erklang ein gedankenverlorenes Murmeln. „Ein lebhaftes kleines Ding, Marys Tochter. Wie ein Engel sah sie aus mit ihren großen blauen Augen und den weißblonden Locken."

In Juliet tat sich ein Abgrund auf. Nach all den Stunden, die sie in den letzten Monaten mit ihrer Großtante verbracht hatte …

Als kleines Mädchen hatte sie hellere Haare gehabt, aber sie waren immer glatt gewesen mit nur ganz leichten Wellen. Die Kringellöckchen, die ihre Tante beschrieb, hatte sie nie gehabt. Sie war nicht die Nichte, an die Sylvia sich erinnerte. Das war Gemma.

Ihre Tante blinzelte und wandte sich wieder ihr zu. „Sie sagen, Sie kennen sie? Marys kleine Tochter?"

Juliet öffnete den Mund, um noch einmal geduldig zu erklären, wer sie war, schloss ihn aber wieder, bevor sie ein Wort gesagt hatte. Was sollte das bringen? „Ja, ich kenne sie", erwiderte sie erschöpft.

Sylvia lächelte. „Hat sie Sie zu mir geschickt? Sie ist schon so lange fort."

Gemma hatte Tante Sylvia seit dem letzten Osterfest nicht mehr besucht. Dabei hätte die alte Frau regelmäßige Besuche von Leuten, die sie kannte und an die sie sich erinnerte, wirklich gut gebrauchen können. Allerdings schien es ihr nicht groß zu helfen, dass Juliet zweimal wöchentlich zu ihr fuhr. Im Sommer hatte Sylvia sie noch fast jedes Mal beim Namen genannt. Auch da hatte es schon ein paar Tage gegeben, an denen sie nur verständnislos gelächelt, genickt und ihre Nichte als „das nette junge Mädchen" bezeichnet hatte. Aber als die Tage kürzer und grauer wurden, nahmen die Verwirrtheitszustände ihrer Tante zu, als schwände ihre Erinnerung mit dem Sonnenlicht. Jetzt wusste sie nur bei etwa jedem vierten Besuch, wer Juliet war, und selbst dann blieb ihre Erinnerung lückenhaft, wurde mal stärker, mal schwächer – wie ein schlecht eingestellter Sender im Radio.

„Nein, Gemma hat mich nicht geschickt", erklärte sie ihrer Tante. „Aber sie wird dieses Jahr zu Weihnachten nach Hause kommen. Dann wirst du sie sehen."

„Oh, gut. Glaubst du, sie möchte einen Bonbon, wenn sie kommt? Kleine Mädchen lieben Bonbons." Tante Sylvia schob ihre Hände zwischen die Plastikbälle. Sie schien nicht einmal zu merken, welchen Krach die Bälle machten, als sie sie beiseiteschob. Das Echo hallte durch das hangarähnliche Gebäude. Sie zog ihre Handtasche hervor, legte sie auf ihren Schoß und kramte darin herum. Voller Stolz präsentierte sie schließlich ein winziges Etwas, das sie sorgfältig zwischen Daumen und Zeigefinger hielt. Juliet kam zu dem Schluss, dass das Ding vielleicht mal ein Bonbon gewesen sein mochte, aber Staub und Flusen vom Grund der Handtasche hatten es nahezu völlig unkenntlich gemacht.

„Hier ist er ja! Glaubst du, sie mag ihn?"

Juliet dachte an Gemma, daran, wie sehr ihr alles in den Schoß fiel, wie sie sich in das Leben anderer drängte und wieder daraus zurückzog, ohne sich um irgendwas zu kümmern. „Ja, ich glaube, sie wird ihn sehr mögen. Du solltest ihn für sie aufheben", hörte sie sich selbst sagen.

Ihr war nie bewusst gewesen, dass sie eine fiese Seite hatte. Aber der Gedanke, dass Gemma diese pelzige kleine Zuckerkugel nicht nur lutschen, sondern hinunterschlucken musste, wenn Juliet sie zu ihrem nächsten Besuch bei ihrer Großtante mitschleifte, erfüllte sie mit seltsamer Wärme. Und mitschleppen würde sie ihre Schwester auf jeden Fall.

Sylvia ließ den Bonbon auf ein sauberes Baumwolltaschentuch fallen, wickelte ihn darin ein und verstaute ihn sorgfältig wieder in ihrer Handtasche. Einen Moment fragte Juliet sich, ob er wohl größer sein würde, wenn sie ihn das nächste Mal zu Gesicht bekam. Ein seltenes Exemplar von Handtaschenschneeball, an dem sich Schicht um Schicht Staub und Flusen ablagerten.

„Es wird Zeit, nach Hause zu gehen", wiederholte sie, als ihre Tante die Handtasche schloss und wieder zu ihr aufblickte. Einen Moment starrte Tante Sylvia sie verständnislos an. Dann streckte sie ihr eine Hand entgegen, damit Juliet ihr aufhalf. Sie stützte ihre Tante, während diese sich auf die Beine mühte, und führte sie dann über den Grund des Beckens bis zum Rand und half ihr über die gepolsterte Stufe auf die Hauptebene der Soft-Play-Arena.

Die beiden Polizisten seufzten erleichtert und boten an, sie nach Greenacres zu fahren, dem Pflegeheim, aus dem Tante Sylvia gar nicht erst hätte verschwinden dürfen. Darüber war Juliet ganz besonders erbost. Schließlich berechnete das Heim nicht gerade wenig für die Pflege.

Das Angebot der Polizisten, Tante Sylvia ins Heim zurückzubringen, war verlockend. Aber Juliet kam zu dem Schluss, es sei besser, die alte Dame selbst zurückzubringen, denn sie war an Juliets Auto gewöhnt. Womöglich verwirrte und stresste es sie deutlich weniger, wenn jemand, den sie kannte – oder doch wenigstens beinahe kannte –, sie nach Hause fuhr.

Juliet warf einen Blick auf ihre Uhr und spürte, wie sie sich sofort verspannte. Zehn vor drei. Sie hatte kaum noch genug Zeit, ihre Tante nach Greenacres zu bringen, einen Verantwortlichen zu finden und zur Rede zu stellen und anschließend nach St. Martin zu fahren, um ihre jüngsten drei Kinder von der Schule abzuholen.

Gemeinsam mit ihrer Tante hatte sie gerade ihr kleines Auto erreicht, das sie ein wenig unkonventionell vor dem Eingang des Freizeitzentrums abgestellt hatte, als sie wie erstarrt stehen blieb.

Der Truthahn!

Verflixt. Aber jetzt konnte sie ohnehin nichts mehr ändern. Sie würde den Gang zum Fleischer eben noch in ihrem ohnehin schon engen Zeitplan für morgen unterbringen müssen.

Das spielt keine Rolle, sagte sie sich. *Es ist alles in Ordnung. Du schaffst das. Du kannst wunderbar organisieren, viele Dinge zugleich erledigen und alles bewältigen.*

Also sorgte sie dafür, dass ihre Tante sicher angeschnallt war, ließ den Wagen an und brachte die zehnminütige Fahrt zum Pflegeheim hinter sich. Aber dann begann der Gedanke an die nicht abgehakten Punkte in ihrem Weihnachtsnotizbuch in ihrem Kopf herumzuspuken.

Juliet trommelte mit den Fingern auf dem Lenkrad herum und schaute zum x-ten Mal auf die Uhr am Armaturenbrett.

„Autsch“, erklang es leise von hinten.

Sie warf einen Blick in den Rückspiegel, um zu sehen, was ihre drei Jüngsten trieben. „Polly, lass deinen Bruder in Ruhe.“

Polly starrte zurück und schob ihre Brille höher auf die Nase. Ganz und gar die Verkörperung kindlicher Unschuld. „Ich habe nichts getan, was er nicht verdient hätte.“ Zehn Jahre alt, aber abgebrüht wie eine Enddreißigerin.

Juliet schnallte sich los und drehte sich zu ihrer Tochter um, die zwischen ihren beiden jüngeren Brüdern in ihren Kindersitzen saß. „Ich hab's dir schon mal gesagt, Polly. Du kannst deine Brüder nicht einfach schikanieren und herumkommandieren, nur weil du älter bist als sie.“

Polly wirkte unbeeindruckt. „Irgendwer muss es aber tun.“ Dabei warf sie Josh, der offenbar diesmal der Übeltäter war, einen hochnäsigen Blick zu. „Diese Kinder sind so was von ungezogen, Mutter.“

Juliet hatte keine Zeit, mit einer Zehnjährigen über ihre elterlichen Kompetenzen zu diskutieren, also wandte sie sich an Josh. „Was hast du angestellt?“

„Nichts.“

Ein fragender Blick zu Polly, von der sie wusste, dass sie nur zu gern gegen ihren Bruder aussagen würde.

„Er streckt sein Bein immer wieder auf meinen Platz, und ich sitze hier sowieso schon so eingezwängt. Ich habe ihn gewarnt, dass ich mir mehr Platz verschaffen werde, wenn er es noch mal tut.“

Tja, im Prinzip hatte Polly natürlich recht. Aber Juliet konnte schlecht zulassen, dass ihre Tochter das Benehmen aller anderen Familienmitglieder kontrollierte und deren Fehlverhalten ahndete. Wenn sie ihr das erlaubte, säßen alle innerhalb einer Woche hinter Gittern und würden zu Folterstrafen verurteilt. Sogar Juliet selbst. „Wenn die Jungs dich ärgern, sollst du mir das sagen“, erklärte sie Polly. „Verstanden?“

Polly verdrehte die Augen, aber schließlich nickte sie doch zögernd.

Sobald Juliet sich wieder nach vorn umdrehte, fiel ihr Blick erneut auf die Uhr am Armaturenbrett. Zwanzig vor vier. Wo in aller Welt blieb Violet? Sie zog ihr Handy aus der Manteltasche, schickte ihrer Tochter eine weitere kurze, aber eindeutige SMS und warnte sie, dass ihr Taxi in genau drei Minuten abfahren würde. War sie bis dahin nicht aufgetaucht, würde sie mit dem Bus nach Hause fahren müssen, Umsteigen inklusive.

Gerade als sie nach dem Zündschlüssel griff, um den Wagen anzulassen, wurde die Beifahrertür aufgerissen, und Violet ließ sich seufzend auf den Sitz fallen. Sie lächelte. Offenbar machte es ihr gar nichts aus, dass sie alle hatte warten lassen.

Lachend schüttelte sie den Kopf. „Ihr erratet nie, was Abby gerade gesagt hat …"

Juliet drehte den Zündschlüssel und ließ den Motor aufheulen. „Wir sitzen hier schon ewig in der Kälte und warten auf dich. Dabei *weißt* du doch, dass die Jungs heute Abend Schwimmen haben."

Violets warmer offener Blick wich einer verschlossenen Miene, und sie schaute ihre Mutter finster an. „So viel zu spät bin doch gar nicht. Du lieber Gott, Mum! Außerdem habe ich Kiera geholfen, ihren Schal zu suchen. Es ist also gar nicht meine Schuld."

Juliet schüttelte den Kopf, schnallte sich wieder an und zuckte zusammen, als das Getriebe beim Einlegen des Rückwärtsgangs knirschte.

Nicht meine Schuld … Das kannte sie doch irgendwoher. Violet wurde allmählich zu einer Miniaturausgabe von Gemma.

Während der Fahrt konnte sie Violet aus dem Augenwinkel sehen. Mit finsterem Blick saß sie zusammengekauert auf dem Beifahrersitz, die Arme vor der Brust verschränkt. Die Stimmung im Auto verbesserte sich auch nicht gerade dadurch, dass auf der Rückbank ein neuer Streit ausbrach. Polly warf Josh vor, er lasse seinen Arm zwei Millimeter weiter in ihren Bereich ragen, als er dürfe. Dann sprang Jake seinem Bruder bei und zog absichtlich Pollys Zorn auf sich, indem er sie von der anderen Seite bedrängte.

„Aufhören!“, schrie Juliet. „Jake, du hast mir gerade in den Rücken getreten. Beruhigt euch jetzt, alle drei, und benehmt euch.“

Dann wandte sie sich an ihre älteste Tochter. Hier war dringend eine kleine Unterredung über ihre Einstellung angesagt. Sonst wurde sie noch wie ihre Tante, verursachte überall um sie herum Chaos, weigerte sich aber, die Verantwortung dafür zu übernehmen. Allerdings näherten sie sich gerade einem kleinen Kreisverkehr, der um diese Zeit immer verstopft war. „Wir sprechen später darüber, Vi“, sagte sie und warf rasch einen Blick nach links und rechts. „Du musst lernen, deine Meinung zu äußern, ohne unverschämt zu werden, denn so lasse ich nicht mit mir reden …“

Leider entflammte in diesem Moment der Streit auf der Rückbank aufs Neue, und ein heftiger Tritt von Jake gegen die Rückenlehne des Fahrersitzes ließ sie nach vorn rucken. Ihr Fuß rutschte in dem Moment von der Kupplung, als sie in den Kreisverkehr einfuhr. Der Motor heulte auf und erstarb, mitten auf der Fahrbahn blieb der Wagen stehen.

Rechts von ihr kreischten Bremsen, und der Fahrer drückte wütend und ausdauernd auf die Hupe. Juliet klopfte das Herz bis zum Hals, ihre Hände zitterten. Der Mann gestikulierte äußerst kreativ, und von seiner Schimpftirade konnte sie genug von seinen Lippen ablesen, um zu wissen, dass er sie für eine dämliche Zicke aus der Mittelschicht hielt, die man nicht ans Steuer eines Autos lassen sollte.

Ein abgewürgtes Auto mitten im Kreisverkehr bedeutete, dass der Verkehr sich auf allen vier Zufahrtsstraßen staute. Überall Hupen und wilde Flüche. Und Juliets Kinder kreischten alle vier auf einmal los. Sie schrien einander an und belegten sich gegenseitig mit allen Schimpfwörtern, die sie kannten, um einander klarzumachen, wer ihrer Meinung nach schuld an der Situation war.

Juliet stellte fest, dass sie sich nicht bewegen konnte. Wie erstarrt saß sie da und umklammerte mit den Fingern das Lenkrad. Ihr fiel nicht mal ein, welches Pedal sie jetzt betätigen oder was sie als Nächstes tun musste, um den Wagen wieder in Gang zu bringen. Der Lärm – die laufenden Motoren, das Hupen, die streitenden Kinder – bohrte sich auf eine Weise in ihren Kopf, die sie einfach nicht ertragen konnte.

„Haltet jetzt endlich die Klappe!“, brüllte sie aus vollem Hals. Es überraschte sie selbst, wie laut sie wurde, und sie hörte, wie ihre Stimme in Krächzen umschlug, als sie die höchstmögliche Lautstärke erreichte.

Außerhalb des Autos ging der Lärm unbeeindruckt weiter, aber drinnen wurde es sehr still und ruhig. Fassungslos starrten Violet, Polly, Josh und Jake ihre Mutter an.

Sie spürte, wie das Echo ihrer Worte in ihrem Kopf nachhallte, und bekam es ein wenig mit der Angst zu tun. Sie schrie nicht so herum. Niemals. Und sie verlor ihren Kindern gegenüber nicht die Nerven. Jedenfalls nicht so. Natürlich griff sie zu Erziehungsmaßnahmen – sie hatte unzählige Bücher über die exakt richtigen Methoden gelesen –, aber sie schrie ihre Kinder nie einfach an. Immer hatte die Furcht sie beherrscht, Frauen, die das taten, würden auch Kleinkinder so die Straße entlangzerren, dass sie ihnen fast die Arme auskugelten, und sie mitten im Supermarkt schlagen.

Seit Wochen schon hatte sie das Gefühl, irgendwas stimme nicht. Aber sie hatte das immer darauf geschoben, dass Weihnachten unaufhaltsam und drohend näher rückte. Sosehr sie die Feiertage auch liebte, waren sie inzwischen für alle Zeiten damit verbunden, dass der Mann, mit dem sie ihr Leben hatte verbringen wollen, sich von ihr getrennt hatte. Ausgerechnet den zweiten Weihnachtstag hatte er gewählt, um ihr zu eröffnen, ihre Ehe sei am Ende. Wenn das ein Fest nicht dauerhaft trüben konnte, was dann?

Aber Juliet war gut darin, alles rein und sauber blitzen zu lassen. Auf ihrem Leben würde kein Fleck haften. Sie kannte alle Tricks und Tipps, wie man Schmutz verschwinden lassen konnte. Wenn sie ihn entschlossen genug in Angriff nahm, gelang es ihr immer, ihn spurlos zu beseitigen. Diesem Fleck würde es nicht anders gehen. Sie musste einfach nur mehr Mühe aufwenden.

Allmählich wurde ihr bewusst, dass neben und hinter ihr im Auto nur geatmet wurde. Es herrschte Schweigen, und das war fast wie ein Wunder. Zum ersten Mal seit Jahren hielten alle Kinder zur selben Zeit den Mund. Dafür mussten sie belohnt werden, oder? Positive Verstärkung.

„Danke", sagte sie ruhig. Wenn sie in der Lage gewesen wäre, in der Betäubung, die ihrem Ausbruch folgte, irgendetwas zu empfinden, wäre sie vermutlich zufrieden gewesen, wie ruhig und vernünftig sie klang.

„Mum …?", meldete sich neben ihr eine zittrige Stimme. „Geht's dir gut?"

Juliet atmete leicht ein und hielt die Luft an. Es war vorbei. Die schwindelerregende Frustration, das nervenzerfetzende Gefühl, einem Ziel nachzujagen, das sich immer weiter entfernte – all das hatte sich in Luft aufgelöst. Da war nicht einmal mehr die Furcht, Violet könnte sich ganz genauso entwickeln wie Gemma und sie für immer von sich stoßen. Nichts, einfach nichts davon war geblieben. Ein wunderbares Gefühl.

„Ja", erwiderte sie und ließ den Atem entweichen. „Alles in bester Ordnung."

Ihr Denkvermögen kehrte zurück, ebenso ihre Fähigkeit, Auto zu fahren. Also ließ sie den Motor an, legte den Gang ein und setzte ihren Weg zur Schwimmhalle fort, ohne einen der Fahrer anzusehen, die sie mit vernichtenden Blicken bedachten.

3. KAPITEL

Während des Abendessens wirkten die Kinder noch ein wenig kleinlaut, aber nachdem sie ihr Geschirr abgeräumt hatten und in verschiedene Richtungen entschwunden waren, kehrten allmählich die Geräusche des normalen Alltags in Juliets Haushalt zurück: Violets laute Schritte auf der Treppe, ein Streit, der auf dem Treppenabsatz entbrannte, die blechernen Misstöne einer Zeichentricksendung im Fernseher …

„Euer Dad kommt um halb acht", rief Juliet in den ersten Stock hinauf. „Seht zu, dass ihr bis dahin eure Sachen gepackt habt."

Erstaunlicherweise klappte das. Als Greg an der Tür klingelte, warteten vier fix und fertig gepackte Reisetaschen im Flur, und alle vier Kinder waren dabei, ihre Wintermäntel anzuziehen.

Greg wirkte angespannt, als Juliet öffnete. „Sind sie fertig?"

Sie nickte. Es fühlte sich immer noch seltsam an, wenn er draußen vor der Tür stand und sie ihm öffnete. Jedes Mal spürte sie den Schock dieser Situation neu, wenn Greg alle zwei Wochen kam, um die Kinder abzuholen, damit sie das Wochenende bei ihm verbrachten. Außerdem war sie sich immer noch nicht wirklich darüber im Klaren, was zwischen ihnen schiefgegangen war. Sie hatten sich selbst für ein perfektes Paar gehalten, ihr Haus für das perfekte Zuhause, und dann waren ihre vier perfekten Kinder geboren worden, und sie waren so glücklich gewesen … Aber jetzt konnte sie sehen, wie eingebildet und selbstgefällig sie inmitten ihrer Vollkommenheit gesessen hatten.

Sie hatte es nicht kommen sehen. Nicht mal ansatzweise.

Gerade so, als hätte sie auf ihrer sorgfältig geführten Liste der zu erledigenden Dinge ihres Lebens vergessen, ein Ankreuzkästchen vorzusehen. „Bereite dich darauf vor, dass dein Leben in Scherben fällt und du eine schmerzhafte Scheidung durchlebst", hätte daneben stehen müssen. Wie dumm von ihr. Normalerweise war sie nicht so unorganisiert.

„Darf ich das Auto aufschließen?", bettelte Josh, drängte sich an Juliets Beinen vorbei und griff nach dem Schlüssel in der Hand seines Vaters.

„Nein, ich will!", protestierte Jake und versuchte, seinen Bruder wegzudrängen.

Greg gab Josh den Schlüssel. „Josh darf jetzt das Auto aufschließen, und du kannst es nachher abschließen, wenn wir bei mir sind", versprach er Jake. Beide Jungs rannten auf die Einfahrt. Zumindest Violet und Polly blieben stehen, um ihrer Mutter einen Kuss auf die Wange zu geben, bevor sie das Haus verließen.

Sie lief den beiden nach, nahm sie links und rechts in den Arm und gab ihnen noch einen richtigen Kuss. „Ich hab euch lieb", sagte sie und drückte die beiden an sich. „Und tut mir leid wegen vorhin."

Violet zuckte die Achseln.

Polly schaute sie einen Moment unverwandt an. „Weißt du, als Schocktaktik war das gar nicht so schlecht."

Juliet konnte nicht anders, sie musste lächeln. Dann rannte sie den Jungs nach und küsste sie zum Abschied, während sie ihnen half, sich in ihren Kindersitzen im Fond von Gregs Wagen anzuschnallen.

Als die Autotüren geschlossen waren und die Kinder ihre Unterhaltung nicht mehr hören konnten, musterte Greg seine Exfrau übers Autodach hinweg.

„Du siehst erschöpft aus, Juliet", stellte er fest, klopfte ans Seitenfenster und gab Josh ein Zeichen, ihm den Autoschlüssel zurückzugeben. „Vielleicht solltest du versuchen, dich dieses Mal ein wenig hängen zu lassen, statt dich mit dem ganzen Weihnachtsbrimborium abzuplagen."

Juliets Lächeln erstarb auf der Stelle. Oh, er klang so höflich und vernünftig. So höflich und vernünftig, dass sie ihn am liebsten zusammengestaucht hätte. Glaubte er wirklich, er könnte noch ein Wörtchen mitreden bei dem, was sie tat oder nicht tat, oder sich Anmerkungen zu ihrem Aussehen leisten? Dieses Recht hatte er verwirkt, als er ausgezogen war, um sich ein neues Leben aufzubauen.

Es war doch nicht falsch, Weihnachten zu einem fröhlichen Fest machen zu wollen. Einem Fest, bei dem nichts schiefging und alles perfekt war. Gregs überraschender Auszug hatte die Feiertage vor zwei Jahren gründlich verdorben, und das Weihnachtsfest im letzten Jahr war ihr erstes nach der Trennung gewesen. Die armen Kinder waren von Pontius zu Pilatus gekarrt worden und nirgends zur Ruhe gekommen. Deshalb war Juliet wild entschlossen, das diesjährige Weihnachtsfest für die Kinder zu einem ganz besonderen zu machen, vor allem weil ihr Vater das Ganze so egoistisch anging.

„Auf Wiedersehen, Greg", murmelte sie, die Zähne so fest zusammengebissen, dass ihre Kiefer zu schmerzen begannen. Dann beugte sie sich vor, setzte ein strahlendes Lächeln auf und winkte den Kindern im Auto zu. Sie brauchten nicht zu wissen, dass ihre Eltern sich schon wieder stritten.

Dieses Lächeln legte sie nicht ab, während er den Kopf schüttelte, in den Wagen stieg und ihn startete. Aber es aufrechtzuerhalten, bis das Auto die Einfahrt verlassen hatte, kostete sie solche Anstrengung, dass sie Kopfschmerzen davon bekam. Als der Mercedes hinter der Hecke verschwunden war und sich in den fließenden Verkehr auf der Straße eingefädelt hatte, ließ sie alles aus sich heraus – in einem höchst vulgären und kein bisschen damenhaften Wort. Eigentlich hatte sie sich Derartiges schon abgewöhnt, als die Kinder noch klein waren. Sie wandte sich ab, schlang die Arme um ihren Körper, um die Kälte abzuwehren, und marschierte in Hausschuhen in ihr leeres Haus zurück.

Vielleicht wäre die Sache für sie nicht ganz so ärgerlich gewesen, wenn es Greg nicht so leichtgefallen wäre, sein altes Leben hinter sich zu lassen. Sie hatten sich getrennt, er hatte getrauert, und jetzt hatte er eine neue Freundin. Einfach so. Manchmal wünschte Juliet sich, sie könnte auch einen anderen Mann finden, nur um Greg zu beweisen, dass sie nicht der Vergangenheit verhaftet blieb und er keinen Grund hatte, sie zu bemitleiden.

Als sie die Küche betrat und eine Flasche Pinot Grigio aus dem Kühlschrank nahm, fiel ihr Blick auf ihr Handy, das unschuldig und still auf der Arbeitsplatte lag. Sofort lösten sich ihre Gedanken vom einen selbstsüchtigen Familienmitglied und wandten sich dem anderen zu.

Sie behielt ihr Telefon im Auge, während sie eine ordentliche Menge Wein in ein Glas goss und einen großen Schluck nahm. Dann ließ sie ihre Finger spielen. Zeit für eine weitere SMS.

Als Gemma schließlich in ihr Bett fiel, machte sie sich nicht mal die Mühe, ihren Schlafanzug anzuziehen. Sie entkleidete sich einfach nur bis aufs T-Shirt und kroch unter die Decke. Dann nahm sie ihr Handy vom Nachtschränkchen und kniff die Augen zusammen, um die Uhrzeit zu erkennen. Fünf vor halb drei. Wann musste sie wieder hoch? Schon in drei Stunden. Drei Stunden! Das war einfach unmenschlich.

Sie ließ sich schwer auf die weichen Federkissen zurückfallen und starrte an die Decke. Müdigkeit rollte über sie hinweg, aber statt in diese wunderbaren Wogen zu sinken, trieb sie auf ihnen, wurde hin und her geworfen. Sie spürte, wie ihre Augenlider immer schwerer wurden, konnte aber trotzdem nicht abschalten und einschlafen.

Ächzend griff sie noch einmal nach ihrem Handy und strich mit dem Finger übers Display, um es zu aktivieren. Wie üblich konnte sie nur um diese Zeit des Tages ihre Nachrichten abrufen. Die kleine Zahl auf dem SMS-Symbol verriet ihr, dass fünf Nachrichten eingegangen waren. Man brauchte kein Genie zu sein, um zu erraten, von wem zumindest eine stammte. Als sie auf das Display starrte, hatte sie Mühe, den Blick zu fokussieren. Aber ärgerlicherweise sah sie kurz darauf wieder scharf.

Der Tag war die reinste Hölle gewesen. Toby Thornton hatte einen seiner legendären Ausraster gehabt, und Gemma war in den letzten vierundzwanzig Stunden nicht mal Zeit zum Essen geblieben, geschweige denn sich auch nur einen Moment hinzusetzen. Es war ihre Aufgabe, alles in Ordnung zu bringen und ihren Star zu umschmeicheln, damit er wieder zum Set kam. Um das zu schaffen, hatte sie ihre letzten Kräfte mobilisieren müssen. Etliche Millionen Dollar standen auf dem Spiel. Sie hatte einfach keine Zeit für Juliets alberne Probleme, ob es nun um die richtige Sorte Efeu ging oder um die Frage, ob der Weihnachtstisch in Rot oder Gold dekoriert werden sollte.

Nein, jetzt konnte sie sich nicht mit ihrer Schwester befassen. Vorher brauchte sie eine kleine Auszeit, also beschloss sie, erst die Neuigkeiten auf Facebook anzusehen.

Unaussprechlich niedliche Katzen … Widerliche Kettenbriefe zum Thema, wie wunderbar Freundschaften unter Frauen waren … Der Hund ihrer Kusine Shelley mit einem Partyhut … Bla bla bla.

Aber dann hörte Gemma auf zu scrollen. Sie blinzelte. Mit angehaltenem Atem ging sie mit dem Finger ein Stück zurück nach oben und schaute sich das Foto in ihrer Facebook-Chronik noch einmal richtig an.

Es war Michael. Verdammt, sah er gut aus. Obwohl sie sich schon vor sieben Monaten getrennt hatten, spürte sie einen kleinen Stich.

Allerdings hätte er noch besser ausgesehen, wenn er sich nicht um irgendein Flittchen mit glänzend braunen Haaren und strahlendem Lächeln gewickelt hätte. Na ja, um sie gewickelt war nicht ganz der richtige Ausdruck. Er umarmte sie von hinten, hatte ihr die Arme über die Schultern gelegt, als wäre er ein lässig über die Schultern geworfener Cardigan. Die Wangen dicht aneinandergepresst, lachten die beiden in die Kamera.

Blöde Zicke.

Obwohl ihr klar war, dass sie das besser nicht tun sollte, tippte sie auf sein Profilbild, um seine Chronik zu besuchen. Ganz großer Fehler. Als sie ins Bett gekrochen war, hatte sie noch geglaubt, sie fühle sich furchtbar. Jetzt fühlte sie sich um Klassen schlechter. Sein Status hatte sich geändert. Statt *In einer Beziehung mit Allie Cameron* stand dort jetzt *Verlobt mit Allie Cameron.*

Ihr war übel. Ohne noch einen weiteren Blick auf das Bild zu werfen, drückte sie mit zitterndem Daumen auf den Home-Button, damit das Foto verschwand und die App sich schloss.

Plötzlich war sie kein bisschen müde. Michael war so anders gewesen als all seine Vorgänger. Perfekt, hatte sie gedacht. Er hätte der Mann sein sollen, bei dem sie hängen blieb.

Puh. Nun konnte sie gleich auch noch den ganzen anderen Mist auf einmal hinter sich bringen …

Ohne zu zögern – am Ende hätte sie sich doch wieder herausgewunden –, schaute sie sich ihre SMS an. Wie vermutet, stammte eine davon von Juliet.

Gemma! Würdest du BITTE meine SMS beantworten! Ich weiß, es ist dir nicht klar, aber du bist sehr egoistisch. Ich muss mit dir reden. BALD. Ruf mich an! J x

Sie starrte mit offenem Mund auf ihr Handy und brachte keinen Ton heraus. Wofür hielt Juliet sich eigentlich? Jetzt mal ehrlich! Schließlich hing sie nicht den ganzen Tag hier herum und drehte Däumchen. Es gab einen Grund, warum sie keine Zeit gehabt hatte, eine Antwort zu schreiben: ihren Job. Ihr Leben. Schließlich hatte sie ein Leben. Und nur weil Juliet keins hatte und deshalb ihre Tage mit betulichen kleinen kunsthandwerklichen Hobbys und erlesener Küche füllte, durfte sie sich noch lange kein Urteil über andere erlauben, die nicht dasselbe tun wollten.

Aber das war typisch Juliet. Wenn man etwas nicht so machte wie sie, dann hielt sie es für falsch. So war es schon immer gewesen, sosehr Gemma sich auch bemüht hatte, in Juliets Augen zu bestehen.

Kein Wunder, dass die Menschen, mit denen sie zusammenarbeitete, ihr näherstanden als ihre Schwester. Die Schauspieler waren ein Kapitel für sich, aber alle anderen aus der Crew waren ihr ans Herz gewachsen. Jeweils ein paar Monate am Stück lebten sie zusammen, aßen zusammen, teilten alles miteinander. Dabei fühlte sie sich mehr zu Hause, als wenn sie auf Juliets makellosem Sofa saß und versuchte, keine Kekskrümel fallen zu lassen. Wenigstens wussten die Filmleute, was Teamarbeit bedeutete, und sie brauchten und respektierten ihren Beitrag.

Still lag sie da und starrte an die Decke. Warum? Warum tat sie sich das an? Und je länger sie darüber nachdachte, desto mehr zweifelte sie daran, dass es wirklich eine so gute Idee war, Weihnachten bei ihrer Schwester zu verbringen. Friede auf Erden? Ha! So wie sie jetzt gerade empfand, konnte das Weihnachtsfest für Juliet nur mit Mord und Totschlag enden.

4. KAPITEL

Es war so still im Haus, dass Juliet beinahe der Versuchung erlegen wäre, sich mit einer Flasche Wein in einen Sessel fallen zu lassen und nicht wieder aufzustehen. Nur der Blick auf die Küchenuhr hielt sie davon ab. Es war gerade mal zehn nach drei an einem Samstagnachmittag. Sie hatte dem Drang, sich gehen zu lassen, nie nachgegeben, nachdem Greg sie verlassen hatte, und sie würde ganz gewiss nicht jetzt damit anfangen. Außerdem hatte sie viel zu viel zu tun. Die Sahnekaramellbonbons, die ihre Kinder den Lehrern zu Weihnachten schenken wollten, machten sich nicht von allein.

Als sie den goldenen Karamellsirup abwog, drang ein dumpfes elektronisches Dröhnen in ihr Bewusstsein. Es kam aus einem der Nachbargärten. Juliet lauschte dem monotonen Brummen, während sie die Mischung aufkochte und aufschlug, bis sie zu kristallisieren begann. Aber als sie die Karamellmasse zum Abkühlen auf ein Backblech goss, runzelte sie die Stirn.

Zunächst war der Rasenmäher nur gedämpft zu hören gewesen, aber jetzt klang er, als wäre er sehr viel näher gekommen. Beinahe, als befände er sich direkt vor ihrem Küchenfenster. Sie ging durch die Küche, wischte dabei ihre Hände an der Schürze ab und schaute aus dem Küchenfenster hinaus in den Garten.

Im nächsten Augenblick stürzte sie nach draußen, den Holzrührlöffel noch in der Hand.

„Will! Was in aller Welt tust du denn da?“, rief sie.

Ihr Nachbar von nebenan schaute nur kurz auf und schob seinen Rasenmäher weiter über ihre Grünfläche. „So wie es aussieht, mähe ich deinen Rasen“, meinte er trocken.

Juliet öffnete den Mund und schloss ihn wieder. Energisch stemmte sie die Hände in die Hüften und runzelte die Stirn. „Du weißt doch, dass ich das selbst noch erledigen wollte“, entgegnete sie schließlich.

„Soll ich aufhören?“, wollte er über den Lärm der Maschine hinweg wissen.

Sie legte ihre Stirn noch tiefer in Falten. Wenn sie ihn darum bat, würde er aufhören. Aber der Gedanke, noch etwas in ihren Terminplan aufzunehmen, was sie erledigen musste, lastete schwer auf ihren Schultern. Außerdem hatte er sowieso schon fast zwei Drittel der Rasenfläche geschafft. Es wäre dumm, ihn jetzt zu bitten, damit aufzuhören. Doch es passte ihr gar nicht, ihn umsonst arbeiten zu lassen. Also ging sie zurück ins Haus und kam ein paar Minuten später mit zwei bunt gemusterten Porzellan-Teebechern wieder heraus. Als sie ihm einen anbot, nickte er. Doch er kam erst zu ihr, nachdem er kurzen Prozess mit dem besonders widerspenstigen Gras unter ihrem einsamen Apfelbaum gemacht hatte.

Sie nippte an ihrem Tee und beobachtete über den Rand des Bechers hinweg, wie Will den Rasenmäher ausschaltete und leichten Schrittes durch ihren langen schmalen Garten lief, um sich zu ihr zu gesellen. Obwohl er ein paar Jahre jünger war als sie, gab er ihr nie das Gefühl, die Frau mittleren Alters von nebenan zu bemitleiden. Außerdem sah sie für eine Frau, die gerade vierzig geworden war, nicht übel aus, das wusste sie. Schließlich achtete sie sehr auf sich und kleidete sich ansprechend.

Mit einem Dank nahm Will seinen Becher entgegen und schenkte ihr ein seltenes, aber einfach hinreißendes Lächeln.

Während sie nebeneinanderstanden, betrachteten sie Juliets frisch gemähtes Gras. „Eigentlich bin ich diejenige, die sich bei dir bedanken muss. Seit Wochen schiebe ich diese Arbeit vor mir her."

Er zuckte mit den Schultern. „Da ich schon dabei war, meinen Rasen zu mähen …"

„Ich weiß. Das konnte ich hören, als ich in der Küche Karamellbonbons zubereitet habe. Die Kinder möchten sie als Geschenk für ihre Lehrer haben. Es hat nur ein Weilchen gedauert, bis ich begriffen habe, dass das Rasenmähergeräusch immer näher kam und ich es schließlich aus meinem Garten hörte statt aus deinem."

Will zog die Brauen hoch. „Karamellbonbons? Das klingt nach sehr viel Arbeit."

Seufzend schüttelte Juliet den Kopf. „Ich habe schon immer Kleinigkeiten zu Weihnachten selbst gemacht. Das fing an, als Violet noch klein war und Greg sein Geschäft neu eröffnet hatte. Damals war das die billigste Möglichkeit, und irgendwie ist es inzwischen Tradition."

Er senkte leicht die Lider, als ob er sie insgeheim prüfend musterte. Juliet musste sich gegen den Drang wehren, unruhig von einem Fuß auf den anderen zu treten. Es war immer so schwer zu erkennen, was Will dachte.

„Solche Traditionen sind aber nicht in Stein gemeißelt, weißt du. Du kannst sie jederzeit über den Haufen werfen, wenn dir danach ist. Wäre es nicht schneller und einfacher, zum Supermarkt zu fahren und einen guten Tropfen zu kaufen?"

„Ja, schon … aber die Lehrer bekommen um diese Jahreszeit so viel Wein und Schokolade. Ich wollte ihnen einfach etwas Besonderes schenken." Ihr Gesichtsausdruck wurde weicher, und ihre Lippen verzogen sich zu einem Lächeln. „Außerdem möchte ich mich nicht der Förderung des Alkoholismus unter Grundschullehrern schuldig machen."

„Aber Übergewicht zu fördern, geht in Ordnung?"

„Ach, halt doch den Mund", gab sie leise lachend zurück.

Er wandte sich ab, um den Garten zu betrachten, während er seinen Tee trank. Bei ihrer ersten Begegnung hatte sie gedacht, dass es vielleicht ein klitzekleines bisschen funken könnte zwischen ihnen. Natürlich hatte sie dieses Gefühl blitzschnell beiseitegeschoben, denn damals war sie noch mit Greg verheiratet gewesen, und Will hatte eine feste Freundin gehabt. Und dann, nachdem Greg sie verlassen hatte, war sie absolut nicht in Stimmung gewesen, überhaupt an Männer zu denken. Es sei denn, in bitterstem Hass.

Sie schaute zu ihm hinüber und zog die Stirn kraus, als sie sah, dass er ein paar Grasbüschel neben dem Gewächshaus anstarrte. Musste sie ihn nun auch noch davon abhalten, die Motorsense zum Einsatz zu bringen? Aber dann wandte er sich ihr wieder zu und ergriff das Wort.

„Nimm's mir nicht übel, Juliet, aber du siehst aus, als hättest du eine grauenvolle Woche hinter dir."

„Vielen Dank auch", gab sie mit gespielter Empörung zurück. Will machte selten viele Worte, aber wenn er etwas sagte, dann redete er nicht um den heißen Brei herum und traf meistens den Kern. Auch dieses Mal hatte er nicht unrecht. Sie seufzte und streckte ihm die Hand entgegen, um ihm den leeren Becher abzunehmen. „Wenn du fertig bist, komm rein und trink noch einen Tee mit mir. Dann erzähle ich dir, was los war. Außerdem steht da ein Blech mit Karamellmasse zum Abkühlen …"

Will spitzte die Ohren. Sie wusste, dass er Süßigkeiten liebte, und für die Lehrer der Kinder konnte sie einen neuen Schwung zubereiten.

„Einverstanden", willigte er ein. Sein Lächeln wirkte diesmal freundlicher, und in Juliets Bauch regten sich ganz leicht ein paar Schmetterlinge.

Sie hielt den Atem an und nickte. Dann trug sie die Becher in die Küche zurück und schloss die Tür hinter sich, ohne sich noch einmal umzusehen.

Sie war sich nicht sicher, ob sie dieses Gefühl in ihrem Bauch mochte.

Es war kein völlig unangenehmes Gefühl, aber ganz wohl war ihr dabei auch nicht.

Zwanzig Minuten später stand Will in ihrer Küche und setzte sich auf einen der Stühle, die alle völlig unterschiedlich waren und für die sie in einem Secondhand-Möbelhaus an der Hauptstraße eine Unsumme Geld gezahlt hatte. Die sechs Sitzmöbel gruppierten sich um ihren schweren Küchentisch aus Eiche und ließen die gesamte Einrichtung verschroben, eklektisch, freigeistig erscheinen … Genau diesen Eindruck hatte sie damit auch bezweckt. Trotzdem kam sie sich immer ein wenig wie eine Hochstaplerin vor, wenn sie sich auf einem der Stühle niederließ.

Ihr Nachbar wirkte frisch und vom Wind durchgepustet. Erneut spielten sich in ihrem Bauch verrückte Dinge ab. Sie war so lange mit Greg zusammen gewesen, dass sie schon fast vergessen hatte, wie es war, sich von jemandem angezogen zu fühlen. War es das, was sie jetzt empfand? Oder meldete sich nur wieder mal ihr Reizdarm? Sie hätte es nicht sagen können.

„Sag mir, dass du wirklich Karamellbonbons hast“, bat er und spähte sehnsüchtig zum Backblech hinüber, das zum Abkühlen auf der Arbeitsfläche stand.

Sie nahm es hoch und stellte es mitten auf den Küchentisch. Plötzlich wurde es unangenehm still, während er ihr zusah, wie sie die Masse in saubere Quadrate zerschnitt. Schlagartig wurde sie unsicher und verlegen. „Noch etwas Tee?“, fragte sie ein bisschen zu laut und lud eine großzügige Portion Sahnekaramellbonbons auf einen Teller.

Will schüttelte den Kopf. „Ich glaube, ich habe heute Nachmittag schon mehrere Liter Tee getrunken.“

Juliet runzelte die Stirn, während sie eins der Karamellquadrate einmal teilte und auf einen Teller für sich selbst legte. „Die sind ein bisschen zu schwer, um sie pur zu essen.“ Sie ließ ihren Blick auf der Suche nach etwas, das sie ihm anbieten konnte, durch die Küche schweifen. Schließlich blieb er an einer Flasche hängen, die neben dem Kochfeld stand. Es war der Rotwein, den sie am Vortag für den Schmorbraten geöffnet hatte. Sie griff danach und setzte die Flasche hart auf den Tisch.

Will zog die Brauen hoch.

„Du hast recht“, seufzte Juliet. „Es war eine grauenvolle Woche.“

Sie schaute aus dem Fenster. Obwohl es gerade mal vier vorbei war, stand die Sonne schon sehr tief am Horizont. Genau genommen war es bereits Abend und damit nicht zu früh für ein gepflegtes Gläschen Wein mit einem Freund.

In seine Augen trat Wärme, wenn es auch zu viel gesagt wäre, es ein Lächeln zu nennen. Ermutigt nahm sie zwei Gläser aus dem Schrank und goss ihnen beiden ein wenig Rotwein ein. Sie brauchte nicht lange, um ihm die ganze Geschichte von Tante Sylvias großartiger Flucht aus dem Pflegeheim am Vortag zu erzählen. Irgendwie leerte sich dabei ihr Glas, und sie ertappte sich dabei, wie sie nach der Flasche griff und ihnen beiden nachschenkte. Deutlich mehr diesmal, denn es wäre eine Schande gewesen, einen winzigen Rest in der Flasche zu lassen.

Als sie ihr Glas zur Hälfte geleert hatte, begann sie allerdings daran zu zweifeln, ob es wirklich so klug war, so viel Merlot auf beinahe nüchternen Magen zu trinken – ein halbes Quadrat Karamell zählte nicht wirklich. Will hatte so mitfühlend ihrem Klagelied gelauscht, dass sie einfach nicht aufhören konnte zu reden.

„An den Wochenenden, wenn die Kinder bei Greg sind, ist es hier so still", gab sie zu und sank ein wenig in sich zusammen. „Ich weiß, wenn sie da sind, stöhne ich, dass sie mich zum Wahnsinn treiben. Aber wenn sie fort sind, ist es noch schlimmer." Sie seufzte. „Na ja. Immerhin habe ich sie dieses Jahr zu Weihnachten wohl ganz für mich."

Will, der nicht allzu verstohlen nach einem weiteren Stück Karamell griff, sah sie überrascht an. „Ich dachte, du hättest erzählt, dass Greg und seine neue Freundin zu einer gemeinsamen Familien-Weihnachtsfeier kommen?"

Sie schüttelte den Kopf. Und nickte anschließend. „Nun ja, ich habe das angeboten, aber offensichtlich hat Anoushka Pläne geschmiedet, die zu gut waren, um sie sausen zu lassen. Eine absolut einmalige Chance, die sie durch ihren Job bekommen hat, wie Greg sagt." Der Hauch von Verbitterung, der sich in ihre Stimme stahl, war ihr zuwider. „Sie fliegen nach Bali. Oder so was Ähnliches. Fliehen vor dem Weihnachtsrummel."

Will wirkte verwirrt. „Das klingt nicht nach dem Greg, den ich kenne."

Juliet zuckte die Achseln. Es klang auch nicht nach dem Greg, den sie kannte. Er war nie so gewesen, als sie noch verheiratet waren. Wie gern hätte sie es damals gesehen, wenn er bereit gewesen wäre, alles stehen und liegen zu lassen, nur um mit ihr zusammen zu sein. Oder wenn er sie in einen exotischen Urlaub entführt hätte. Aber für Greg waren die Arbeit und seine Verpflichtungen immer an erster Stelle gekommen. Sie hatte das verstanden. Ja, sogar unterstützt. Aber kaum hatte er diese verfluchte Anoushka kennengelernt, hatte er sich verändert, und aus irgendeinem Grund ärgerte sie das ungemein.

Sie schüttelte den Kopf und nahm noch einen großen Schluck Wein. „Anscheinend ist sie die Liebe seines Lebens. Jedenfalls war das seine einzige Erklärung, als ich ihn zur Rede gestellt habe."

Ohne Vorwarnung schossen ihr Tränen in die Augen. Sie senkte rasch den Blick und zwinkerte ein paarmal, um sie zurückzudrängen. Nach ein paar Sekunden spürte sie, wie sich eine Hand warm auf die ihre legte. Zittrig atmete sie ein. Die Haare waren ihr ins Gesicht gefallen, als sie den Kopf hatte sinken lassen, und aus dieser Deckung heraus wagte sie einen vorsichtigen Blick auf Will.

Ein Fremder hätte seinen Gesichtsausdruck möglicherweise als neutral empfunden, aber Juliet sah das Verständnis in seinen Augen.

„Ich weiß, es ist schwer ...", begann er.

Sie nickte. Nach ein paar Sekunden entzog sie ihm ihre Hand und schloss die Finger um den Stiel ihres Weinglases. Natürlich wusste er es. Das war ihr klar.

„Es ist nur so: Wenn man erst einmal den Ring eines Mannes am Finger hat, glaubt man, damit das Recht darauf erworben zu haben, die Liebe seines Lebens zu sein. Ich meine, wenn er nicht so empfände, warum sollte er dann heiraten?" Diese Frage hatte sie sich wohl tausendmal gestellt, seitdem Greg sie überraschend verlassen hatte. Und weitere unzählige Male, seitdem er der fabelhaften Anoushka begegnet war.

„Es würde mir nichts ausmachen ..." Jetzt, wo sie schon dabei war, ihr Innerstes vor Will auszubreiten, konnte sie offensichtlich nicht aufhören. „Aber im Vergleich mit mir ist sie nicht gerade eine Verbesserung. Keine Vorzeigefrau, nicht wahr? Ich glaube, ich wäre besser damit fertiggeworden, wenn sie perfekt wäre, denn Greg hat immer großen Wert aufs Äußere gelegt. Und ich weiß, dass ich mittlerweile ein Alter erreicht habe ..."

Wills Blick schien deutlich zu sagen: Hör auf damit! Aber sie ignorierte das.

„Aber sie ist zwei Monate älter als ich. Kleiner. Korpulenter, mindestens um eine Kleidergröße. Sie ist keine verbesserte Version von mir, kein schlankeres, schnelleres Modell. Sie ist einfach nur … anders."

Nicht wie sie.

Vielleicht hatte Greg ihr genau deshalb nie gesagt, sie sei die Liebe seines Lebens. Allerdings war ihr das niemals überhaupt aufgefallen, bevor es längst viel zu spät war.

„Dann ist er erst recht ein Narr", erklärte Will mit fester Stimme, aber Juliet gelang es nicht, seinen Gesichtsausdruck zu deuten. Sein Blick hatte nichts Besitzergreifendes, sondern drückte eher absolute Solidarität aus. Was aber hatte dann sein Griff nach ihrer Hand zu bedeuten? Mochte er sie? Und wollte sie das? Wenn sie doch bloß nicht so durcheinander wäre!

Sie wollte sich nicht wieder in den Heiratsmarkt stürzen. Das war viel zu nervenaufreibend. Die Juliet, die sich verabredete, tanzen ging und wusste, wie man sich mit Männern unterhielt, mit denen sie nicht verheiratet war, kam ihr wie ein Wesen aus einem Paralleluniversum vor.

„Hast du dich so gefühlt, als Samantha fortgegangen ist?", erkundigte sie sich.

„Wenn du damit meinst, ob ich verstanden habe, warum meine bessere Hälfte weggerannt ist und nun eine ältere, fettere Frau vögelt, dann nein."

Juliet musste unwillkürlich lachen. Genau das gefiel ihr so an Will. Es gelang ihm immer, sie aufzuheitern. Seine Nähe war … tröstlich, beruhigend.

Er schenkte ihr ein schiefes Lächeln. „Habe ich mich hinterher monatelang selbst kasteit? Ja. Ich weiß, dass Sam und ich nicht annähernd so lange zusammen waren wie du und Greg, aber es wird besser. Du musst dir nur Zeit lassen, Juliet."

Zeit. Wie dumm nur, dass gerade Zeit in ihrem Leben im Augenblick Mangelware war. Es war schon schwierig genug gewesen, Kindern und Haushalt gerecht zu werden, als noch ein zweiter Erwachsener sie hatte unterstützen können. Seit sie auf sich allein gestellt war, einen Teilzeitjob angenommen hatte und sich um eine demenzkranke Tante kümmern musste, war es nahezu unmöglich zu bewältigen. Trotzdem hatte Will recht. Sie brauchte Zeit.

Oh, natürlich nicht nur die Tage, Wochen und Monate, die dahingingen, obwohl auch die schon geholfen hatten. Sie wollte Greg wirklich nicht mehr zurück. Sie wollte ihn nur nicht mehr um das beneiden, was er jetzt hatte. Wenn das Leben fair wäre, dann hätte sie jetzt eine leidenschaftliche Affäre, während ihr Ex in seinem leeren Haus hocken, Trübsal blasen und um das trauern würde, was er so leichtfertig weggeworfen hatte.

Beinah hätte sie aufgelacht. Klar doch. Eine leidenschaftliche Affäre? Welcher Mann, der bei klarem Verstand war, würde sich so etwas mit ihr wünschen?

„Es wird alles so kompliziert, nicht wahr?“, fragte sie nachdenklich. Und dann, nur um zu sehen, wie Will auf den Köder reagieren würde, schob sie noch eine Frage nach. „Wie steht es mit dir? Hattest du genug Zeit? Schaust du wieder nach vorn?“

Will überlegte einen Moment. Dann nickte er. „Ich glaube ja.“

Diese Antwort führte sie zu einer weiteren Frage, die sie beschäftigte. „Und warum sehe ich dann nicht regelmäßig hübsche Frauen, die dir die Bude einrennen?“

„Nun, die Bude einrennen wäre wirklich zu viel gesagt, aber ich habe mich schon ein paarmal verabredet.“

Oh. Mit dieser Aussage hatte sie nicht gerechnet. „Und? Jemand Nettes dabei?“, erkundigte sie sich beiläufig und spielte dabei mit ihrem Weinglas.

Er seufzte. „Das ist nicht das Problem.“

Sie schaute hoch. „Was dann?“

Leicht schüttelte er den Kopf. „Anscheinend falle ich immer wieder auf den falschen Typ herein …“

„Was soll das heißen?“

„Ein paar von den Mädchen, mit denen ich ausgegangen bin, haben mein Interesse geweckt. Aber nach ein paar Essenseinladungen habe ich es regelmäßig wieder einschlafen lassen. Die Frauen, die ich gern wiedergesehen hätte, erinnern mich letztlich immer an Sam.“

„Tatsächlich?“

„Ich meine nicht vom Aussehen her. Sondern von ihrer Persönlichkeit …“ Unschlüssig zog er eine Schulter hoch und ließ sie wieder fallen. „Selbst wenn ich mir Mühe gebe, das nicht zu tun, verabrede ich mich immer wieder mit Frauen, die sich schnell als ganz genauso freigeistig und unberechenbar herausstellen, wie sie es war.“

„Aufregend und interessant, meinst du“, berichtigte Juliet niedergeschlagen. Da war er wieder, dieser Ausdruck. Freigeistig. Genau das schienen die Männer zu wollen, selbst wenn sie sich dagegen wehrten.

Will schaute sie direkt an. „Unzuverlässig.“

Sie stellte fest, dass sie ihren Blick nicht abwenden konnte. „Und das willst du nicht?“

„Nein“, erwiderte er leise. „Ich bin so weit, dass ich an einem Ort bleiben möchte. Und Wurzeln schlagen. Genau deshalb habe ich doch das große alte Haus nebenan gekauft.“

„Vielleicht hättest du nicht obendrein ganz altmodisch um ihre Hand anhalten sollen, ohne vorher in Erfahrung zu bringen, ob sie das auch wollte.“

Das war der Punkt gewesen, an dem Sam Fersengeld gegeben hatte. Und anders als Greg, der wenigstens so viel Anstand besessen hatte, mit ihr zu reden, bevor er sie verließ, hatte Sam einfach nur ihre Koffer gepackt und war ohne Erklärung verschwunden. Ihr Abschiedsbrief bestand aus einer kurzen unbefriedigenden Notiz auf einem Zettel.

Ein leichter Ausdruck von Unbehagen huschte über Wills Gesicht. Juliet begann, sich zu entschuldigen, aber er schüttelte den Kopf und tat ihre Worte ab, noch bevor sie ihren Satz zu Ende gebracht hatte. Das war der Grund, warum sie normalerweise nicht viel trank, schon gar nicht auf leeren Magen. Immer endete es damit, dass sie Dinge sagte, die sie später bereute.

„Du hast recht“, sagte er. „Und genau deshalb lege ich es auf keine weitere Beziehung dieser Art an. Ich suche keine solche Frau, sondern eine, die vernünftig ist, die mit beiden Beinen fest auf dem Boden steht. Jemanden, der meine Vorstellungen von einem Zuhause und einer Familie teilt.“

Sie hätte seine Worte sofort wieder vergessen können, wenn er sie dabei nicht so seltsam angesehen hätte. Seine Augen waren braun. Ihr Herz geriet kurz ins Stolpern, und ihr stockte der Atem.

Seine Miene drückte jetzt etwas Neues aus. Etwas, das verdächtig nach einer Frage aussah.

Sofort war Juliet auf den Beinen, räumte die Weingläser weg und hantierte hektisch mit dem Backblech. Warum? fragte sie sich, während sie die leere Flasche in den Altglassammler stellte. *Warum konnte ich nicht einfach sitzen bleiben und den gut aussehenden Mann anschauen, der mich anscheinend mag? Warum muss ich zurückscheuen und flüchten wie Pollys überängstlicher Hamster?*

Selbst jetzt konnte sie ihre Geschäftigkeit nicht stoppen. Emsig zu sein, war offenbar ihre Standardreaktion auf Dinge, die ihr unangenehm waren. Schließlich gelang es ihr immerhin, sich so weit zu bremsen, dass sie nicht ihre Gummihandschuhe überstreifte und den Abwasch in Angriff nahm. Stattdessen drehte sie sich zu Will um. Der schob seinen Stuhl zurück und griff nach seiner Jacke, die fast zu Boden gerutscht war.

„Entschuldige", flüsterte sie.

Seine fest zusammengepressten Lippen verzogen sich nicht einen Millimeter, aber trotzdem hatte sie das Gefühl, dass er ihr ein kaum wahrnehmbares Lächeln schenkte. „Was denn?"

Dass ich noch nicht so weit bin, hätte sie am liebsten gesagt, aber sie konnte nur wortlos schlucken.

Will nickte kaum merklich. „Das Karamell war übrigens köstlich …"

„Danke", erwiderte sie schwach, während er durch die Hintertür verschwand. Sie hörte, dass er sich den Rasenmäher holte und ihn zurück in seinen eigenen Garten bugsierte. Als draußen alles wieder still war, setzte sie sich erneut an ihren Küchentisch und aß den gesamten Rest Sahnekaramell allein auf.

5. KAPITEL

Gemma hielt vor Juliets Haus an. Sie ließ den Motor ihres Wagens laufen, fuhr aber nicht auf die Einfahrt. Stattdessen blieb sie eine Weile sitzen und starrte die sauber geschnittene immergrüne Hecke an.

Es war dumm. Sie war eine erwachsene Frau Mitte dreißig, aber jedes Mal, wenn sie sich Juliets Haustür näherte, passierte dasselbe: Die Jahre waren wie fortgeblasen, und sie fühlte sich plötzlich wie ein kleines Kind, das man ertragen, ein Problem, mit dem man fertigwerden musste.

Sie holte tief Luft und ließ sie langsam wieder entweichen. Kleine Fische! Schließlich hatte sie es doch nur mit Juliet zu tun. Und immerhin war sie es von ihrer täglichen Arbeit gewohnt, mit wesentlich schwierigeren Situationen fertigzuwerden.

Es kann dir egal sein. Was sie über dich denkt, spielt keine Rolle.

Sie klappte die Sonnenblende ihres Sportwagens herunter und kontrollierte ihr Spiegelbild. In dem kleinen Ausschnitt konnte sie, umrahmt von ein paar blonden Locken, nur ihre Augen sehen. Im ersten Moment waren sie noch rund und groß wie bei Bambi, doch innerhalb von Sekunden wurde ihr Blick desinteressiert und umwölkt wie bei Greta Garbo.

Gut. Jetzt war sie bereit.

Verwandtenbesuche sollten eigentlich keine konkreten Zielsetzungen, Manöver und taktische Planung erfordern. Aber Gemma hatte auf die harte Weise gelernt, dass sie ebenso gut nur mit einer Wasserpistole bewaffnet in den Krieg ziehen konnte, wenn sie ohne einen Schlachtplan dieses Haus betrat und sich mit Juliet auseinanderzusetzen versuchte. Für heute hatte sie nur eine Stippvisite geplant. Schnell rein, die Weihnachtsgeschenke für die Kinder abliefern, ein bisschen plaudern – nur so lange wie unbedingt nötig –, und spätestens um zwei würde sie sich verabschieden. Kinderspiel.

Noch einmal atmete sie tief durch, bevor sie mit dem Wagen auf den laut knirschenden Kies der Einfahrt einbog. Sie war sicher, dass Juliet nicht nur deshalb darauf verzichtet hatte, die Einfahrt zu pflastern, weil sie den altmodischen Kies so mochte, sondern weil sich so niemand anschleichen konnte, ohne dass sie es sofort mitbekam.

Das Haus sah fantastisch aus, wie jedes Jahr zu Weihnachten. Die steilen Giebel und die roten Backsteine des viktorianischen Gebäudes waren wie gemacht für diese Jahreszeit. Schlichte weiße Lichterketten schmückten einen Baum im Vorgarten und die Strebebalken der überdachten Veranda. Ein Kranz aus Immergrün, verziert mit Tannenzapfen, silbernen Glöckchen und einer großen roten Samtschleife, hing an der glänzend schwarzen Eingangstür mit den Buntglasscheiben. Hinter den Wohnzimmerfenstern funkelten verlockend die Lichter eines Weihnachtsbaumes. Zweifellos war das Haus auch innen so üppig mit Tannengrün geschmückt, dass ein halber Wald dafür abgeholzt worden sein musste. Für Gestecke und Girlanden, die geschmackvoll auf dem Kaminsims drapiert und um die Treppengeländer gewunden waren, brauchte Juliet immer unendlich viel Material.

Gemma schaltete den Motor ab und stieg aus dem Auto. Dann holte sie die beiden großen Taschen mit Geschenken aus dem Kofferraum, die sie für ihre Nichten und Neffen gekauft hatte. Es war ein schönes Gefühl gewesen, die Geschenke zu besorgen. Aber jetzt kamen ihr die übervollen Taschen ein wenig übertrieben vor. Gerade so, als versuchte sie, etwas wiedergutzumachen.

Was ja auch stimmte. Auch wenn Juliet das jetzt natürlich noch nicht wusste.

Als Gemma die Kofferraumklappe zuschlug, öffnete ihre Schwester die Haustür und blieb abwartend auf der obersten Treppenstufe stehen. Sie lächelte – allerdings ein wenig dünn – und schlang die Arme um ihre Mitte, um sich gegen die Kälte des Dezembernachmittags zu schützen. Gemma wünschte, sie könnte sich wenigstens ein bisschen über das Wiedersehen freuen. Doch ihr Magen vermittelte ihr das Gefühl, als stände sie in einem Fahrstuhl, der abrupt in die Tiefe sackte.

„Hi!“, sagte sie, während sie auf Juliet zuging. Auch ihr eigenes Lächeln fühlte sich brüchig und aufgesetzt an. Sie vermied es, ihre Schwester richtig zu umarmen – die schweren Taschen in ihren Händen boten ihr dafür eine willkommene Entschuldigung –, und beugte sich nur vor, um Juliet auf die Wange zu küssen.

Kaum stand sie im Flur, hörte sie ein aufgeregtes Trappeln kleiner Füße und wurde von drei Kindern fast umgeworfen.

„Tante Gemma! Tante Gemma!“, kreischten sie und schlangen dabei je nach Größe ihre Arme um Gemmas Hüften, ihre Beine und ihre Taille.

„Komm, gib mir die Taschen“, bot Juliet an und nahm sie ihr ab, bevor ihre Schwester auch nur antworten konnte.

„Hey, Josh“, stieß Gemma ein wenig atemlos hervor. „Du drückst mich ein bisschen zu sehr, Kumpel.“

Er schaute zu ihr hoch und drückte noch ein bisschen fester. Dafür, dass er noch so klein war, wirkte er überraschend stark. „Ich bin Jake. Der da ist Josh“, erklärte er. Sein Zwilling kicherte nur und drückte seine Tante ebenso fest.

„Wer ihr auch sein mögt, Schluss damit!“, rief sie. „Oder ich packe die Weihnachtsgeschenke wieder ins Auto und nehme sie mit nach Hause.“

Das half. Beide Jungs ließen sie los und schauten sie abwartend an, Hoffnung im Blick, die Gesichter ein Bild engelgleicher Unschuld.

Juliet schüttelte den Kopf. „Ihr kennt die Regel, Jungs. Geschenke gibt es erst am Weihnachtsmorgen.“ Und damit verschwand sie mit den Paketen nach oben in den ersten Stock, sehr zur lautstark geäußerten Enttäuschung der Zwillinge. Da es nun keinen Anreiz mehr gab, ihre Tante zu umarmen, rannten die beiden Jungs davon und überließen den Platz ihrer älteren Schwester.

Mit äußerst entnervter Miene starrte Polly ihnen nach. Gemma lächelte.

„Du hast mir eine Karte geschickt, auf der stand: Herzlichen Glückwunsch – jetzt bist du acht“, begann Polly in anklagendem Tonfall. „Ich bin zehn.“

Ach herrje. Um ehrlich zu sein, konnte Polly sich glücklich schätzen, überhaupt eine Geburtstagskarte bekommen zu haben. Gemma hatte für so etwas einfach kein Händchen. „Tut mir leid", erwiderte sie mit strahlendem Lächeln. „Aber du wirst so schnell groß, dass ich kaum noch mitkomme. Lass dich anschauen."

Glücklicherweise schien Polly diese Antwort zu besänftigen. „Du kannst es nächstes Jahr wiedergutmachen", gab sie gelassen zurück.

Gemma lächelte und gab ihr einen Kuss. „Ich verspreche, dann besorge ich dir eine Karte mit einer riesigen Elf darauf."

Polly blinzelte nur. „Ich dachte mehr an Bares. Und Scheine sind willkommener als Münzen."

Mit Mühe unterdrückte Gemma ein Kichern. Die Kleine war ganz offensichtlich so geschäftstüchtig und schlitzohrig wie ihr Vater. Aber sie musste daran denken, wie sehr es Kinder in Pollys Alter wurmte, für jünger gehalten zu werden, als sie waren. In dieser Phase war man ständig bemüht, die ältere Schwester einzuholen, und kam diesem Ziel doch nie näher. Sie zog eine Zehn-Pfund-Note aus ihrer Tasche. „Warum fange ich nicht gleich damit an?", flüsterte sie. „Aber erzähl's nicht den anderen."

„Was soll sie den anderen nicht erzählen?", mischte sich eine Stimme vom obersten Treppenabsatz herab ein.

Gemma fuhr herum. „Violet." Sie wartete, während ihre älteste Nichte die Treppe herunterkam, und zog sie dann in eine herzliche Umarmung. Bei den Kleinen traf sie nicht immer den richtigen Ton, aber Violet und sie verstanden sich großartig. „Schickes Outfit. Und für diese Beine würde ich töten."

Violet trug ein „Fearless Vampire Killers"-T-Shirt und eng anliegende Jeans, die aussahen, als hätte man sie ihr auf die Haut gesprüht.

„Und ich würde für solche Schuhe morden", gab das Mädchen zurück und wies dabei auf Gemmas leuchtend rote Wildleder-Pumps. „Aber Mum erlaubt mir nicht, so etwas zu tragen."

„Du musst ihr verzeihen", erwiderte Gemma mit einem raschen Blick nach oben. „Sie ist zu alt, um sich daran zu erinnern, wie es ist, Spaß zu haben."

„Aber du bist auch alt", protestierte Violet. „Und du weißt, wie man Spaß hat."

„Danke ... glaube ich", antwortete Gemma, lachte leise und beugte sich ein wenig vor. „Hat der süße Junge, den du in deiner letzten E-Mail erwähnt hast, dich schon gefragt, ob du mit ihm ausgehen willst?"

Violet wurde rot und schüttelte den Kopf. Gerade wollte sie antworten, da tauchte Juliet auf dem obersten Treppenabsatz auf, und so tauschten sie nur ein verschwörerisches Lächeln.

Juliet runzelte die Stirn, während sie die Treppe herunterkam, und Gemma spürte die Missbilligung ihrer Schwester von Stufe zu Stufe stärker. Sie wusste, dass Juliet und Violet eine schwierige Phase in ihrer Mutter-Tochter-Beziehung durchmachten. War das nicht bei allen fünfzehnjährigen Mädchen und ihren Müttern so? Aber sie konnte doch nichts dafür, dass Vi in ihr die coole Tante sah, mit der sie über alles reden konnte.

Als Juliet wieder im Flur stand, lächelte sie süßlich. „Wirklich schön, dich nach so langer Zeit mal wiederzusehen", sagte sie. Natürlich hörte Gemma den Vorwurf, den sie in ihren Worten mitschwingen ließ, wie nur eine Schwester das konnte. So war Juliet immer. Nach außen zeigte sie nichts, all ihre negativen Gefühle brodelten ungesund in ihrem Inneren. Gemma konnte diese passiv-aggressive Haltung einfach nicht ertragen.

„Schön, auch dich wiederzusehen", gab sie lächelnd zurück und wünschte insgeheim, dass Juliets perfekte Rüstung wenigstens einmal einen Sprung bekam, damit sie sehen konnte, ob ihre Schwester wirklich ein Mensch war.

„Tee?", fragte Juliet und ging voran in die Küche.

Gemma nickte. Während ihre Schwester Wasser in den Teekessel laufen ließ, wappnete sie sich für das, was kommen mochte. Nach ihrer Erfahrung stellte Juliet die explosivsten Fragen, während sie sich mit Routinearbeiten abgab.

Und schon ging es los ...

„Du bist erstaunlich früh dran mit den Weihnachtsgeschenken für die Kinder", begann Juliet, drehte den Wasserhahn zu und stellte den Teekessel auf den Herd.

Die Übersetzung? *Wie hast du es nur geschafft, schon eine Woche vor Weihnachten richtige Geschenke mitzubringen, statt in der ersten Januarwoche schuldbewusst Geschenkgutscheine zu schicken?*

Gemma versuchte, die Anspielung zu ignorieren. Sie war nicht so herzlos, wie Juliet sie klingen ließ. Beinahe immer arbeitete sie bis Heiligabend durch und düste dann ab in ihren jährlichen Weihnachtsurlaub – die einzige richtige Arbeitspause, die ihr im ganzen Jahr vergönnt war, denn im Sommer arbeitete sie eigentlich ständig. Und die Kinder hatten sich nie beklagt, dass sie Geld für iTunes oder Spielzeug bekamen.

Sie zuckte die Achseln. „Ich versuche nur, dieses Jahr ein bisschen besser organisiert zu sein. Wie geht es Tante Sylvia?" Die Frage setzte sie hinzu, um das Gespräch in andere Bahnen zu lenken. Irgendwann würde sie Juliet schon noch sagen, warum sie die Geschenke tatsächlich so früh vorbeigebracht hatte. Später. Nachdem sie eine Chance gehabt hatte, ihre Schwester ein wenig zu besänftigen.

Ein Lächeln stahl sich in Juliets Mundwinkel, das irgendwie gar nicht zu ihr passte. Es wirkte beinahe ein wenig gemein, aber das konnte nicht sein. Denn wenn sie und Juliet am selben Tag geboren wären, wäre ihre Schwester der gute Zwilling geworden und sie der kleine Teufel, das wusste Gemma genau.

Sie beschloss, dem seltsamen Lächeln auf den Grund zu gehen. „Was ist los? Stimmt irgendwas mit Tante Sylvia nicht?"

Juliet nahm den Teekessel von der Kochplatte und goss kochendes Wasser in die bereitstehende Teekanne. „Oh, ihr geht es nicht anders als in den letzten Monaten. Offen gesagt, dachte ich, wir könnten sie heute Nachmittag besuchen. Violet wird ein paar Stunden auf die Kleinen aufpassen."

Entsetzt schaute Gemma auf die Uhr. *Ein paar Stunden?*

So viel zur geplanten Stippvisite.

Juliet ging voran, als sie den Tagesraum in Greenacres betraten, und rückte einen der hochlehnigen Stühle zurecht, damit Gemma sich ihrer Großtante gegenübersetzen konnte. Obwohl der Gedanke an das pelzige Bonbon, das in den Tiefen von Tante Sylvias Handtasche geduldig auf Gemma wartete, keine geringe Schadenfreude in ihr auslöste, hatten noch ernstere Gründe sie bewogen, Gemma an diesem Nachmittag hierher mitzunehmen.

Sie wollte, dass ihre Schwester mit eigenen Augen sah, wie sehr ihre Großtante abgebaut hatte – wenn sie auch möglicherweise vergeblich hoffte, Gemma so dazu bewegen zu können, mehr Zeit mit ihrer Familie zu verbringen. Lange würde es nämlich nicht mehr dauern, bis Tante Sylvia sie beide komplett vergessen hatte.

„Hallo, Tante Sylvia", begann Juliet. Sie beobachtete ihre Tante ganz genau, während Gemma sich setzte. Dann zog sie einen Stuhl für sich heran. „Schau mal, wer gekommen ist!"

Sylvia blinzelte und fasste ihre neue Besucherin ins Auge. „Gemma!", rief sie und drückte ihre runzligen Finger auf ihre Lippen. Ihre Augen leuchteten.

„Hi, Tante Syl", gab Gemma zurück. „Lange nicht gesehen."

„Zu lange", erwiderte Sylvia scharf. Aber dann lächelte sie wieder. „Schon gut. Jetzt bist du hier. Nur das zählt." Sie wandte sich um und schaute Juliet an. „Hallo."

„Hallo."

Sylvias Stirn legte sich ein wenig in Falten.

Ein paar Sekunden lang starrte sie ihre ältere Nichte verständnislos an. Dann wandte sie ihre Aufmerksamkeit wieder Gemma zu. „Da fällt mir etwas ein! Ich habe etwas Besonderes für dich aufbewahrt." Damit griff sie nach ihrer Handtasche, die neben ihrem Stuhl lag, und kramte ein paar Sekunden darin herum, bevor sie etwas Kleines in Gemmas Hand fallen ließ.

Auf diesen Gag hatte Juliet länger als eine Woche gewartet, aber jetzt, wo der Augenblick gekommen war, war ihr überhaupt nicht nach Lachen zumute.

Natürlich erinnerte Sylvia sich an Gemma. Jeder erinnerte sich an sie. Juliet dagegen verblich zu Grautönen und verschmolz allmählich mit dem Hintergrund ihres eintönigen Alltags.

Offensichtlich verwirrt, betrachtete Gemma das Ding in ihrer Handfläche. Juliet streckte ihr eine Hand hin, um es ihr abzunehmen. Sie wusste, wo der Abfalleimer stand, Gemma wusste es nicht. „Komm, lass mich …“ Sie schickte sich an aufzustehen, aber dann ließ Gemma den Gegenstand in ihre Hand fallen, und Juliet stellte fest, dass er weder klebrig noch pelzig war. Tatsächlich war er ein wenig schwer und ein ganz klein bisschen kalt. Zierlich. Sie schaute auf ihre Handfläche und erblickte einen goldenen Diamantring, der im Licht funkelte.

„Das kann ich unmöglich …“, sagte Gemma.

Juliet ließ den Ring zurück ins Gemmas Hand fallen, stand auf und wich ein paar Schritte zurück.

Der Verlobungsring ihrer Großmutter – der Ring, den sie Sylvia hinterlassen hatte mit der strikten Anweisung, dass ihre älteste Enkelin ihn haben sollte, wenn sie beide nicht mehr waren.

Trotz Gemmas Protest schloss Tante Sylvia die Finger ihrer Nichte um die drei Diamanten in der Roségoldfassung. „Nein, den behältst du. Er wird an einem so hübschen Ding wie dir viel besser aussehen als an meinen knochigen alten Fingern.“

Gemma zog leicht die Brauen in die Höhe, aber sie wirkte weder geschockt noch schuldbewusst, fiel Juliet auf. Wusste sie etwa gar nicht …?

Natürlich wusste sie es nicht. Denn dazu hätte sie bei Familienfeiern anwesend sein und zuhören müssen, was andere Leute sagten, und beides zählte nicht gerade zu Gemmas Stärken. Juliets Blick verfinsterte sich, als Gemma ihre Großtante küsste und den Ring in ihre Jackentasche steckte. „Danke, Tante Syl. Das bedeutet mir sehr viel.“

Wie sie es sagte, klang so freundlich und aufrichtig, dass Juliet am liebsten geschrien hätte. Irgendeinen halb erstickten Laut musste sie wohl von sich gegeben haben, denn Sylvia wandte sich wieder ihr zu. „Hast du nicht gesagt, du wolltest uns Tee holen, Liebes?“

„Ähm …“ Juliet brachte einfach kein Wort hervor. Sie schluckte, setzte noch einmal an. „Ich …“

Sie musste hier weg, raus aus diesem Zimmer. Denn wenn sie nicht die Flucht ergriff, würde sie eine Szene machen. Aber

Juliet tat so etwas einfach nicht, niemals machte sie jemandem eine Szene. Selbst als Greg sie verlassen hatte, war kein Ton über ihre Lippen gekommen. Nur dicke Tränen waren ihr übers Gesicht gelaufen, während sie beobachtet hatte, wie er in sein Auto stieg, die Tür zuschlug und davonfuhr.

Sie wandte den Blick zur Tür des Tagesraums, und dann – ohne eine bewusste Entscheidung getroffen zu haben – setzte sie sich in Bewegung. Verließ den Raum und ging durch den Korridor in die kleine Teeküche, in der die Pflegerinnen sich ihren Tee zubereiteten. Juliet war so oft hier, dass man ihr erlaubt hatte, den Raum jederzeit zu benutzen. Regungslos stand sie vor dem schlichten weißen Hängeschrank und starrte ihn an. Sie wusste, dass darin Teebeutel aufbewahrt wurden, aber noch öffnete sie nicht die Tür.

Tief in ihr regte sich etwas, wuchs unaufhaltsam, etwas Bitteres und Düsteres. Nein, das war kein freches Lachen über ein pelziges Bonbon. Es war etwas Kaltes, ein Gefühl der Leere, und es jagte ihr solche Angst ein, dass sie es niederkämpfte. Sie schloss die Augen und konzentrierte sich darauf, es verschwinden zu lassen.

Als sie schließlich meinte, sich wieder unter Kontrolle zu haben, öffnete sie die Schranktür, holte die Teedose mit der britischen Flagge darauf heraus, die irgendjemand vom letzten Thronjubiläum aufbewahrt hatte, und goss Tee für drei auf.

Was hätte sie auch sonst tun sollen?

Sie machte genau das, was sie nun mal am besten konnte: helfen. Und wenn die Menschen sich nur vage an sie erinnerten, solange sie das tat, so würde sie vermutlich komplett in Vergessenheit geraten, wenn sie es nicht mehr tat.

Gemma musterte Juliet von der Seite, als sie gemeinsam vom Pflegeheim wieder nach Hause fuhren.

„Was hast du?“

Juliets Gesichtsausdruck zeigte völlige Ruhe und Gelassenheit, aber sie umklammerte das Lenkrad so fest, dass sich die Sehnen auf ihrem Handrücken deutlich abzeichneten. Sie setzte den Blinker und bog mit gleichmäßiger Geschwindigkeit ab. „Nichts.“

Doch Gemma wollte die Sache nicht auf sich beruhen lassen. Ganz offensichtlich verließ Juliet sich zwar darauf, und normalerweise hätte sie diesen Weg auch gewählt. Zwischen ihnen herrschte schon genug Spannung, auch ohne dass noch mehr Streitpunkte zur Sprache kamen. Aber heute – vielleicht lag es daran, dass sie sich ein wenig schuldig fühlte – beschloss sie weiterzubohren. „Nun, das stimmt ganz augenscheinlich nicht. Sonst würdest du nicht so einen Flunsch ziehen.“

Toll gemacht, Gemma. Nette und freundliche Gesprächseröffnung.

Aber dann redete sie trotzdem einfach weiter. „Du wolltest den Ring, nicht wahr?“

Die Anmerkung tat ihr leid, noch bevor sie den Mund wieder geschlossen hatte. Warum hatte sie das gesagt? Warum nur? Sie hatte sich vorgenommen, das Thema vorsichtig anzuschneiden und Juliet Gelegenheit zu geben, von sich aus etwas dazu zu sagen. Da Juliet sich bis zu dem Augenblick, in dem der Ring ins Spiel kam, fast normal verhalten hatte, war es nicht schwer zu erraten gewesen, dass die Laune ihrer Schwester irgendetwas mit dem Schmuckstück zu tun hatte.

„Nein“, antwortete Juliet, aber ihre gelassen wirkenden Gesichtszüge drohten zu entgleisen. Die Zähne fest zusammengebissen, funkelte sie den entgegenkommenden Verkehr zornig an, während sie darauf wartete, rechts abbiegen zu können.

„Doch, wolltest du. Er entspricht genau diesem altmodischen Zeug, für das du dich so ungeheuer begeistern kannst.“

Kurzerhand fuhr Juliet auf den Bordstein, blieb stehen und zog die Handbremse mit einem Ruck an, bevor sie sich Gemma zuwandte. „Es geht nicht um den Ring. Jedenfalls nicht um die Diamanten und das Gold …“ Sie schüttelte den Kopf und stieß einen ärgerlichen Seufzer aus. „Es geht um … Ach, vergiss es. Du verstehst das sowieso nicht.“

„Ich bin kein kleines Kind mehr, Juliet. Du könntest wenigstens versuchen, mir die Chance zu geben, etwas zu verstehen.

Aber das tust du nie. Also red schon … Was ist so unglaublich komplex, dass mein armer kleiner Geist niemals hoffen kann, es zu begreifen?"

Juliet hielt den Blick starr auf die Straße vor ihnen gerichtet, und als sie redete, klang ihre Stimme schwer. „Ich wünschte mir nur, jemand würde wenigstens ein Mal zuerst an mich denken. Das ist alles. Ich bin es einfach leid, immer nur zweite Wahl zu sein." Sie überlegte einen Moment. „Nein, das trifft es nicht ganz. Ich bin es leid, immer nur die Aufwärmnummer zu sein."

Gemma sah sie verdutzt an, die Nase krausgezogen. „Häh?"

„Das ist die Geschichte meines Lebens", erklärte Juliet bitter. „Nimm Greg – ich habe das Gefühl, einfach nur eine Frau zu sein, mit der er sich zufriedengegeben hat, bis er die wahre Liebe seines Lebens gefunden hat. Im Grunde habe ich nur für Bloody Anoushka den Stuhl warmgehalten."

Wenn Gemma es nicht besser gewusst hätte, wäre sie auf die Idee gekommen, die Frau hieße wirklich Bloody Anoushka, denn Juliet hatte sie noch nie anders genannt.

Als sie weitersprach, wurde ihre Stimme hart. „Und dann bist da noch du …"

Sofort sah Gemma sich in die Defensive gedrängt. „Ich? Was habe ich getan?"

Juliet schaute über ihre Schulter nach hinten, setzte den Blinker, löste die Handbremse und fuhr weiter. „Tu nicht so, als ob du nicht wüsstest, dass du immer der Liebling warst. Kaum warst du auf der Welt, hatten Mum und Dad auch schon einen Narren an dir gefressen, und ich bin immer mehr in den Hintergrund getreten. Gerade so, als hätten sie an mir geübt, bis sie für dich bereit waren."

Mit offenem Mund sah Gemma sie an. Wie konnte Juliet nur so etwas glauben? Bei jedem Besuch in ihrem Elternhaus hatte ihre Mutter von nichts anderem geredet als davon, wie wunderschön Juliets Hochzeit gewesen war, wie fantastisch sie kochen konnte, wie bezaubernd ihre Kinder waren. Nur um schließlich zu fragen, warum Gemma sich nicht endlich einen netten

Mann wie Greg suchte, statt ihre Zeit mit all diesen Losern zu verschwenden. Wusste Juliet das etwa nicht?

Ihr wurde schwer ums Herz. Oh, verdammt.

Wenn Juliet das tatsächlich glaubte, war es kein Wunder, dass bei jeder ihrer Begegnungen ein Hauch von Feindseligkeit in der Luft lag. Leider würden sie vermutlich mindestens weitere zehn Jahre brauchen, um diese Sache zu klären, und Gemma hatte im Moment dringlichere Probleme. Zum Beispiel, wie sie einen ausgewachsenen Nervenzusammenbruch ihrer Schwester verhindern sollte, wenn sie endlich aussprach, um was sie schon den ganzen Nachmittag herumschlich, aber nicht zu sagen gewagt hatte.

Eins nach dem anderen … Sie zermarterte sich das Hirn auf der Suche nach einem Weg, die Unterhaltung in fröhlichere Bahnen zu lenken. Schließlich war es wichtig, dass Juliet sich behaglich fühlte und in nachsichtiger Stimmung war, wenn sie ihr die Hiobsbotschaft eröffnete.

„Ich glaube, du solltest den Ring haben“, beschloss sie und nickte dazu. „Schließlich bist du die Älteste. Das ist sinnvoll.“

Juliet fuhr weiter, aber zugleich schien sie sehr still zu werden, und Gemma erkannte urplötzlich, dass sie vielleicht als Allerletzte begriffen hatte, wem der Ring von Anfang an zugedacht gewesen war.

„Ich meine es so, wie ich gesagt habe. Es geht mir nicht um die Diamanten“, erklärte Juliet. „Außerdem gehört der Ring Tante Sylvia, und sie kann ihn schenken, wem immer sie will.“

Gemma runzelte die Stirn. „Sie wirkte heute ein wenig durcheinander …“

Ein müder Seufzer war die Antwort. „Das ist es nicht allein, Gemma. Und du wüsstest das, wenn du öfter hier wärst. Ich besuche sie zweimal die Woche, und seit Oktober hat sie sich vielleicht fünf- oder sechsmal daran erinnert, wer ich bin.“

„Sei nicht albern.“ Tante Sylvia konnte unmöglich so schlecht drauf sein. Zumindest wollte Gemma nicht glauben, dass sie so sehr abgebaut hatte. Das konnte doch unmöglich dieser beherzten alten Dame passieren, die immer einen so scharfen Verstand gehabt hatte? Die sie beim Rommé jedes Mal geschlagen hatte, unabhängig davon, wie sehr Gemma sich auch bemühte? „Natürlich erinnert sie sich an dich“, widersprach sie Juliet. „Sie hat nur hin und wieder ein Problem mit Namen.“

„Du betrügst dich selbst, siehst die Dinge nur aus deiner einzigartigen und sich ausschließlich um dich drehenden Perspektive. Wie immer“, gab Juliet zurück und verfiel damit wieder ein wenig in ihre normale selbstgerechte Haltung. „Ob du es wahrhaben willst oder nicht, es geht rasend schnell abwärts mit ihr, und das ist ein weiterer Grund, warum ich dieses Jahr zu Weihnachten wirklich auf deine Hilfe angewiesen bin.“

Gemma riss erschrocken die Augen auf. An jedem anderen Tag wäre sie auf törichte Weise stolz gewesen, Juliet so etwas sagen zu hören. Aber heute war es das Letzte, was sie hören wollte. Alles, was sie jetzt tun würde, würde beweisen, dass Juliet wieder einmal mit ihrer Einschätzung ihrer Schwester recht hatte.

Sie schluckte. Oh, verflucht. Sie musste es ihr sagen. Es ließ sich nicht länger aufschieben. Das zumindest war sie Juliet schuldig.

Und so platzte sie in dem Moment, als ihre Schwester in ihre Einfahrt einbog und den Motor ausschaltete, mit dem Geheimnis heraus, das sie den ganzen Nachmittag für sich behalten hatte.

6. KAPITEL

Ich glaube das einfach nicht!", schrie Juliet, stürmte durch die Haustür und den Eingangsflur hinunter. Sie wusste nicht mal genau, wohin sie eigentlich ging, aber sie musste einfach in Bewegung bleiben. Als sie das Arbeitszimmer erreichte, drehte sie um und lief zurück zu Gemma, die noch im Flur stand. „Du düst über Weihnachten ab in die Karibik und lässt mich hier im Stich? Wieder einmal?"

Ihre Schwester öffnete den Mund, schloss ihn wieder und brachte keinen Ton heraus.

„Und dann auch noch St. Lucia!", kreischte Juliet. „Streu nur Salz in die Wunde, nur zu!"

Schlagartig wurde ihr bewusst, dass von der Wohnzimmertür aus vier Augenpaare die Szene beobachteten. Sie stieß einen frustrierten Schrei aus und marschierte in Richtung Küche. Was vermutlich keine gute Idee war, dachte Gemma. Da drin befanden sich schwere Gegenstände. Und Messer.

Dennoch war Gemma entweder dumm oder tollkühn genug, um ihr zu folgen.

„Es tut mir leid", sagte sie. Der Blick aus ihren weit aufgerissenen Augen, in denen Tränen standen, war sorgenvoll.

Juliet spürte, wie ein Hauch von Mitgefühl und Verständnis sich in ihr rührte, aber sie kämpfte es nieder. So lief das nicht. Diesmal nicht.

Sie sog die Luft zwischen den Zähnen hindurch ein, hielt einen Moment den Atem an und stieß ihn wieder aus. „Du hast es versprochen. Ich bin im Rückstand mit meinen Vorbereitungen, weil jedes Mal, wenn ich eine Sache abhaken will, irgendetwas Unerwartetes dazwischenkommt. Mir bleibt vor Weihnachten jetzt schon kaum noch Zeit zum Schlafen – und dabei bin ich noch davon ausgegangen, dass du da bist und mir hilfst."

„Juliet, du machst dir so entsetzlich viel Arbeit mit dieser Sache. Aber darum geht es bei Weihnachten doch gar nicht. Heiligabend heißt nicht umsonst so. Das ist ein Fest voller Ruhe und Besinnung. Und Erholung. Warum gönnst du dir nicht ein ruhiges Weihnachten, nur du und die Kinder, und hebst dir den Aufwand für ein anderes Jahr auf?"

Ihre Schwester hatte offenbar wirklich keinen blassen Schimmer. Für ein ruhiges Weihnachtsfest war es längst zu spät.

„Da wären die Kinder – die sich nebenbei bemerkt zurzeit wie kleine Ungeheuer aufführen. Außerdem habe ich mit dem Pflegeheim abgesprochen, dass Tante Sylvia den Tag mit uns verbringt. Doris Waterman kommt, sie besucht uns immer zu Weihnachten, weil alle ihre Kinder in Amerika leben. Dann sind da noch ein paar Au-pair-Mädchen, die unsere Kirchengemeinde besuchen. Und nachträglich noch hinzugekommen: Onkel Tony und seine neue Freundin."

Gemma zog die Brauen hoch. „Wer ist Onkel Tony?"

„*Gemma!* Das ist doch jetzt völlig belanglos. Ich hätte nie so viele Leute eingeladen, wenn ich nicht davon ausgegangen wäre, dass du hier bist und mir hilfst."

Juliet ließ sich auf einen Stuhl fallen und legte den Kopf auf den Küchentisch. In ihrer rechten Schläfe hatte es in dem Moment begonnen zu pochen, in dem Gemma ihr eröffnet hatte, sie habe für den achtzehnten ein Flugticket nach St. Lucia. Jetzt hatte sie Angst, dass ihr eine Ader im Gehirn platzte, wenn sie nicht versuchte, sich ein bisschen zu beruhigen.

Ihr war zum Heulen zumute, richtig zum Heulen. Nicht die paar Tränchen, die man verdrückte und mit einem Papiertaschentuch wegtupfte, sondern ein ausgewachsener Weinkrampf, bei dem man klang wie ein geistig minderbemittelter Pavian und jede Menge Rotz produzierte.

Gemma fluchte leise, und Juliet hörte, wie ein Küchenstuhl über den Fliesenboden gezogen wurde. Das anschließende Rascheln von Stoff zeigte ihr, dass ihre Schwester sich zu ihr an den Tisch gesetzt hatte. „Das war mir nicht bewusst ..."

Juliet hob den Kopf und starrte ihre Schwester an. „Dir ist nie etwas bewusst. Genau da liegt das Problem." Es war höchste Zeit, dass Gemma die Verantwortung für ihre Taten übernahm. Juliet würde sie diesmal nicht ungeschoren davonkommen lassen, nur weil sie eine Entschuldigung murmelte und sie anschaute wie ein geprügelter Hund. „Warum tust du so etwas?"

„Ich weiß nicht", jammerte Gemma. „Das war eine spontane Entscheidung. Du hast mir diese pampige SMS geschickt, und dann gab es Ärger bei der Arbeit, und …"

„Erspar mir die Details", fiel Juliet ihr trocken ins Wort. „Wir wissen alle, wie toll dein Job ist und wie viel wichtiger als die Berufe anderer Leute. Es muss wirklich hart sein, den ganzen Tag um Filmstars herumzuscharwenzeln. Du Arme."

Gemma funkelte sie zornig an. „Es gehört eine Menge mehr dazu. Ich tänzele nicht nur durch die Gegend und klimpere mit den Wimpern, weißt du. Ich bin eine der gefragtesten Regieassistentinnen im Filmgeschäft."

„Oh ja. Entschuldige. Ich habe vergessen, niederzuknien und im Tempel die Göttin Gemma anzubeten. Ich bitte um Vergebung."

In der Miene ihrer Schwester tauchte eine Härte auf, die Juliet noch nie gesehen hatte. „Ich glaube, es gefiel mir besser, als du diesen Hass in dir hast brodeln und schwären lassen, hermetisch abgeriegelt durch einen fetten Stöpsel im Arsch", erklärte sie.

Juliet stand auf und trat ans Fenster. „Tja, du hast den Stöpsel gezogen", gab sie überlegen zurück. „Es ist nicht meine Schuld, wenn dich der Gestank stört."

Damit hatte sie natürlich recht. Gemma konnte nicht leugnen, dass sie selbst diese kompromisslose Version ihrer Schwester zum Vorschein gebracht hatte. Für einen Moment schoss ihr der Spruch „Sei vorsichtig, was du dir wünschst – es könnte in Erfüllung gehen" durch den Kopf, aber sie hatte noch nie auf Ratschläge gehört. Schon gar nicht auf ihre eigenen.

Es war nur ein Augenblick plötzlichen Wahnsinns am Ende eines wirklich langen Drehs gewesen. All ihre mentale Energie war verbraucht, und in ihrem Kopf schwirrten nur noch die Fantasien von tropischen Inseln herum, denen sie sich seit Wochen hingab. Und dann hatte Juliets SMS sie wie aus dem Hinterhalt getroffen und Gemma den Rest gegeben.

„Warum in aller Welt gibst du erst so ein Versprechen, nur um es dann zu brechen?", jammerte Juliet.

Um ehrlich zu sein, hatte der Gin den größten Teil jener Unterhaltung aus ihrem Gedächtnis getilgt. Sie konnte sich nicht wirklich daran erinnern, irgendetwas *versprochen* zu haben. „Ich sage doch immer, dass ich Weihnachten komme, und tue es nie", murmelte sie.

Fast hätte Juliet darüber gelacht. „Und das soll es besser machen?"

Gemma schüttelte den Kopf. Schon in dem Moment, in dem sie die Worte ausgesprochen hatte, war ihr klar gewesen, was für eine lahme Ausrede das war. Aber bevor sie mit ihrem impulsiven Klick auf die Urlaubswerbung in dem Kästchen auf ihrer Internetseite alles verdorben hatte, war sie tatsächlich davon ausgegangen, Weihnachten bei Juliet in Tunbridge Wells zu verbringen. Nicht dass ihre Schwester ihr das jetzt noch abnehmen würde.

„Es tut mir leid", beteuerte sie. Das war ihr Ernst. „Ich schwöre, dass ich nächstes Jahr kommen werde. Und dann bleibe ich einen ganzen Monat, wenn ich muss." Warum nur gab sie immer wieder solche Versprechen? Manchmal musste sie wirklich ihr Gehirn in Betrieb nehmen, bevor sie etwas sagte, besonders wenn es in Verbindung mit Juliet stand.

Ihre Schwester verschränkte die Arme vor der Brust und schaute sie an. „Wenn du *musst*?"

Okay, ganz so hatte sie das nicht gemeint. „Ich meine, wenn du mich brauchst."

Der überhebliche Ausdruck im Gesicht ihrer Schwester sagte ihr, dass Juliet sie in etwa so dringend brauchte wie ein Loch im Kopf. Diese Erkenntnis traf Gemma wie eine Kugel in die Brust. Kein Wunder, dass sie es nach Möglichkeit vermied hierherzukommen. Juliet hatte kein Interesse daran, ihr Verhältnis zueinander zu verbessern, und das jetzt ... Diese Diskussion war wieder nur ein Wettkampf, in dem es darum ging, wer die meisten Treffer erzielte. Und einmal mehr stand Gemma von vornherein als Verliererin fest.

Allerdings hatte sie diesmal selbst genug Munition, um sich zu wehren. „Weißt du, warum ich fernbleibe? Willst du es wirklich wissen?"

„Erleuchte mich, du Weise ..."

Diesen sarkastischen, herablassenden Ton hatte Juliet ihr gegenüber schon oft angeschlagen, und zwar nur ihr gegenüber, und diesmal brachte er sie sofort auf die Palme. „Weil ich, selbst wenn ich das Richtige tue, es dennoch in deinen Augen falsch mache. Wenn ich mich bemühe, gebe ich mir nicht genug Mühe. Es ist entsetzlich kraftraubend, deine Schwester zu sein. Ich kann nicht so sein, wie du es dir wünschst. Denn dieser Mensch, der ich deiner Meinung nach sein sollte, bist du! Ich bin nicht du, Juliet. Und stell dir vor, ich will es auch nicht sein."

Oh oh. Vielleicht war sie damit ein bisschen zu weit gegangen, denn Juliet lief tiefrot an und schien größte Mühe zu haben, einen zusammenhängenden Satz herauszubringen. Gemma riss die Augen auf, als Juliet auf sie zumarschierte und ihr einen makellos lackierten Fingernagel in die Brust bohrte.

„Nun, vielleicht wäre ich ja gern so egoistisch wie du. Vielleicht wünsche ich mir, *ich* könnte in die Karibik abdüsen und Weihnachten einmal jemand anderem überlassen. Das habe ich, weiß Gott, verdient!"

Während Gemma ihre Schwester sprachlos anstarrte, fiel ihr auf, wie viel älter Juliet wirkte. Wie viel erschöpfter. Neue Fältchen zogen sich um ihre Augen, und ihre Strähnen waren offenbar seit Monaten nicht aufgefrischt worden. Es war ihr vorher nicht aufgefallen, weil Juliet immer so perfekt zurechtgemacht gewirkt hatte, und sie nahm an, dass sie einfach davon ausgegangen war, es würde immer so bleiben. Aber als sie ihre Schwester jetzt so betrachtete, hatte sie das Gefühl, einem impressionistischen Gemälde gegenüberzustehen. Von Weitem schien alles perfekt und hübsch, aber aus der Nähe betrachtet, bestand das Bild nur aus einem Wirrwarr von Punkten und Klecksen.

Nein, das war nicht eine von Juliets üblichen Tiraden über Verantwortung gegenüber der Familie. Irgendetwas stimmte nicht. Und zwar ganz und gar nicht. Es sah danach aus, als hätte sich über Monate etwas zusammengebraut, das niemand – nicht einmal Juliet – bemerkt hatte.

Gemma hatte noch nie an Eingebungen von oben geglaubt, aber genau das ereilte sie in den folgenden Sekunden. Sie erlebte einen blendenden Moment voller Klarheit.

„Vielleicht solltest du das tun“, sagte sie.

„Vielleicht sollte ich was tun?“

Sie sah Juliet direkt in die Augen. „Abhauen und Weihnachten jemand anderem überlassen.“

Juliet starrte sie an. „Wovon in aller Welt redest du eigentlich?“

„Du hast recht“, fuhr Gemma fort und stand auf, um ihrer Schwester auf Augenhöhe begegnen zu können. „Immer bist du diejenige, die alles tun muss. Vielleicht wird es Zeit, dass ein anderer übernimmt.“

Um Juliets Lippen zuckte es, und Gemma hätte nicht sagen können, ob sie gleich loslachen oder weinen würde. „Und wie – von einem himmlischen Eingreifen mal abgesehen – sollte das geschehen?“, erkundigte sie sich. In ihrer Stimme klang mehr als nur ein Hauch von Verzweiflung mit.

„Nimm meine Flugtickets und fliege für vierzehn Tage nach St. Lucia.“

Juliet starrte ihre Schwester an. „Ist dir ein Aneurysma geplatzt, oder wie? Ich kann nicht einfach die Koffer packen, meine Kinder alleinlassen und für vierzehn Tage in die Karibik entfleuchen.“

Sehr direkt erwiderte Gemma ihren Blick. „Doch, das kannst du.“

Sie schüttelte den Kopf. „Nein.“ Ihr Kopfschütteln wurde nachdrücklicher. „Du tust so etwas, Gemma. Ich nicht. Das kann ich nicht. Und was soll ich in Bezug auf Weihnachten tun? Ich habe schon alle Einladungen verschickt. Es sind nicht einmal mehr zwei Wochen bis zum großen Fest, da kann ich sie nicht einfach zurückziehen. Wer soll das Essen kochen und sich um alles andere kümmern?“

„Ich werde das tun“, erwiderte Gemma. Sie wirkte todernst. „Wir tauschen einfach. Du kannst mein Weihnachten haben, und ich kümmere mich um deines.“

Das war der Moment, in dem Juliet zu lachen begann. Nicht etwa nur zu kichern, nein: Sie warf den Kopf in den Nacken und bellte ihre Belustigung heraus, bis ihre Kehle wund war und ihr die Augen tränten. Die Kinder, die sich seit der Rückkehr der beiden Schwestern wohlweislich im Wohnzimmer versteckt hatten, kamen angerannt, um zu sehen, was diesen Heiterkeitsausbruch ausgelöst hatte.

Als Juliet schließlich die Augen wieder öffnete, entdeckte sie, dass alle vier in der Küche standen und sie anstarrten. Vor allem Violet wirkte ein bisschen besorgt. Sie klammerte sich an Polly, die überhaupt nicht beunruhigt wirkte, sondern nur neugierig. Die Jungs waren noch so klein, dass sie sich hatten anstecken lassen und mit ihr lachten, ohne zu wissen, worüber eigentlich gelacht wurde.

Sie atmete tief ein, um sich zu beruhigen, und lächelte ihre Kinder an.

„Was ist los, Mum?“, wollte Vi wissen. In ihrem Gesicht lag vorsichtige Wachsamkeit.

Juliet seufzte. „Nichts. Tante Gemma hat nur gerade etwas sehr, sehr Witziges gesagt. Das ist alles.“

„Es war kein Scherz“, murmelte Gemma.

Erneut musste Juliet kichern. „Ich weiß.“

Gemma stemmte ihre Hände in die Hüften. „Ich könnte das Weihnachtsessen zubereiten.“

Ihr Gesichtsausdruck erinnerte Juliet an die Zeit, als Gemma etwa zwei gewesen war und Juliet sieben. Damals hatte Gemma sich geweigert, noch länger Windeln zu tragen, weil ihre große Schwester auch keine trug. Wie immer hatte sie ihren Willen durchgesetzt, und wie immer hatten alle anderen wochenlang die Schäden beseitigt.

„Dazu bedarf es nicht nur guter Kochkenntnisse, sondern auch Organisationstalent und strategischer Planung“, warnte Juliet. „Du kannst nicht einfach am Morgen aufstehen und improvisieren, weißt du.“

Ihre Schwester funkelte sie böse an. „Du hast keine Ahnung, was ich den ganzen Tag tue, wenn ich arbeite, nicht wahr? Logistik ist mein Ding. Das kann ich am allerbesten."

Juliet gab sich größte Mühe, nicht wieder in Gelächter auszubrechen. Und scheiterte.

Die kleineren Kinder verzogen sich, als sie merkten, dass der Spaß vorbei war und ein neuer Streit auszubrechen drohte. Nur Violet blieb, um sich die ganze Geschichte anzuhören. „Warum redet ihr davon, dass Tante Gemma das Weihnachtsessen kocht?", fragte sie. „Du gehst doch nicht weg, oder?"

Das ernüchterte Juliet auf einen Schlag. „Nein, Liebes, natürlich nicht." Sie hatte geglaubt, Vi habe es von allen ihren Kindern am wenigsten getroffen, als sie ihnen eröffnen musste, sie würden ihren Vater zu Weihnachten nicht sehen. Aber vielleicht hatte sie sich auch nur täuschen lassen von der scheinbaren Ungerührtheit, die für Teenager so typisch war. Sie ging zu ihrer Ältesten und nahm sie in den Arm. Und Violet ließ das sogar zu. „Gemma hat nur einen Witz gemacht – sie hat vorgeschlagen, ich sollte ihren Strandurlaub antreten, und sie bliebe hier, um sich um euch zu kümmern. Es war nicht ernst gemeint.

Empört stieß Gemma die Luft aus. „Ich sagte doch, das war kein Scherz! Ich habe versucht, nett zu sein."

„Du bist nett, Tante Gemma", entgegnete Vi, löste einen Arm von ihrer Mutter und lud ihre Tante ein, sie von der anderen Seite in den Arm zu nehmen. Gemma verdrehte die Augen, enttäuschte ihre Nichte aber nicht. Also blieben sie und Juliet ein paar Augenblicke so stehen, vereint durch eine Fünfzehnjährige, und berührten einander sogar beinahe. Aber sobald Violet sie beide losließ, zogen die beiden Schwestern sich in entgegengesetzte Ecken der Küche zurück und musterten einander wie Boxer im Ring.

Juliet starrte Gemma weiter an, wandte sich aber besänftigend an ihre Tochter. „Kannst du mal nach den Jungs sehen, Vi? Es ist schrecklich still geworden, und normalerweise bedeutet das Ärger."

Violet ließ nervös den Blick zwischen ihrer Tante und ihrer Mutter hin- und herwandern, bevor sie die Küche verließ, um nach ihren Brüdern zu sehen.

Gemma reckte ihr Kinn vor. „Ich habe gemeint, was ich gesagt habe. Mein Angebot steht."

Juliet schüttelte den Kopf. Er fühlte sich so schwer an auf ihren Schultern. „Ich weiß, dass du es so gemeint hast", erwiderte sie erschöpft. „Und das ist ganz besonders traurig an der Geschichte. Denn wenn du mich wirklich kennen würdest, wenn du auch nur ein kleines bisschen über mich wüsstest, dann wäre dir klar, dass ich niemals meine Kinder über Weihnachten alleinlassen würde."

7. KAPITEL

Als Juliet aufwachte, lag ihr Gesicht auf etwas Glattem und Flachem. Und Feuchtem. Sie führte einen Finger an ihren Mundwinkel und stellte fest, dass sie geseibert hatte. Ein paarmal blinzelte sie und versuchte zu begreifen, wo sie eigentlich war. Das harte Etwas unter ihrer Wange entpuppte sich als Küchentisch. Die Deckenlampe war an, und deren grelles Licht sorgte dafür, dass Juliet am liebsten ihre Augen wieder geschlossen hätte. Stattdessen stemmte sie sich mit den Händen hoch, sodass sie gerade saß, und schaute sich um. Auf dem Tisch vor ihr lag ein Haufen seidiger Stoff und Rauschgold.

Ach ja. Pollys Engelkostüm.

Das Letzte, woran sie sich erinnerte, war, dass sie sich die Augen gerieben und vorgenommen hatte, nur noch zehn Minuten weiterzuarbeiten. Dann hatte sie nach oben gehen, ins Bett kriechen und den Wecker auf halb sechs stellen wollen, um früh aufzustehen und das Kostüm am Morgen fertig zu nähen.

Sie drehte den Kopf und warf einen Blick auf die Uhr an der Wand. Zehn nach zwei. Vorsichtig lockerte sie ihre Kiefer. Sie war erschöpft, aber das war auch kein Wunder. Es hatte sie immer gefreut, dass all ihre Kinder Musikunterricht haben wollten, aber jetzt begann sie sich zu fragen, ob das wirklich so eine gute Idee gewesen war. Nicht nur, dass damit die unausweichliche Fahrerei verbunden war, um ihre Brut zum Unterricht zu bringen und wieder abzuholen. Nein, rund um Weihnachten kamen noch unzählige Gesangsproben dazu, Kostümproben und schließlich die ohrenbetäubenden Auftritte selbst.

Und dann die Weihnachtsbäckerei, das stundenlange Stehen hinter aufgebockten Tischen, das Ausschenken von Wein aus Tetrapacks, zu dem sie sich irgendwie immer breitschlagen ließ. Sie war in beiden Schulen ihrer Kinder im Elternrat, und es fragte schon niemand mehr, ob sie sich auch dieses Jahr wieder um die Erfrischungen kümmern würde. Jeder ging einfach davon aus, dass sie die Sache in die Hand nehmen, einen

Dienstplan mit willigen – und weniger willigen – Helfern erstellen und mit einem Zauberstab wedeln würde, und, Simsalabim, erschienen Wein, Weihnachtsgebäck, frisch gepresster Orangensaft und Kekse in Weihnachtsmannform wie aus dem Nichts.

Sie verschränkte ihre Hände, reckte die Arme über den Kopf und streckte sie, um ihren Rücken zu lockern. Dann gähnte sie ausgiebig, und schließlich starrte sie auf das halb fertige Engelkostüm auf dem Tisch vor ihr.

Sie musste nur noch das Rauschgold am Saum zu Ende anheften, einen Heiligenschein aus einem zweckentfremdeten Draht-Kleiderbügel basteln, ein bisschen Glitzer anbringen, und dann hatte sie es geschafft. Eigentlich hätte das Kostüm schon vor Wochen fertig sein und bereitliegen sollen. Das hätte auch geklappt – wenn sie denn davon gewusst hätte. Aber gestern beim Abendessen, zwischen zwei Happen Nudeln und hausgemachter Tomatensauce, hatte Polly laut gefragt, wo ihr Engelkostüm war.

„Welches Engelkostüm?“, gab Juliet zurück, während ihr Herz zu rasen begann und es sie eisig überlief.

„Das für den Chorauftritt“, erwiderte Polly und wandte ihre Aufmerksamkeit wieder den Tagliatelle zu, die sie um ihre Gabel wickelte. „Miss Barker hat uns allen einen Zettel mit nach Hause gegeben, auf dem stand, was wir tragen sollen.“

Juliet ließ den Abwasch stehen und rannte dorthin, wo Polly ihre Büchertasche im Flur hatte fallen lassen, als sie von der Schule nach Hause gekommen war. Eine rasche Durchsuchung förderte zwei Bücher, eine Handvoll Zeichnungen, eine leere Chipstüte und ein Paar schmutziger Socken ans Tageslicht. Keinen Zettel. „Hier ist nichts, Polly“, rief sie und marschierte mit der Büchertasche in der Hand in die Küche zurück.

Polly zuckte nur die Achseln und schlürfte das letzte Ende einer Tagliatelle schmatzend in ihren Mund. „Oh“, meinte sie völlig unbeeindruckt. „Dann liegt er wohl noch in der Schublade unter meinem Schreibtisch. Tut mir leid. Aber ich muss ein Engel sein, wenn ich morgen im Konzert mein Solo singe.“

Juliet schloss die Augen und zählte bis zehn. Und dann bis zwanzig. Wann, oh, wann würde man in den Schulen endlich lernen, dass es irgendwann zur Katastrophe kommen musste, wenn man den Kindern Zettel für die Eltern in die Hand drückte? Am liebsten hätte sie jemanden angebrüllt, aber sie biss die Zähne zusammen und schluckte das Bedürfnis hinunter.

„Macht nichts", erwiderte sie – nicht ganz so ruhig, wie sie es gern getan hätte. „Ist schon in Ordnung. Wir können sicher etwas aus einem Kopfkissen und ein bisschen Rauschgold machen."

In diesem Moment brach die immer so coole Haltung ihrer Tochter in sich zusammen. Sie starrte Juliet entsetzt an. „Ein *Kopfkissen*?"

Juliet nickte. „Mehr kann ich in letzter Minute nicht tun. Die Läden haben schon zu, und Violet hat heute Abend ihre Kostümprobe für den Tanzauftritt."

Pollys Augen füllten sich mit Tränen, ihre Lippen zitterten, und ihre Mundwinkel verzogen sich nach unten und außen. Sie hatte ihren Mund schon immer zu dieser seltsam rechtwinkligen Form verzogen, wenn sie weinte, schon als Baby. Greg hatte immer gewitzelt, das lasse sie aussehen wie einen Briefkasten, aber Juliet fand es nicht besonders witzig, als dicke Tränen über Pollys Wangen liefen und auf ihren Teller tropften.

„A-aber Tegan hat ein Disneykostüm, und Arabellas Oma hat ein Kostüm genäht, mit Federn an den Flügeln und allem."

Juliet kauerte sich neben Pollys Stuhl, umarmte sie und ignorierte geflissentlich die Zwillinge, die laut und voller Begeisterung das Weinen ihrer Schwester nachahmten. „Ich sorge dafür, dass es richtig gut aussieht. Versprochen. Wir nehmen die schicken Kissenbezüge aus dem Gästezimmer, die mit den Rüschen."

Polly verschränkte die Arme vor der Brust. „Nein. Das reicht nicht! Das ist nicht das, was ich wollte. Es muss perfekt werden."

Das war der Augenblick, in dem Juliet ihre mühsam beherrschte Geduld verlor. Was dabei herauskam? Eine völlig verspannte Mutter, die sich über die Nähmaschine beugte, und ein tränenüberströmtes Kind, das beim Zubettgehen eine Menge Extra-Streicheleinheiten brauchte. Schließlich war Violet das Brautjungfernkleid eingefallen, das sie zur Hochzeit von Gregs Schwester getragen hatte: Puffärmel, eine Schärpe und ein langes Rockteil aus naturweißer Seide. Ein paar Abänderungen und Ergänzungen hier und da würden es zu einem wundervollen Engelkostüm machen.

Herzhaft gähnend presste Juliet eine Hand auf den Mund und lehnte sich auf ihrem Sitz zurück. Dann schob sie den Stuhl vom Tisch ab, schlich aus der Küche und die Treppe hinauf ins Bett.

Am Morgen klingelte der Wecker viel zu früh, aber Juliet hatte weder die Zeit noch die Kraft, sich mit ihm zu streiten. Nachdem sie die Kinder zu den verschiedenen Schulen gebracht hatte, fuhr sie zu einem der nahe gelegenen Einkaufszentren. Beide Jungs wünschten sich das angesagteste Spielzeug dieses Jahres: eine Actionfigur, die alle möglichen Fähigkeiten hatte – was genau, daran konnte und wollte Juliet sich nicht wirklich erinnern –, aber der Onlineversandhandel, bei dem sie zwei Figuren hatte bestellen wollen, hatte ihr in einer E-Mail mitgeteilt, sie hätten nur noch eine auf Lager.

Keiner der anderen großen Onlinehändler konnte zusagen, die Figur noch vor Weihnachten zu liefern, soweit sie überhaupt noch Lagerbestände hatten. Und die Läden, die das Spielzeug anboten, zeigten allesamt auf ihren Webseiten, dass die Figur ausverkauft war. Wie aber sollte sie einem der Jungs sein Traumgeschenk geben und dem anderen nicht? Andererseits wusste sie, dass manche der großen Kaufhäuser die Möglichkeit, einen bestimmten Artikel über die Webseite zu reservieren, nicht anboten, wenn im Laden nur noch eine kleine Stückzahl vorrätig war. Ihre einzige Hoffnung lag jetzt darin, es in jedem einzelnen Geschäft zu versuchen, das den Artikel auf Lager haben mochte, und darauf zu bauen, dass einer von ihnen noch ein Einzelstück im Regal liegen hatte, das über die Webseite nicht reserviert werden konnte.

Sie war früh genug dran, um sofort einen Parkplatz zu finden, aus dem Wagen zu springen, bei Toy World nachzufragen, zu erfahren, dass in dieser Filiale kein Exemplar mehr lag, die Filiale in Maidstone aber möglicherweise noch eine der Figuren hatte, und wieder in ihren Wagen zu springen. Dafür brauchte sie gerade mal fünfzehn Minuten.

In Maidstone angelangt, sah die Sache jedoch leider ganz anders aus. Nachdem sie die Regale abgegrast hatte – vielleicht lag ja noch eine Figur ganz hinten oder war falsch einsortiert und hinter etwas anderem versteckt – und dabei erfolglos geblieben war, reihte sie sich in die Schlange am Servicestand ein. Natürlich tat hier nur ein Angestellter Dienst, ein außergewöhnlich pickliger und schwerfälliger Junge, der seinen Vorgesetzten ständig bitten musste, alles für ihn zu tun. Vermutlich hätte er sich von ihm sogar die Nase putzen lassen müssen.

Als sie nur noch eine Kundin vor sich hatte, stellte diese genau die Frage, die sie selbst stellen wollte, und bekam ein erschöpftes Nein zur Antwort. Dann war sie selbst an der Reihe. Sie und der junge Verkäufer starrten einander einen Moment wortlos an, Juliet stieß ein gemurmeltes „Was soll's?“ aus und verließ den Laden.

Als sie schließlich in Bluewater ankam, hatte sie schon fast ihren Lebenswillen verloren. Im Einkaufszentrum war die Hölle los. In den breiten Gängen drängten und schubsten sich die Leute, die Schlangen an den Kassen sämtlicher Läden waren kilometerlang, und die schwungvolle Musik, die aus den Lautsprechern an der Decke drang, löste in ihr den Wunsch aus, sich irgendeinen spitzen und scharfen Gegenstand zu greifen und damit auf jemanden loszugehen. Ganz ehrlich – wenn sie noch einmal „Frohe Weihnachten“ hörte, würde sie schreien!

Beide Spielzeugläden, zu denen sie sich schleppte, hatten in ihren Schaufenstern handgeschriebene Zettel hängen, auf denen Kunden von vornherein darauf aufmerksam gemacht wurden, dass Robotron Xtreme ausverkauft war. Vor Enttäuschung wie betäubt, betrat sie John Lewis, um sich durch den Anblick all der geschmackvollen Deko- und Geschenkartikel im Angebot zu beruhigen. Das funktionierte sogar. Jedenfalls so weit, dass ihr Verstand wieder zu arbeiten begann und sie entdeckte, dass der Laden in der obersten Etage eine Spielzeugabteilung hatte.

Eilig rannte sie zu einer der Rolltreppen, nahm hastig die Stufen und betrat die nächste. Sie marschierte durch die pinkfarbene Mädchen-Spielzeugabteilung und blieb plötzlich wie vom Donner gerührt stehen. Dort, eingezwängt zwischen Barbies und Hello Kittys, stand der heilige Gral: Robotron Xtreme! Offensichtlich hatte jemand, der es sich anders überlegt hatte, sich seiner einfach in der falschen Abteilung wieder entledigt.

Im Stillen schickte sie ein Dankgebet für diese wankelmütige Person gen Himmel, stürzte sich auf die Figur und drückte das Objekt ihrer Begierde mit beiden Armen fest an die Brust. Jetzt würde sie sich unter keinen Umständen mehr davon trennen, nicht mal, wenn jemand versuchen sollte, ihr Robotron mit Gewalt zu entreißen.

Nachdem sie das Spielzeug bezahlt und in einer Einkaufstüte verstaut hatte, eilte sie zu ihrem Auto zurück. Die Euphorie, die sie beim Kauf noch empfunden hatte, begann sich zu verflüchtigen. Auf der Fahrt zurück nach Tunbridge Wells fühlte sie sich wie in Trance. Ein rascher Blick auf die Uhr am Armaturenbrett ihres Wagens zeigte ihr, dass sie keine Zeit mehr hatte, erst nach Hause zu fahren. Also steuerte sie direkt die Schule von Polly und den Jungs an, versteckte das Geschenk im Kofferraum, bevor sie die drei aufsammelte, und fuhr dann weiter, um auch Vi abzuholen.

Die Zwillinge waren auf der kurzen Fahrt noch energiegeladener und lauter als sonst. Juliet fiel ein, dass sie an diesem Tag Klassenfest gefeiert hatten, und obwohl sämtliche Eltern sowohl etwas Gesundes als auch eine Leckerei zur Verköstigung beigetragen hatten, vermutete sie, dass ihre Jungs nichts als Süßigkeiten mit endlos vielen E-Nummern in sich hineingestopft hatten. Wahrscheinlich durfte die arme Lehrerin sich jetzt damit abplagen, jede Menge Schälchen voller Kirschtomaten und einen Riesenstapel rasch trocken werdender Vollkornsandwiches zu entsorgen.

„Ich habe Hunger", jammerte Josh.

„Ich auch", setzte sein Bruder hinzu.

„Sowie wir zu Hause sind, bereite ich das Abendessen zu." So leid es ihr tat, ein eher zweifelhafter Schmorbraten aus den Tiefen des Eisschranks würde reichen müssen. „Bis dahin müsst ihr schon noch warten."

Und sie hielt Wort. Keine zwanzig Minuten nach der Ankunft zu Hause stellte sie zäh aussehendes Fleisch auf den Tisch, dazu ein paar Scheiben von einem selbst gebackenen Brot, und rief die Kinder zu Tisch. Vi, Polly und Josh waren sofort zur Stelle, aber Jake ließ sich nicht blicken.

„Wo ist euer Bruder?", fragte sie in die Runde, schaute dabei aber in erster Linie Violet an, die sie dazu erziehen wollte, mehr Verantwortung zu übernehmen und ihr zur Seite zu stehen.

Violet verdrehte die Augen, sah an die Decke und verschränkte die Arme. „Woher soll ich das wissen? Ich gehe den Zwergen nach Möglichkeit aus dem Weg."

Juliet hatte im Moment keine Zeit, ihre Tochter wegen ihrer Haltung gegenüber ihren Brüdern zur Rede zu stellen. Polly musste schon um halb sieben in der Gemeindekirche sein, um sich auf das Chorkonzert vorzubereiten, das um Viertel nach sieben begann. Außerdem hatte sie versprochen, auf einen Glühwein und Mince Pies bei den Nachbarn vorbeizuschauen, wenn sie die Kleinen zu Bett gebracht hatte. Da sie nur wenige Häuser weit entfernt sein würde, hatte sie Violet bestochen, den Abend über den Babysitter für ihre jüngeren Geschwister zu spielen. Den Zehner, den ihre Tochter ihr als Gegenleistung abgeschwatzt hatte, betrachtete sie sogar als gutes Geschäft. Wann hatte sie das letzte Mal Gelegenheit gehabt, ein hübsches Kleid anzuziehen und sich mit Erwachsenen über Erwachsenenthemen zu unterhalten?

Außerdem würde Will da sein. Halb wünschte sie sich festzustellen, ob dieses seltsame Gefühl, das sie noch nicht wirklich mit einem Namen belegen wollte, wieder auftreten würde. Nicht dass sie gewusst hätte, was sie tun sollte, wenn sie wieder dieses seltsame Kribbeln spüren würde.

Sie entdeckte Jake hinter dem Sofa im Wohnzimmer, inmitten eines Haufens kleiner goldener Einwickelfolien. Sie brauchte nur wenige Sekunden, um zu begreifen, was geschehen war. Der hungrige kleine Mann hatte den Weihnachtsbaum geplündert und die Dekokugeln aus belgischer Schokolade verputzt, die sie ein paar Tage zuvor aufgehängt hatte. Jetzt bedauerte er das gründlich. Aus großen Augen schaute er zu ihr hoch, aschgrau im Gesicht.

Oh nein!

Juliet kannte diesen Gesichtsausdruck. Rasch hob sie ihren Sohn hoch, als er seine Hand auf den Mund drückte und murmelte: „Ich fühle mich nicht sehr gut."

Glücklicherweise gab es eine Toilette im Erdgeschoss. Unglücklicherweise kamen sie aber nur bis in den Flur, bevor das Unvermeidliche geschah. Das Geräusch von hochgewürgten Party-Leckereien und flüssiger Schokolade, die auf den gefliesten Fußboden platschten, war alles andere als schön. Juliet verdrängte ihren Ekel und lief einfach weiter.

Als das Schlimmste überstanden war, rief sie nach Violet, damit sie ein Auge auf ihren Bruder hielt, und holte Wischlappen, Eimer und Reiniger, um die Sauerei zu beseitigen. Erst jetzt entdeckte sie, dass nicht nur die Fliesen Jakes Gier zum Opfer gefallen waren. Pollys Engelkostüm hing über dem Stuhl im Eingangsbereich. Sie hatte es zwar in eine Folientüte aus der Reinigung gesteckt, aber der Saum schaute unten hervor, und jetzt trockneten Spuren von rosa-braunem Erbrochenem auf dem Rauschgold.

Sofort war der Fußboden vergessen. Sie schnappte sich das Kleid und rannte damit in den Hauswirtschaftsraum. Eine andere Möglichkeit, als die ganze harte Arbeit, die sie in der Nacht zuvor investiert hatte, zunichte zu machen, gab es nicht. Also riss sie das Rauschgold von der Seide, bevor Flecken auf den hauchzarten Stoff gerieten. Vielleicht ließ sich ein bisschen frisches Rauschgold um die Taille binden, um den Hauch von Glitzer erzielen, mit dem der jetzt wieder schlichte Saum nicht aufwarten konnte?

Von der offenen Tür hinter ihr erklang lautes Jammern, und als sie sich umdrehte, entdeckte sie ihre jüngste Tochter. Tränen liefen ihr übers Gesicht. Juliet ließ das Kleid Kleid sein und zog Polly fest in ihre Arme. „Schon gut“, sagte sie ruhig, obwohl sie fühlen konnte, wie die Temperatur in ihrem Innern anstieg, Stimmen in ihrem Kopf sie anschrien, dass die Zeit ihr davonlief, der Fußboden gewischt werden musste und über der Toilette nebenan immer noch ein graugesichtiges Kind kauerte. „Ich bringe das wieder in Ordnung. Dann sieht es genauso schön aus wie vorher. Wart's einfach ab. Und jetzt geh und iss dein Abendessen.“

Unter Tränen nickte Polly und trottete zurück in die Küche. Juliet starrte auf das Kleid. In ihrem Kopf hämmerte es. Was hatte sie eben noch geplant, um das Kostüm zu retten? Irgendwas mit Rauschgold, aber es fiel ihr partout nicht wieder ein. Und jetzt war es sowieso egal, weil sie im Moment keine Zeit dafür hatte.

Sie eilte nach nebenan, um nach Jake zu sehen. Offensichtlich tat er sich selbst leid, aber immerhin hatte er sich nicht noch einmal übergeben. Mit etwas Glück blieb es dabei, jetzt, wo sein überforderter Magen sich Luft verschafft hatte. Sie war sich ziemlich sicher, dass das Ganze nur von der vielen Schokolade kam und kein Symptom des gefürchteten Brechdurchfalls war, der an der Schule grassierte.

„Wie geht es dir?“, erkundigte sie sich, kauerte sich neben ihn und rieb ihm den Rücken.

„Bisschen besser“, murmelte er niedergeschlagen.

Sie wischte ihm das Gesicht ab, brachte ihn nach oben, damit er sich die Zähne putzen konnte, nahm ihn dann wieder mit nach unten und machte es ihm unter einer Decke auf dem Sofa bequem, einen Eimer neben ihm auf dem Boden. Ja, ihre wunderschönen Polster waren hier in Gefahr, aber so konnte sie schneller bei ihm sein, wenn er sie brauchte.

„Ruf mich einfach, wenn du mich brauchst“, sagte sie. „Ich bin gleich wieder bei dir. Jetzt muss ich mich aber erst mal um Pollys Kleid kümmern.“

In den nächsten fünfzehn Minuten rannte sie permanent zwischen Jake, den anderen Kindern, die in der Küche zu Abend aßen, und dem Hauswirtschaftsraum hin und her, um nachzuschauen, ob sich doch noch Flecken auf dem Kleid ausbildeten, nachdem die Saumverzierung entfernt war. Auf ihrem Weg durchs Wohnzimmer holte sie sich ein wenig Lametta, um Pollys Kostüm wieder zu vervollständigen, und lief dann nach oben. Für das kleine Schwarze blieb ihr nachher vermutlich keine Zeit mehr, aber vielleicht konnte sie die Sachen, die sie trug, mit höheren Schuhen und ihrem silberfarbenen Cardigan ein bisschen aufhübschen für das Konzert.

Zurück im Erdgeschoss, wandte sie sich an Violet. „Du kannst hier ein bisschen aufpassen, während ich Polly in die Kirche fahre", erklärte sie ihr.

Violet verschränkte die Arme vor der Brust. „Ich putze nicht hinter ihm her, wenn er wieder kotzen muss."

„Fein", gab Juliet zurück, während sie Polly den Sommerregenmantel aus- und den Wintermantel anzog. Wann würde das Kind jemals lernen, sich der Jahreszeit und dem Wetter entsprechend anzuziehen? „Dann pass wenigstens auf, dass er auf dem Sofa liegen bleibt und sich in den Eimer übergibt."

Violet verzog das Gesicht und marschierte davon. Juliet griff nach dem Engelkleid, nahm ihr warm eingemummeltes Kind an die Hand und eilte mit beidem zum Auto. Sie hatte sich ausgerechnet, dass ihr gerade genug Zeit blieb, Polly abzuliefern, nach Hause zurückzufahren, um sich zu schminken – genauer gesagt, um ihr Make-up ein wenig aufzufrischen –, sich die Haare zu bürsten, ein Paar passende hochhackige Schuhe rauszusuchen und anschließend zurück zur Kirche zu fahren, um die Bewirtung der Gäste zu übernehmen. Josh wollte sie mitnehmen, damit Violet sich in Ruhe um ihren anderen Bruder kümmern konnte. Und falls es Jake besser gehen sollte, wenn sie zurück war, konnte sie vielleicht doch noch wenigstens kurz bei Mike und Sarah vorbeischauen, um ihnen Frohe Weihnachten zu wünschen und die nette Flasche Wein zu übergeben, die sie für die beiden gekauft hatte. War es denn wirklich zu viel verlangt, sich ein Glas Glühwein und zwanzig Minuten Unterhaltung unter Erwachsenen gönnen zu können?

Während des Konzerts saß sie da, ging im Kopf immer wieder ihre Liste zu erledigender Dinge durch und sortierte sie neu, während die Kinder sangen, Gedichte vortrugen und sich durch Bibelzitate kämpften. Als Polly ihr Solo sang, war sie kurz voller Aufmerksamkeit dabei, aber sofort danach schweiften ihre Gedanken wieder zu Weihnachtskuchen und den Kleinigkeiten für die am Kaminsims aufgehängten Strümpfe ab. Nebenher dudelten in ihrem Kopf ständig die blechernen Weihnachtslieder, die sie im letzten Monat in Tausenden von Geschäften gehört hatte. Sie waren so laut, dass sie den Gesang des Engels Gabriel auf der Bühne zu übertönen drohten, der die Geburt des Messias verkündete – einer Puppe, die in einer mit Hamsterheu gefüllten Krippe aus Wellpappe lag.

Als sie die Kirche verließ, fühlte sie sich ein bisschen, ein ganz klein bisschen, weniger unter Druck, was den Rest des Abends anging. Wenn sie sich nicht darauf gefreut hätte, einfach mal eine Weile sie selbst zu sein und nicht die beschäftigte Mutter von vier Kindern, wäre sie vielleicht versucht gewesen, sich mit einem guten Buch ins Bett zurückzuziehen. Aber vor ihr lag die einzige Einladung in diesem Jahr, bei der sie nicht half oder servierte. Das lag zum Teil an ihrem übervollen Terminkalender, zum Teil aber auch daran, dass in letzter Zeit deutlich weniger Einladungen gekommen waren. Alte Freunde wussten offenbar nicht so recht, wie sie mit ihr umgehen sollten, nachdem sie und Greg sich getrennt hatten.

Während Polly und Josh sich vor dem Zubettgehen die Zähne putzten, als sie wieder zu Hause waren, schaute Juliet nach Jake und besänftigte Violet. Dann rannte sie nach oben, um den Lippenstift auf ihren trockenen Lippen nachzuziehen und ihr Mascara aufzufrischen. Sie löste ihren Pferdeschwanz und bürstete sich rasch die Haare. Gerade versuchte sie ungeduldig, Diamantohrstecker in ihren Ohrlöchern zu befestigen, da klopfte Violet an ihre Tür.

„Was gibt's?", rief Juliet und kniff die Augen zusammen, um sich im Spiegel ihres Schminktisches besser begutachten zu können. War das Licht im Zimmer schwächer geworden, oder brauchte sie allmählich eine Brille?

„Abby hat mich zu einer Party eingeladen. Ich möchte fragen, ob ich hingehen darf."

Juliet presste ihre Lippen zusammen und schob den Stecker mit Gewalt durch das Loch in ihrem Ohrläppchen. Sie mochte das Mädchen nicht. Abby war einmal beim Schuleschwänzen erwischt worden und hing ständig mit einer Horde Jungen ab. „Werden ihre Eltern zu Hause sein?"

„Ich glaube."

Juliet drehte sich um und sah ihre Tochter an. „Glauben reicht mir nicht. Ich muss das sicher wissen. Gib mir die Handynummer ihrer Mutter, und ich rede mit ihr darüber."

Violet reagierte, als hätte ihre Mutter sie dazu aufgefordert, händchenhaltend an der Hauptstraße entlangzulaufen. „Du bist so peinlich! Die Eltern anderer Kinder tun so was nicht."

Juliet beschloss, sich nicht auf einen Streit über diese Aussage einzulassen. „Wann findet die Party statt?"

Verlegen spielte Violet mit der Türklinke und ließ den Blick auf ihre nur mit Socken bekleideten Füße sinken. „Heiligabend", sagte sie leise.

Juliet fuhr herum. Dabei fiel ihr der zweite Ohrstecker auf den Teppich. „Heiligabend! Aber du weißt doch, dass dieser Abend nur für die Familie reserviert ist."

Violet zuckte die Achseln.

Ihre Mutter wandte sich wieder ab und ging auf die Knie, tastete mit den Händen über den Teppich, um den heruntergefallenen Ohrstecker wiederzufinden. „Wir reden später darüber, Violet. Im Augenblick habe ich dafür keine Zeit."

Ein verärgertes Schnauben war die Antwort. „Das heißt Nein. Jedes Mal, wenn du eigentlich Nein meinst, sagst du, wir reden später darüber. Himmel noch mal, Mum! Ich bin kein Baby mehr. Wenn ich Lust dazu habe, kann ich mit meinen Freunden etwas unternehmen. Und ich habe Lust dazu …" Sie hielt einen

Moment inne, um einen dramatischeren Effekt zu erzielen. „Viel mehr als auf dämliche Spiele mit der kleinen Klugscheißerin und den Zwergen."

„Violet!", wies Juliet sie kurz angebunden, aber doch nicht allzu heftig zurecht. Dennoch fühlte sie, wie in ihr Zorn hochkochte, ihr Magen in Aufruhr geriet und es ihr in den Fingern zu jucken begann. „Ich habe jetzt keine Zeit für so etwas."

Violet stolzierte aus dem Zimmer, und Juliet suchte weiter nach dem verlorenen Schmuckstück. Sie fühlte sich wie ein Schnellkochtopf kurz vor der Explosion. Schließlich gab sie die Suche auf, zog den ersten Ohrstecker wieder aus ihrem Ohrläppchen und warf ihn auf den Schminktisch, stieg in das erste Paar hochhackiger Schuhe, das sie im Schrank finden konnte, und eilte mit knallenden Absätzen nach unten, um den Kindern Gute Nacht zu sagen.

Am Fuß der Treppe traf sie auf Jake. Er schleifte die Decke, in die sie ihn eingewickelt hatte, hinter sich her, seine Wangen waren bis zum Äußersten gebläht, und er gab sich größte Mühe, den Mund geschlossen zu halten. Es wirkte ein wenig alarmierend, wie seine Augen aus seinem Kopf hervortraten.

Sie zwang sich, leise und besänftigend zu reden. „Jake ... wo ist der Eimer, mein Kleiner?"

Er schüttelte nur den Kopf, blinde Panik im Blick.

„Jake", schrie sie. Schlagartig waren leise und besänftigend vergessen. „*Wo ist der Eimer?*"

Eine halbe Sekunde später hatte sich die Frage nach dem Eimer erübrigt, und Juliet versuchte krampfhaft, nicht auf ihre Schuhe zu sehen.

8. KAPITEL

Fieberhaft überlegte Juliet, was sie zuerst tun sollte: Jake trösten, zum zweiten Mal an diesem Tag den Flur wischen oder angeekelt „Igitt“ schreien, weil ihr etwas Warmes, Schleimiges in den linken Schuh sickerte. Sie entschied sich für die erste Lösung und nahm ihren schluchzenden Sechsjährigen in den Arm. Dabei verschloss sie die Augen fest davor, welche Konsequenzen das für ihre beste schwarze Hose haben mochte.

Dann begleitete sie Jake nach oben, stellte ihn in die Wanne, wusch ihn und war gerade dabei, ihn ins Bett zu stecken, als das Telefon klingelte. Sie achtete nicht darauf.

Aber dann drang von unten ein Rufen an ihr Ohr. „Mum! Es ist für dich!“

Da sie nicht so dicht am Ohr ihres kranken Jungen schreien wollte, steckte Juliet den Kopf aus dem Schlafzimmer der Zwillinge, bevor sie eine Antwort nach unten brüllte. „Sag, sie sollen später noch mal anrufen. Ich bin mit deinem Bruder beschäftigt.“

Violets Schritte hallten auf der Treppe, und dann konnte Juliet ihr Gesicht sehen, als sie um die letzte Biegung kam. Statt wie sonst leicht genervt zu wirken, wenn sie für andere ans Telefon musste, hatte sie die Augen weit aufgerissen. „Ein Polizist“, sagte sie leise. „Er sagt, er muss mit dir reden.“

Juliet gab ihrer Ältesten ein Zeichen, ins Kinderzimmer zu gehen und ein Auge auf ihren jüngsten Bruder zu haben. Im Vorbeigehen nahm sie ihr den Hörer ab.

„Hallo?“, meldete sie sich und starrte übers Treppengeländer auf die hässliche Pfütze aus Erbrochenem in ihrer sonst so makellos reinen Eingangshalle. Zweimal an einem Tag. Wenn das kein Rekord war.

„Mrs Taylor?“

Ihr sank der Mut. Die Stimme kannte sie, und sie ahnte Schreckliches, ein Déjà-vu. „Was hat sie diesmal angestellt?“

Ein müder Seufzer klang durch den Hörer, und dann fragte Wachtmeister Graham, ob sie kommen und mit ihrer Großtante reden könne. Offensichtlich hatte sie es sich auf der hintersten Sitzbank eines Busses bequem gemacht und ließ sich nicht dazu bewegen, wieder auszusteigen. Sie sei am frühen Nachmittag eingestiegen, erzählte der Polizist, seitdem auf der Route des 281er mitgefahren und beschwere sich lauthals darüber, dass es keinen Reiseführer gebe.

Juliet schloss die Augen und schüttelte den Kopf. Das Gefühl, ein Schnellkochtopf zu sein, war wieder da. Es war so stark, dass sie meinte, ihre Trommelfelle müssten platzen. „Ich kann nicht", murmelte sie schwach. „Ich kann einfach nicht …"

Nichts konnte sie mehr tun. Keine Sekunde länger. Ihr war alles zu viel – die Fahrerei, das ständige Organisieren, das Gefühl, jeden antreiben zu müssen und nie Zeit für sich selbst zu haben.

„Es wäre wirklich sehr hilfreich, wenn Sie …"

„Ich kann nicht", wiederholte sie lauter. Verstand der Mann sie etwa nicht? „Ich bin allein, muss mich um ein krankes Kind kümmern und … ich kann einfach nicht." Damit drückte sie auf den Knopf, um das Gespräch zu beenden.

Ein paar Sekunden lang starrte sie das Telefon in ihrer Hand an. Dann ging sie in ihr Schlafzimmer und schob es tief unter den Stapel Kissen, den sie immer so dekorativ am Kopfende arrangierte. Sie hörte es darunter läuten, aber sie hätte nicht sagen können, ob jemand anrief oder ob das Klingeln in ihren Ohren stattfand.

Sie hatte das Gefühl, auf einem tiefen, reißenden Fluss mit einem Gummifloß unterwegs zu sein, das sich so gerade eben über Wasser hielt, während es auf die Stromschnellen zutrieb. Ihre einzige Möglichkeit bestand darin, sich festzuklammern und zu hoffen, dass sie die Fahrt überlebte. Aber in ihren Ohren brauste nicht etwa Wasser, darin klang stattdessen nur in ständiger Wiederholung „Frohes Fest".

Es kam.

Sie konnte spüren, wie es kam.

Juliet griff nach dem nächsten Kissen, vergrub ihr Gesicht darin und begann aus Leibeskräften zu schreien.

Violet stand in der Tür zu Juliets Schlafzimmer und kaute auf ihrer Lippe herum.

Juliet begann zu zittern. Es fing tief in ihrem Inneren an und setzte sich bis in ihre Gliedmaßen fort. Ohne es bemerkt zu haben, war sie zu Boden gesunken. Ihr Oberkörper lag auf der Bettkante, die Beine waren unter ihr zusammengebrochen. Vorsichtig stützte sie sich mit einer Hand auf der Matratze ab und kämpfte sich auf die Füße.

Es war schon vorher nicht leicht gewesen, alles unter Kontrolle zu behalten, aber machbar. Jetzt jedoch, nach dem Gespräch – nein, dem Streit – mit Gemma vor ein paar Tagen, glaubte sie allmählich, den Verstand zu verlieren. Violets Gesichtsausdruck nach zu urteilen, befürchtete ihre Tochter vermutlich dasselbe.

Reiß dich zusammen, Juliet. So geht das nicht. Du wirst nicht genauso wie deine Mutter. Du wirst diesem süßen Mädchen nicht dieselbe Last aufladen, die deine Mutter dir aufgeladen hat.

So gut es ging, füllte sie ihre Lungen mit Sauerstoff. Ihre Rippen fühlten sich an, als steckten sie in einer Schraubzwinge, und es fiel ihr seltsam schwer, normal zu atmen. „Geht es Jake gut? Er musste sich doch nicht wieder übergeben, oder?" Ihre Stimme klang hoch und weich, sehr ähnlich wie Violets Stimme und beinahe so, wie ihre eigene Stimme in dem Alter geklungen hatte.

Violet schüttelte den Kopf. „Er sagt, es geht ihm besser, jetzt, wo alles raus ist. Er möchte fernsehen."

Teilnahmslos zuckte Juliet die Achseln. „In Ordnung."

Erstaunt zog Violet die Stirn kraus. „Aber sonst sagst du immer, kein Fernsehen vorm Schlafengehen."

Sie starrte ihre Tochter an, viel zu erschöpft, um auch nur auszusprechen, dass ihr diese Regel heute Abend egal war.

Langsam trat Violet näher. „Alles in Ordnung, Mum?"

Juliet presste die Finger einer Hand an ihre Stirn und rieb vorsichtig. War alles in Ordnung mit ihr? Sie wusste es einfach nicht. Sie schluckte. „Ähm … ich glaube, ich stehe einfach ein bisschen unter Druck. Ich fühle mich … ich fühle mich nicht wirklich gut. Die Party lasse ich wohl besser sausen und gehe früh ins Bett."

Ein sehnsüchtiger Blick zum Bett. Am liebsten hätte sie sich sofort darin verkrochen, aber sie musste die Kinder trösten und immer noch das Erbrochene im Flur beseitigen. Ihr schien, als könnte sie es bis hier oben im Schlafzimmer riechen.

Wie sie es im Pilates-Kurs gelernt hatte, atmete sie durch die Nase ein und durch den Mund aus. Dann wandte sie sich Violet zu. „Warum kuscheln wir uns nicht alle zusammen aufs Sofa und schauen uns gemeinsam einen Film an? So etwas haben wir schon ewig nicht mehr gemacht."

Ein wenig wich die Furcht aus Violets Augen, und sie nickte. Dann lächelte sie sanft. „Ich sag den anderen Bescheid." Und plötzlich kam sie auf Juliet zu und schlang die Arme um sie. „Wenn du willst, wische ich sogar das Erbrochene weg."

Eine Träne rollte Juliet über die Wange, und sie drückte ihre Tochter an sich. „Nein, lass nur", flüsterte sie. „Das mache ich schon. Geh du nur und frag die anderen, was sie sich anschauen wollen. Und versuch zu verhindern, dass über dieser Frage der Dritte Weltkrieg ausbricht. Okay?"

Das Mädchen nickte und ging zur Tür, sah sich dabei aber mehrfach nach Juliet um, während diese sich die einzelne Träne mit dem Ärmel wegwischte. Auf der Türschwelle schaute Violet noch einmal zurück, bevor sie die Treppe hinunter verschwand.

Juliet nahm das Kissen hoch. Es war ein bisschen mit Lippenstift beschmiert, und sie nahm den Bezug ab.

Für einen winzigen Moment hatte sie sich selbst gesehen statt Violet: ein überfordertes Kind, das versuchte, die Verantwortung eines Erwachsenen zu übernehmen, um ihrer Mutter ein wenig die Last zu erleichtern. Das hatte ihr mehr Angst eingejagt als ihr Schreien.

Sie erwachte, weil ihre beiden Söhne sich auf dem Treppenabsatz prügelten. Stolpernd erhob sie sich von ihrem Bett, die Haare komplett zerwühlt, und gab ihnen zu verstehen, sie sollten endlich Ruhe geben. Beide Jungs erstarrten und lächelten sie unschuldig an. So wie Jake seinen Bruder im Schwitzkasten hatte, war er vermutlich wieder auf dem Damm.

Seltsam leicht und leer fühlte sie sich, gerade so, als hätte irgendetwas aufgehört, sie niederzudrücken. Zugleich konnte sie sich auf nichts konzentrieren. Immer wieder passierte es ihr, dass sie ein Zimmer betrat und nicht mehr wusste, was sie dort wollte. Ihr fiel auf, dass die Kissen in ihrem Bett unterschiedlich bezogen waren, und so beschloss sie, ihre Bettwäsche komplett auszutauschen. Irgendetwas am Geruch und am Griff von sauberen Laken vermittelte ihr das Gefühl, alles werde wieder ins Lot kommen.

Als sie dabei war, die Bettdecke abzuziehen, spürte sie, dass jemand in der Tür stand. Sie drehte sich um und entdeckte Violet. Schaute ihre Tochter nach ihr? Hatten sich ihre Rollen irgendwie umgekehrt? Das durfte nicht geschehen. Auf gar keinen Fall. So viel wusste sie aus Erfahrung.

Sie lächelte Violet an, ein strahlendes, fröhliches Lächeln, das sie überwiegend vortäuschen musste, aber sie wollte ihre Tochter wissen lassen, dass alles wieder in Ordnung war. Keine weiteren Nervenzusammenbrüche. Kein Geschrei. Sie glaubte sowieso nicht, dass sie an diesem Morgen überhaupt die Kraft dafür hatte.

Violet musterte sie, aber als sie schließlich den Mund öffnete, stellte sie eine etwas überraschende Frage. „Mum … Was Tante Gemma gesagt hat – über eine Urlaubsreise –, war kein Scherz, oder?"

Juliet hätte das gern mit ein paar witzigen Worten verneint, aber ihr Kopf war leer. „Nein, das war kein Scherz …"

Violet nickte nachdenklich. „Das haben wir uns gedacht."

Wir?

Aber darüber konnte Juliet jetzt nicht nachdenken. Sie musste ihre Tochter beruhigen. „Tante Gemma hat es wohl nicht als Scherz gemeint, aber es hätte durchaus einer sein können." Sie breitete die Arme aus und ging auf ihre Tochter zu. „Das würde ich euch nicht antun, Süße. Ich würde nicht weggehen und euch über Weihnachten alleinlassen. Das könnte ich einfach nicht."

Damit schloss sie die Arme um ihre Tochter und sog ihren Duft ein.

„Versteh mich nicht falsch, Mum", murmelte Violet an ihrer Schulter, „aber vielleicht solltest du es tun."

Juliet zuckte zurück und starrte sie an. „Wie meinst du das?"

Verlegen schaute Vi hoch an die Decke und verlagerte ihr Gewicht von einem Bein aufs andere. „Du bist nicht glücklich."

Tränen schossen Juliet in die Augen. „Natürlich bin ich glücklich. Ich habe doch dich ... und Polly ... und die Jungs. Was mehr könnte ich mir wünschen?"

Violet musterte sie und verzog ihren Mund zu einem kläglichen Lächeln. „Wenn du mir auch nur ein bisschen ähnlich bist, dann vielleicht einen Freund."

Juliet schüttelte den Kopf. Sie wusste, die Trennung lag jetzt zwei Jahre zurück, und sie sollte sich wirklich einen Freund wünschen. Aber sie war sich nicht sicher, ob sie das tat. Selbst ihre Vielleicht-ja-vielleicht-nein-Beziehung zu ihrem Nachbarn jagte ihr schon Angst ein. „Ein Freund ist nicht das Wichtigste im Leben", erklärte sie Violet.

Ihre Tochter reagierte mit einem halbseitigen Achselzucken. Sie wirkte nicht überzeugt von dem, was ihre Mutter sagte, und das entlockte Juliet ein Lächeln. Oh, wenn sie doch nur noch einmal so jung und sorgenfrei wäre wie damals, als nur die Frage, ob der Junge ihre Zuneigung erwiderte, Stress auslöste. Sie hatte vergessen, wie einfach das Leben sein konnte.

„Aber du vermisst Dad, nicht wahr?"

Juliet setzte sich auf die Bettkante und klopfte mit der Hand einladend auf die Stelle neben sich. Violet setzte sich dazu.

„Zuerst habe ich das", gab sie zu. „Aber inzwischen glaube ich, dass ich vielleicht nur jemanden vermisse, mit dem ich mich austauschen kann."

Violet wirkte überrascht. „Aber du bist so unglücklich, seit er fortgegangen ist. Ich dachte, nach einer Weile ginge es dir besser – manchmal tut es das auch –, aber dann gerätst du unter Stress und fängst an, uns anzuschreien."

Mit offenem Mund sah Juliet sie an. „Tue ich das?"

Violet nickte. „Und es ist schlimmer geworden, seitdem die Stadt weihnachtlich geschmückt ist."

Juliet drückte ihre flache Hand gegen ihre Stirn, als könnte sie so die Spannung, die sich dort aufbaute, in Schach halten. Tatsächlich hatte sich ihre Erschöpfung gesteigert, seitdem die Weihnachtsvorbereitungen ihr ohnehin schon hektisches Arbeitspensum noch erhöht hatten, aber ihr war nicht klar gewesen, dass sie das an den Kindern ausließ. „Es tut mir leid", flüsterte sie und drängte mit Gewalt die Tränen zurück. Es gab eine Sache, von der sie geglaubt hatte, sie wäre wirklich gut darin: Mutter zu sein. Und nun versagte sie also auch darin.

„Mum …?"

„Ja?"

Violet holte tief Luft. „Ich glaube, du bist erschöpft. Deshalb hast du auch ständig schlechte Laune. Und wenn ich schlechte Laune habe, sagst du mir immer, ich sollte mich entspannen. Irgendwas tun, was ich sehr gern mache, zum Beispiel meine Lieblingsmusik hören oder ein Buch lesen. Ich weiß, dass ich dann abziehe und meckere, wenn du mir das sagst … aber es hilft."

Juliet nickte und schenkte ihrer Tochter ein schwaches Lächeln. Sie wusste, dass es half. „Was willst du mir damit sagen, Schatz?"

Ein Ausdruck ungewohnter Entschlossenheit legte sich über die Züge ihrer Tochter. „Ich versuche, dir klarzumachen, dass du dich auf den Tausch einlassen solltest."

Den Tausch? Gemmas lächerliche Idee?

„Ich glaube, du solltest Tante Gemmas Urlaubsreise machen."

Juliet begann, leicht den Kopf zu schütteln. „Weihnachten kann ich euch nicht alleinlassen … Was wäre ich dann für eine Mutter?"

Violet schluckte. „Eine Mutter, die gestresst ist und unglücklich und normalerweise keine Zeit hat, sich gemeinsam mit uns einen Film anzuschauen, weil sie zu sehr damit beschäftigt ist, Engelflügel an Kissenbezüge zu nähen und Karamell zu kochen, um unsere Lehrer zu mästen."

Ihre Worte waren wie ein Schlag ins Gesicht.

Kein bösartiger Schlag. Ein Schlag, der sie wecken sollte. Plötzlich sah Juliet sich mit den Augen ihrer Kinder, und was sie da erkannte, gefiel ihr nicht sonderlich. Sie hatte geglaubt, die Fehler ihrer Mutter nicht zu wiederholen, aber möglicherweise beging sie eigene, ebenso schreckliche Fehler.

Alles, was sie tat, machte sie für ihre Kinder. Aber war es das wirklich wert, wenn sie sich deshalb in eine genervte alte Zicke verwandelte, die keine Zeit mehr für ihre Kinder hatte? Sie griff nach Violets Hand. „Ich weiß, dass du es verstehen würdest, wenn ich über Weihnachten wegführe, weil du alt genug bist. Aber Polly … Und die Jungs …"

„Oh, sie verstehen das auch", gab Violet sachlich zurück. „Wir hatten eine Familienkonferenz, und die anderen haben mich hochgeschickt, damit ich dir das sage."

Juliet schloss die Augen und fuhr sich mit der Zunge über die Unterlippe. Dann öffnete sie die Augen wieder und starrte ihre Tochter an. „Ihr hattet eine Familienkonferenz?"

Unbeirrt nickte Violet und zog an der Hand ihrer Mutter. „Komm mit … Schau's dir selbst an."

In dem Gefühl, ein fremdes Universum zu betreten, und halb in der Erwartung, ein weißes Kaninchen mit einer Taschenuhr über den Treppenabsatz hüpfen zu sehen, folgte Juliet ihrer Tochter die Treppe hinunter ins Wohnzimmer. Dort saßen die anderen drei Kinder in einer Reihe auf dem Sofa, die Beine gerade nach vorn gestreckt, weil sie zu kurz waren, um den Boden zu erreichen.

„Ist das wahr?", begann sie und musterte die ernsten Gesichter. „Ihr seid der Meinung, ich sollte Weihnachten mit Tante Gemma tauschen?"

Die Jungs nickten heftig, und Polly verschränkte die Arme und starrte sie auf ihre beunruhigend altkluge Weise an. „Seien wir ehrlich, Mutter", sagte sie. „Wir haben dich lieb, aber im Moment ist das Leben mit dir ein einziger Albtraum. Du musst lernen, dich zu entspannen."

Violet reichte ihr das Telefon. Ihr Gesichtsausdruck verriet Entschlossenheit. „Hier, ruf Tante Gemma an."

9. KAPITEL

Wills Gesichtsausdruck wirkte beinahe komisch. Er legte seine Stirn noch tiefer in Falten. „Wie war das bitte?"

Es überraschte Juliet nicht, dass er sie nicht gleich beim ersten Mal verstanden hatte. Ihre Worte hatten sich ein bisschen überschlagen. Also räusperte sie sich und begann von vorn. „Ich wollte fragen, ob du für mich in den nächsten Wochen ein wenig nach dem Rechten sehen kannst. Wie schon gesagt, ich verreise über Weihnachten. Nach St. Lucia. Und ich reise morgen ab."

Er blinzelte. „O-kay ..."

„Glaubst du mir nicht?"

Einladend öffnete Will die Eingangstür und bedeutete ihr einzutreten. Sie packte die Dose mit den Brownies fester und ging an ihm vorbei in den Flur. Die Inneneinrichtung in Wills Haus war nicht so perfekt abgestimmt wie in ihrem eigenen, aber es gefiel ihr trotzdem. Verglichen mit ihrem Zuhause mangelte es ihm ein wenig an Kissen, Dekogegenständen und Wandbildern, aber dafür wartete es mit viel braunem Leder und warmen Farben auf. Trotz einer gewissen maskulinen Ausstrahlung war es gemütlich.

Er begleitete sie in die Küche, stellte den Wasserkessel auf, lehnte sich mit dem Rücken an die Arbeitsplatte und musterte sie wachsam. „Alles in Ordnung mit dir?"

Juliet nickte, obwohl der von einem Kissen gedämpfte Schreikrampf vom Vorabend andere Schlüsse hätte zulassen können. „Ich brauche einfach nur mal eine Pause."

Das Verständnis, das warm in seinen Augen aufglomm, entspannte sie ein wenig. „Ja, die brauchst du."

Ihre Erklärung schien ihm zu reichen, denn er wandte sich um und bereitete ihr einen Becher Kaffee zu. „Du möchtest also, dass ich mich ein bisschen um das Haus kümmere?"

Juliet nahm den angebotenen Becher und verlagerte verlegen ihr Gewicht auf den anderen Fuß. „Ich ... also ... eigentlich geht es mehr darum, ob du dich ein bisschen um die Kinder kümmern könntest."

Will riss die Augen auf und stellte seinen Kaffeebecher ab. „Willst du damit sagen, dass du sie allein …"

„Nein! Natürlich nicht. Ich würde sie niemals alleinlassen."

„Aber wer …"

„Meine Schwester kommt und kümmert sich um sie."

Sofort zeigte sich Zynismus in Wills Zügen. „Aah."

„Genau", stimmte Juliet zu. „Ich ziehe es vor, wenn sie alle am zweiten Weihnachtstag noch am Leben sind."

Will nickte. „Ich bin mir nicht sicher, ob deine Schwester auf irgendwas hören wird, was ich sage. Sie hält mich für einen engstirnigen, besserwisserischen Idioten. Das hat sie mir selbst gesagt. In etwas anderen, sehr deutlichen Worten."

Juliet seufzte. Diese Aussage gehörte zu Gemmas Standard-Beleidigungen. Es sah ganz so aus, als steckte sie jeden, der das Leben nicht so planlos anging wie sie, in diese Schublade. „Und genau deshalb brauche ich deinen stabilisierenden Einfluss", erklärte sie, öffnete bedächtig die mit bunten Punkten emaillierte Keksdose und ließ den warmen schokoladenen Duft entweichen. „Bitte …"

Als Will hart schluckte und sein Blick an den Brownies hängen blieb, sah man ihm an, dass er sich geschlagen gab. Juliet unterdrückte ein Lächeln. Wenn es je einen Mann gegeben hatte, der ein lebender Beweis für das alte Sprichwort „Liebe geht durch den Magen" war, dann dieser.

„Dir ist klar, dass du durch dein Schweigen gerade dem Urteil deiner Schwester zugestimmt hast?" Trotz dieser Anklage streckte er die Hand aus und nahm sich einen Brownie.

Juliet zuckte die Achseln. „Von mir behauptet sie dasselbe. Du bist also in guter Gesellschaft."

Lachfältchen zogen sich um seine Augen. „Du weißt, ich tue alles, um zu helfen, aber …" Er biss in seinen Brownie und schüttelte kauend leicht den Kopf. „Ich weiß nicht", fuhr er nach dem Schlucken fort. „Das sieht dir so gar nicht ähnlich, einfach Gott weiß wohin abzudüsen, beinahe ohne jede Vorwarnung."

Den angebissenen Brownie noch in der Hand, betrachtete er sie nachdenklich. „Ich weiß, dass du endlich wieder nach vorn schauen musst, neu anfangen, aber … verändere dich nicht zu sehr, Juliet."

Sie nickte, obwohl sie nicht genau wusste, zu was sie da eigentlich zustimmte. Irgendetwas in ihrem Leben musste sich ändern, so viel stand fest. Und zwar, bevor ihre Kinder sie baten, ihnen sechs Monate im Jahr fernzubleiben, weil sie so mies drauf war. Die nächsten paar Wochen würden sich ihr Aufenthaltsort und ihre Umgebung ändern, aber danach? Wer weiß.

Gemma holte tief Luft, bevor sie an Juliets Tür klopfte. Als ihre Schwester öffnete, begrüßen sie einander wie immer. Mit anderen Worten, ihre Begrüßung wirkte unecht und hilflos, aber das war keine Überraschung angesichts dessen, wie sie beim letzten Mal auseinandergegangen waren.

Bei Juliets Anruf hatte Gemma spüren können, dass sie nur ungern in den Tausch einwilligte. Das hatte sie geärgert. Warum nur fiel es Juliet so schwer, irgendetwas von ihr anzunehmen? War sie in ihren Augen wirklich so eine Versagerin?

Sie gingen in die Küche, und Juliet brühte Tee für sie beide auf. Die Kinder waren noch in der Schule, und das Schweigen zwischen ihnen schien in der großen Küche widerzuhallen, während die übergroße Uhr über dem Herd Sekunde für Sekunde aus dem Tag fegte. Juliet nippte an ihrem Tee und schaute Gemma über den Rand ihres Bechers an.

„Danke, dass du das tust", begann sie, aber ihre Stimme klang angespannt und gepresst.

Gemma nickte. Zwischen ihnen herrschte so etwas Ähnliches wie ein Waffenstillstand. Kein richtiger, aber anscheinend hatten sie beide beschlossen, ihr Kriegsbeil zwar nicht zu begraben, aber doch eine Weile aus der Hand zu legen. Nun, vielleicht konnte sie das ja zu ihrem Vorteil nutzen. Jahrelang hatte sie hinter Juliet zurückgelegen, immer das schwächere Glied in der Kette. Stets war sie eher diejenige gewesen, die den Schlamassel anrichtete, als diejenige, die ihn wieder in Ordnung brachte. Jetzt war ihre

Chance gekommen, das Gleichgewicht wiederherzustellen. Sie stellte fest, dass sie sich wirklich darauf freute.

Allerdings gab es noch eine Sache, die sie klären musste, bevor Juliet in die Sonne abdüste und sie für eine Weile vergaß.

„Du täuschst dich in dem, was du neulich gesagt hast", erklärte sie. „Ich war nie die Bevorzugte. Das stimmt einfach nicht."

Juliets Brauen schnellten in die Höhe, als fragten sie: Im Ernst? Du willst wirklich dieses Thema anschneiden?

Ja, Gemma wollte es. Denn es wurde höchste Zeit, dass Juliet begann, auch ihr einmal zuzuhören, statt alles, was sie sagte, von vornherein als Unsinn abzutun. Bestätigend nickte sie.

Juliet schaute ihr direkt in die Augen. „Und wer durfte auf die Universität gehen, während die andere zu Hause bleiben musste?"

Gemma blinzelte. Oha. Das war jetzt – wie lange? – über fünfzehn Jahre her, und immer noch nagte es an ihr? Sie hatte nicht damit gerechnet, dass ihr Gespräch in diese Richtung gehen könnte. „Das war nicht meine Schuld, und du weißt das auch. Wenn Dad nicht gestorben wäre …"

Sie wandte sich ab und schaute mit brennenden Augen aus dem Küchenfenster.

Juliet hatte gerade ihr Abitur gemacht, als Dad seinen Herzanfall hatte. Mum war total zusammengebrochen. Noch Monate nach der Beerdigung schaffte sie es nicht, morgens aus dem Bett zu kommen, und schluchzte eigentlich den ganzen Tag. Juliet übernahm praktisch alle Arbeiten: Kochen, Einkaufen, Schuluniform für ihre jüngere Schwester besorgen.

Gemma hatte es nie jemandem erzählt, aber sie hatte sich vor dem Wochenende im Oktober gefürchtet, an dem Juliet an die Universität in Leicester gehen sollte, um Textildesign zu studieren. Das Wochenende kam und ging vorüber, und Juliet ging nicht fort. Und auch am nächsten und am übernächsten Wochenende ging sie nicht. Keine von beiden schnitt das Thema jemals an. Gemma hatte viel zu große Angst. Sie war gerade erst vierzehn geworden und hatte nicht die leiseste Ahnung, was sie mit ihrer Mutter tun sollte, wenn Juliet fortging.

Monate später hörte sie zufällig, wie die beiden darüber sprachen. „Nächstes Jahr", sagte Juliet, und ihre Mutter nickte teilnahmslos.

Trotzdem brauchten die beiden unbedarften Teenager über ein Jahr, um zu begreifen, dass ihre Mutter nicht nur heftig trauerte, sondern dass etwas Ernsteres, Dauerhafteres mit ihr nicht stimmte. Schließlich brachten die Schwestern sie dazu, einen Arzt aufzusuchen. Der verschrieb Antidepressiva und riet ihr dringend zu einer Therapie – auf die sie neun Monate warten musste. Und wieder ging ein Jahr vorbei, ohne dass Juliet ihre Sachen packte und nach Norden zog. Das Schlimme an der Sache war, dass Gemma sich nicht einmal daran erinnern konnte, ob ihr überhaupt bewusst war, dass Juliet nicht fortging. Oder hatte sie die beruhigende Gegenwart ihrer Schwester irgendwann einfach als selbstverständlich betrachtet?

Juliet überreichte Gemma feierlich ein blumenbedrucktes Notizbuch, als wäre es die Heilige Schrift. „Da drin steht alles", erklärte sie. „Die Liste der zu erledigenden Dinge, Telefonnummern und Adressen vom Metzger, vom Bioladen, das Rezept für Mums fantastische Truthahnfüllung …"

Gemma riss ihr das Buch aus den Händen und drückte es an ihre Brust. Sie hegte die Hoffnung, dadurch, dass sie Juliets Körperkontakt mit der Kladde unterbrach, den Wortschwall verhindern zu können, der gleich auf sie einprasseln würde. „Verstanden. Alles steht da drin. Ich werde es mit meinem Leben verteidigen", versicherte sie. Damit meinte sie, es sicher zu verwahren, und zwar, indem sie es in einer Küchenschublade versenkte und nie mehr ansah. Jetzt mal im Ernst: In ihrem Job hatte sie Millionen von Dingen zu organisieren und Tag für Tag unendlich vielen empfindlichen Egos zu schmeicheln. Sie war sicher, mit vier Kindern, einem nahezu vergessenen Onkel, zwei alten Damen und einem Truthahn fertigwerden zu können.

Juliet zog ihre makellos gezupften Augenbrauen hoch, den Blick immer noch wie ein Traktorstrahl auf das Buch gerichtet. „Und vergiss nicht, dass für die Zwillinge und Polly noch ein paar Kleinigkeiten für die Strümpfe am Kaminsims gekauft werden müssen. Und Violet hat am zweiundzwanzigsten einen Einkaufsbummel in Bluewater mit ihren Freunden geplant. Du musst einfach nur auf die M25 fahren und an der Ausfahrt zwei nach …"

Gemma hielt das Büchlein hoch und schnitt ihr damit sehr wirkungsvoll das Wort ab. Jetzt, wo sie es in Händen hielt, konnte sie seine Zauberkräfte nutzen. Vielleicht half Juliet das, sich zu entspannen, sodass Gemma sie aus dem Haus und zum Flughafen schaffen konnte. „Ich vergesse es nicht", beteuerte sie und tippte mit dem Fingernagel auf den Einband. „Da steht alles drin, schon vergessen?"

Juliet nickte. Dann öffnete sie den Mund – und schloss ihn wieder, die Stirn gerunzelt. Gemma wusste, dass sie am liebsten noch all ihre Anweisungen losgeworden wäre, aber sie konnte ja schlecht mit ihren eigenen göttlichen Geboten streiten, oder?

„Habe ich gerade die Türglocke gehört?" Gemma lächelte und eilte in den Flur, obwohl sie tatsächlich in den letzten Sekunden nur eines gehört hatte: das Schreien im Kopf ihrer Schwester, als ihr die Kontrolle entrissen wurde. „Das muss dein Chauffeur zum Flughafen sein."

Sie zog ihre Scharade durch, riss die Haustür weit auf und schaute hoffnungsvoll den Weg hinunter, voll darauf eingestellt, Witze darüber zu machen, dass sie schon in ihrem Alter schlecht hörte. Dummerweise sah sie sich überraschend dem engstirnigen Besserwisser von nebenan gegenüber.

„Oh, Sie sind das."

Seine Brauen hoben sich um vielleicht einen Millimeter. „Auch schön, Sie wiederzusehen, Gemma."

Einen Moment starrten sie einander an, bevor Gemma einen Schritt beiseitetrat und ihn einließ. Juliet hatte ihr erzählt, dass Will sich bereit erklärt habe, sie zum Flughafen Gatwick zu fahren. Eigentlich hätte sie wissen müssen, dass er zu früh aufkreuzen würde. Er und ihre Schwester waren aus demselben Holz geschnitzt.

Juliet strahlte ihn an und hörte auf, ständig an ihren perfekt zusammenpassenden Koffern herumzufummeln, die der Größe nach im Flur aufgereiht waren. Schon lange, fuhr es Gemma durch den Kopf, hatte sie ihre Schwester nicht mehr so lächeln sehen. „Vielen, vielen Dank dafür", sprudelte Juliet hervor. „Du weißt, dass das wirklich nicht nötig war. Ich hätte mir ein Taxi rufen können."

Will zuckte die Achseln. „Dafür hat man doch Freunde."

Gemma unterdrückte das Bedürfnis, leise in sich hineinzuprusten. Soweit sie das beurteilen konnte, waren Juliet und Will erst „Freunde" geworden, kurz nachdem Greg ausgezogen war. Mit sehr viel Glück würde es einer von beiden schaffen, den anderen ernstlich anzubaggern, bevor das Jahrhundert zu Ende ging.

Eine solche Vorgehensweise in Sachen Liebe lag ihr ganz und gar nicht. Sie bevorzugte Männer, die wussten, was sie wollten, und keine Angst hatten, es auch auszusprechen. Und wenn einer sie wollte, umso besser. Aber dieses Herumschleichen um den heißen Brei, dieses Scharwenzeln umeinander, dieses Gerede von Freundschaft, obwohl man in Wirklichkeit etwas ganz anderes wollte, fand sie einfach nur ätzend. Und doch ... Was die beiden auch aneinander reizen mochte – es war ihr völlig egal.

Während Will den großen Koffer zu seinem Wagen trug, umarmte Juliet sie zum Abschied. „Ich habe ihn gebeten ... du weißt schon ... dir ein bisschen zur Seite zu stehen, wenn du Hilfe brauchst", flüsterte sie ihr zu.

Gemma erwiderte die Umarmung, aber sie stellte klar, dass ihr die Einmischung nicht gefiel. „Ich bin keine Achtzehnjährige, die zum ersten Mal allein zu Hause bleibt, Juliet. Und ich brauche keinen Buchhalter, der auf mich aufpasst ...", protestierte sie, als sie ein Stück voneinander abrückten, um sich noch einmal anzuschauen.

„Er ist Architekt", berichtigte Juliet.

„Egal." Es interessierte sie wirklich nicht, womit Will Truman seine Brötchen verdiente, und es änderte auch nichts an dem, was sie hatte ausdrücken wollen.

Allerdings hatte ihre Bemerkung wohl abschätziger geklungen, als sie gemeint war, denn Juliet wirkte ein wenig verletzt, als sie sich aus der Umarmung löste. Wieder lag der arrogante, für sie so typische Ausdruck auf ihrem Gesicht. „Es ist eben so, dass ein gelungenes Weihnachtsfest sehr viel Arbeit macht. Du übernimmst große Verantwortung."

Gemma nickte und gab sich Mühe, so ernst wie nur irgend möglich dreinzuschauen. Jetzt war nicht der richtige Zeitpunkt, um einen neuen Streit vom Zaun zu brechen.

Prüfend sah Juliet sie an. „Mir ist klar, dass du glaubst, ich mache eine viel zu große Sache daraus …"

Ah. Erwischt.

„… aber die Kinder lieben unsere kleinen Traditionen, und dieses Jahr ist das besonders wichtig, zumal weder Greg noch ich da sein werden …"

Sie hielt inne, schaute zu Wills Auto hinüber, dann sehnsüchtig ins Haus zurück. Gemma wurde das Gefühl nicht los, dass Juliet ganz kurz davorstand, ihrem willigen Chauffeur ihr Gepäck zu entreißen und in den Flur zurückzutragen. Nur gut, dass sie sich schon vor dem Schulbeginn von den Kindern verabschiedet hatte. Sonst wäre es Gemma womöglich sehr schwergefallen, ihre Schwester aus dem Haus zu locken. Juliet war wirklich gefangen in ihrer Alltagsroutine.

Aber es kam überhaupt nicht infrage, den Urlaub in den Wind zu schießen. Gemma hatte eine Menge Geld dafür bezahlt, und jetzt war es zu spät, um die Reise zu stornieren oder noch Einzelheiten zu ändern. Außerdem hatten die Kinder recht: Juliet hatte diese Auszeit nötig. Und Gemma hatte das Bedürfnis, sie ihr zu ermöglichen.

„Du fliegst", erklärte sie ihrer Schwester mit Nachdruck, schob sie aus der Tür und auf die Eingangstreppe.

Juliet griff nach Gemmas Arm – vielleicht wirkte diese Geste ein bisschen dramatisch für ihre Verhältnisse – und klammerte sich an den Ärmel ihres Cardigans. „Versprich mir, dass du versuchst, so viel umzusetzen, wie du kannst", flehte sie. Ihr Gesichtsausdruck verriet mehr als nur ein bisschen Verzweiflung.

„Nicht meinetwegen. Für die Kinder. Diese kleinen Traditionen … Wenn sie sehen, dass alles läuft wie gewohnt, wirkt es für sie so, als hätte ich sie nicht im Stich gelassen."

Gemma schluckte. „In Ordnung. Versprochen."

Erst jetzt begann Juliet, sich zu entspannen. Sie gab Gemma einen Kuss auf die Wange und eilte dann zu Will hinüber, der ihr die Beifahrertür aufhielt. Sie winkte noch einmal, während sie ihm ihr Handgepäck reichte, und stieg ein.

Der engstirnige Besserwisser winkte ebenfalls zum Gruß – eine kleine sarkastische Geste. Gemma lächelte süßlich, um ihn wissen zu lassen, dass er nicht die geringste Chance hatte, dieses Spielchen zu gewinnen, und winkte ebenfalls zum Abschied. Das Lächeln behielt sie bei, bis der Wagen auf die Hauptstraße eingebogen war. Dann ging sie ins Haus zurück.

10. KAPITEL

Juliet stieg die kleine Treppe des Flugzeugs hinunter und betrat den Asphalt des Hewanorra International Airport. Ihre Augen waren verklebt, ihre Beine steif, obwohl Gemma Premium Economy gebucht hatte, also breitere Sitze mit mehr Arm- und vor allem mehr Beinfreiheit. Während des Landeanflugs waren sie an der Westküste der Insel entlanggeflogen, und Juliet hatte die Nase an das bullaugenähnliche Fenster gedrückt. Mit leicht offenem Mund hatte sie den Anblick bestaunt, den die gebirgige Vulkaninsel bot, als sie unter den weißen Wattewolken auftauchte, die über ihr und dem angrenzenden Meer hingen.

Den ganzen Flug über war sie ein wenig zappelig gewesen, ohne genau zu wissen, ob das an der Aufregung lag oder ob sie nervös und ängstlich war. Aber jetzt, wo sie die Insel tatsächlich betreten hatte, fühlte sie sich jenseits der Realität. Halb erwartete sie, aus einem Traum aufzuwachen und sich in Tunbridge Wells wiederzufinden, mitten in dem Versuch, einen Streit zwischen ihren Kindern zu schlichten.

Sie stolperte hinter den anderen Passagieren her, bekam kaum mit, wie viel Zeit sie in der Schlange vor der Passkontrolle verbrachte oder später am Gepäckband. Und dann stand sie draußen. Ihr wurde bewusst, wie angenehm kühl es in dem kleinen Flughafengebäude gewesen war. Suchend ließ sie den Blick über die Menge schweifen, um das Pappschild mit ihrem Namen darauf zu finden. Schließlich entdeckte sie es. Ein etwa fünfzigjähriger Mann in einer saloppen Freizeithose und einem kurzärmeligen Hemd hielt es hoch. Er lächelte breit.

„Willkommen im Paradies“, begrüßte er sie mit trillerndem Akzent und streckte die Arme aus, um ihr die Koffer abzunehmen. Juliet überließ sie ihm und verzichtete auf jede Vorsichtsmaßnahme. Sie vergaß sogar, all die Fragen zu stellen, die sie normalerweise gestellt hätte, um sich zu vergewissern, es nicht mit einem Betrüger zu tun zu haben, der sich mit ihrem Gepäck davonmachte. „Ich bin Bradford und heute Nachmittag Ihr Fahrer.“

Sie nahm auf der Rückbank seines eleganten Geländewagens mit Allradantrieb Platz und genoss den Moment, in dem er die Tür zuschlug und die Klimaanlage sich einschaltete. Bradford informierte sie, die Fahrt in ihr Resort an der Nordspitze der Insel werde über eine Stunde dauern. Unterwegs kommentierte er von Zeit zu Zeit verschiedene Dinge, von denen er glaubte, sie könnte sie interessant finden. Er informierte sie über die verschiedenen Obstbäume am Straßenrand und nannte ihr die Namen von Städtchen und Fischerdörfern entlang der Küste.

Juliet hörte interessiert zu und wandte den Blick nicht von den getönten Scheiben des Autos, hinter denen stetig wechselnde Bilder der Landschaft auftauchten. Schlagartig wurde ihr bewusst, wie sehr sie sich in ihrem Alltagsleben verschanzt hatte. Beinahe hatte sie schon geglaubt, außer dem kühlen Mittelklasse-Vorstadtleben in England gäbe es nichts mehr. Sie hatte ganz vergessen, dass da draußen eine große weite Welt lag. Eine Welt, die ihre Schwester beneidenswert regelmäßig bereiste.

Mit dem Flughafen verließen sie auch die Ebene. Die Straße führte sie immer höher ins Landesinnere und schließlich über den Gebirgspass auf die andere Seite der Insel. In den tief eingeschnittenen Tälern und auf den steilen Hügeln schien sich das wuchernde Grün einen Kampf um jeden verfügbaren Quadratzentimeter zu liefern, und das auch an den Stellen, die von Menschen erobert und besiedelt waren. Sie hatte Kent für grün und schön gehalten, aber das hier … Das hier war ganz etwas anderes.

Überall üppige Vegetation. Mangos hingen zu Tausenden über den Straßenrändern, ebenso Cashewäpfel, Brotfrüchte und Datteln. Es gab Palmen in jeder Größe und jeder Form, niedrig und breit wachsende wie hohe schlanke. An manchen wuchsen gelbe Kokosnüsse unter den gefiederten Blattkronen, die wie Sonnenschirme wirkten. Und Bananen, überall Bananen.

Die Häuser waren genauso faszinierend, die meisten bunt angestrichen in Kobaltblau, Kanariengelb, Mintgrün oder Rosa. Fast alle waren im typischen Karibikstil erbaut, mit niedrigen ziegelgedeckten Dächern und Balkonen. Sie schienen an den steilen Hängen zu kleben, die eine Seite im Fels gegründet, die andere Seite von Säulen gestützt, unter denen der Boden abfiel.

Es gab auch ein paar prachtvolle Häuser mit Steinbalustraden und großen Gärten, aber die meisten waren kompakt und wirkten kunterbunt zusammengewürfelt. Viele Gebäude waren kaum mehr als Betongerippe oder Bretterschuppen, manche ausgebessert mit Wellblech. Nur wenige lagen in Trümmern, was sie überraschend fand angesichts dessen, was Bradford über den letzten Hurrikan erzählte, der die Insel getroffen hatte. Er habe heftige Erdrutsche ausgelöst und große Abschnitte der Straße, die sie befuhren, weggespült, berichtete ihr Fahrer.

Nervös schaute sie zum leuchtend blauen Himmel hoch, der mit Wolkentupfern übersät war. „Für Weihnachten sind aber keine Hurrikane vorhergesagt, oder?"

Bradford lachte nur. „Nein, Ma'am, Sie sind vollkommen sicher. Die Regenzeit dauert von Juni bis November."

Juliet ließ sich beruhigt in die bequemen Rückbankpolster sinken und ihren angehaltenen Atem entweichen. Normalerweise hätte sie solche Fragen nicht stellen müssen, und sie kam sich dumm und ungebildet vor. Üblicherweise informierte sie sich ausgiebig über einen Ort, bevor sie ihn als Urlaubsziel wählte. Dazu gehörte auch herauszufinden, über welche Arten von Zimmern jedes Hotel verfügte, das infrage kam, welches den besten Ausblick hatte, ob sie mit Balkon und Klimaanlage ausgestattet waren und über WLAN verfügten …

Ihr wurde bewusst, dass sie nichts über das Resort wusste, das Gemma gebucht hatte. Lediglich den Namen kannte sie: Pelican's Reach. Es überlief sie kalt, als ihr der Gedanke kam, ihre Schwester habe vielleicht immer noch eine Vorliebe für Rucksacktouren, und ihr ständen vielleicht vierzehn Tage in einer Blechbaracke auf bloßem Sand bevor.

Schließlich bog Bradford von der Hauptstraße auf eine schmale Piste ab, die sich zwischen niedrigen Hügeln hindurchwand – nun ja, niedrig verglichen mit den Vulkankegeln im Innern der Insel. Nach kurzer Fahrt hielten sie an einem kalkgetünchten Torhaus und wurden durchgewinkt, nachdem Bradford und die Sicherheitsleute ein Schwätzchen über ihre Familien gehalten hatten.

Sie fuhren weiter über einen Hügelausläufer, hinein in ein vollkommen und exklusiv wirkendes kleines Dorf. Keine riesigen Hotelblocks, nur niedrige Gebäude. Die größeren waren im Stil der Plantagenhäuser gebaut, und verschieden große Villen gruppierten sich über einen steilen Hang mit Blick auf eine einsame Bucht.

Bradford parkte vor einem großen Gebäude und half Juliet beim Aussteigen. Pagen eilten herbei, um ihr Gepäck zu übernehmen, und ein uniformierter Hotelangestellter hieß sie in Pelican's Reach willkommen. Dann begleitete er sie zum Empfang, einem Bereich mit Terrakotta-Fußboden und hohen Decken, an denen sich Ventilatoren drehten. Sie wurde zu einer der vielen Sitzgruppen aus dunklem Holz und Weidengeflecht geführt, die mit makellos weißen Kissen belegt waren.

Eine Frau erschien an ihrer Seite. „Hallo, Mrs Taylor. Mein Name ist Cordelia, und ich bin Ihre persönliche Reiseleiterin. Es ist meine Aufgabe, Ihnen bei allem zu helfen, was Sie während Ihres Aufenthaltes bei uns brauchen." Sie lächelte freundlich, bevor sie fortfuhr. „Jetzt checken wir Sie erst einmal ein, und dann bringt der Shuttle Ihr Gepäck zu Ihrer Villa. Darf ich Ihnen einen Rumpunsch anbieten, während Sie warten?"

Juliet nickte, ließ sich vorsichtig auf der Kante eines Sofas nieder und schaute sich um.

Nein, das war definitiv keine Blechbaracke.

Sollte sie erleichtert sein, dass Gemma offensichtlich auf ihre alten Tage für Luxus empfänglich geworden war, oder sich ärgern, dass sie diesen Urlaub für sich gebucht hatte, um ihre Schwester allein im Fegefeuer eines Weihnachtsfestes im Kreis der Familie brennen zu lassen? Ganz sicher war Juliet sich nicht.

Irgendwer tauchte mit einem niedrigen Glas voller Eiswürfel und einem dunkelrosa Cocktail auf. Sie nippte vorsichtig daran. Eigentlich war Rum nicht wirklich ihr Ding, aber die Süße des

Fruchtsaftes und ein Hauch von Gewürzen in der eiskalten Flüssigkeit gefielen ihr sehr. Zu sehr vielleicht, denn als Cordelia mit ihrem Zimmerschlüssel kam, war das Glas so gut wie leer.

„Sie sind in einer unserer Premium-Villen untergebracht", eröffnete ihr die Reiseleiterin. „Sie liegen ein wenig abseits vom Hauptgelände und verfügen über eine eigene private Bucht."

Juliet warf einen Blick auf ihre Koffer, die noch an der Rezeption standen. „Es ist hoffentlich nicht weit?" Die Uhr über dem Empfangstresen zeigte zwanzig vor sechs Ortszeit an, am Abend wohlgemerkt. Und das hieß, dass es zu Hause in England kurz vor zehn war. Juliet war sich nicht sicher, ob sie noch die Kraft hatte, auch nur das Empfangsgebäude zu verlassen, geschweige denn zu ihrer Villa zu laufen.

Cordelia lächelte sie strahlend an. „Keine Sorge, Mrs Taylor, Sie brauchen nicht zu laufen. Peter wird Sie zu Ihrer Unterkunft bringen."

Ein Junge, kaum älter als Violet, tauchte auf und geleitete sie nach draußen. Bradfords Auto war fort. An seiner Stelle stand etwas, das einem größeren eleganten Golfwagen ähnelte. Der Fahrer bedeutete ihr, neben ihm Platz zu nehmen, und schon fuhren sie auf schmalen gepflasterten Pfaden quer durchs Resort.

Sie ließen die Hauptgebäude der Anlage hinter sich, die auf dem flacheren Landstreifen in der Nähe des Strandes standen, und fuhren hinauf in das Hügelland. Der Shuttle erklomm einen kleinen Hügel. Von hier gelangten sie ein Stück hinter dem Hauptstrand auf eine Straße, die oberhalb einer kleinen Nebenbucht verlief. Hier standen nur eine Handvoll Villen nahe am Rand einer niedrigen Klippe.

An der vorletzten Villa am Weg hielt Peter den Wagen an. Juliet stieg aus und starrte das Gebäude an. Das alles war für sie? Sie hatte ein Hotelzimmer erwartet, mehr nicht. Offenbar hatte sie bei Weitem unterschätzt, wie viel Gemma in ihrem Job verdiente.

Der Junge bestand darauf, sie durch den kleinen Garten zur Eingangstür ihrer Villa zu geleiten. Auf dem von wunderschönen

Büschen gesäumten Pfad folgte sie ihm, und als er die Tür erreichte, lud er sie mit einer ausholenden Armbewegung ein, das Haus zu betreten.

Ihr fiel nicht auf, wann ihr Fahrer sie allein ließ, denn drinnen blieb sie überwältigt stehen und schaute sich atemlos um. Draußen leuchteten überall kräftige Farben, die vom geradezu schmerzlich grellen Licht der Sonne noch verstärkt wurden, aber hier drin fand sie eine weiße Oase vor.

Sie stand in einem Schlafzimmer mit Gewölbedecke und offen sichtbaren Deckenbalken und Latten, die mattweiß gestrichen waren. Neutral gehaltene Fliesen bedeckten den Boden, hauchdünne Gardinen bauschten sich leicht am Fenster, bewegt durch den künstlichen Luftzug, der aus der Klimaanlage drang. Die schlichte und elegante Einrichtung bestand aus weißen Korbmöbeln und Holz. Beherrscht wurde das Ganze von einem Himmelbett unter einem Moskitonetz. Die einzigen Farbtupfer bildeten ein paar steingraue kleine Kissen, die dekorativ an die flauschigen Kopfkissen gelehnt waren, und ein passender Streifen am unteren Rand der leichten Bettdecke.

Der Raum war groß genug, um noch Platz für ein bequem wirkendes Sofa, einen Kaffeetisch und einen Schreibtisch an der Wand zu bieten. Hinter ihr befanden sich ein begehbarer Kleiderschrank und eine Tür, durch die sie einen Blick in ein geräumiges Bad erhaschen konnte. Am meisten aber fesselten sie die Fenster. Sie verliefen vom Boden bis zur Decke, waren oben gerundet, und im Mittelbogen befanden sich zwei Balkontüren, die sich auf einen Balkon mit durchbrochenem Geländer öffneten.

Die Türen zu öffnen und hinauszugehen, war nicht etwa eine bewusste Entscheidung. Sie tat es einfach. Inzwischen stand die Sonne schon tief am Himmel, schien aber immer noch golden und warm. Bis zum Sonnenuntergang dauerte es nach ihrer Schätzung noch ein oder zwei Stunden. Sie trat ans Geländer, stützte sich mit den Händen darauf und schaute hinaus auf die Aussicht, die sich ihr bot. Unter dem Balkon lag eine Terrasse, die von niedriger tropischer Vegetation umringt war, und dahinter konnte sie den blassgelben Sand der kleinen Seitenbucht sehen.

Zu ihrer Rechten – Richtung Norden, vermutete sie – versperrte ihr der kleine Hügel, über den sie gekommen waren, zum Teil den Blick auf das Hauptgelände des Resorts. Dahinter aber konnte sie das Land sehen, das zur Küste hin immer flacher wurde und in einem Punkt auszulaufen schien, wo der geschwungene Bogen des Strandes in den Ozean hineinragte. Ein einsamer Baum wiegte sich am Ende des langen Sandstreifens im Wind.

Ihr wurde bewusst, dass sie schon sehr lange den Atem angehalten hatte. Nicht nur die paar Minuten, in denen sie ihre Villa erkundete, sondern monatelang. Vielleicht sogar jahrelang. Es schien, als hätte sie die Luft festgehalten, weil sie nie Zeit oder Raum gehabt hatte, sie hinauszulassen. Also tat sie es jetzt. In einem langen, äußerst befriedigenden Seufzer stieß sie den Atem aus.

Danach stand sie völlig still da, ließ einfach nur ihre Atmung fließen, ein und aus, lauschte den Vögeln und Insekten, die ihre so verschiedenen und doch so wunderbar harmonierenden Lieder sangen, und spürte das sanfte Kitzeln der salzigen Brise auf ihrer Haut.

Juliet war sich nicht darüber im Klaren, ob sie noch an die Liebe glaubte. Jedenfalls nicht mehr, seitdem sich die Dinge mit Greg so entwickelt hatten. Aber wenn sie sich überhaupt noch vorstellen konnte, sich wieder zu verlieben, dann am allerehesten in Pelican's Reach.

Als Juliet schließlich wieder ins Zimmer zurückging, stellte sie fest, dass inzwischen ihre Koffer gebracht worden waren. Also machte sie sich ans Auspacken, sortierte T-Shirts in Schubfächer und warf Sandalen in den begehbaren Kleiderschrank. Mehr als einmal schaute sie dabei sehnsüchtig zu dem Himmelbett mit seinen schleierzarten Moskitonetzen hinüber. Aber sie wusste, dass sie besser daran tat, so lange wie möglich wach zu bleiben, um dem Jetlag vorzubeugen.

Gähnend griff sie in die Vordertasche ihres Koffers und stieß darin auf etwas Unvertrautes. Sie zog es heraus, um es in Augenschein zu nehmen.

Zwei Bikinis! Der eine purpurrot und schlicht, der andere mit Rüschen und türkis gepunktet. Eine nähere Untersuchung des Reißverschlussfaches förderte einen Zettel und eine kleine flache, in Weihnachtspapier gewickelte Schachtel zutage. Sie legte das Geschenk auf den Nachttisch und entfaltete den Fetzen Papier, der wie hastig aus einem Spiralblock gerissen aussah.

J, da ich nicht dazu kommen werde, die beiden zu tragen, bin ich der Meinung, du solltest es tun. Und öffne das Geschenk auf keinen Fall vor dem ersten Weihnachtstag. Das ist ein Befehl! G x

Sie hielt den roten Bikini an den Trägern hoch – soweit man das Träger nennen konnte! – und riss die Augen auf. Ernsthaft? In ihrem Alter? Ganz bestimmt nicht.

Na schön, der Bikini war nicht obszön knapp geschnitten, aber er gehörte auf keinen Fall zu der Sorte Badekleidung, die sie jemals zu tragen gewagt hätte. Der gepunktete wirkte ein bisschen vollständiger. Gott sei Dank. Sie dachte an den schlichten schwarzen Einteiler, den sie gerade in der Kommode verstaut hatte, stopfte schnell beide Bikinis wieder in das Reißverschlussfach und zog es zu. Das Geschenk legte sie in die Schublade ihres Nachttischchens.

Gut. Alles geschafft. Jetzt musste sie nur noch die leeren Koffer wegräumen und im Kleiderschrank verstauen. Als sie das erledigt hatte, ging sie zurück in das Schlafzimmer und wagte dabei kaum, auch nur einen Blick in Richtung Bett zu werfen. Wahrscheinlich war es besser, möglichst schnell hier rauszukommen, bevor sie doch noch der Versuchung nachgab und sich auf die so einladend bequem wirkende Matratze sinken ließ.

Gesagt, getan: Sie tauschte ihre Reisekleidung gegen ein blumenbedrucktes Sommerkleid und Flip-Flops, nahm ihren Sonnenhut und die Sonnenbrille mit und machte sich daran, die übrigen Bereiche ihrer Villa unter die Lupe zu nehmen.

Ein Stockwerk tiefer lag ein Wohnzimmer, in denselben Farben gehalten wie das Schlafzimmer. Dahinter öffnete sich eine Terrasse mit einem kleinen Pool. Das Holzgeländer, das die Terrasse einfasste, wurde durch eine weiße Pforte unterbrochen, und von dort aus führte eine Holztreppe auf den kleinen privaten Strand hinunter. Hier lag der Sand jungfräulich da, weit und breit waren keine menschlichen Fußspuren zu sehen. Sie schleuderte die Flip-Flops von den Füßen und grub ihre Zehen seufzend in den weichen Sand.

Wann hatte sie zuletzt auf einem Strand gestanden und den Sand ihre Zehen umrieseln lassen? Normalerweise rannte sie hinter ihren Kindern her, um sie davon abzuhalten, anderer Leute Sandburgen zu zerstören oder einmal durch den Ärmelkanal zu schwimmen.

Allerdings wandelte ihr Seufzen sich schnell in andere Töne, als ihr bewusst wurde, dass der Sand viel zu heiß war, um darauf zu stehen. Um nicht mehrere Hautschichten an den Füßen zu verlieren, rannte sie die paar Dutzend Schritte ans Ufer, wo schaumige Wellen den schimmernden hellen Sand benetzten, und ließ das kühle Wasser den Schmerz in ihren leicht angebrannten Fußsohlen lindern.

Das Wasser war herrlich, warm und angenehm, wenn man sich erst einmal ein paar Sekunden daran gewöhnt hatte. Sie hielt sich an den von der leichten Brandung umspielten Wassersaum und machte sich auf in Richtung der winzigen Landspitze, die ihren kleinen Bereich von Pelican's Reach vom Hauptgelände der Anlage trennte. An den Felsen am Ende angelangt, stellte sie fest, dass sie die Landzunge auf einem schmalen Streifen Sand umrunden konnte. Ohne an etwas anderes zu denken, als den Schlaf hinauszuzögern, indem sie in Bewegung blieb, wanderte sie den ganzen Hauptstrand entlang, bis sie an einen felsigen Wellenbrecher kam. Wie ein schützender Arm verlief er bogenförmig an der Meeresseite der Bucht und verhinderte, dass die heftigere Brandung am Rand der Bucht den Sand des Strandes wieder zurück ins Meer spülte.

Eine Weile blieb sie dort stehen und schaute zu, wie die Wellen gegen die außen liegenden Felsen schlugen. Schließlich drehte sie sich um und ging zum belebteren Mittelteil des Strandes zurück. Der Tag neigte sich dem Abend entgegen, und nur noch wenige Sonnenhungrige lagen auf den hölzernen Liegestühlen, die in regelmäßigen Abständen auf dem Sand verteilt standen. Ein paar Urlauber waren noch im Wasser, einige mehr hatten die Augen geschlossen oder lasen in einem Buch. Sie kam an einer kleinen strohgedeckten Bar unter einer Gruppe Palmen vorbei, ging aber weiter. Pelican Joe's, die Hauptbar mit ihren Tischen und Stühlen, die sich in mehreren Stufen auf den Strand ausbreitete, war ihr Ziel.

Noch war hier nicht viel los, aber immerhin ein paar Pärchen und Familien kamen und belegten schon mal ihre Lieblingstische. In der Bar waren eine Menge Leute damit beschäftigt, die Gäste anzulächeln und Cocktails in allen Regenbogenfarben zu mixen. Juliet schlenderte an die polierte Granittheke und nahm sich eine Getränkekarte. Die Auswahl war überwältigend: Cocktails für jede Stimmungslage, jeden Geschmack und jede Gelegenheit. Auf der Rückseite der Karte entdeckte sie alkoholfreie Cocktails für Kinder, und sie lächelte. Wenn Violet jetzt hier wäre, hätte sie mit Begeisterung einen davon bestellt, sich geziert auf einen der Barhocker gesetzt und sich sehr erwachsen gegeben, während sie an ihrem Strohhalm saugte.

Juliet zog scharf die Luft ein und hielt den Atem an.

Nein. Jetzt durfte sie noch nicht an ihre Familie denken. Nicht so kurz nach ihrer Abreise. Nicht, solange die Trennung von ihren Kindern noch unverarbeitet war. Wenn sie jetzt zu viel an Violet und Polly, Jake und Josh dachte, dann würde sie schließlich gleich hier an der Bar zu einem Häufchen Elend zusammensinken. Sie war zu müde, um sich mit dem Heimweh auseinanderzusetzen, das sie zu überwältigen drohte.

Aber Juliet war geübt darin weiterzumachen, als wäre alles in bester Ordnung, wenn ein Zusammenbruch drohte. Also richtete sie sich auf, ließ die Luft entweichen, die sie angehalten hatte, und griff erneut nach der Getränkekarte. Als der Barkeeper sie nach ihrem Wunsch fragte, konnte sie sich für keinen der Cocktails entscheiden. Also bestellte sie ein Glas Weißwein, wie sie es auch zu Hause getan hätte, und dazu einen Snack. Sie suchte sich einen kleinen unbesetzten Tisch am hintersten Ende einer der ausgedehnten Terrassen, trank ihren Wein und aß ihr Mangohühnchen, während sie den Sonnenuntergang beobachtete.

Halb benebelt vor Müdigkeit beobachtete sie, wie sich die Bar um sie herum füllte. Ein paar Leute setzten sich, um eine Kleinigkeit von der einfachen Speisekarte zu essen, andere kamen nur für einen Drink und entschwanden anschließend zu einem der Restaurants in der Anlage. Obwohl ziemlicher Betrieb im Pelican Joe's herrschte, war es ruhig und friedlich. Kein schlechtes Benehmen, kein Geschrei, keine nörgelnden Kinder. Es war, als würde die Atmosphäre dieser abgelegenen kleinen Insel von jedem Besitz ergreifen, der länger als ein paar Stunden hier weilte.

Juliet versuchte, es den anderen gleichzutun. Still saß sie da, nahm nicht nur die Orange- und Rosatöne des Sonnenuntergangs in sich auf, sondern auch den zitronengelben Himmel und die grauen Wolken. Dennoch fühlte sie sich nicht im Einklang mit den Menschen um sie herum, geradeso, als wäre sie ein Metronom, das zu schnell tickte, während alle anderen sich in einem langsameren Takt bewegten.

Ihr wurde bewusst, dass alle Gäste um sie herum recht wohlhabend zu sein schienen. Sie war daran gewöhnt, daheim in Tunbridge Wells zu den Müttern zu gehören, die immer elegant gekleidet waren, aber die Leute hier spielten in einer anderen Liga. Sie lungerten in dem Fünf-Sterne-Resort herum, ohne dessen unaufdringlichen Luxus groß wahrzunehmen. Sie schienen eine Umgebung wie diese gewohnt zu sein. Das allein reichte schon, um Juliet daran zu hindern, mit jemandem ins Gespräch zu kommen – selbst wenn sie wach genug gewesen wäre, um sich vernünftig zu unterhalten.

Aber es gab noch einen zweiten Grund, warum sie nicht kontaktfreudiger war. Ihr fiel auf, dass sie hier die Einzige war, die allein an einem Tisch saß. Jetzt, als es später wurde, räumten die Familien ihre Plätze, und plötzlich saßen überall in der Bar Pärchen. Wohin sie auch schaute, hielten Leute Händchen und bedachten sich über die Tische hinweg mit vielsagenden Blicken.

Und schlagartig wurde das Paradies ein wenig deprimierend.

Sie stand auf und ging. Den letzten Rest Wein in ihrem Glas ließ sie stehen. An der Rezeption bestellte sie sich einen Shuttle zu ihrer Villa, und während der kurzen Fahrt dorthin versuchte sie, die Gedanken zu verscheuchen, die sich in ihrem Kopf breitmachten. Dies war der Urlaub ihres Lebens, und sie war wild entschlossen, das Beste daraus zu machen. Spaß zu haben. Gemma würde das jedenfalls tun. Und es war das Letzte, was sie wollte, ihr einsames, trauriges Alltagsleben hinter sich zu lassen, nur um festzustellen, dass sie auch hier einsam und traurig war.

Selbst ihre schicke Villa kam ihr leer vor, als sie eintrat.

Hatte sie sich nicht genau danach gesehnt? Nach Zeit. Raum. Platz zum Atmen. Allesamt kostbare Güter in ihrem Leben. Aber jetzt, wo sie in Reichweite lagen, fühlte sie sich wie ein armer Schlucker, der plötzlich zum Millionär geworden war und nicht die leiseste Ahnung hatte, wofür er sein Geld ausgeben sollte.

Sie öffnete die Flügeltüren, ohne das Licht einzuschalten, und trat hinaus auf den Balkon. Hier draußen hörte sie wenigstens das raue Lied der Grillen und der anderen Nachttiere, die ihr Gesellschaft leisteten.

War sie in Tunbridge Wells so einsam gewesen?

Vermutlich.

Vielleicht hatte ihre Geschäftigkeit mehr als nur einen Grund. Sie machte sich damit verrückt, aber möglicherweise verfolgte sie genau damit auch ein Ziel. Sie war sich nämlich ganz und gar nicht sicher, ob ihr gefallen würde, womit sie sich auseinandersetzen müsste, wenn sie zur Ruhe käme.

Die Nachtluft war noch so warm, dass sie keine Jacke brauchte, und die sanfte Brise, die vom Meer herüberwehte, vermochte nur die feinsten Haarsträhnchen zu bewegen. Sie legte den Kopf in den Nacken und bewunderte die Sterne. Die Lichtverschmutzung in der Stadt hatte ihr den Eindruck vermittelt, es gebe nur eine begrenzte Zahl an Sternen, ja dass man sie zählen könnte – wenn man genügend Zeit und Geduld dafür aufbringen mochte. Aber hier waren so viele Sterne zu sehen, dass kaum einzelne Sternbilder zu erkennen waren.

Das geht endlos so weiter, dachte sie, und ich bin nur ein ganz winzig kleiner Teil davon. Warum also habe ich das Gefühl, dass der Himmel mir auf den Kopf fällt, wenn ich auch nur eine Sekunde innehalte?

Ihre Augen gewöhnten sich allmählich an die Dunkelheit, und sie konnte einzelne Büsche in den Schatten der Vegetation um ihre Terrasse herum ausmachen. Nachdem sie eine Weile den Himmel, das Meer und den Sand betrachtet hatte, wandte sie ihre Aufmerksamkeit den Dingen zu, die rechts und links von ihrem Balkon zu sehen waren. Ihre Villa war die vierte in einer Fünferreihe. In der ersten, die dem Resort am nächsten stand, brannten ein paar Lichter. Die nächsten beiden waren dunkel, sodass sie nicht hätte sagen können, ob sie bewohnt waren oder nicht. Sie drehte sich zur Seite, um sich die letzte Villa in der Reihe anzuschauen. Aus dem Schlafzimmer fiel Licht auf den Balkon, und plötzlich erkannte sie, dass sie nicht als Einzige die kühle Nachtbrise und den glitzernden Sternenhimmel genoss.

Die andere Villa war nur etwa sechs Meter entfernt, aber Juliet stand im Dunkeln, gut verborgen, und so war es ihr kein bisschen peinlich, ihren Nachbarn genauer zu betrachten.

Er war groß und schlank, stützte die Ellenbogen auf das Balkongeländer und hielt ein niedriges Glas mit Whisky oder dunklem Rum in der Hand. In seiner hellen Kakihose und dem Leinenhemd wirkte er völlig entspannt, als ob hierhergehörte, obwohl seine europäischen Züge und die kurzen dunklen Haare den Schluss zuließen, dass er kein Einheimischer von St. Lucia war.

Er nippte an seinem Glas und wandte sich dann wieder dem Meer zu.

Anfang dreißig, schätzte sie. Seine Gesichtszüge waren ebenmäßig und sehr symmetrisch, seine Wangenknochen hätten jede Frau dazu gebracht dahinzuschmelzen. Wenn es überhaupt eine Unvollkommenheit an ihm gab, dann vielleicht seine etwas zu lange und zu gerade Nase.

Vielleicht zehn Minuten lang stand Juliet einfach nur da und beobachtete ihn. Zum einen, weil ein längst vergessenes Empfinden dafür sorgte, dass die Härchen an ihren Armen sich aufstellten und ihr Atem flacher wurde. Aber zum anderen auch, weil das Wissen um ein menschliches Wesen in ihrer Nähe dafür sorgte, dass sie sich weniger einsam fühlte – obwohl er keine Ahnung hatte, dass sie da war.

Natürlich würde gleich seine hübsche Freundin auf den Balkon treten und ihm Gesellschaft leisten, von seinem Glas nippen und ihm einen Kuss in den Nacken geben. Juliet wartete darauf, dass sie nach draußen kam. Unterbewusst war ihr klar, dass das Auftauchen einer Begleiterin ihr erlauben würde, nicht länger zu ihm hinüberzuschauen. Sie könnte einfach zurück ins Haus gehen, sich in ihr riesiges Himmelbett fallen lassen und eine Woche schlafen.

Aber die Göttin, die zu diesem Gott gehörte, ließ sich nicht blicken.

Vielleicht schlief sie bereits, ausgestreckt auf ihrem Bett nach einem umwerfenden Liebesspiel. Vielleicht wartete sie auch in der Wanne auf ihn, mitten in einem Schaumbad. Juliet hoffte, es würde der Göttin nichts ausmachen, dass sie ihn sich ein klein wenig ausgeborgt hatte. Sie wollte ja nur seine Nähe. Natürlich war sie nicht so dumm, sich mehr zu wünschen.

Tief durchatmend wandte sie den Blick ab. Lächerlich, was sie tat. Sie verhielt sich nicht anders als vermutlich Violet, wenn sie einen Jungen sah, der ihr gefiel.

Also stützte sie sich auf das Geländer und ließ sich von dem rauen Holz an ihren Unterarmen daran erinnern, was real war und was nicht. So lange wie nur irgend möglich widerstand sie dem Drang, noch einmal zu ihm hinüberzuschauen, aber schließlich wandte sie doch den Kopf, um einen letzten Blick auf den Fremden zu werfen, bevor sie in ihre Villa zurückging.

Und in dem Augenblick stellte sie fest, dass er sie entdeckt hatte. Er schaute von seinem Balkon zu ihr herüber, und leichte Belustigung spielte auf seinen Zügen. Schon im Profil hatte er fantastisch ausgesehen, von vorn sah er sogar noch besser aus.

Sie hielt den Atem an. Konnte er sie sehen, oder genoss er nur die Landschaft? Und wenn er sie wahrgenommen hatte, was sollte sie dann tun? Wusste er womöglich sogar, dass sie ihn beobachtet hatte? War es bereits zu spät, das Gesicht zu wahren, indem sie nachbarschaftlich hinüberwinkte?

Als hätte er gehört, welche Gedanken ihr durch den Kopf schossen, nickte er zu ihr hinüber, hob sein Glas und prostete ihr zu.

Juliet wurde rot und flüchtete sich in ihre dunkle Villa zurück.

11. KAPITEL

So also fühlt es sich an, Juliet zu sein, dachte Gemma, als sie am nächsten Morgen die Augen aufschlug. Sie schlief in Juliets Bett, wohnte in Juliets Haus, aß Juliets Essen und kümmerte sich um Juliets Kinder. Es war, als lebte sie in einer völlig fremden Welt, allerdings einer stilvollen, in neutralen Farben gehaltenen fremden Welt, die sich wunderbar auf den Seiten einer exklusiven Wohnzeitschrift machen würde. Alles wirkte elegant, ordentlich und vielleicht ein bisschen zu vollkommen.

Sie wälzte sich herum und schaltete das Licht an. Eigentlich hatte sie auf den Wecker schauen wollen, aber als Erstes fiel ihr das Bild auf Juliets Nachttisch auf: ein Schnappschuss ihrer Familie – Mum, Dad und die beiden Mädchen –, aufgenommen während eines Urlaubs in Devon, als Gemma etwa zehn Jahre alt war.

Dieses Bild hatte sie immer geliebt. Sie alle zusammen, in die Kamera lächelnd, Arm in Arm. Schläfrig schmunzelte sie und gähnte. Dann jedoch, während sie immer noch müde das Bild anschaute, fiel ihr etwas auf, das sie noch nie bemerkt hatte. Hinter Juliets fröhlichem Lächeln lag eine Traurigkeit, die sie von den anderen trennte, und das, obwohl sie auf dem Bild genau zwischen Mum und Dad stand.

Merkwürdig. Gemma war immer der Meinung gewesen, ihre Schwester sei nicht zuletzt durch ihre Ehe mit Greg zu solch einer nervigen und verklemmten Frau geworden. Aber der Samen dafür lag schon in diesem Bild, und das war lange davor entstanden. Wie konnte das sein? Sie hatten doch so eine glückliche Kindheit gehabt. Eine beinahe idyllische Kindheit.

Sie schloss die Augen und gähnte noch einmal. Im Moment war sie noch zu müde, um diesen Gedanken weiter zu verfolgen. Dann konzentrierte sie sich auf den Wecker.

Mist. Schon halb sieben. Sie war daran gewöhnt, vor Tau und Tag aufzustehen, hatte aber dennoch nicht damit gerechnet, wie viel Willenskraft nötig war, sich an diesem Morgen aus dem Bett zu mühen. Ohne den Adrenalinschub eines Arbeitstags auf dem

Set schien es ihr fast unmöglich, ihre Füße unter der warmen Decke hervorzuziehen und auf den Boden zu stellen. Es war auch nicht gerade hilfreich, dass Juliet das wohl bequemste Bett aller Zeiten hatte.

Trotzdem hätte sie sich keine Sorgen zu machen brauchen. Die Zwillinge waren entschlossen, ihr zu helfen, indem sie ins Schlafzimmer stürmten und sich auf sie warfen. Während sie auf dem Bett herumhüpften, wobei einer von ihnen ihr sein Knie in einen sehr empfindlichen Körperteil bohrte, meinte sie, das Wort Frühstück aus dem Geplapper herauszuhören.

Sie strich sich die Haare aus dem Gesicht und versuchte, sich auf einen der Zwillinge zu konzentrieren. Es war ihr egal, welcher es war. „Ihr habt Hunger?"

Die Jungen hüpften noch wilder auf und ab. Großartig.

„Okay, okay …" Sie versuchte, sich aufzusetzen, und bekam als Dank für ihre Bemühungen einen Ellenbogen ins Gesicht. *„Jungs!"*

Schlagartig hörte das Gehüpfe auf.

Gemma brauchte einen Moment, um zu verdauen, dass sie genauso geklungen hatte wie Juliet. Dann setzte sie sich auf. „Geht schon mal und zieht eure Schuluniformen an. Ich bin in fünf Minuten unten und mache euch Frühstück. Einverstanden?"

Jake und Josh schauten sie nur an.

„Und ihr tut gut daran, euch zu beeilen, oder ihr habt nur die Wahl zwischen Porridge und Porridge."

Die Jungs warfen sich einen Blick zu, kommunizierten telepathisch und schossen kichernd aus dem Zimmer. Gemma ließ sich wieder auf die Matratze fallen und starrte an die Decke. Wenn Juliets Tage normalerweise so anfingen, dann war es kein Wunder, dass sie meistens schlecht gelaunt war. Na schön, dieser Job musste doch einfacher zu bewältigen sein, als aufsässige Filmstars zu dirigieren. Jedenfalls war es ihr noch nie gelungen, Tobias Thornton mit der bloßen Drohung zu irgendetwas zu bewegen, es gäbe sonst nur Porridge. Nicht dass sie gewusst hätte, wie man Porridge aus Grundzutaten kochte. Aber das mussten die Jungs ja nicht unbedingt erfahren.

Dieses Bett war wirklich herrlich bequem …

Das Nächste, was Gemma bewusst wurde, war ein Kindergesicht, das sich buchstäblich Nase an Nase mit ihr befand. Sie schrie erschrocken auf. Polly schien davon allerdings völlig unbeeindruckt. Das Mädchen legte den Kopf leicht schräg und musterte seine Tante vorsichtig. „Hast du einen Kater?", erkundigte sie sich mit ihrer süßen, ein wenig lispelnden Stimme. „Ich kann dir eine Tasse Tee machen, wenn du magst."

Gemma zog sich die mit einem Laura-Ashley-Bezug versehene Bettdecke über den Kopf. „Nein, ich habe keinen Kater", murmelte sie durch die Decke hindurch.

„Okay", hörte sie Polly sagen, aber sonderlich überzeugt wirkte das Kind nicht.

Gemma schob die Bettdecke wieder nach unten und starrte ihre Nichte an. „Ich habe gestern Abend nur literweise Diätcola getrunken, genau wie du."

Polly blinzelte. „Soll ich dir trotzdem eine Tasse Tee machen oder nicht?"

„Nein. Ich glaube, die mache ich mir lieber selbst. Du bist doch kaum groß genug, um auf die Arbeitsplatte in der Küche zu gucken."

Polly zuckte die Achseln. „Auch gut … Und nebenbei bemerkt: Du solltest dir die Zähne putzen. Dein Atem ist ein bisschen … du weißt schon." Dazu wedelte sie mit einer Hand vor ihrer Nase herum, bevor sie aus dem Zimmer hüpfte und „Rudolph the Red Nosed Reindeer" vor sich hin summte.

Gemma wusste nicht, ob sie lachen oder schreien sollte.

Oh mein Gott! Eine kleine Juliet in Ausbildung! Himmel, hilf!

Egal, sie hatte sich schon Schlimmeres von weniger intelligenten Leuten anhören müssen, also verscheuchte sie Pollys schmerzhafte Offenheit aus ihren Gedanken und konzentrierte sich darauf aufzustehen, einen Morgenmantel überzuwerfen und nach unten zu gehen, um zu schauen, was die Zwillinge ausheckten.

Sie fand sie am Küchentisch sitzend, mit erwartungsfrohem Blick und Messer und Gabel in den Händen.

„Mummy macht uns jeden Morgen Pfannkuchen", erklärte Jake.

„Mit Ahornsirup und Honig und Zucker und Erdbeeren …", fügte sein Bruder hinzu.

Gemma war drauf und dran zu sagen, sie könne höchstens Pfannkuchen bestellen, aber nicht selbst machen, als Violet die Küche betrat. Sie kaute an einem halben Toast herum.

„Glaub den Zwergen kein Wort. Pfannkuchen gibt es nur zu besonderen Gelegenheiten. An Wochentagen gibt es grundsätzlich nur Müsli mit Obst."

„Netter Versuch, Jungs", meinte Gemma grinsend, und dann suchte sie in der Speisekammer nach etwas, womit sie den beiden die Müslischalen füllen konnte. Das war auch für sie zu bewältigen.

Nach einer Minute vergeblicher Suche wandte sie sich an Violet, die an der Küchentheke lehnte und in einer Zeitschrift las. „Wo ist das Müsli für die Jungs? Ich finde hier nur Juliets ballaststoffreiches Vollkornzeugs."

Violet ließ die Zeitschrift ein paar Millimeter sinken und schaute sie mit hochgezogenen Brauen an.

Verdammt. Das *war* das Müsli für die Kinder. Sie nahm eine Schachtel aus dem Schrank, dazu ein paar Becher aus dem Regal auf der anderen Seite der Speisekammer. „Wie wäre es mit Shreddies, klein geschnittener Banane und Streuseln?", fragte sie in die Runde.

Der Jubel, der ihr antwortete, fiel so enthusiastisch aus, als hätte sie den Kindern einen Ausflug nach Disneyland vorgeschlagen. Sie stellte Müsli und Kuchendeko mitten auf den Tisch, holte eine Flasche Milch aus dem Kühlschrank und stellte vor jedem der Jungs eine Müslischale ab. „Ihr kümmert euch um Müsli und Streusel", sagte sie, „ich schneide die Banane klein."

Nachdem die Kinder gefrühstückt hatten, sah die Küche aus, als wäre ein kleiner Tornado hindurchgefegt. Aber es gelang ihr, alle rechtzeitig aus dem Haus und ins Auto zu verfrachten. Violet dirigierte sie zum Gymnasium, anschließend übernahm Polly und sorgte dafür, dass sie auch die Grundschule St. Martin erreichten. Gemma wäre gut ohne die Kommentare ihres zehnjährigen menschlichen Navis zu dem Fahrstil anderer Leute ausgekommen, aber immerhin lieferte sie alle pünktlich auf dem Schulhof ab. Als sie ihnen zum Abschied winkte, während ihr Lehrer die Glocke läutete und sie in das Schulgebäude führte, verschaffte ihr das genau die gleiche herzerwärmende Befriedigung, die sie ergriff, wenn sie einen Filmstar erfolgreich am Set ablieferte.

Und statt sich den ganzen Tag abzuhetzen, wie sie das bei der Arbeit tat, konnte sie ihre häuslichen Pflichten in aller Ruhe angehen. Es gab keinen Grund, Juliets kleines geblümtes Büchlein zu Rate zu ziehen, denn es war mehr als offensichtlich, worin ihre nächste Aufgabe bestand. Erster Halt: Supermarkt. Ganz im Ernst, diese Kinder brauchten ein bisschen Abwechslung auf ihrem Speiseplan.

Tatsache war, wenn alles weiter so gut lief wie in den letzten vierundzwanzig Stunden, würde sie Juliets putziges kleines Notizbuch überhaupt nicht brauchen. Worüber hatte sie sich eigentlich Sorgen gemacht? Bisher war doch alles ein Kinderspiel.

Juliet wachte um eins auf, dann noch einmal um zwei. Um halb drei hieb sie mit der Faust auf ihr Kissen und knurrte frustriert. Dieser dämliche Jetlag.

Sie rollte sich auf den Rücken und starrte in das Moskitonetz über ihrem Bett. In der Dunkelheit war der zarte Schleier kaum zu sehen. Das schreckliche Gefühl der Leere drohte sie wieder zu übermannen, aber sie schob es weit von sich. Ebenso wie jeden Gedanken an ihre Kinder. Jetzt bloß nicht darüber nachdenken, was sie gerade tun mochten und ob sie rechtzeitig zur Schule kamen!

Wenn sie diesen Weg einschlug, dann würde sie nur den ganzen Tag im Bett verbringen und sich elend fühlen. Und schließlich tat sie das Ganze doch für ihre Kinder, rief sie sich ins Gedächtnis. Es war praktisch ihre Pflicht, nicht länger den Kopf hängen zu lassen und stattdessen Spaß zu haben, damit ihre Sprösslinge, wenn sie wieder nach Hause kam, mit einer fröhlichen, erholten Mutter ins neue Jahr gehen konnten. Um das zu erreichen, musste sie nur dafür sorgen, zur Genüge beschäftigt zu sein, um nicht in Gefühlsduselei zu versinken.

Also reckte sie sich nach der Nachttischlampe, schaltete sie ein und griff nach einem der Taschenbücher, die sie mitgebracht hatte. Gegen vier kam sie zu dem Schluss, dass im Moment nicht genug Gehirnzellen arbeiteten, um einem komplizierten Thriller folgen zu können. Also tauschte sie ihre Lektüre gegen die Info-Mappe des Hotels aus und las sie von vorn bis hinten durch. Um sechs hatte sie ihren ganzen Tag verplant: Mahlzeiten, Sonnenbad am Strand, ein Abstecher in die Wellness-Oase – einfach alles. Sie schrieb ihren Terminplan in ihr Taschennotizbuch und steckte das in ihre Strandtasche. Schließlich gab es keinen Grund, warum sie ihre Pläne für ein perfektes Weihnachten nicht in Pläne für einen perfekten Weihnachtsurlaub ummodeln sollte.

Es schien noch Ewigkeiten hin zu sein, bis das Hauptrestaurant fürs Frühstück öffnen würde. Zwar fühlte sie sich wirklich hungrig, aber immerhin hätte sie damit etwas zu tun. Außerdem war ihre innere Uhr komplett durcheinandergeraten.

Draußen herrschte strahlender Sonnenschein. Hatte sie etwas anderes erwartet? Also beschloss sie, keinen Shuttle anzufordern, packte ihre Strandtasche, warf sich ein Baumwollstrandkleid über den Badeanzug und eilte die Stufen hinunter zur Bucht.

Als ihre Füße im Sand versanken, konnte sie nicht anders: Sie warf einen raschen Blick zur Villa nebenan hinüber. Kein Lebenszeichen. Halb hatte sie gehofft, ihn immer noch am Balkongeländer stehen zu sehen, von wo aus er Juliet gelassen beobachtete.

Wirklich albern. *Nette Vorstellung, Juliet, aber er sieht viel zu gut aus und ist zu jung für dich. Wenn selbst ein durchschnittlich aussehender Vorort-Ehemann das Interesse an dir verloren hat, warum sollte dann solch ein Mann auch nur wahrnehmen, dass es dich gibt?*

Hatte er aber. Er hatte sie wahrgenommen.

Und ihr das mit einer winzigen Geste gezeigt. Sie hatte sich nicht nur eingebildet, dass er ihr am Abend zuvor mit seinem Glas zugeprostet hatte. Natürlich wollte sie nicht zu viel hineininterpretieren. Es war nur eine freundliche, höfliche Geste, weiter nichts.

Sie seufzte, als sie über die Felsen kletterte und auf den Hauptbereich des Resorts zuwanderte. Der Strand war fast menschenleer. Das einzige Lebenszeichen waren ein paar eifrige Schwimmer und eine Handvoll Hotelangestellte, die den Strand harkten und dabei Steinchen und angespülte Algen entfernten, die es gewagt hatten, sich in den Sand zu krallen, als die Flut zurückgewichen war.

Hinter Pelican Joe's lag ein großer Swimmingpool, der von Hibiskussträuchern gesäumt war. Auch er war leer. Nur ein kleiner Roboter an einem Schlauch wuselte am Grund entlang und kümmerte sich um alles, was dort unten gelandet war und nicht dorthin gehörte. Sie fühlte sich der kleinen Maschine seltsam verbunden. Das hier war der schönste Platz auf Erden, aber der Roboter bemerkte das nie, denn er schaute immer nach unten, tat seine Arbeit und putzte hinter anderen Leuten her.

Nach dem Frühstück ging sie an den Strand. Sie war sicher, dass sie mit vernünftigem Sonnenschutz und sorgsam zeitlich festgelegten Sonnenbädern eine halbwegs attraktive Sonnenbräune erzielen konnte, bevor sie wieder abreiste. Gab es einen besseren Beweis für einen perfekten Urlaub als eine perfekt gebräunte Haut?

Sie wanderte bis ans Ende des Strandes, legte sich dort zwanzig Minuten auf einen Liegestuhl und ließ sich die Sonne auf den Bauch scheinen. Dann drehte sie sich um und genoss weitere zwanzig Minuten die Sonne auf dem Rücken. Anschließend zog sie ihren Liegestuhl in den Schatten eines kleinen Baumes mit dicken, festen Blättern, um weiter in ihrem Thriller zu lesen.

Und so verging der Tag. Sie schwamm in zwei der Swimmingpools, aß zu Mittag ein Strand-Barbecue, zog sich dann für ein Nachmittagsschläfchen in ihre klimatisierte Villa zurück, bevor sie noch ein Sonnenbad an ihrem Privatstrand nahm und vor dem Abendessen duschte. Gern hätte sie im Restaurant am Wasser gespeist, das auf Fisch und Meeresfrüchte spezialisiert war, aber es war ausgebucht. Und so fand sie sich schließlich im Pelican Joe's wieder, wo sie auch diesmal Mango-Hühnchen aß.

Zurück in ihrer Villa goss sie sich ein Gin Tonic aus der gut bestückten Bar in ihrem Wohnzimmer ein und setzte sich an den kleinen Tisch auf dem überdachten Teil ihrer Terrasse, weil sie es nicht wagte, wieder auf ihren Balkon zu gehen. Von ihrem Sitzplatz aus konnte sie relativ unbemerkt die Nachbarvilla im Auge behalten.

Er war auch wieder da, wieder mit einem Drink in der Hand. Diesmal saß er auf einem Stuhl und hatte die Beine auf die Balkonbrüstung gelegt. Die Außenbeleuchtung brannte, und im matten Schein der Lampe, deren Glaskuppel von riesigen Nachtfaltern umschwärmt wurde, las er in einem abgegriffenen Taschenbuch. Ab und zu warf sie ihm einen verstohlenen Blick zu und versuchte dabei, so zu tun, als bewundere sie nur die Landschaft.

Nach etwa einer Viertelstunde sagte er etwas in einer Sprache, die sie nicht kannte. Es mochte Italienisch sein. Oder Spanisch. Aber sicher war sie sich nicht.

Obwohl er leise gesprochen hatte, klang seine Frage in der Stille sehr laut. Sie hatte dem Mondaufgang zugesehen. Jetzt zuckte sie auf ihrem Stuhl zusammen und fuhr herum. Vermutlich sprach er mit der Göttin, die sich wohl im Schlafzimmer aufhielt, aber er schaute gar nicht nach hinten in seine Villa. Er sah sie an.

Juliet spürte, wie ihr die Röte über den Nacken kroch, und war froh, dass er das in der Dunkelheit nicht sehen konnte. „Es tut mir leid …", gab sie mit piepsiger Stimme zurück. „Je ne comprends pas." Eigentlich war sie sich ziemlich sicher, dass er nicht Französisch gesprochen hatte, aber eine andere Fremdsprache hatte sie in der Schule nicht gelernt, und deshalb kam nur sie ihr in den Sinn.

Er nickte. „Ich habe gefragt, ob Sie einen Drink möchten", erläuterte er auf Englisch. Mit einem Akzent, der so sexy klang, wie sie es noch nie gehört hatte. Dabei hob er sein leeres Glas.

Italienisch. Er klang, als wäre er Italiener.

Juliet schüttelte den Kopf. Dann wurde ihr bewusst, dass er sie dort, wo sie saß, vermutlich gar nicht richtig sehen konnte. Also stand sie auf, trat einen Schritt unter dem Balkon hervor und hob ihr halb volles Glas.

„Nein, danke", erwiderte sie und versetzte sich im Geiste dafür eine Ohrfeige. „Ich habe noch was. Und ich bin müde …" Sie gähnte übertrieben, um ihre Aussage zu unterstreichen, und hätte sich am liebsten unter einem Stein verkrochen, um vor Verlegenheit zu sterben. „Jetlag", fügte sie hinzu, obwohl die Erklärung ihr auch nicht helfen konnte, ihre Würde wiederzuerlangen. Er musste sie für völlig verrückt halten – für eine exzentrische englische Lady, die allein Urlaub machte.

Er hob sein Glas und nickte ihr knapp zu. „Dann wünsche ich Ihnen angenehme Träume."

Juliet nickte lässig und gab sich Mühe, nicht dahinzuschmelzen, als er sich abwandte und durch die Balkontüren in sein schwach beleuchtetes Schlafzimmer entschwand.

12. KAPITEL

Als Gemma die Küche ihrer Schwester betrat, wurde sie von lautem und begeistertem Jubel begrüßt. Alle vier Kinder saßen gespannt um den Tisch und warteten auf ihr Abendessen – obwohl Juliet immer behauptet hatte, um das zu erreichen, müsse sie ihnen schon mit der Todesstrafe oder schweren Verletzungen drohen. Gemma stellte den Stapel Pizzaschachteln mitten auf den Tisch und trat hastig zurück, um sich in Sicherheit vor dem Fressrausch zu bringen, der sofort ausbrach.

Die ersten Pizzastücke waren noch nicht ganz verdrückt, da klingelte es an der Tür. Mit der Geldbörse in der Hand eilte sie zurück in den Flur, da sie vermutete, der Haufen Kleingeld, den sie dem Pizzaboten in die Hand gedrückt hatte, habe wohl doch nicht der richtigen Summe entsprochen. Dabei hatte sie die Zwillinge das Geld zählen lassen …

Aber als sie die Tür öffnete, entdeckte sie, dass der hohe dunkle Schatten hinter den Buntglasscheiben kein Jugendlicher mit Motorradhelm war. Vor ihr stand jemand, der ihr wesentlich weniger willkommen war.

„Kann ich Ihnen helfen?“, erkundigte sie sich, die Tür nur so weit geöffnet, wie gerade eben nötig war. Zusätzlich blockierte sie selbst den schmalen Spalt mit ihrem Körper.

Will Truman erwiderte ihren Blick. „Darf ich einen Moment reinkommen?“

Gemma rührte sich nicht. Es hatte also bereits angefangen, obwohl Juliet gerade erst etwas mehr als vierundzwanzig Stunden fort war. „Schauen Sie, ich weiß, was Sie meiner Schwester versprochen haben, aber ich komme allein zurecht. Und ich verspreche Ihnen: Wenn ich Ihre Hilfe brauche, schreie ich.“

Was natürlich eine glatte Lüge war.

Und natürlich wusste er das. Sie sah es ihm an. Bemerkte, wie sich seine Augen verengten. Merkwürdig. Als sie ihn in der Tür stehen sah, hatte sie kurz daran gedacht, ihren bewährten magischen Charme einzusetzen und ihn auf diese Weise dazu zu bringen, die Eingangstreppe zu räumen und in sein Haus zurückzukehren. Aber nun standen sie hier, kaum eine Minute später, und sie hatte nur eines erreicht, nämlich den Mann zu verärgern.

„Darum geht es nicht", erklärte er und warf ihr einen ernsten Blick zu. „Ich wollte mit Ihnen über Juliet reden."

Gemma versteifte sich. „Was ist mit meiner Schwester?" Sie hatte nicht die Absicht, diesem Mann Tipps zu geben, wie er Juliet erobern konnte. Die Ärmste war gerade erst einen anstrengenden Langweiler losgeworden. Noch so einen konnte sie nicht gebrauchen.

Echte Besorgnis huschte über sein Gesicht, und Gemma stellte überrascht und verärgert zugleich fest, dass er damit ungewohnte Saiten in ihr anrührte. Sie war es gewohnt, es mit ausgewachsenen männlichen Kleinkindern oder Schürzenjägern zu tun zu haben. So hatte sie fast vergessen, dass das männliche Geschlecht durchaus auch edlerer Gefühle fähig war.

„Geht es ihr wirklich so gut, wie sie behauptet?"

Gemma öffnete den Mund, um „Selbstverständlich" zu sagen, aber ihr wurde bewusst, dass sie das kaum wirklich beurteilen konnte. Schließlich hatten sie und Juliet sich in den letzten Monaten gerade mal wenige Stunden im selben Zimmer aufgehalten. In Wahrheit machte sie sich selbst Sorgen um Juliet, und so wie Mr Stockkonservativ ständig um Juliet herumschnüffelte, verfügte er vermutlich über Informationen, die sie brauchte.

Also öffnete sie die Tür ganz, trat zurück, um ihn einzulassen, und überlegte gerade, ob sie hier mit ihm reden wollte oder ihn ins Wohnzimmer bitten, als ein gewaltiges Krachen aus der Küche ertönte. Sie rannten beide den Flur hinunter, Will vorneweg, was sie ärgerte.

In der Küche angekommen, bot sich ihnen das Bild zweier Streithähne, nämlich Josh und Jake, die sich um ein Stück Knoblauchbrot mit Käse stritten. Anscheinend hatte Jake sich über den Tisch geworfen und bei dem Versuch, das kostbare Stück den klebrigen Fingern seines Bruders zu entreißen, seinen Stuhl umgeworfen. Will stellte den Stuhl wieder auf, und Gemma trennte die kämpfenden Parteien. Dann suchte sie unter dem Stapel Pizzaschachteln nach einer kleineren, zog sie hervor, öffnete sie und förderte ein zweites Stück Knoblauchbrot zutage. Das knallte sie zwischen den beiden auf den Tisch.

„Hinsetzen! Essen! Und ich will keinen Streit, wer das zermatschte Stück bekommt und wer das andere. Ihr könnte euch beide teilen." Damit riss sie das heftig mitgenommene Stück Knoblauchbrot in zwei Hälften und ließ je eine auf die Teller der Jungs fallen.

Moment mal. Teller? Wann hatten die es aus dem Schrank geschafft? Offenbar hatte Juliet die Kinder besser erzogen, als sie gedacht hatte. Gemma hatte ihnen nur die Küchenrolle gereicht und sich nicht weiter gekümmert.

Will musterte die Kinder am Tisch. „Wo steckt Violet?"

Gemma beobachtete, wie er mit Adleraugen die Küche absuchte, ehe er seine Stirn runzelte. Er war also gekommen, um mit ihr über Juliet zu reden? Hah! Aber klar doch! In Wirklichkeit kontrollierte er sie nur.

„Violet?", widerholte sie unschuldig und tat so, als müsste sie angestrengt überlegen. „Ach ja. Die Große. Ich weiß, dass ich sie kürzlich irgendwo gesehen habe ..."

Will öffnete den Mund, aber sie redete einfach weiter.

„Oh, jetzt fällt es mir wieder ein", fügte sie mit sarkastischem Lächeln hinzu. „Das war gestern Abend, als ich sie vor dem Strip-Club abgesetzt habe."

Sein besorgter Gesichtsausdruck verhärtete sich zu etwas anderem.

Gemma stieß mit Nachdruck den Atem aus. „Nun, Sie haben das mehr oder weniger herausgefordert. Für wie schwachköpfig halten Sie mich eigentlich?"

Polly, die an einem Stück Peperoni-Pizza kaute, streckte den Arm hoch.

„Ich will keine Antwort hören", warnte Gemma grimmig, und Polly ließ ihren Arm wieder sinken. Sie wirkte ein bisschen enttäuscht.

Einer der Jungs hielt das Ganze aber offenbar für ein lustiges Spiel, denn jetzt schoss sein Arm in die Höhe. Sie war sich ziemlich sicher, es war Jake.

„Hast du nicht gehört, was ich gerade zu deiner Schwester gesagt habe?"

Er blinzelte. „Ich habe eine andere Frage."

„Und die lautet?"

„Was ist ein Strip-Club?"

„Vielleicht sollten wir uns irgendwo unterhalten, wo wir ungestörter sind", schlug Will vor.

Gemma hasste ihn dafür, dass er recht hatte. Sie nickte in Richtung Wintergarten, der mit einer Doppeltür von der Küche abging. Damit waren sie weit genug weg von den Kindern, um sich unbelauscht unterhalten zu können, aber nahe genug, um einzugreifen, falls der Knoblauchbrotkrieg erneut ausbrach. Sie gingen bis ans Ende des gekachelten Zimmers und blieben an der Terrassentür stehen, die in den Garten führte.

„Violet ist bei einer Freundin", erklärte sie und zog die Brauen hoch. „In Ordnung? Wir sind hier nicht in einem Überwachungscamp, wissen Sie. Die Kinder dürfen ein gesellschaftliches Leben haben."

„Nun, ich bin zwar sicher, dass Sie das wissen, aber … Juliet sorgt immer dafür, dass Violet ihr sagt, wie lange sie wegbleiben wird und wie sie anschließend nach Hause kommt."

Gemma lächelte verkniffen. „Alles geregelt."

Beziehungsweise sie würde es regeln, wenn es ihr endlich gelang, diese Nervensäge aus dem Haus zu kriegen und Violet eine SMS zu schicken. Kurz schaute sie in Richtung Flur. „Sagten Sie nicht, Sie wollten mich etwas fragen?"

Will atmete tief durch. „Die Wahrheit ist: Ich mache mir Sorgen um Juliet. Dieser ganze Urlaub, das ist so absolut untypisch für sie. Es gibt doch da nichts, was Sie mir nicht sagen, oder? Sie ist doch nicht krank oder so was?"

Gemma hätte ihm gern gesagt, dass ihn das verdammt noch mal überhaupt nichts angehe, aber der Ausdruck in seinen Augen hielt sie davon ab. Na schön, vielleicht hatte er sie wirklich kontrollieren wollen, wenigstens ein bisschen, aber wann hatte sie zum letzten Mal erlebt, dass sich jemand Sorgen um ihre Schwester machte? Juliet hatte offenbar kurz vor einem Zusammenbruch gestanden. Warum war ihr das nicht aufgefallen, bevor es fast zu spät war?

Vielleicht, weil du zu sehr damit beschäftigt warst, Schlachtpläne zu entwerfen und so schnell wie möglich die Biege zu machen.

Sie schluckte. Ihr Gewissen machte ihr wegen dieser Geschichte zu schaffen, zumal sie jetzt erkannte, dass sie und nicht Will diese Fragen über Juliet hätte stellen sollen. Und das vielleicht schon vor sehr langer Zeit.

Mit der Hand strich sie sich durchs Haar. „Ich glaube, sie ist nur ein bisschen gestresst. Und ich hatte eine Reise für mich gebucht. Als mir klar wurde, dass sie vielleicht dringender eine Auszeit braucht als ich, habe ich ihr vorgeschlagen, den Urlaub an meiner Stelle anzutreten."

Seine Stirn glättete sich, während er ihr Gesicht musterte. „Ja, das hat sie mir erzählt."

Was denn? Hielt er etwa nicht für möglich, dass sie so selbstlos sein konnte? Glaubte er nur, was Juliet ihm über sie erzählt hatte?

„Mehr gibt es dazu nicht zu sagen", fuhr sie ruhig fort. „Ich bin sicher, es wird ihr nach zwei Wochen Erholung immer noch gut gehen."

„Ich hoffe, Sie haben recht", sagte er, aber er sah dabei nicht wirklich glücklicher aus als zu dem Zeitpunkt, als er an der Tür geklingelt hatte.

Puh. So einer war er also? Einer, der sich als Ritter in schimmernder Rüstung fühlte, und Juliet war seine Jungfrau in Nöten, die er vor dem großen, alten, hässlichen Drachen Gemma beschützen musste. Was wiederum bedeutete, dass er ihr in den nächsten vierzehn Tagen auf die Nerven gehen würde, ob sie wollte oder nicht. Großartig.

Und richtig. Als hätte er ihre Gedanken gelesen, sagte er: „Ich schaue am nächsten Wochenende noch mal vorbei, ob Sie etwas brauchen." Damit wandte er sich ab und ging zur Vordertür.

Gemma folgte ihm. „Das ist wirklich nicht nötig, wissen Sie. Um offen zu sein: Jetzt, wo Sie sich vergewissert haben, dass ich keine Serienmörderin bin und die Kinder überleben werden, wäre es mir lieb, wenn Sie Ihre Nase nicht weiter in meine Angelegenheiten stecken."

Er erwiderte nichts, bis sie den Flur erreicht hatten, aber als er aus dem Haus ging, drehte er sich noch einmal zu ihr um. „Hören Sie, ich weiß, dass wir nicht gut miteinander auskommen …"

Die Untertreibung des Jahres!

„… aber ich habe Juliet ein Versprechen gegeben. Ihr Terminkalender war bis oben hin voll, und sie hatte Sorge, das könnte Ihnen über den Kopf wachsen. Ich möchte Ihnen doch nur ein wenig nachbarschaftliche Hilfe anbieten."

Gemma lächelte ihn süß an – ein wenig spät zwar, aber immerhin war ihr eingefallen, dass sie äußerst gut darin war, Menschen mit ihrem Charme um den kleinen Finger zu wickeln. „Danke", gab sie zurück. „Aber nein, danke." Damit schloss sie die Tür vor seiner Nase, während er noch den Mund öffnete, um zu widersprechen. Der Mann machte sie wütend. Sie konnte es überhaupt nicht gebrauchen, dass er die Rolle ihrer Schwester übernahm, solange diese fort war.

Kaum hatte sie sich umgedreht, um in die Küche zurückzumarschieren, da klingelte es erneut. Sie riss die Tür wieder auf. „Was jetzt noch!", schrie sie, bevor sie auch nur begriffen hatte, wer da stand.

Es war nicht Will, sondern der Pizzabote. Er hielt ihr eine Handvoll Kleingeld entgegen. „Es gibt da ein kleines Problem mit Ihrer Bezahlung …"

Wer war eigentlich auf die grandiose Idee gekommen, am letzten Samstag vor Weihnachten mit vier Kindern im Schlepptau Weihnachtseinkäufe zu machen? Und nicht nur das. Nein, sie hatten auch noch bis zum Nachmittag damit gewartet und damit bis zu einem Zeitpunkt, an dem ganz Südostengland in Tunbridge Wells einzufallen schien.

Oh ja, dachte Gemma voller Selbstironie, das war *deine* glorreiche Idee.

Genau genommen allerdings weniger eine Idee als vielmehr Plan B. Nach Plan A wären sie schon früher losgekommen, noch bevor die Massen sich auf den Weg gemacht hätten, aber Plan A war über Bord gegangen, weil sie verschlafen hatte und erst nach elf aus dem Bett gekommen war.

Jetzt führte sie gerade mal seit drei Tagen Juliets Leben, und sie war schon fix und fertig. Weihnachtsfeiertage? Ha! Sie war direkt vom Filmset hierhergekommen. Und da hatte sie geglaubt, ihr Job sei aufreibend. Wenigstens konnte sie dabei am Ende des Tages Dampf ablassen und hin und wieder eine Pause einlegen. Dieser Stress aber ließ keine Sekunde nach. Und so lieb und niedlich die Kinder auch waren, das Ganze machte in erster Linie Arbeit, sehr viel Arbeit, und ihr blieb kaum Zeit, die lustige Tante Gemma zu sein. Da waren das Kochen, die Chauffeursdienste für die Kinder und – großer Gott – das Waschen. Ganz zu schweigen vom Naseputzen, da die Zwillinge sich einen Schnupfen eingefangen hatten. Zum Glück waren sie wenigstens schon alt genug, dass sie ihnen nicht auch noch andere Körperteile putzen musste.

Sie eilte durch die Fußgängerzone, an jeder Hand einen der Zwillinge. Polly ging vorweg und gab nebenher einiges zur Geschichte dieses Teils der Stadt zum Besten. Violet zuckelte hinterher und war mit ihrem Handy beschäftigt. Offensichtlich gab es eine Art Teenagerkrise, denn Violet hatte ihr ganz gut mit den Kleinen geholfen, bis sie eine SMS ihrer Freundin Abby bekommen hatte. Seitdem flogen die Textnachrichten zwischen ihnen nur so hin und her.

Jetzt mussten sie nur noch zwei Geschäfte aufsuchen, und dann hatten sie es geschafft. Wenn man Polly Glauben schenken durfte, würde das Weihnachtsessen in einer Katastrophe enden, wenn sie nicht die richtigen Knallbonbons kauften, und sie wusste genau, auf welche Sorte Juliet es abgesehen hatte. Die mit den *schönen* Kleinigkeiten darin.

„Hier! Hier!“, rief sie, hüpfte aufgeregt auf und ab und versuchte, Gemma in einen der gehobeneren Geschenkartikelläden zu ziehen. „Mum haben die silbernen mit den roten Stechpalmenbeeren drauf gefallen. Und sie hat gesagt, ich könnte die Beeren anschließend haben, wenn ich will.“

Gemma war versucht zu fragen, was Polly mit ein paar Dutzend Plastik-Stechpalmenbeeren wollte, aber sie wagte es nicht. Ihr wurde klar, dass es eine ganze Reihe von Fragen gab, die sie Polly lieber nicht stellen wollte.

Was sie selbst anging, so verstand sie nicht, wozu der Aufwand gut sein sollte. Der halbe Spaß der deutlich billigeren Supermarkt-Knallbonbons bestand in den grässlichen Witzen und dem Gespöttel über die billigen Plastikteile darin. Wer um Himmels willen brauchte einen Luxus-Knallbonbon-Hut? Spätestens nach fünf Minuten rissen sie sich ja doch alle vom Kopf, ganz gleich, wie hübsch sie aussahen. Aber sie hatte Juliet versprochen, wenigstens zu versuchen, Weihnachten auf ihre Art zu feiern. Obendrein färbte offenbar die Nervensäge von nebenan auf sie ab mit seinem Gerede von Versprechen, denn es wollte ihr einfach nicht gelingen, darauf zu pfeifen und einfach zu improvisieren.

Eine Sache immerhin schenkte ihr ein wenig Befriedigung, nämlich der Umstand, dass sie nicht darauf verfallen war, Juliets Notizbuch wie einen Talisman mit sich herumzutragen. Außer einem kurzen Blick hinein, um zu überprüfen, was sie noch für das Weihnachtsessen brauchte, hatte sie es nicht einmal angeschaut. Glücklicherweise hatte Juliet in Sachen Festessen hervorragende Planungsarbeit geleistet. Auf der betreffenden Seite fand sich eine Reihe dicker schwarzer Häkchen, die zeigten: Alle Einkäufe waren erledigt. Gemma musste nur noch die Cranberrysauce besorgen.

Davon abgesehen glaubte sie einfach nicht, das Notizbuch zu brauchen. Die Kinder sagten ihr geradeheraus, was sie wollten. Und sie hatte es bereits geschafft, all die Sachen zu erledigen, die Juliet in letzter Minute noch heruntergerasselt hatte, bevor es Gemma gelungen war, sie aus der Tür und auf den Weg zum Flughafen zu bringen. Sie hatte alles im Griff.

Die Geschäfte würden erst in etwa einer Stunde schließen, und so trödelten sie zu jenem Teil der Stadt, in dem die billigeren Geschäfte zu finden waren. Gemma beschloss, einen Restposten-Handel zu betreten, nachdem sie die Auslage im Fenster gesehen hatte. Dort kaufte sie nicht nur die geschmacklosesten Knallbonbons, die sie finden konnte – wer sagte denn, dass man nicht beides haben konnte? –, sondern auch noch ein paar bunte Lichterketten für die Schlafzimmer der Kinder. All die geschmackvollen weißen Lichter in Juliets Haus gingen ihr auf die Nerven.

Ihre Nichten und Neffen durften sich selbst aussuchen, was sie wollten. Jake suchte sich eine Schneemann-Lichterkette aus, Josh eine mit roten Rudolf-Rentier-Nasen. Polly entschied sich für Schneeflocken und hielt damit eisern an der bevorzugten Farbe ihrer Mutter fest. Gemma nahm das achselzuckend hin. Warum nicht? Immerhin hatten die Lichter eine hübsche Form. Violet wählte vielfarbige Sterne. Es würde den Kindern guttun, in ihren Schlafzimmern ein bisschen ihrer eigenen Persönlichkeit zu zeigen und ihren eigenen Weihnachtsstil zu entwickeln.

Als sie den Laden wieder verließen, ließ sich Polly vernehmen. „Wann ist die Probe für das Krippenspiel?"

Gemma blieb ruckartig stehen. Die Zwillinge wurden davon überrascht, hielten nicht ganz so schnell an wie sie und hätten ihr fast die Schultern ausgekugelt, während Violet mit gesenktem Kopf und eifrig SMS schreibend von hinten in sie hineinlief.

„Welche Probe für das Krippenspiel?"

Gemma wusste alles über das Krippenspiel in der Kirche. Polly und die Jungs redeten schließlich ständig davon, aber jetzt hörte sie zum ersten Mal etwas von einer Probe. Sehr zu Gemmas Verwunderung griff Polly in die Handtasche, die sie unbedingt hatte mitnehmen wollen, und zog ihr eigenes Weihnachts-Notizbuch daraus hervor. Sie blätterte kurz darin und tippte dann mit dem Finger auf eine Eintragung.

„Ah, hier steht es … ‚Probe fürs Krippenspiel: 16:30 Uhr'."

Gemma zog hastig ihr Handy hervor, ließ dafür Jakes Hand los, warnte ihn aber mit einem strengen Blick, dass er zu Rentierfutter verarbeitet würde, wenn er auch nur daran dachte wegzulaufen, und schaute auf die Uhrzeit auf dem Display. Schon Viertel vor vier!

Sie packte Jake wieder bei der Hand, machte auf dem Absatz kehrt und eilte zum Parkplatz zurück. Die Cranberrysauce musste eben warten. „Wir werden nicht zu spät kommen, wenn wir uns jetzt beeilen", versicherte sie, während sie die Kinder voranscheuchte. „Wir fahren direkt hin."

„Aber wir haben unsere Sachen nicht dabei", protestierte Polly schrill. „Das ist eine Kostümprobe. Wir müssen unsere Kostüme tragen."

Gemma versuchte zu erklären, dass die Sonntagsschullehrer es wahrscheinlich lieber sähen, wenn sie alle drei ohne Kostüme zur Probe kamen, als wenn sie gar nicht auftauchten, aber Polly wollte nicht wirklich zuhören. Sie regte sich immer mehr auf, bis sie knallrot im Gesicht war und in Tränen ausbrach.

Während sie die Kinder weitertrieb, hatte Gemma sich in Gedanken ausgemalt, im Café neben der Kirche in aller Ruhe einen Latte macchiato mit Lebkuchen zu genießen, während die Probe lief. Aber sie ertrug den Anblick von Pollys rotem, zerknittertem Gesicht nicht.

„Okay, okay", sagte sie beruhigend. „Ich setze euch für die Probe an der Kirche ab, fahre dann schnellstens nach Hause, hole die Kostüme und bringe sie euch. Was hältst du davon? Dann habt ihr sie wenigstens für den zweiten Teil des Spiels."

Tränenüberströmt nickte Polly, als sie auf den Rücksitz des Autos kletterte, aber Gemma konnte sehen, dass ihre Nichte diese Vorstellung auch nicht wesentlich weniger niederschmetternd fand als die andere Alternative. Sie würde unheimlich schnell fahren müssen, um rechtzeitig zurück an der Kirche zu sein, aber hatte sie eine andere Wahl?

Kaum hatte sie die Kinder vor der Kirche abgesetzt, wendete sie mitten auf der Straße, missachtete das Hupen der anderen Autofahrer und schoss in Richtung Juliets Haus davon. Zum Glück hingen die Kostüme genau an dem Platz, den Polly ihr beschrieben hatte – an der Innentür des Hauswirtschaftsraums –, aber als Gemma durch die Küche rannte, entdeckte sie Juliets Notizbuch, das unschuldig auf der Arbeitsplatte lag. Sie begann das brave Blumenmuster auf dem Einband zu hassen, ebenso wie die saubere, kleine Handschrift darin.

Wenn du mir Beachtung geschenkt hättest, schien es zu sagen, dann wäre dir das ganze Theater heute Nachmittag erspart geblieben. Wenn du dir meine Listen und farbkodierten Diagramme angeschaut hättest, hättest du nicht solch ein Chaos angerichtet.

Es redete praktisch im selben Tonfall mit ihr wie seine Verfasserin.

Gemma funkelte es wütend an, als sie daran vorbeiging. „Du bist nichts Besonderes“, sagte sie laut. „Das war ein Miniproblem, und ich habe es schließlich gelöst.“

Denke, was du willst, gab das Buch zurück. Aber wir wissen beide, dass es zu einem Schneeballeffekt kommen wird. Wenn du mir nicht buchstabengetreu folgst, wird Weihnachten zu einer Katastrophe, und Juliet wird dir niemals wieder etwas anvertrauen.

An diesem Punkt packte Gemma das Büchlein, warf es in den Brotkasten, schloss nachdrücklich den Deckel und rannte aus dem Haus, wobei sie die Tür hinter sich ins Schloss warf.

13. KAPITEL

Als die Kleineren schließlich im Bett lagen, schleppte Gemma sich nach unten. Sie fühlte sich wie ein Luftballon, dem die Luft ausgegangen war. Im Wohnzimmer stieß sie auf Violet, die bei abgeschaltetem Ton durch die Fernsehkanäle zappte. Gemma ließ sich ächzend auf das andere Ende von Juliets großem weichen Sofa fallen.

„Kommt nichts Vernünftiges?", fragte sie. „Wir könnten uns eine DVD anschauen."

Violets Blick verfinsterte sich noch mehr. „Mir egal."

Gemma saß eine Weile da und beobachtete, wie ihre Nichte den Knopf an der Fernbedienung malträtierte. Sie war sich ziemlich sicher, dass Violet überhaupt nicht darauf achtete, in welchem Kanal sie landete oder was dort lief. Als sie sämtliche Filmkanäle durch hatte und bei den Sportsendern landete, entschied Gemma, dass es jetzt reichte. Sie kannte diese Miene, denn sie hatte sie oft genug selbst zur Schau getragen.

„Es geht um einen Jungen, hmm?"

Violet sackte in sich zusammen und zog einen Flunsch. Gemma ließ sich tiefer in ihre Ecke des Sofas sinken und winkelte ihre Beine auf dem Kissen an. „Du kannst mit mir darüber sprechen, wenn du möchtest. Ganz im Vertrauen. Es gibt nicht viel, das ich über solche Probleme nicht weiß." Vielleicht konnte ja endlich mal jemand aus ihren Fehlern lernen. Ihr selbst war das bisher nicht gelungen, wie es schien.

Violet wandte ihre Aufmerksamkeit wieder dem Fernseher zu, legte aber die Fernbedienung weg. Auf dem Bildschirm lief lautlos ein Eishockeyspiel.

„Es gibt da einen Jungen, den ich mag …"

Gemma nickte. Oh ja. Genau damit fing üblicherweise der Ärger an. „Mag er dich auch?"

Violet zog einen Mundwinkel herab und zuckte mit den Schultern. „Das dachte ich … Ich habe geglaubt, er würde sich demnächst mit mir verabreden, aber da ist dieses andere Mädchen aus meiner Klasse …" Sie verzog das Gesicht, sodass

Gemma keine Zweifel daran hegen konnte, für welch eine Art Mädchen Violet ihre Konkurrentin hielt. „Sie fing an, mit ihm zu flirten."

„Und er hat mit ihr geflirtet? Glaubst du, dass er sie mag?"

Wieder ein Achselzucken. „Ich habe ihn nicht flirten sehen. Er hat sich nur mit ihr unterhalten. Und wir schicken einander immer noch SMS, aber ..." Violet riss ihren Blick vom Bildschirm los, auf dem gerade ein Hockeyspieler gegen die Bande gedrückt wurde, die das Spielfeld umgab. „Übermorgen gibt meine Freundin Abby eine Party, und er geht hin, und sie geht hin ..."

Gemma nickte wissend. „Du glaubst, wenn sie es darauf anlegt, könnte etwas zwischen ihnen passieren?"

Violet nickte.

„Tja, dann musst du einfach nur dafür sorgen, dass du ihn den ganzen Abend mit Beschlag belegst."

Ihre Nichte seufzte tief.

„Du bist nicht eingeladen?"

Violet hob den Kopf. „Oh, ich bin schon eingeladen. Und ich habe Mum gefragt, ob ich hingehen darf, aber sie hat es nicht geschafft, mir vor ihrer Abreise eine Antwort zu geben. Sie hat nur gesagt, wir würden später darüber reden."

Oh oh. In Juliets Sprache hieß das: Ich sage später Nein, aber ich lasse dich ein bisschen zappeln, nur weil ich nicht von vornherein als die Spielverderberin dastehen will.

„Warum wollte sie dich nicht hingehen lassen?"

Violet zog ihre Beine aufs Sofa und setzte sich in den Schneidersitz, fast genauso wie ihre Tante. „Ach, es geht um Heiligabend ... Das soll ein Familien-Spieleabend sein, aber er endet immer in einer Katastrophe. Die Jungs sind noch zu klein. Ihnen wird langweilig, wenn wir ein zu interessantes Spiel wählen. Und Polly bricht jedes Mal in Tränen aus, wenn sie nicht gewinnt, und ich ... na ja, ich würde gern etwas weniger Trauriges tun."

Ah, Familien-Spieleabend. Das war ein Vermächtnis ihrer Eltern. Juliet hatte immer begeistert die Spielbretter vorbereitet.

Am liebsten hielt sie die Bank, wenn Monopoly gespielt wurde. Es hatte Spaß gemacht. Nun ja, zumindest zu Anfang hatte jeder dieser Abende Spaß gemacht. Juliet aber war immer nervöser und angespannter geworden, je später es wurde.

Als sie ein bisschen älter war, begriff Gemma, woran das lag. Ab und an gab ihr Vater Juliet heimlich Zeichen, nicht jedes Mal Miete von Gemma zu fordern, wenn sie auf einem ihrer Felder landete. Ihr war das überhaupt nicht aufgefallen, bis sie zufällig in einem Jahr einen Streit im Flur mitbekam. Juliet rief, das sei nicht fair, und Gemma werde immer alles leicht gemacht, weil sie die Jüngste sei. Dann rannte sie wütend in ihr Schlafzimmer. Danach konnte Gemma die Heiligabende nicht mehr so unbeschwert genießen, denn sie fragte sich ständig, ob sie wirklich eine Glückssträhne hatte, wie sie glaubte, oder ob alle zu ihren Gunsten schummelten, weil sie der Meinung waren, sie könne nicht allein gewinnen. Ihre Siege wurden dadurch ein wenig schal.

Sie konnte verstehen, warum Violet keine Lust auf einen Spieleabend hatte, zumal zwischen ihr und den Zwillingen ein so großer Altersunterschied bestand. Einen Moment dachte sie über das nach, was ihre Nichte gesagt hatte. „Ich könnte ja mit den Kleinen spielen, wenn sie wollen. Und vielleicht können wir darüber reden, dass du zu dieser Party gehst … Unter ein paar Bedingungen", fügte sie hastig hinzu.

Violet hüpfte fast vom Sofa vor Freude. „Wirklich?"

„Wir sprechen noch einmal darüber", bestätigte Gemma, und als sie sah, dass Violets Lächeln sich aufzulösen begann, fügte sie hinzu: „Und ich meine damit ein richtiges Gespräch. Einverstanden?"

Violet nickte grinsend. „Danke, Tante Gemma. Das wird das schönste Weihnachten aller Zeiten."

Gemma grinste zurück. Sie war sehr zufrieden – *das schönste Weihnachten aller Zeiten.* Hatte nicht irgendwer behauptet, sie könne keine Weihnachtsfeier organisieren? Es stimmte schon, die Vorbereitungen waren ein wenig hektisch, aber sie hatte alles im Griff, egal, was das betuliche kleine Notizbuch ihr auch einreden wollte. Und vielleicht war es ja gar nicht so schlecht, ein Juliet-Weihnachten mit ein bisschen Gemma-Gewürz zu servieren.

Violet griff nach der Fernbedienung und schaltete den Ton am Fernseher ein. „Wie wäre es mit einem Film?"

Gemma lächelte. „Du kennst mich – ich liebe Filme."

„Toll", erwiderte Violet und rief die Programmübersicht auf. „Ich habe vorhin gesehen, dass auf einem der Kanäle in etwa zehn Minuten *Before Dawn* anfängt. Ich liebe Tobias Thornton, du auch? Er ist zum Anbeißen!"

Gemma war sich nicht ganz sicher, ob sie so etwas aus dem Mund ihrer fünfzehnjährigen Nichte hören mochte. Es klang genauso deplatziert, als hätte Polly es gesagt. Außerdem war sie sich auch nicht sicher, ob sie es ertragen konnte, diesen Pfau von einem Mann ein paar Stunden über den Bildschirm stolzieren zu sehen. Jedenfalls nicht so kurz nach ihrem letzten Dreh mit ihm.

„Wie wäre es stattdessen mit *Tatsächlich … Liebe*?", schlug sie vor. „Mir ist nach etwas Weihnachtlichem zumute, und an einer Meuterei auf einem Atom-U-Boot ist nicht viel Festliches."

Sie schaute Violet an und hoffte inständig, sie würde anbeißen. Entweder das oder sie würde den ganzen Abend gegen den Drang ankämpfen müssen, den Kopf hinter einem Kissen zu verstecken.

„Okay", meinte Vi schließlich. „Aber die Stelle mit den Nackten schaue ich mir nicht an. Das finde ich ekelhaft."

Gemma lächelte nur und reichte ihr das Kissen.

Gemma eilte in den Tagesraum des Pflegeheims Greenacres und hielt Ausschau nach dem silbergrauen Haarschopf ihrer Großtante. Sie entdeckte Sylvia auf einem Platz am Fenster, genau wie beim letzten Mal. Gemma ließ sich auf den Stuhl ihr gegenüber fallen. „Hi, Tante Syl", stieß sie keuchend hervor.

„Du kommst spät", tadelte Sylvia. „Normalerweise kommst du um zwei, und jetzt ist es schon fast halb drei."

Gemma ließ sich einen Moment Zeit, wieder zu Atem zu kommen. „Tut mir leid", sagte sie und versuchte zu erklären. Die vielen Aktivitäten der Kinder hatten sie ordentlich in Trab gehalten. So wie der Tag sich entwickelt hatte, konnte ihre Tante von Glück sagen, dass sie es überhaupt geschafft hatte, sie zu besuchen. Als Erstes waren sie alle zum Krippenspiel in Juliets Kirche gefahren, dann hatten sie den geselligen Teil und das Kaffeetrinken im Anschluss an den Gottesdienst hinter sich bringen müssen. Es hatte Mühe gekostet, die Kinder loszueisen. Anschließend hatte sie die Jungs zu ihrer Pfadfinder-Weihnachtsfeier gebracht, die von eins bis drei ging, während Polly von halb zwei bis halb drei zum Spielen verabredet war und natürlich ebenfalls hatte kutschiert werden müssen. Dazwischen blieben Gemma gerade mal eine Stunde und fünfzehn Minuten, um zum Pflegeheim zu hetzen und ihrer Tante einen kurzen Besuch abzustatten.

Sie war nicht sicher, wie viel von ihrer Erklärung ihre Tante verstanden hatte, aber immerhin nickte diese und schaute sie nicht mehr so grimmig an. Einiges war also wohl schon bei ihr angekommen.

„Im Übrigen bin nicht ich es, die dich normalerweise sonntags besucht, sondern Juliet."

Sylvias Stirn legte sich in tausend Falten.

„Meine Schwester", ergänzte Gemma. Normalerweise wäre sie versucht gewesen, einen Scherz zu machen. *Du weißt schon, die immer ein Gesicht macht, als litte sie unter leichter Verstopfung*, oder so etwas in der Art. Aber sie ließ es. Irgendwie kam ihr das gar nicht mehr so witzig vor.

Stattdessen zog sie eine kleine Flasche Maiglöckchen-Handcreme aus ihrer Tasche. „Hier ... Die ist von ihr."

Als sie am Abend zuvor in Juliets Notizbuch geblättert und nebenbei den Film verfolgt hatte, in dem Colin Firth gerade das portugiesische Mädchen anmachte, hatte sie ganz hinten in dem Büchlein eine kurze Liste gefunden: Dinge für Tante Sylvia. Offenbar brachte Juliet ihr jeden Sonntag ein kleines Geschenk – ein paar Kekse, eine Feuchtigkeitslotion oder Blumen.

Kleinigkeiten, die ihrer Tante gefielen, auch wenn sie vermutlich vergessen würde, woher sie stammten oder wer sie ihr gegeben hatte. Gemma hatte die Handcreme auf der Küchentheke gesehen und daraus geschlossen, es könnte die sein, die Juliet in ihrer Liste erwähnt hatte.

„Oh, du bist so lieb!", freute sich Sylvia, als sie das Fläschchen entgegennahm. „Das ist meine Lieblingscreme. Woher wusstest du das?"

„Sie ist von Juliet", wiederholte Gemma. Sie war sich nicht sicher, ob sie traurig war oder sich darüber ärgerte, sich wiederholen zu müssen. Sie wusste nur, dass ihr Zorn sich nicht gegen Sylvia richtete, sondern gegen die Krankheit, die an ihrer Tante nagte.

Sich mit ihrer Tante zu unterhalten, war Schwerstarbeit, stellte Gemma fest. Manchmal war Sylvia völlig klar im Kopf und konnte fünf oder zehn Minuten lang über ein Thema reden, ohne ins Stolpern zu kommen, aber gerade wenn Gemma in Schwung kam und vergaß, dass etwas nicht stimmte, nahm die Unterhaltung plötzlich eine unerwartete Wendung oder ergab einfach keinen Sinn mehr. Manchmal brauchte sie eine besonders schnelle Auffassungsgabe und mentale Akrobatik, um Sylvia folgen zu können.

Juliet hatte bei ihrem Besuch vor ein paar Wochen geduldig und verständnisvoll gewirkt, sogar noch, als Sylvia das Familienerbstück Gemma in die Hand drückte. Inzwischen war ihr klar, dass der Ring von Anfang an Juliet zugedacht gewesen sein musste.

In Gemmas Augen hatte Juliet immer auf dem hohen Ross gesessen und sich zum Richter über sie aufgeschwungen. Allmählich aber änderte sich jedoch ihre Sicht der Beziehung. Juliet investierte großzügig ihre Zeit, ihre Kraft und ihre Hilfe in andere, aber sie legte sehr hohe Maßstäbe an sich selbst an und bestrafte sich, wenn sie diesen nicht gerecht wurde. So hübsch und harmlos ihr Notizbuch auch aussehen mochte – die penible Ordnung, die leeren Kästchen, die abgehakt werden wollten, die Pläne, die auf Umsetzung warteten … Das alles konnte man auch als ein bisschen erdrückend und bedrohlich betrachten. Es mochte sein, dass Juliet über Gemma richtete, aber über sich selbst richtete sie mit doppelter Strenge.

„Du bist in Gedanken ganz weit fort", bemerkte Sylvia und klopfte mit einem knochigen Finger auf Gemmas Knie. „Ich dachte, das wäre mein Part."

Mit einem Ruck kehrte Gemma in die Realität zurück und stellte fest, dass ihre Tante sie anlächelte, ein leichtes Glitzern in den Augen. Ja, das war die Tante Sylvia, an die sie sich erinnerte. Ein geistreicher Mensch mit hellwachem Verstand. Also beschloss sie, das Beste daraus zu machen, solange diese Tante anwesend war. „Wie wäre es mit einer Partie Rommé?", schlug sie vor, und Sylvias Lächeln erstrahlte noch mehr.

„Ich hole uns Karten", bot Gemma an und machte sich daran, einen Satz Karten aus dem Stapel Brettspiele zu fischen, die im Regal am anderen Ende des Raumes lagen. Als sie zurückkam, kramte Sylvia in ihrer Handtasche.

„Mir ist gerade wieder eingefallen", sagte sie fröhlich, „dass ich hier drin ja noch etwas für dich habe."

Gemma lächelte. „Nicht noch ein Ring, oder?"

Sylvia schüttelte den Kopf. Dann präsentierte sie ihr mit großer Geste etwas Kleines, pelzig Wirkendes. „Nein. Es ist ein Bonbon."

14. KAPITEL

Juliet sah auf ihre Armbanduhr. Sie hatte sich eine billige Digitaluhr gekauft, die sie im Wasser tragen konnte, und nutzte den Timer, um die Zeit für ihre Sonnenbäder festzulegen. Ihr war, als läge sie schon eine Ewigkeit auf diesem Liegestuhl, aber der Alarm wollte einfach nicht ertönen.

Tatsächlich? Zehn Minuten blieben noch von der eingestellten halben Stunde? Die Zeit verging hier auf St. Lucia im Schneckentempo, ob man nun wollte oder nicht.

Träge setzte sie sich auf und musterte die anderen Urlauber am Strand. Sie schienen sich völlig in ihrem Element zu fühlen. Einige von ihnen hatten sich den ganzen Morgen nicht auf ihren Liegestühlen bewegt. Wenn sie nach dem Mittagessen immer noch reglos dalagen, musste sie vielleicht Alarm schlagen, damit jemand nachschaute, ob sie überhaupt noch atmeten.

Während der Gedanke, etwas Interessantes tun zu können, ihr ein bisschen Nervenkitzel verschaffte, spürte sie dennoch einen Anflug von Neid auf die Sonnenanbeter – auch wenn deren Haut am Ende runzlig und wie gegerbt aussehen würde.

Wieder ein Blick auf die Uhr. Noch acht Minuten.

Mit einem Schnauben ließ sie sich wieder auf den Liegestuhl fallen und schloss die Augen. Sich zu entspannen, sollte doch eigentlich nicht so schwerfallen? Um ehrlich zu sein, war sie jetzt seit vier Tagen hier und hatte sich noch nicht an den Müßiggang gewöhnt. Während alle anderen dahinschlenderten, legte sie ein flottes Wandertempo vor. Wenn alle anderen träge im Pool trieben, zog sie ihre Bahnen. Und sie hatte schon alle möglichen Aktivitäten ausprobiert, um sich auszupowern und wenigstens einen Teil ihrer nervösen Energie loszuwerden – Tennis, Wassergymnastik, Yoga –, aber nichts davon schien zu helfen. Wie sollte sie einen perfekten Erholungsurlaub machen, wenn sie sich nicht entspannen konnte? Es war einfach nur frustrierend.

Als ihre Uhr piepte und keine Sekunde früher, suchte sie ihre Sachen zusammen und machte sich auf den Weg zur Tauchbasis. Es war vier und damit Zeit für ihre Schnorcheltour. Sie hatte auf

Mallorca schon einmal mit Greg geschnorchelt. Er hatte sich ins Wasser gestürzt, und sie hatte sich allein mit einem Paar Flossen abmühen dürfen, die ihr nicht gepasst hatten und ständig von ihren Füßen gerutscht waren. Im Ergebnis hatte sie mehr Zeit damit verbracht, die Flossen immer wieder einzufangen, als Fische zu beobachten.

Der Mann in der Tauchbasis verstaute ihre Tasche, rüstete sie mit einer passenden Maske und einem Schnorchel aus und zeigte ihr, wie man beides richtig anlegte. Die Flossen reichte sie ihm mit einem freundlichen Dank zurück und sagte, sie wolle es lieber ohne versuchen. Inzwischen trudelten weitere Gäste ein. Das kleine Boot fasste zwölf Personen, und die Plätze füllten sich allmählich. Die meisten hatten im Voraus gebucht, aber es fanden sich auch ein paar Nachzügler ein, die die letzten leeren Plätze belegten.

Als Letzter kam jemand, mit dem sie überhaupt nicht gerechnet hatte. Warum, hätte sie selbst nicht sagen können. Sie war nicht etwa zu dem Schluss gekommen, dass der Italiener aus der Villa nebenan ein Vampir oder so was in der Art war, aber irgendwie hatte sie nicht erwartet, ihm bei Tageslicht zu begegnen.

Sie gab sich gelassen, als er in Badehose heranschlenderte. Viel anderes hatte er nicht an. Du liebe Güte! Bisher hatte sie geglaubt, solche Bauchmuskeln gäbe es nur bei jener Sorte Männer, mit denen Gemma zusammenarbeitete. Sie prahlte gern damit. Das waren jene Typen, die jeden Tag stundenlang Zeit hatten, sich von persönlichen Fitnesstrainern betreuen und anleiten zu lassen. Dass echte Männer genauso gebaut sein könnten, wäre ihr nie in den Sinn gekommen.

Juliet hätte sich nie als eine Frau eingeschätzt, die beim Anblick männlicher Muskeln dahinschmelzen könnte. Sie liebte Vorzüge wie Geistesschärfe und Intelligenz. Aber als sie nun dastand und sich Mühe gab, nicht nach den strammen Schenkeln und kräftigen Schultern ihres Nachbarn zu schielen, musste sie feststellen, dass ihr genauso die Knie weich wurden wie jeder anderen Frau auch.

Außerdem war sie mehr als froh, ein langes T-Shirt über den gepunkteten Bikini gezogen zu haben, den sie heute zum ersten Mal zu tragen wagte. Eigentlich hatte sie das gar nicht vorgehabt, aber ihr Einteiler hatte hässliche helle Streifen unter den Trägern hinterlassen und drohte die perfekte Sonnenbräune zu ruinieren, an der sie arbeitete. Vermutlich würde der Italiener ohnehin keinen Blick an sie verschwenden, aber wenn er es doch tat, wollte sie nicht daran denken müssen, wie ihr weiches Bäuchlein neben seiner durchtrainierten Vollkommenheit wirkte.

Und dann tat er es. Er schaute zu ihr herüber.

Sofort fühlte sich nicht mehr nur ihr Bauch weich an, ihre Knie machten es ihm nach.

Der Fremde runzelte kurz die Stirn. Dann nickte er ihr kurz zu und lächelte. Juliet versuchte, sein Lächeln zu erwidern, stellte aber fest, dass ein nervöses Zucken in ihrer linken Wange die Symmetrie ihres Lächelns ruinierte. Vermutlich machte sie einen leicht dementen Eindruck. Und wie in aller Welt hatte er sie erkannt, nachdem sie sich nur ein paarmal im Dunkeln gegrüßt hatten?

An den letzten beiden Abenden hatte sie ihn wiedergesehen, und sie meinte zu spüren, dass sich ein Ritual entwickelt hatte, das sie beide mittlerweile erwarteten. Sie ging auf ihren Balkon hinaus und gab ihm zu verstehen, dass sie seine Gegenwart bemerkt hatte, bevor sie wieder nach drinnen verschwand. Nein, wahrscheinlich bildete sie sich das alles nur ein.

„Guten Tag", sagte er. Was für eine schöne Stimme er hatte. „Wir sind Nachbarn, nicht wahr?"

Juliet nickte. Ein anderer Kommunikationsweg blieb ihr nicht, weil ihre Zunge plötzlich auf doppelte Größe angeschwollen schien. Das würde zumindest ihre Sprachlosigkeit und den überwältigenden Drang zu sabbern erklären.

Mit einer vagen Handbewegung deutete er in die Richtung, in die sie aufs Meer hinausfahren wollten. Seine Tauchermaske, die er in den Fingern hielt, folgte schaukelnd der Bewegung. „Haben Sie das schon mal gemacht?"

Sie schüttelte den Kopf. Dann begriff sie, dass sie wirklich versuchen sollte zu sprechen. Sonst hielt er sie am Ende noch für geistig minderbemittelt. „Ja … ich meine, nein. Ich meine … Ich habe es einmal versucht, aber ich habe nicht wirklich …“ Sie ließ den Satz unvollendet. Jetzt war nicht der richtige Moment, dem armen Mann ihre Lebensgeschichte zu erzählen. Schließlich war er nur höflich.

Er schenkte ihr ein Lächeln, bei dem er nur einen Mundwinkel hochzog. Das war womöglich das attraktivste und erregendste Lächeln, das sie je gesehen hatte.

Und dann war es an der Zeit, das Boot zu besteigen. Juliet war so angespannt und durcheinander, dass der Bootsführer ihr zweimal sagen musste, wo sie sitzen sollte. Glücklicherweise – vielleicht – landete der Italiener im Bug, während sie im Heck saß, und so bekam sie eine Chance, ihren Atem zu beruhigen. Das war schließlich wichtig, wenn man schnorchelte. Jetzt war jedenfalls nicht der richtige Moment, um zu vergessen, wie man ruhig atmete.

Als alle Passagiere an Bord waren, vergewisserten der Bootsführer und sein Helfer sich, dass alle bereit waren. Dann löste sich das kleine Schnellboot langsam vom Holzsteg und schipperte nach Norden, um die Landspitze herum, die den Hauptstrand begrenzte, und hinein in eine andere kleinere Bucht. Kaum waren sie aus dem flachen Wasser heraus, nahmen sie Tempo auf. Der Fahrtwind blies Juliets Pferdeschwanz nach hinten, und jedes Mal, wenn der Rumpf des Fiberglasbootes gegen eine Welle schlug, ging ihr der Ruck durch Mark und Bein. Sie klammerte sich krampfhaft an ihren Sitz und bemühte sich, entspannt auszusehen.

Zum Glück dauerte die Fahrt zum Schnorchelplatz nur etwa fünf Minuten. In dieser Bucht gab es keinen Strand, nur niedrige Klippen, an deren Grund gewaltige Steinblöcke lagen. Das Wasser war so klar, dass Juliet sehen konnte, wie der Meeresboden zunächst steil abfiel und dann in eine weite helle Sandebene auslief.

Hektische Aktivität entstand, als alle ihre Masken aufsetzten und die Schuhe und T-Shirts auszogen. Juliet behielt ihres an. Einige der Gäste, darunter auch der Italiener, ließen sich rücklings aus dem Boot fallen, so wie sie das bei Sporttauchern mit Sauerstoffflaschen im Fernsehen schon gesehen hatte. Aber Juliet und ein paar andere Neulinge nahmen lieber die Leiter am Bootsheck.

Obwohl die Sonne jetzt tiefer stand und nicht mehr so brannte wie mitten am Tag, war das Wasser eine himmlische Wohltat: kühl, aber nicht zu kalt. Sie klemmte sich das Gummimundstück ihres Schnorchels hinter die Lippen, atmete tief ein und tauchte unter.

Wow.

Da waren Schwärme kleiner silbriger Fische mit dunklen Streifen von Kopf bis Schwanz, die in der Unterwasserströmung tanzten. Manchmal ließen sie sich treiben, dann wieder wendeten sie plötzlich alle gemeinsam und schossen davon. Juliet entdeckte einen seltsamen langen, hässlichen Fisch mit blauen Flecken und einen, der über den Sandboden schwamm. Näher an der Wasseroberfläche hielt sich ein Schwarm von Fischen mit gelben und schwarzen Streifen auf. Sie hatte sogar das große Glück, ein winziges, zierliches Seepferdchen zu entdecken, das in der Nähe einer Korallenbank schwamm, die aussah wie ein großes Unterwassergehirn.

Jemand tippte ihr auf die Schulter, und Juliet bemerkte einen der Tauchlehrer neben sich. Sie hob den Kopf aus dem Wasser, um zu sehen, was er wollte, aber er schüttelte den Kopf und tauchte wieder unter. Sie tat es ihm nach, und er zeigte ihr eine Schule schillernder Tintenfische, die zwischen den größeren Felsen herumschossen und dabei andauernd die Richtung wechselten. Das war so schön, dass Juliet beinah vergaß, durch ihren Schnorchel zu atmen.

Sie grinste den Tauchlehrer an, gab ihm mit Daumen und Zeigefinger das Taucher-Okay, das man ihnen vorher gezeigt hatte, und machte sich davon, um das Riff weiter zu erkunden. Die Gruppe blieb nicht die ganze Zeit zusammen, sondern verteilte sich über die kleine Bucht. Ab und zu rief jemand, und dann versammelten sich alle, um etwas Besonderes zu sehen – einen bunten Fisch, eine auffällige Koralle, einen großen Seestern.

Danach trieben sie wieder auseinander und ließen sich von ihrer Neugier leiten.

Juliet verlor jegliches Zeitgefühl und ließ sich von der Strömung treiben. Sie gab sich Mühe, sich all die verschiedenen Fischarten einzuprägen, um später, wenn sie wieder an Land war, herauszufinden, was sie da eigentlich gesehen hatte. Aus dem Augenwinkel meinte sie einen Blitz wahrzunehmen. Wieder die Tintenfische? Hoffentlich. Die Dreiviertelstunde, die für die Schnorcheltour angesetzt worden war, musste schon bald um sein, und sie hätte sie gern noch ein letztes Mal gesehen, bevor die Tauchgruppe ins Resort zurückkehrte. Also schwamm sie in die Richtung, von der sie glaubte, dort den kleinen Schwarm gesehen zu haben, obwohl sie sich nicht ganz sicher war. Das Wasser war hier etwas trüber, und sie konnte schlechter sehen.

Als sie nach unten blickte, begriff sie, warum das Wasser hier trüber war. Der Grund war unglaublich nahe, nicht weit unter ihren Füßen, und statt weichen Sandes sah sie nur zerklüftete Felsen und rasiermesserscharfe Korallenblöcke. Sie hob den Kopf aus dem Wasser. Das Boot war gerade eben noch zu sehen. Demnach war sie viel weiter abgetrieben, als sie gedacht hatte.

Keine Panik! Wenn es hier wirklich gefährlich wäre, hätte man die Gruppe nicht an diese Stelle gefahren. Sie legte das Gesicht wieder aufs Wasser, um sehen zu können, was unter ihren Beinen vor sich ging, und legte all ihre Kraft in die nächsten Schwimmbewegungen, um sich von den Felsen zu entfernen und in tieferes Wasser zu gelangen. Das funktionierte. Ungefähr fünf Sekunden lang. Dann drückte die nächste Welle sie einfach wieder dorthin zurück, wo sie losgeschwommen war. Ihr Herz begann zu rasen.

Jetzt begann sie wirklich, mit Macht zu paddeln, blieb in Bewegung, fort von den Felsen, die sie ständig im Blick behielt, um zu sehen, wie nahe sie ihnen war. Aber es fiel ihr schwer, mit den Beinen genug Schub zu entwickeln, zumal sie nicht allzu heftig treten durfte, um nicht mit den Füßen gegen die

Felsen und Korallen zu schlagen, die nur Zentimeter unter ihr lagen. Sie kam ein kleines Stück voran. Dann hob sie den Kopf und versuchte, durch Winken auf sich aufmerksam zu machen. Doch die anderen schwammen schon wieder zurück und hatten nur das Boot im Blick.

Allmählich setzte Erschöpfung ein. Ein rascher Blick auf ihre Uhr zeigte Juliet, dass sie fast eine Stunde draußen gewesen waren. Die Bugwelle eines größeren Schnellbootes, das vor ein oder zwei Minuten durch die Bucht gebraust war, vereinigte sich mit einer besonders großen Woge, und Juliet schrie erschrocken auf, als sie wieder auf die Felsen zugetrieben wurde.

Plötzlich packte sie ein starker Arm um die Taille und zog sie rückwärts aus der Gefahrenzone. Sie hustete und spuckte, weil sie Meerwasser geschluckt hatte, als sie den Mund aufgerissen hatte, um zu schreien. Dennoch paddelte sie mit letzter Kraft, um den Tauchlehrer, der sie hielt, zu unterstützen und so schneller aus dem Gefahrenbereich herauszukommen.

Erst als ihr Herz sich allmählich wieder beruhigte und sie nicht mehr wie wild Wasser trat, schaute sie nach unten und begriff, dass der muskulöse Arm, der sie hielt, nicht die dunkle Hautfarbe des Tauchlehrers hatte, sondern eine wunderschöne mediterrane Goldbräune.

„Schauen wir mal, wie das aussieht“, sagte Gemma, als sie Pollys Schneeflocken-Lichterkette an die Steckdose anschloss. Endlich hatten sie Zeit gefunden, sie aufzuhängen. In den letzten zehn Minuten waren sie damit beschäftigt gewesen, die Schnur mit den kleinen Lämpchen um die Gitterstäbe am Kopfende ihres in viktorianischem Stil gehaltenen Bettes zu winden.

Polly flitzte durch das Zimmer, um das Deckenlicht auszuschalten, hüpfte dann wieder auf ihr Bett und starrte gespannt auf die Plastik-Schneeflocken. Jetzt wirkte sie viel eher wie eine Zehnjährige als sonst. Irgendetwas an ihren großen Augen und dem mühsam kontrollierten Atem berührte Gemma tief in ihrem Innersten. Sie kletterte hinter Polly auf das Bett und rutschte ganz nah an sie heran, damit sie die Zeremonie des Einschaltens gemeinsam beobachten konnten. Polly kuschelte sich instinktiv an sie.

„Schalt sie ein", rief Josh von der Tür her und hüpfte dabei auf und ab, synchron mit seinem Bruder. Polly hatte darauf bestanden, dass ihre Lichterkette zuerst ausprobiert wurde, und sie hatte den Jungs erlaubt zuzuschauen – allerdings nur von draußen. Über die Türschwelle in ihr Reich eindringen durften sie nicht.

„Nur zu, Polls", flüsterte Gemma ihr ins Ohr und genoss das seltsam behagliche Gefühl, das der kleine warme Körper, der sich an ihren drückte, in ihr auslöste.

Polly atmete tief ein und griff nach dem kleinen Schalter an der Lichterkette.

Einen Moment lang glitzerten die Schneeflocken, Schatten tanzten. Das ganze Zimmer wurde in ein bläuliches Licht getaucht und in eine Schneehöhle verwandelt. Beide Jungs rangen nach Luft, und Polly, immer noch fasziniert von den Lichtern, griff nach Gemmas Arm und drückte ihn.

Aber dann begannen die Lichter zu flackern, es gab einen leisen Knall, und es wurde wieder dunkel. Genau genommen wurde alles dunkel, inklusive der Treppenhausbeleuchtung und der rot glühenden Anzeige von Pollys Digitalwecker.

Die Jungs schrien. Dann rannten sie durchs Zimmer und sprangen zu Gemma und Polly aufs Bett, sehr zu Pollys Missfallen. Von irgendwo aus dem Treppenhaus hörten sie Violet rufen: „He, wer hat das WLAN abgeschaltet?"

Oh, Scheiße.

Das hatte man also davon, wenn man Lichterketten im Sonderpostenmarkt kaufte …

„Das Wort dürfen wir nicht sagen, Tante Gemma", meldete sich Polly neben ihr, aber ihre Stimme klang dünn und zittrig.

„Welches Wort?", fragte Gemma und runzelte die Stirn. Warum in aller Welt erlaubte Juliet den Kindern nicht, WLAN zu sagen?

„Scheiße", erklärte Jake hilfsbereit, und in seiner Stimme lag mehr als nur ein leichtes Kichern.

Oh oh. Hatte sie das etwa laut gesagt?

„Dann eben Mist“, korrigierte sie sich, und die Zwillinge krümmten sich vor Lachen, sodass die Matratze heftig zitterte.

Gemma seufzte. „Ich vermute mal, dass keiner von euch weiß, wo der Sicherungskasten ist, oder?“

Polly klammerte sich fester an sie, und Gemma konnte spüren, wie das Mädchen an ihrem Arm den Kopf schüttelte. „Ich mag Dunkelheit nicht“, flüsterte es. „Sie ist zu groß.“ Jetzt bemerkte Gemma, dass ihre Nichte zitterte, also schlang sie ihren Arm um sie und drückte sie fest an sich. Sie war selbst überrascht, welche Wärme und Entschlossenheit sie plötzlich durchfluteten.

„Hat jemand eine Taschenlampe in seinem Zimmer?“, erkundigte sich Gemma fröhlich, bemüht, ja nicht besorgt zu klingen, damit sie Polly nicht noch mehr beunruhigte.

„Ja, wir“, lautete die einstimmige Antwort der Jungs, und sie kletterten vom Bett.

„Wartet“, rief Gemma. „Ich glaube, ich komme besser mit.“ Wer weiß, in welche Gefahr die beiden geraten konnten, wenn sie allein in einem dunklen Haus umherirrten.

Polly verstärkte ihren Klammergriff. „Lass mich nicht allein“, wimmerte sie.

Gemma tätschelte ihr den Rücken. „Keine Angst, aber dann musst du mitkommen. Kannst du tapfer sein und das schaffen, mir zuliebe?“

Polly schüttelte den Kopf. „Ich will hierbleiben.“

Gemmas Augen gewöhnten sich langsam an die Dunkelheit, und sie schaute zwischen den Jungs, die kurz davor standen, allein loszustürmen, und Polly hin und her, die sich alle Mühe gab, in ihrem Bett Wurzeln zu schlagen. „Wenn wir hierbleiben, können wir das Licht nicht wieder einschalten“, erklärte sie Polly. „Komm schon, dir passiert nichts.“

Die Antwort wartete sie nicht ab. Je länger Polly darüber nachdenken konnte, desto mehr würde sie in Panik geraten, sagte sie sich. Also stand Gemma auf, um ihrer Nichte die Hand zu reichen, aber Polly klammerte sich wie ein zu groß geratenes und reichlich schweres Affenbaby an sie. Ihr blieb nichts anderes übrig, als das Mädchen zu tragen. Sie ignorierte das zusätzliche Gewicht, so gut es ging, und führte die Jungs durch den Flur in ihr Kinderzimmer, wo sie nach langer Suche und jeder Menge Albernheiten schließlich drei Taschenlampen zutage förderten.

„Warum gebt ihr nicht eine davon Polly?“, bat sie die Jungs. „Ihr nehmt gemeinsam die zweite und ich die dritte.“

„Die will ich nicht“, sagte Polly und stieß die angebotene Taschenlampe zurück. Jetzt klang sie schon wieder deutlich wie sie selbst. „Das ist Thomas die Lokomotive, und ich hasse diese Zeichentrickserie.“

„Hier.“ Damit drückte Gemma ihr eine bunte, aber ansonsten schlichte Taschenlampe in die Hand. „Die Jungs können Lightning McQueen haben, und ich nehme Thomas.“ Ganz ehrlich, es war ihr egal, wie die blöde Taschenlampe aussah. Hauptsache, sie funktionierte.

„Violet?“, rief sie, als sie das Jungszimmer verließen.

In diesem Moment tauchte sie auch schon auf. Sie nutzte das schwache Licht des Displays ihres Handys als Taschenlampe. Und Gemma musste erfahren, dass auch die Älteste nicht wusste, wo der Sicherungskasten war.

Nun denn, dann blieb ihnen nur eines übrig. „Wir müssen nach unten gehen und den Sicherungskasten suchen, um das Licht wieder einzuschalten“, eröffnete sie den Kindern. Polly begann zu weinen. Die Kleine wurde allmählich so schwer, dass Gemma befürchtete, mit ihr auf dem Arm nicht heil die Treppe hinunterzukommen. Und bevor sie stolperte und mit dem Kind auf dem Arm die Stufen hinunterstürzte …

Komm schon, Gemma! Dir fällt doch sonst immer eine Lösung für Probleme und Komplikationen in letzter Minute ein. Denk nach!

„Ich weiß, was wir tun“, verkündete sie fröhlich und ließ Polly zu Boden gleiten. „Wie wäre es mit einer Schatzsuche? Das wird Spaß machen im Dunkeln.“

„Und was soll der Schatz sein?“, wollte Polly schmollend wissen. Natürlich hatte sie sofort das Haar in der Suppe entdeckt.

Gemma dachte fieberhaft nach. „Wie wäre es damit: Wir plündern zur Belohnung die Quality-Street-Dose, wenn wir den Sicherungskasten gefunden haben."

Die Jungs jubelten. Sogar Violet lächelte. Polly wirkte nicht wirklich überzeugt.

„Und ich sag dir noch was", fuhr Gemma fort und kauerte sich neben ihre Nichte, um ihr in die Augen zu schauen. „Jede gute Expedition braucht einen Anführer, jemanden, der die Erkundung leitet und dafür sorgt, dass alle bei der Stange bleiben. Glaubst du, dass du das für mich übernehmen kannst?"

Die Jungs stöhnten, aber Polly richtete sich kerzengerade auf, biss die Zähne zusammen und nickte.

„Dann wäre das geregelt", sagte Gemma und sorgte dafür, dass alle sich die Hände reichten. „Also los, auf ins Abenteuer!"

Juliet hätte beinahe wieder Wasser geschluckt. Er war das. Der Italiener!

Sie waren jetzt weit genug von den Felsen entfernt, und die Strömung hatte nachgelassen. Juliet hörte auf zu paddeln.

Eigentlich hatte sie vorgehabt, sich aus dem Griff ihres Retters zu befreien, sich zu ihm umzudrehen, ihm fröhlich zu danken und dann aus eigener Kraft zum Boot zurückzuschwimmen. Aber jetzt stellte sie fest, dass sie es kein bisschen eilig hatte, denn es fühlte sich unglaublich gut an, an einen durchtrainierten männlichen Körper gedrückt und gleichzeitig von leichten Wellen umspielt zu werden.

Ihm musste aufgefallen sein, dass sie nicht mehr schwamm, denn er stoppte ebenfalls. Sie hielt den Atem an, als er seinen Griff lockerte und sie zu sich herumdrehte.

„Geht es Ihnen gut?"

Sie spürte, wie sie rot wurde. An der Sonne lag das nicht. „Ja … es geht mir gut … Nur die Strömung war dort hinten ein bisschen stark, und ich war erschöpft."

Er runzelte die Stirn. „Als wir ins Boot gestiegen sind, ist mir aufgefallen, dass Sie fehlen." Mit einem Kopfnicken deutete er zum Schnellboot hinüber. „Es war leichtsinnig von den Tauchlehrern zuzulassen, dass Sie sich so weit entfernen. Vor allem, wenn Sie keine gute Schwimmerin sind."

„Oh, aber ich bin eine gute Schwimmerin", widersprach sie und zog gleich darauf die Stirn kraus. Das war sie gewesen, vor langer Zeit. Wann hatte sie in den letzten zehn Jahren Gelegenheit gehabt, ernsthaft zu schwimmen? Selbst wenn sie einen Familienausflug ans Wasser machten, musste sie sich immer um ein Kleinkind kümmern oder um einen noch unerfahrenen Schwimmer. Selbst richtig zu schwimmen, dafür war ihr keine Zeit geblieben. „Zumindest war ich das mal."

Sie verfielen beide in Schweigen, traten einfach nur Wasser. Juliet wurde bewusst, dass seine Hände immer noch in ihrer Taille lagen und sie leicht, aber doch fest hielten. Ihre Gesichter waren nur Zentimeter voneinander entfernt. Wasser tropfte von seiner Stirn, seine Wimpern waren dunkel und lang.

„Danke", stotterte sie. „Ich glaube nicht, dass ich wirklich in Schwierigkeiten war, aber ich hätte allein viel länger gebraucht, mich aus der Strömung zu befreien."

Er lächelte sie an, und Juliet gab sich allergrößte Mühe, nicht ebenso weich zu werden wie die Quallen, die unter ihnen schwammen. „Prego."

Sie erwiderte sein Lächeln. „Wir sollten lieber zum Boot zurückschwimmen …"

Als er nickte, schwammen sie weiter. Nebeneinander. Er war offensichtlich der bessere Schwimmer – wie hätte es auch anders sein können angesichts dieser muskulösen Schultern? –, aber er hielt sich zurück, und sie folgerte, dass er sich aus Ritterlichkeit ihrem Tempo anpasste.

Als sie das Boot erreichten, bedeutete er ihr, als Erste die Leiter hinaufzuklettern. Sie öffnete den Mund, um abzulehnen, weil ihr klar war, dass sie ihm so den wenig schmeichelhaften Anblick ihrer Cellulite bieten würde. Doch sie kam zu dem Schluss, dass er nicht ausgerechnet jetzt aufhören würde, sich als Gentleman zu erweisen. Also blieb ihr gar nichts anderes übrig, als die Zähne zusammenzubeißen und zu hoffen, dass ihr weites T-Shirt das Schlimmste verbarg. Wie peinlich.

Sie ließ sich auf einen der harten Fiberglassitze fallen und nahm Maske und Schnorchel ab. Ihr Retter setzte sich auf den leeren Platz neben ihr. Sie waren als Letzte an Bord gekommen, und alle übrigen musterten sie neugierig. Ein paar jüngere Frauen warfen Juliet hochnäsige Blicke zu.

Der Bootsführer ließ den Motor an. Als sie sich umdrehte, um den Fahrtwind nicht ins Gesicht zu bekommen, stellte sie fest, dass der Italiener sie ansah.

„Ich habe Ihr Leben gerettet", sagte er, ein belustigtes Funkeln in den Augen. „Jetzt stehen Sie in meiner Schuld."

Wenn sie zehn Jahre jünger gewesen wäre, hätte sie ihm vermutlich gesagt, er solle verduften, aber so lachte sie nur. „Kein Grund, so melodramatisch zu werden", meinte sie und strich sich eine verirrte Haarsträhne aus den Augen. „Ich war ja wohl kaum in Lebensgefahr. Daher schulde ich Ihnen sicher nicht gar so viel."

Eine seiner Brauen schoss in die Höhe. „Und was meinen Sie, wie Sie es wiedergutmachen können?"

Juliet konnte kaum glauben, dass sie tatsächlich diese Unterhaltung führte. Wenn er ein anderer gewesen wäre, hätte sie geglaubt, er flirte mit ihr, aber so ... Wahrscheinlich handelte er aus nachbarlicher Sorge. Entweder das oder er war ein Betrüger, der drauf und dran war, eine einsame Frau um ihre Reiseschecks zu bringen. Da er schon von Anfang an äußerst höflich gewesen war, konnte sie Letzteres allerdings kaum glauben.

Außerdem machte das Ganze Spaß. Ihr wurde bewusst, dass sie in den letzten Tagen mit fast niemandem gesprochen hatte. Jedenfalls hatte sie keine richtige Unterhaltung geführt. Reiche Leute blieben anscheinend gern unter sich. Sie biss sich auf die Lippe und dachte über die Frage ihres Retters nach, obwohl sie keinen Augenblick annahm, dass sie ernst gemeint gewesen war. „Ich glaube, ich schulde Ihnen einen Drink", erwiderte sie schließlich. „Ich bin sicher, dass auf der Getränkekarte ein Cocktail mit passendem Namen steht, mit dem ich Ihnen danken kann. Ich erinnere mich an einen, der The Big Blue genannt wird. Oder wie wäre es mit einem Sea Breeze?"

Er lachte. „Fast alle Cocktails an der Bar sind rosa. Das sind wohl kaum Drinks für einen Mann."

Still lachte sie in sich hinein. „Ich hätte nicht gedacht, dass Sie zu den Typen gehören, die ihre Männlichkeit durch ein bisschen Grenadine-Sirup bedroht sehen."

Ein Achselzucken war die Antwort. „Vielleicht mag dieser … Typ … ja einfach lieber ein Piton Bier?"

Diesmal lachte sie richtig. Zum Teil, weil die Art, in der er das Wort Typ nachsprach, es exotisch und charmant klingen ließ, zum Teil aber auch, weil sie beide wussten, dass in diesem Resort alle Getränke inklusive waren. Sie spielten nur ein Spiel, und vermutlich würde es weder zu einem Bier noch zu einem grellrosa Cocktail an der Bar kommen.

Aber dann hielt er ihr seine Hand hin und setzte einen betont ernsthaften Gesichtsausdruck auf. Und sie stellte fest, dass sie nicht Nein sagen konnte. Also legte sie ihre Hand in seine, und sie besiegelten die Sache mit einem Händedruck. „Abgemacht."

Als sie versuchte, ihre Hand sanft zurückzuziehen, hielt er sie fest. „Marco Capello", stellte er sich vor, schaute ihr dabei direkt in die Augen und zog fragend die Brauen hoch.

„Juliet Taylor", erwiderte sie zögernd.

Und dann, bevor sie überhaupt begriff, was er vorhatte, hob er ihre Hand, drückte sanft seine Lippen auf den Handrücken und ließ sie los. Juliet zog sie hastig zurück und umklammerte sie mit der anderen Hand. Sie wusste nicht recht, was sie damit anfangen sollte, jetzt, wo sie wieder ihr gehörte. Weiter hinten im Boot erklang ein abfälliges Schnauben. Eine Blondine, die Marco nicht aus den Augen gelassen hatte, verschränkte die Arme vor der Brust.

15. KAPITEL

Ich habe Hunger."

„Mir ist langweilig."

Ihr seid quengelig, hätte Gemma am liebsten zu den Zwillingen gesagt, die ihr in Stereo die Ohren volljammerten. Jetzt suchten sie schon über vierzig Minuten und hatten Juliets Sicherungskasten immer noch nicht gefunden. Für eine Frau, die ihr Gewürzregal in alphabetischer Reihenfolge bestückt hatte, war das ausgesprochen unorganisiert. Um nicht zu sagen rücksichtslos.

Zuerst hatten die Kinder ihr „Abenteuer" genossen, aber nach einer Weile wurde Polly zu herrisch, die Jungs verloren das Interesse, und Violet stahl sich immer wieder davon und musste zurückgerufen werden. Schließlich zündete Gemma im Wohnzimmer ein paar von Juliets Weihnachtskerzen an, stellte sie ganz oben auf den Kaminsims und erklärte den Kleinen, dass sie jetzt ihren Schatz bekommen würden. Nachdem die Quality-Street-Dose erst mal offen war, hörte man nur noch das Rascheln von Einwickelpapier und hier und da eine kleine Auseinandersetzung darüber, wer die Weichkaramellen haben dürfe.

Als alle mit ihren Süßigkeiten beschäftigt waren, suchte Gemma allein weiter. Violet übernahm währenddessen die Aufsicht über ihre Geschwister. Zweimal hatte Gemma die Küche schon durchwühlt, aber trotzdem beschloss sie, noch einmal dort nachzusehen. Abgesehen vom Flur und der Abseite unter der Treppe, in die sie auch schon dreimal hineingeschaut hatten, schien dies der logischste Platz für den Sicherungskasten.

Die Küche lag vom Wohnzimmer aus auf der anderen Seite des Erdgeschosses. Dementsprechend wurde es sehr viel leiser, je weiter Gemma sich von den Schokolade in sich hineinstopfenden Kindern entfernte. Als sie sich der Küchentür näherte, hörte sie ein Knarren. Sie erstarrte instinktiv, die Härchen in ihrem Nacken stellten sich auf, und ihr Herz begann ein bisschen schneller zu schlagen.

Sei kein Narr, mahnte sie sich. Dies ist ein altes Haus. Alte Häuser geben alle möglichen seltsamen Geräusche von sich. Du hörst sie nur, weil alle Elektrogeräte außer Betrieb sind und es deshalb so still ist.

Trotzdem schlich sie sich so leise wie nur irgend möglich auf Socken in die Küche und atmete flach und leicht. Nach ein paar Schritten blieb sie stehen, um zu lauschen.

Stille. Nur die übergroße Küchenuhr an der Wand tickte.

Gerade wollte sie über sich selbst lächeln, eine Hand auf die Brust drücken und den Kopf schütteln, da huschte ein Schatten durch den Wintergarten. Es überlief sie eiskalt. Angestrengt spähte sie ins Dunkel, versuchte auszumachen, ob sie sich vielleicht nur getäuscht hatte, aber dann bewegte sich der Schatten erneut, kam näher und wurde zu einem großen, starken Mann in dunkler Kleidung. Er hielt eine Taschenlampe in der Hand.

Gemma hatte immer geglaubt, sie hätte genug gesunden Menschenverstand, um so schnell wie möglich wegzurennen, wenn ihr etwas Derartiges geschah. Aber jetzt stellte sie überrascht fest, dass sie an die vier ahnungslosen Kinder am anderen Ende des Flures dachte und daran, dass nur sie allein zwischen ihnen und diesem … Schatten stand.

Was als Nächstes geschah, war ihr selbst nicht ganz klar. Offenbar war sie losgestürzt, denn sie fand sich plötzlich am anderen Ende der Küche wieder, und es wurde laut. Der Eindringling, wer immer er sein mochte, war ihr plötzlich viel näher und griff nach ihr. Er klang wütend, und da er gut fünfzehn Zentimeter größer war als sie, kam sie zu dem Schluss, nur eine Option zu haben: Sie schwang Thomas die Lokomotive hoch und knallte sie ihm auf den Kopf.

War bis zu diesem Augenblick alles im Zeitraffer geschehen, verlief es jetzt in Zeitlupe. Jedenfalls schien sie eine Ewigkeit zu brauchen, um den Arm wieder zu senken, und sein Schmerzensschrei klang gedämpft und verzerrt.

Er hielt sich den Kopf und stöhnte leise.

Gut. Das hatte er verdient. Und er würde noch mehr davon

bekommen, wenn er nicht schlau genug war, ganz schnell Leine zu ziehen.

Sie wollte zurückweichen und nach dem Telefon auf der Küchentheke greifen, da packte er sie am Arm. Und in dem Moment stieg Gemma ein Hauch von holzig duftendem Aftershave in die Nase, das sie an jemanden erinnerte …

„Ich rufe die Polizei!“, riefen sie beide gleichzeitig.

Und dann: „Was?“

Gemma hob langsam ihre Taschenlampe und leuchtete ihm damit ins Gesicht.

Oh oh.

Das war keine gesichtslose Gestalt, kein axtschwingender Irrer. Es war Juliets Nachbar von nebenan, und er hatte eine fiese eiförmige Beule an der Schläfe.

„Was tun Sie hier drin?“, rief sie mit zittriger, sich überschlagender Stimme. „Sie haben mich zu Tode erschreckt!“

„Und was machen Sie hier? Schleichen in einem dunklen Haus herum!“, brüllte er zurück. „Ich habe gesehen, dass kein Licht im Haus brennt, und den wandernden Schein von Taschenlampen bemerkt. Deshalb dachte ich, es wären Einbrecher hier.“

Das klang durchaus logisch, aber Gemma war nicht in Stimmung, das einzusehen. Der Adrenalinschub und die aufgestaute Angst mussten sich Bahn brechen und an jemandem abreagiert werden. „Und wie zum Teufel kommen Sie auf die Idee?“

Will schloss die Augen und rieb sich die Schläfe. „Weil es letztes Jahr um die Weihnachtszeit hier in der Gegend zu einer ganzen Reihe von Einbrüchen gekommen ist. Stellen Sie sich vor: Da sind Diebe in Dutzende Häuser eingestiegen und haben sämtliche Geschenke unterm Baum mitgehen lassen.“

„Oh.“ Gemma ließ die Taschenlampe sinken, sodass sie ihm nicht mehr direkt ins Gesicht leuchtete. „Das wusste ich nicht.“ Sie runzelte die Stirn. „Aber wenn Sie an einen Einbruch geglaubt haben, warum haben Sie dann nicht einfach die Polizei gerufen?“

Will öffnete die Augen und sah sie blinzelnd an, geblendet vom Schein der Taschenlampe. „Weil ich mir nicht sicher war.

Ich dachte, ich geh kurz rüber und schaue nach. Und dann habe ich festgestellt, dass die Tür zum Wintergarten nicht verschlossen war ..."

Ah. Das mussten die Jungs gewesen sein. Sie hatten vor dem Abendessen im Garten gespielt und offenbar vergessen, die Tür wieder abzuschließen. Eigentlich hatte Gemma das kontrollieren wollen.

Er musterte sie misstrauisch. „Und warum schleichen Sie nun mit Taschenlampen im Dunkeln herum?"

Gemma zuckte die Achseln. „Die Sicherungen sind rausgeflogen. Und ich finde den Sicherungskasten nicht."

Im selben Moment kam Josh in die Küche gerannt und wedelte mit seiner Taschenlampe herum. „Tante Gemma, Tante Gemma, darf ich jetzt Peditionsleiter sein? Ich will zum Nordpol und den Weihnachtsmann suchen." Erst dann entdeckte der Junge Will, und seine Augen wurden groß.

„Mach dir über den keine Gedanken", scherzte Gemma, nahm Josh bei den Schultern und drehte ihn zu sich herum. „Das ist nur der hässliche Troll, der nebenan unter der Brücke lebt, und ich habe ihn schon vermöbelt."

Will schnaubte.

„Du gehst jetzt wieder ins Wohnzimmer und sagst Polly, dass du jetzt eine Weile dran bist, den Expeditionsleiter zu spielen. Sie darf dafür die Schatztruhe bewachen." Irgendwie war Gemma sicher, dass dieser Rollentausch Polly recht sein würde. Schließlich errang sie damit die Kontrolle über sämtliche Schokoladenvorräte im Haus.

„Okay", meinte Josh und schoss aus der Küche.

„Vorsicht! Du könntest ..."

Im Flur rumste es.

„... über etwas stolpern", beendete Gemma seufzend den Satz.

Jetzt, wo Josh wieder fort war, blieben nur noch sie und Will. Sie starrten einander an.

„Expeditionsleiter?", wiederholte er, die Brauen gerunzelt.

Gemma seufzte. „Polly hat sich gefürchtet, als die Lichter ausgingen. Ihr eine Aufgabe zu geben, war eine Ablenkungsstrategie, und sie hat geholfen. So musste Polly nicht mehr dran denken, dass sie eigentlich Angst hat. Und die Jungs waren viel hilfsbereiter, weil ein Sicherungskasten, der als vergrabener Schatz verkauft wird, nun mal interessanter ist als *nur* ein Sicherungskasten."

Zu ihrer nicht geringen Überraschung nickte er, statt eine sarkastische Bemerkung über alberne Spiele zu machen. Dabei fiel das Licht auf seine Schläfe. Die Beule sah wirklich fies aus.

„Tut mir leid, das mit Ihrem Kopf", sagte sie. „Ich habe Sie für einen irren Angreifer gehalten."

Will lachte trocken auf. „Ist das besser oder schlechter als ein Troll? Und womit haben Sie eigentlich nach mir geschlagen?"

Gemma wedelte mit ihrer Taschenlampe. „Mit dem guten alten Thomas", murmelte sie.

Will zog die Brauen hoch. „Woraus ist das Ding? Schmiedeeisen?"

Sie versuchte vergebens, nicht zu grinsen. „Schlimmer. Es ist dafür konstruiert worden, sechsjährige Jungs zu überleben. Ich schätze, nach einem Atomkrieg würden nur noch Kakerlaken und diese Taschenlampe übrig bleiben."

Will lachte noch einmal, diesmal richtig, und der Klang überraschte Gemma. Sie war der Meinung, sie hätte ihn noch nie lachen hören. Es klang warm und voll, nicht wie das In-sich-hinein-Lachen eines Geschäftsmannes, das sie von ihm erwartet hätte.

„Ich kann mich nicht entscheiden, ob ich Ihr Verhalten als äußerst dumm oder sehr tapfer betrachten soll", meinte er schließlich.

„Das kann ich selbst nicht", erwiderte sie. Wärme stieg in ihr auf, aber sie gab sich Mühe, das Gefühl zu ignorieren.

Er hatte sie tapfer genannt.

Und weil sie so gar nicht daran gewöhnt war, dass Will Truman etwas Schmeichelhaftes über sie dachte – geschweige denn sagte –, räusperte sie sich und wechselte das Thema. „Ich nehme nicht an, dass Sie wissen, wo Juliets Sicherungskasten ist, oder? Ihre Häuser sind sich sehr ähnlich. Vielleicht hängt er an der gleichen Stelle wie bei Ihnen."

Er schaute sie ausgesprochen seltsam an, und das machte sie völlig nervös. Als ob sie jemand wäre, dem er noch nie begegnet war. Oder vielleicht auch nur, als hätte sie eine fette behaarte Warze auf der Nase. Beide Möglichkeiten verunsicherten sie gleichermaßen.

„Also, wissen Sie's?"

Er blinzelte und schüttelte leicht den Kopf. „Unter der Treppe? Da hängt meiner."

„Nein."

Will runzelte die Stirn und ging hastig in Richtung des Flurs, seine Taschenlampe in der Faust, als spielte er einen Polizisten in einem Krimi. „Sie glauben mir nicht?", fragte sie, als er die Tür zur Abseite unter der Treppe anstarrte. „Dann schauen Sie selbst nach."

Immerhin gehörten Trolle genau dorthin: unter Brücken – oder Treppen. Oder so.

Will warf ihr einen Blick über die Schulter zu, öffnete die Tür und duckte sich, um den winzigen Raum betreten zu können. Gemma mochte nicht zurückstehen und quetschte sich ebenfalls hinein.

„Da", sagte sie und ließ den Strahl ihrer Taschenlampe über die Wände wandern. „Hier drin ist nichts."

Sie starrten beide in die Dunkelheit.

„Vielleicht hinter dem Teil?", fragte Will und leuchtete mit seiner Taschenlampe über ein grob gezimmertes Regal, in dem Reinigungsmittel und angebrochene Farbdosen standen, während darunter Gummistiefel ordentlich und natürlich nach Größe aufgereiht waren.

Das Regal befand sich etwas weiter hinten in der Abseite. Will trat darauf zu, aber Gemma drängte sich vor. Sie suchte jetzt seit fast einer Stunde nach diesem Sicherungskasten. Wenn hier jemand den Erfolg einheimste, dann sie.

Außerdem war sie kleiner als Will und konnte daher leichter unter der Schräge der Treppe stehen. Sie packte das Regal an einer Ecke und begann, es von der Wand abzurücken. Sofort war Will an ihrer Seite, um zu helfen, und nur Sekunden später konnte er mit seiner Taschenlampe den Raum dahinter beleuchten.

Nichts. Nur ein Stück Wand mit einer wirklich hässlichen alten Tapete darauf.

Sie ließen gleichzeitig einen Fluch vom Stapel, und Gemma musste lachen.

Dann drehte sie sich um, schaute zu ihm hoch und stellte fest, dass er sie anlächelte. Sie schluckte und wandte den Blick ab.

Na schön. Das war ein seltsamer Moment gewesen. Vielleicht wurde es Zeit, hier herauszukommen. Offenbar stiegen ihr die Farbdämpfe zu Kopf.

Sie drängte sich an dem Regal vorbei, das jetzt ein Stück von der Wand abstand, und stellte fest, dass der verbleibende Raum dadurch kleiner geworden war. Das führte dazu, dass sie ihm verdammt nahe kam. Sie hätte dieses Aftershave gleich erkennen müssen. Er legte immer denselben Duft auf.

Bis eben hatte sie noch halb gelächelt, aber jetzt entspannten sich ihre Wangenmuskeln, sie schloss den Mund und schaute mit großen Augen zu ihm hoch. Er erwiderte ihren Blick, und in seinen Zügen spiegelte sich derselbe Schock, den sie empfand. Die Temperatur in der Abseite stieg sprunghaft um mindestens drei Grad.

Schau weg, ermahnte sie sich. Du bist die falsche Schwester. Das hier sollte nicht passieren. Er mag Juliet. Die süße, nette, vernünftige Juliet. Nicht dich. Du bist die Anti-Juliet.

Sie versuchte, ihren Beinen den Befehl zu erteilen, sich zu bewegen. Oder ihren Armen. Oder überhaupt einem Teil ihres Körpers. Aber nichts geschah. Das war alles sehr beunruhigend. Sie war zu nichts anderem fähig, als die Konturen seines Gesichtes zu betrachten, die vom Licht der Taschenlampe betont wurden, und dabei ja nicht zu vergessen zu atmen.

Die Sekunden verstrichen, und keiner von ihnen rührte sich. Wills Blick senkte sich auf ihre Lippen. Auf ihre leicht geöffneten Lippen.

Gemma hielt den Atem an. Und gerade als sie sich fragte, wann sie eigentlich bemerkt hatte, welches Aftershave Will Truman benutzte, ging das Licht wieder an.

Sie verließen zusammen das Boot. Marco sprang zuerst heraus und reichte dann Juliet die Hand, als das kleine Fahrzeug gegen das Dock prallte. Anschließend half er auch den anderen Frauen von Bord. Auch sie schienen hocherfreut. Das sorgte auf seltsame Weise dafür, dass Juliet einen Teil ihrer Nervosität verlor.

Nachdem sie ihre Taschen aus der Tauchbasis geholt hatten, wandte sich Marco ihr zu. „Kommen Sie. Ich finde, Schnorcheln macht durstig."

Juliet riss die Augen auf. „Jetzt?"

Marco zuckte die Achseln und schenkte ihr wieder sein attraktives halbes Lächeln. „Wann sonst?"

Das hätte aus Gemmas Mund stammen können.

„Oh ... na schön ..." Sie wurde sich ihrer zerzausten Haare und ihres durchweichten T-Shirts bewusst, das auf der Fahrt zurück nur teilweise vom Wind und der Spätnachmittagssonne getrocknet war. „Geben Sie mir Gelegenheit, mich umzuziehen. Wir treffen uns bei Pelican Joe's." Glücklicherweise hatte sie – wie immer – alles Notwendige in ihrer Strandtasche, und es gab in der Nähe des Hauptpools eine geräumige Toilette, wo sie sich bequem umziehen konnte.

Lange und sehr genau musterte sie ihr Spiegelbild, nachdem sie ein Strandkleid übergezogen und sich die Haare gekämmt hatte. Marco war einfach nur freundlich, mehr war da nicht. Denn es konnte einfach nicht sein, dass er ernsthaft Interesse an dieser leicht zerknitterten Kreatur mit dem Salz in den Haaren und einem ganz leichten Sonnenbrand auf Wangen und Nase hatte.

Was hätte Juliet jetzt für die lockere Art ihrer Schwester gegeben. Sie wusste nur, wie sie die Leute dazu bringen konnte, sie zu mögen, indem sie etwas tat. Indem sie diejenige war, auf die man sich verlassen konnte. Aber Marco wollte keine Bedienstete oder Haushälterin. Er wollte eine aufregende Frau, die ihm Gesellschaft bei einem Drink leistete, und dafür hatte er sich sie ausgesucht. Prüfend musterte Juliet ihre Gesichtszüge und entdeckte darin tatsächlich eine Spur von Hoffnungslosigkeit.

Aber sie trug doch wenigstens ein bisschen von Gemmas DNA, tief in ihrem Inneren verborgen, oder nicht? Sie hoffte es jedenfalls. Denn heute Abend musste sie diese Seite an ihr aus ihrem Versteck hervorzerren und sie einsetzen.

Als sie an die Bar zurückkehrte, entdeckte sie Marco auf einem Barhocker, einen Fuß auf der Fußstütze, einen auf dem Boden. Insgesamt wirkte er sehr entspannt. Er trug immer noch seine Badehose, hatte sich aber ein kurzärmeliges Hemd übergezogen. Seine Haare waren noch ein wenig feucht, und ihr fiel auf, dass die Hälfte aller Augenpaare auf ihn gerichtet war. Die weibliche Hälfte, versteht sich.

Sie setzte sich neben ihn. „Und Sie wollen wirklich nur ein Bier?"

Er nickte. „Und Sie sind sicher, dass Ihr Leben nur das wert ist?"

Ihr war klar, dass sie jetzt mit einem Scherz hätte reagieren sollen. Ihm beispielsweise versichern, sie werde ihn mit Diamanten überschütten oder ihm ihre Seele verschreiben oder irgend so etwas, aber wenn sie die Kinder mal außen vor ließ, entsprach ein Bier schon recht gut dem, was ihr Leben im Moment wert war. Was trug sie schon zur Welt bei? Gelegentlich ein wirklich gutes Chutney, aber darüber hinaus?

Sie runzelte die Stirn. Jetzt kam ihr das alles so absolut offensichtlich vor, aber zu Hause hatte sie immer das Gefühl gehabt, dass alles, was sie in ihr Notizbuch eintrug, schrecklich wichtig war. Das war es aber nicht, oder?

Marco beugte sich zu ihr hinüber, um ihre Aufmerksamkeit zu erlangen. „Sie schauen so ernst. Überlegen Sie noch, was Sie trinken möchten?"

„Nein. Ich habe entschieden, dass ein Bier sehr angemessen ist. Also schließe ich mich Ihnen an."

Als der Barmann ihnen zwei Flaschen des heimischen Biers gebracht hatte, deutete Marco zu einem leeren Tisch auf einer der Terrassen hinüber. „Wollen wir?"

Juliet zuckte die Achseln. Der Nachmittag gestaltete sich immer surrealer. „Warum nicht?"

Er legte den Kopf leicht schräg und musterte sie.

„Was ist?", fragte sie und tastete nach ihren Haaren, die sich rasch kräuselten.

Er schüttelte den Kopf und gestikulierte sehr italienisch mit beiden Händen. „Sie sind eine faszinierende Frau, Juliet Taylor."

„Danke", erwiderte sie, weil er das als Kompliment gemeint hatte. Jedenfalls hoffte sie das. Woher sollte er auch wissen, dass Gemma die Besondere in der Familie war, diejenige, die auffiel, diejenige, mit der jeder zusammen sein wollte, während Juliet für immer dazu verdammt war, in ihrem Schatten zu leben? Sie lächelte in sich hinein, während ihr durch den Kopf ging, wie anders alles laufen würde, wenn wirklich Gemma an ihrer Stelle hier wäre. Sie würde weder Artigkeiten austauschen noch oberflächliche Konversation betreiben. Nein, sie würde ihm vermutlich irgendwo hinter einer Palme die Kleider vom Leib reißen.

Aber Gemma ist nicht hier, nicht wahr? Du schon.

Sie klopfte diesem erschreckenden Gedanken heftig auf die Finger und wies ihn in die Schranken. *Reiß dich zusammen.*

Nun denn, auf ins Geplauder … Sie löcherte Marco mit Fragen und ließ ihm kaum Zeit, sein Bier zu trinken, bevor es warm wurde. So erfuhr sie, dass er der Jüngste von fünf Geschwistern war, am Gardasee lebte, wo seiner Familie eine Restaurantkette gehörte, Reiseschriftsteller war und unheimlich gern von einem Ort zum andern tingelte. Er liebte Wassersport – vor allem Windsurfen –, und niemand konnte so gute Pasta machen wie seine *Nonna*.

Sie versuchte, ihn am Reden zu halten und dabei nur so wenige Einzelheiten aus ihrem eigenen Leben preiszugeben wie unbedingt nötig. Dass sie eine pingelige Vorstadt-Hausfrau war, klang nicht annähernd so interessant wie sein Leben. Wenn sie doch nur Gemmas Storys zum Besten geben könnte. Das würde sie viel interessanter klingen lassen …

Aber dann stellte Marco ihr immer mehr Fragen, und es wurde schwieriger, sie abzuwehren, je länger ihre Unterhaltung dauerte. Warum nur konnte er nicht so sein wie die meisten Männer und den ganzen Abend über sich selbst reden, verdammt noch mal?

„Jetzt habe ich Ihnen so viel über mein Leben erzählt und weiß immer noch kaum etwas über Sie", sagte er und gab einem vorbeigehenden Kellner ein Zeichen, ihnen noch mal das Gleiche zu bringen. „Sie sind eine Frau voller Geheimnisse."

Sie vergaß einen Moment, dass sie doch nicht schnauben wollte – das klang so unattraktiv. „Wohl kaum!"

Nachdrücklich nickte er. „Das dachte ich schon am ersten Abend, als ich sah, wie Sie auf Ihrem Balkon standen und in die Ferne schauten. Sie wirkten so …"

„Wie eine Frau mit Jetlag?", schlug sie vor. Sie meinte das nicht wirklich als Scherz, obwohl Marco es anscheinend so auffasste.

„Nein. So … mir fällt das richtige Wort nicht ein. Nicht einsam, aber …" Er zuckte die Achseln. „Verzeihen Sie mein schlechtes Englisch."

„Du liebe Güte! Bitte entschuldigen Sie sich nicht für Ihr Englisch. Das ist ausgezeichnet. Und wenn Sie sich für Ihr Englisch entschuldigen, dann muss ich mich ernstlich für mein Italienisch entschuldigen. Ich kann nur ein paar Eiscremesorten benennen und fragen, wo die Toilette ist. Das ist alles, woran ich mich von den CDs erinnere, die ich gekauft habe, als wir einmal für ein Wochenende nach Rom geflogen sind …"

„Wir?", hakte er nach. „Gibt es einen Mann in Ihrem Leben, von dem ich wissen sollte?"

Sie schüttelte den Kopf. „Nein. Nicht mehr."

„Sie sind geschieden?"

„Ja."

Intensiv schaute er sie an. „Vielleicht erklärt das die Traurigkeit, die ich an jenem ersten Abend an Ihnen wahrzunehmen meinte."

Juliet wurde sehr still und senkte ihren Blick hastig auf die Bierflasche vor sich. Woran hatte er das gesehen? Manchmal, wenn sie es zuließ, fühlte sie sich sehr traurig. Nicht dass sie das auch nur vor sich selbst gern zugab. Es wirkte so … undankbar. Sogar vor dem Scheitern ihrer Ehe hatte sie sich manchmal so gefühlt, aber Greg hatte nie etwas davon bemerkt, obwohl er doch jeden Tag mit ihr zusammenlebte. Und dieser Mann hatte die Wahrheit innerhalb von Sekunden erkannt, gleich beim ersten Mal, als er sie gesehen hatte. Wie war es möglich, dass er sie so durchschauen konnte?

Und es war ja auch kein Wunder, dass sie traurig gewesen war. Sie hatte gewusst, dass Greg sich ihr immer mehr entfremdete, aber je mehr sie sich bemühte, ihm die Ehefrau zu sein, die er sich wünschte, desto weiter entglitt er ihr. Wenn so ein frustrierendes Dasein nicht traurig machte, was dann?

„Es tut mir leid, dass meine Ehe gescheitert ist", erklärte sie schließlich, „aber das war es auch schon. Ich will ihn nicht zurück."

„Was wollen Sie dann?"

Marco grinste sie an, und sie ertappte sich dabei, sein Lächeln zu erwidern. Er war unglaublich charmant. Einen Moment überlegte sie. Was wollte sie? Sie wusste es wirklich nicht. Schon vor langer Zeit hatte sie aufgegeben, Wünsche zu hegen.

Sie dachte an Gemma. Daran, was sie sich von Pelican's Reach wünschen würde. „Spaß haben. Was sonst?"

Die Antwort gefiel ihm offenbar, denn sein Lächeln wurde breiter. „Also trinken wir auf Ihren Exmann", sagte er, „denn er ist ebenso dumm wie großzügig."

Dumm – das verstand Juliet. „Großzügig?", fragte sie.

Mit einer weit ausholenden Geste deutete Marco an, was er meinte: das luxuriöse Resort, in dem sie sich aufhielten. Aber Juliet wollte nicht unbedingt darüber reden, wie sie hier gelandet war. Das zog nur weitere knifflige Fragen nach sich.

„Ich fand Rom wunderschön", versuchte sie, ein unverfänglicheres Thema anzuschneiden. Sie hatte Greg zu einer geschäftlichen Konferenz begleitet, aber er hatte die meiste Zeit damit verbracht, wichtigen Kunden Honig ums Maul zu schmieren, sodass sie auf sich allein gestellt gewesen war. Immerhin hatte sie viel von der Stadt zu sehen bekommen. „Sämtliche Touristenattraktionen habe ich mir angeschaut: den Trevibrunnen, die Sixtinische Kapelle, das Kolosseum …"

Marco lehnte sich zurück, als ein Kellner ihre leeren Bierflaschen gegen volle austauschte. Nur gut, dass das Piton Bier nicht allzu stark zu sein schien. „Sehen Sie? Kaum haben wir wieder angefangen, über Sie zu reden, schon wechseln Sie das Thema."

Das stimmte natürlich. Oh, sie hatte das nicht mal bewusst getan. Es war nur so, dass sie es viel interessanter fand, sich über Rom zu unterhalten als über Juliet Taylor aus Tunbridge Wells. Marco passte hierher. Er trug die richtige Kleidung, vermittelte den Eindruck, auf solchen Luxus abonniert zu sein, und wirkte locker und unbefangen. Ihr war klar, wie dumm es eigentlich war, aber sie wollte diesem Mann gegenüber nicht zugeben, eine so durchschnittliche Frau zu sein.

„Sie müssen mir etwas über sich erzählen", forderte er, als er ihr Zögern bemerkte, und beugte sich leicht vor. „Ich weiß nicht einmal, was Sie beruflich machen. Oder vielleicht tingeln Sie nur von einem exotischen Ort zum nächsten und treiben die Männer zum Wahnsinn, indem Sie ihren Fragen ausweichen?"

Juliet starrte ihn ein paar Sekunden lang an. „Warum interessieren Sie sich so sehr für mich?"

Er stellte seine Flasche ab, lehnte sich in seinem Stuhl zurück und musterte sie aufmerksam. „Warum überrascht es Sie, dass sich jemand für Sie interessiert?"

Gute Frage, dachte sie schaudernd. Und wieder eine, die sie wirklich nicht beantworten wollte. Aber sie genoss es, mit jemandem reden zu können, und sie konnte ihm auch nicht den ganzen Abend auf diese Weise ausweichen. Irgendwann musste sie mit der Wahrheit rausrücken, und es sah ganz so aus, als wäre jetzt der Moment. Schade, denn zum ersten Mal seit Jahren fühlte sie sich, als sähe jemand sie tatsächlich an, nähme sie wahr – und das, ohne dass sie dafür einen Kuchen backen oder etwas nähen musste.

Ihr Mut geriet ins Wanken, als sie den Mund öffnete. „Sie wollen also wissen, womit ich meinen Lebensunterhalt verdiene …?"

Er nickte.

Juliet hatte nie geglaubt, dass in den Cartoons, die eine arme Seele darstellten, gequält von einem Engel auf der einen Schulter und einem Teufel auf der anderen, ein Körnchen Wahrheit steckte. Aber jetzt hätte sie schwören mögen, einen scharfen Stich in ihrer linken Schulter zu spüren, als sie ihren Mund öffnete, um ihm zu sagen, sie habe vier Kinder und einen Teilzeitjob in einem Laden für Geschenkartikel.

Mach schon …

Und statt zu sagen, was sie sagen wollte, vernahm sie etwas ganz anderes aus ihrem eigenen Mund. „Ja, also eigentlich arbeite ich beim Film."

Sie konnte nicht glauben, dass sie das gesagt hatte. Warum? Warum nur hatte sie das getan? In diesem Moment hatte sie nicht einmal an Gemma gedacht, aber irgendwie war ihr die Lüge unglaublich glatt über die Lippen gegangen.

„Und was tun Sie da?"

Sie schluckte. *Die Wahrheit! Jetzt!*

„Ich bin Regieassistentin." Einen Augenblick hielt sie den Atem an, sicher, dass ein Blitz durch das Strohdach von Pelican Joe's fahren und sie auf ihrem Stuhl treffen würde, aber nichts geschah.

„Da können Sie bestimmt interessante Geschichten erzählen."

Juliet nickte. Oh ja, sie hatte jede Menge Geschichten in petto. Dummerweise waren es allesamt Gemmas Geschichten.

Er leerte seine Flasche. „Hätten Sie Lust, mir ein paar davon zu erzählen, während wir essen? Ich habe Hunger, und Italiener essen nicht gern allein. Das verstößt gegen unsere Religion."

Juliet biss die Zähne zusammen, um zu verhindern, dass ihr der Unterkiefer heruntersackte. Hatte Marco sie tatsächlich gerade zu einem gemeinsamen Essen eingeladen? Und was hatte das zu bedeuten? Wollte er nur ein bisschen Gesellschaft, oder signalisierte es mehr? Sie war so wenig daran gewöhnt, die Signale des anderen Geschlechts zu deuten, dass sie es einfach nicht konnte.

Aber sie wusste auch, dass sie alles tun würde, um nicht wieder für sich allein an einem Einzeltisch zu sitzen und mitanzusehen, wie alle anderen beim Essen redeten und lachten.

Er musste ihr Zögern bemerkt haben. „Es sei denn, Sie haben etwas anderes vor?"

Sie schüttelte den Kopf. „Nein."

Er stand auf. „*Bene.* Wie wäre es mit dem Restaurant am Wasser? Ich habe gehört, die Krebse seien dort sehr gut."

Halb erhob sie sich, stockte aber mitten in der Bewegung. „Das Restaurant ist aber immer ausgebucht."

Marco lächelte. „Wir sind nur zu zweit. Ich bin sicher, sie werden ein Plätzchen für uns finden." Das kam so voller Überzeugung über seine Lippen, dass sie ihm beinahe glaubte, obwohl die Restaurantleiterin, mit der sie schon gestern gesprochen hatte, unerbittlich behauptet hatte, da sei nichts zu machen.

Aber dann fiel ihr etwas anderes ein. „Aber sind Sie nicht …? Ich meine, wird sich nicht … ähm … jemand Ihnen anschließen?"

Ein ungerührtes Achselzucken, das sie allmählich als sein Markenzeichen erkannte, war die Antwort. „Nein. Ich bin allein hier. Der Entschluss, nach Pelican's Reach zu kommen, war ein sehr … spontaner."

„Ach, tatsächlich?", murmelte Juliet.

Er lachte. „Ich dachte, wir wären uns bereits einig. Ich habe Ihnen genug erzählt. Jetzt sind Sie dran."

Sie seufzte. Warum in drei Teufels Namen hatte sie nur so getan, als wäre sie Gemma? Jetzt musste sie das Spiel weiterspielen, das ganze Abendessen hindurch. Vielleicht sogar die ganze nächste Woche oder so. Sie war sich nicht sicher, dass sie dafür auch nur annähernd genug Geschichten auf Lager hatte!

Gleichzeitig jedoch war der Gedanke ungeheuer reizvoll. Wann hatte sich zum letzten Mal jemand dafür interessiert, was sie zu sagen hatte? Abgesehen von *Ja, natürlich helfe ich gern* oder *Das Essen ist fertig*?

Außer Will natürlich. Großer Gott, sie hatte ihn fast vergessen. Den guten alten Will.

Und dann schaute sie hoch in Marcos braune Augen und seine selbstsichere, aber doch gespannte Miene. Er wartete noch auf ihre Antwort. „Na schön“, erwiderte sie zögernd. „Aber ich kann nicht zu viel ausplaudern. Sie wissen schon, Verschwiegenheitsklauseln und so …“

Wie glatt ihr die Lügen doch über die Lippen gingen! Sie hatte keine Ahnung gehabt, wie geschickt sie schwindeln konnte. Allerdings war das nicht unbedingt ein Talent, das sie weiterentwickeln wollte, wenn sie wieder nach Hause kam. Jedenfalls nicht, wenn sie ihren Kindern noch in die Augen blicken wollte.

Marco nickte. Er kaufte ihr die Antwort völlig ab. Vielleicht, nur vielleicht, konnte sie die Sache ja wirklich durchziehen.

Und vielleicht war sie ihrer Schwester doch ein wenig ähnlicher, als ihr je bewusst gewesen war.

16. KAPITEL

„Was tut ihr denn in der Abstellkammer?"

Gemma hatte irgendwie … festgesteckt …, während sie Will angeschaut hatte. Jetzt schoss ihr Kopf herum, und sie entdeckte Violet, die neugierig in die Abseite schaute. „Wir haben nach dem Sicherungskasten gesucht." Aus irgendeinem Grund klang die Antwort wie eine Ausrede, nicht wie die Wahrheit.

„Du hast ihn gefunden?", wandte Will sich an Violet und setzte sich in Bewegung. Als er sich umdrehte, streifte sein Arm Gemmas. Sie wäre gern einen Schritt zurückgewichen, aber dafür war kein Platz, wenn sie nicht dem Bügelbrett ins Gehege kommen wollte. „Wo ist er?"

Violet trat zurück, sodass sie aus dem kleinen Raum herauskommen konnten. Gemma ließ Will den Vortritt. Dann quetschte sie sich an dem Staubsauger und dem Regal vorbei nach draußen.

„Die Jungs wollten Schnipp Schnapp spielen, also habe ich im Schrank neben dem Kaminsims nach den Karten gesucht. Und als ich die Spieleschachteln beiseitegeräumt habe, um das Kartenspiel zu finden, habe ich eine graue Metallbox mit einem großen roten Schalter entdeckt. Den habe ich umgelegt."

„Unsere Retterin!" Gemma lächelte Violet strahlend an, aber in ihr machte sich langsam so etwas wie Enttäuschung breit. Warum freute sie sich nicht? Sie hatte doch nicht etwa im Dunkeln bleiben *wollen*?

Ein Blick zu Will hinüber zeigte ihr, dass er es vermied, ihr in die Augen zu sehen. War das nun gut oder schlecht? Schwer zu sagen. Vermutlich gut.

„Wie lange war der Strom aus?", fragte Will. Die Frage war eher an Violet gerichtet als an sie.

Violet zuckte nur die Achseln.

„Über eine Stunde", sagte Gemma. „Warum?"

„Vielleicht solltest du einen Blick in den Gefrierschrank werfen", meinte er. „Nachsehen, ob irgendwas angetaut ist."

Mist! An so etwas hatte sie gar nicht gedacht. Allerdings musste sie am nächsten Morgen sowieso den Truthahn aus dem Gefrierschrank holen. So taute er schlimmstenfalls ein bisschen früher auf. Sie schaltete ihre Taschenlampe aus und legte sie auf das Tischchen im Flur. Dann ging sie in die Küche. Ein prüfender Blick in den Gefrierschrank, doch dort fand sie keinen Truthahn. Also schaute sie in den Kühlschrank, obwohl sie sicher war, dass es ihr aufgefallen wäre, wenn darin ein riesiger gerupfter Vogel gelegen hätte.

Nada.

Sie seufzte und öffnete erneut den Gefrierschrank. Konnte heute nicht ausnahmsweise mal irgendetwas einfach sein? Sie begann, Päckchen und Plastikdosen aus dem Gefrierschrank zu holen und genauer unter die Lupe zu nehmen, aber das Einzige, was sie sich dabei holte, waren Eisfinger. Wenn hier drin ein Truthahn lag, dann hatte er echt Talent, sich zu verstecken.

„Gibt es ein Problem?“

Sie zuckte zusammen, als Wills Stimme hinter ihr ertönte. Wie lange hatte er schon da gestanden? Sie hatte angenommen, er wäre wieder nach Hause gegangen. Stück für Stück stellte sie die eiskalten Behälter zurück in den Gefrierschrank. „Ich kann den blöden Truthahn nicht finden. Dabei weiß ich genau, dass er hier irgendwo sein muss.“

Will nahm ein Päckchen Tiefkühlerbsen von der Küchentheke und reichte es ihr. Sie nahm es entgegen und steckte es an einen freien Platz. Vermutlich hatte Juliet den Gefrierschrank nach Inhalt und Portionsgröße sortiert. Sie würde Gemma umbringen, wenn sie zurückkam und das Tiefkühlchaos entdeckte. Will reichte ihr das nächste Stück, und so arbeiteten sie schweigend zusammen, bis alles wieder verstaut war.

Anschließend schloss sie die Tür des Gefrierschranks und steckte sich die Hände in die Achselhöhlen, um sie wenigstens ein bisschen aufzuwärmen.

„Vi, hat deine Mum immer noch den kleinen Extra-Gefrierschrank in der Garage? Ich kann den Truthahn nicht finden.“

Violet schüttelte den Kopf. „Den hat sie abgegeben, als sie und Dad vor ein paar Jahren den großen gekauft haben. Sie meinte, den brauche sie nicht mehr."

„Bist du sicher?" Allmählich stieg Panik in Gemma auf. Schon morgen war Heiligabend, und wenn sie den Truthahn nicht finden konnte, hatte sie ein gewaltiges Problem.

„Ganz sicher", nickte Violet. „Sie hat ihn der Mutter einer meiner Freundinnen vermacht. Außerdem würde Mum den Truthahn sowieso nicht in den Gefrierschrank packen. Sie holt immer einen frisch vom Schlachter."

Oh oh. Gemma beschlich ein äußerst ungutes Gefühl.

„Aber das verstehe ich nicht", sagte sie. „Es steht doch hier in ihrem Notizbuch ..." Sie griff in den Brotkasten und holte das Büchlein heraus, ignorierte Wills und Violets überraschte Gesichter und blätterte zur entsprechenden Seite. „Da! Eine Reihe dicker schwarzer Haken auf der Seite mit dem Weihnachtsessen ..." Ihre Stimme erstarb, und sie drückte ihre Finger leicht auf den Mund.

Will trat einen Schritt näher. „Was ist?"

Gemma schüttelte den Kopf. Allmählich ging ihr ein Licht auf, trotzdem konnte sie es kaum glauben. *Dicke* schwarze Häkchen. Eigentlich hätte ihr das schon früher auffallen müssen. Juliets Häkchen waren immer sauber und klein, gingen kaum über die kleinen Kästchen hinaus. Diese hier waren groß und ungelenk.

Das Notizbuch fest umklammert, lief sie ins Wohnzimmer, wo Polly als Schiedsrichterin über ein Spiel Schnipp Schnapp zwischen Jake und Josh wachte.

„Ich werde nicht wütend werden ...", erklärte Gemma ihnen. Jedenfalls noch nicht. „... aber hat irgendwer hiermit herumgespielt?" Damit hielt sie das Büchlein hoch, sodass alle es sehen konnten.

Jake und Polly schauten sie unschuldig an und schüttelten die Köpfe. Josh sortierte weiter Karten auf den Stapel.

„Josh?"

Er erstarrte, eine Karte noch in der Hand.

„*Josh?*"

Langsam hob er den Kopf.

„Warst du das?", fragte sie, bemüht, ruhig zu sprechen.

Er sah sie aus großen Augen an und nickte. Und Gemma spürte, wie eine Schockwelle aus Panik, die so typisch war für Juliet, sie durchlief.

„Was hast du getan?"

Josh schluckte. „Ich habe geholfen", erklärte er leise. „Mummy hakt jeden Tag etwas in ihrem Buch ab, aber Mummy ist nicht da. Deshalb habe ich es für sie getan."

Gemma hielt den Atem an und schloss die Augen. „Violet?", bat sie, ohne die Augen wieder zu öffnen. „Bringst du bitte Polly und die Jungs nach oben und sorgst dafür, dass sie sich bettfertig machen? Ich komme gleich nach und erzähle ihnen ihre Gutenachtgeschichte." Sie blieb stocksteif stehen, während die Kinder aufstanden und ihrer älteren Schwester aus dem Zimmer folgten. Als die Tür hinter ihnen ins Schloss gefallen war – Polly kannte nur eine Art, eine Tür zu schließen –, öffnete Gemma die Augen und sah Will an, der sich die ganze Zeit nicht gerührt hatte und immer noch da stand, wo sie ihn zuletzt gesehen hatte.

„Oh Gott", flüsterte sie. „Ich möchte sterben."

Will warf ihr einen Blick zu, der deutlich sagte: Übertreibst du jetzt nicht ein bisschen?

Ja, vielleicht übertrieb sie wirklich. Aber aus gutem Grund!

Diese Häkchen, diese fetten schwarzen Häkchen? Sie zogen sich über die ganze Seite mit den Essensvorbereitungen in Juliets Notizbuch. Von oben bis unten. Das hieß, Josh hatte alles abgehakt, Juliet nichts.

„Ich habe nichts fürs Weihnachtsessen da", sagte sie leise. „Absolut nichts. Nicht einmal ein verdammtes Glas Cranberrysauce. Und Juliet hat halb Tunbridge Wells zum Essen eingeladen."

Will eingeschlossen. Sie hatte seinen Namen auf der Gästeliste gesehen, aber sie hatten sich bisher beide nicht in der Lage gesehen, das auch nur zu erwähnen.

„Du hast noch einen Tag", sagte Will, aber sein Gesichtsausdruck verriet, er glaubte nicht daran, dass die Zeit reichte. Gemma war geneigt, ihm recht zu geben. Juliet brauchte Monate, sich auf Weihnachten vorzubereiten. Wie sollte sie das in nur einem Tag schaffen? Sie wusste nicht mal, womit sie anfangen sollte.

Und dann fiel ihr das Notizbuch in ihren Händen wieder ein.

Du vielleicht nicht, schien es ihr zuzuflüstern. Aber ich. Alles, was du brauchst, findest du in mir.

Sie war versucht, das Büchlein quer durchs Zimmer zu schleudern, aber sie tat es nicht. Das verdammte Ding war ihre einzige Hoffnung. Sie schauderte und legte es neben das Sofa. Später würde sie hineinschauen, wenn sie sich einigermaßen von den hektischen Ereignissen dieses Abends erholt und wieder beruhigt hatte.

Erneut sah sie zu Will hinüber, der die ganze Zeit dagestanden und sie beobachtet hatte. Auf seinem Gesicht lag ein merkwürdiger Ausdruck. „Das sind eine Menge Einkäufe, die morgen anstehen", sagte er.

„Danke, Einstein. Wäre mir nicht aufgefallen."

Ah, jetzt glich sein Gesichtsausdruck wieder viel mehr dem, den sie bereits kannte.

„Und du wirst es niemals schaffen, dich, vier Kinder und genügend Lebensmittel für halb Tunbridge Wells in deinem winzigen Auto unterzubringen."

Verdammt, er hatte recht. Und Juliets Wagen war nicht viel größer, und selbst wenn er es gewesen wäre, durfte sie ihn nicht fahren. Das deckte die Haftpflichtversicherung nicht ab. Sie funkelte Will wütend an. „Danke für den Hinweis. Wirklich sehr hilfreich."

Er musterte sie verärgert. „Ich habe das erwähnt, weil ich dir anbieten wollte, dich zu fahren. Mein Auto bietet fast doppelt so viel Platz wie deines."

Gemma dachte an den Audi, der in Wills Einfahrt stand. „Schon in Ordnung", entgegnete sie und reckte das Kinn vor. „Ich komme zurecht."

Will starrte sie einen Moment an, dann schüttelte er den Kopf. „Du bist ganz genauso wie deine Schwester", murmelte er, griff nach seiner Taschenlampe, die er auf dem Kaminsims abgelegt hatte, und steuerte auf den Flur zu.

„Nein, bin ich nicht!", rief Gemma ihm nach. „Und wohin willst du eigentlich? Die Haustür liegt in der anderen Richtung."

Er warf ihr einen Blick über die Schulter zu, während sie ihm folgte. „Ich verlasse das Haus auf demselben Weg, auf dem ich reingekommen bin, und schaue mir gleich noch das Türschloss an. Juliet sagte vor einer Weile mal, dass es nicht richtig schließt." Sie hatten die Küche erreicht, und er nickte zur Terrassentür hinüber, die aus dem Wintergarten nach draußen führte. „Du kannst sie hinter mir abschließen, und ich teste von außen, ob sie wirklich zu ist."

Am liebsten hätte Gemma ihm gesagt, er solle endlich verschwinden, aber natürlich war seine Idee sehr gut, zumal wenn das, was er über Einbrüche in der Gegend gesagt hatte, stimmte.

„Und wenn du mir beweisen willst, dass du ganz anders bist als Juliet, nimmst du mein Hilfsangebot an", fügte er hinzu, als sie die Tür erreichten und er sich noch einmal zu ihr umdrehte.

Ein paar Sekunden sagte Gemma nichts. Sie steckte in einem Dilemma. Sollte sie zugeben, dass er recht hatte, oder dickköpfig bleiben? Sie verschränkte die Arme. „Warum bist du so wild darauf, mir zu helfen? Was hast du davon?"

Ihre Frage schien ihn ziemlich zu beleidigen, aber statt sie anzuschreien – was sie als viel befriedigender empfunden hätte –, antwortete er leise und sehr sachlich. „Ich bin nicht wild darauf, *dir* zu helfen. Ich habe Juliet ein Versprechen gegeben, und das versuche ich zu halten. Das ist alles. Es ist wichtig für sie, dass der erste Weihnachtstag ein Erfolg wird."

Auch dagegen konnte sie schlecht etwas einwenden. Was für ein verdammter Kerl! Es kostete sie Überwindung, die Worte über die Lippen zu bringen, aber schließlich verschränkte sie ihre Arme noch fester über der Brust. „Gut. In Ordnung. Ich nehme es an."

Will nickte. Er wirkte genauso wenig begeistert wie sie. „Großartig. Der Supermarkt öffnet morgen früh um sechs." Er musste ihren Gesichtsausdruck bemerkt haben, denn er fügte hinzu: „Wenn du alles bekommen willst, was du brauchst, musst du da sein, bevor der Laden ausgeräumt ist. Ich hole dich um Viertel vor sechs ab."

Die Worte hallten in ihrem Kopf nach. Viertel vor sechs ... *morgens*?

Sie nickte, sprachlos, weil sie noch mit der Frage beschäftigt war, wie sie es schaffen sollte, sich selbst und vier Kinder um diese unchristliche Uhrzeit aus dem Haus zu bekommen. Es half ihr auch nicht, dass sie den Anflug eines hämischen Grinsens auf seinen Lippen entdeckte, als er durch die Wintergartentür nach draußen ging und sie hinter sich zuzog.

Ihn auszuschließen, während sie ihm durch die Glasscheiben ins Gesicht schaute, verschaffte ihr eine fast kindliche Befriedigung. Sie schenkte ihm ein Lächeln, eine ihrer besten Geheimwaffen, nur um ihm zu zeigen, dass ihr das alles gar nichts ausmachte ... seine Hilfe annehmen zu müssen ... wie Juliet zu sein ...

Verdammter Wichtigtuer. Nun denn, morgen Mittag würde sie alles haben, was sie brauchte. Dann konnte er sich selbstzufrieden verkrümeln, weil er das Versprechen, das er ihrer Schwester gegeben hatte, gehalten hatte. Und sie konnte einen netten Heiligabend mit den Kindern feiern. Er hatte seinen Teil getan, und sie würde ihn für den Rest der Feiertage nicht mehr sehen müssen.

Seinem Gesichtsausdruck nach zu urteilen, als er sich abwandte und ging, war sie wohl nicht die Einzige, die darüber mehr als froh war.

Als Juliet und Marco im Restaurant ankamen, bewachte dasselbe Mädchen, mit dem Juliet schon vorher gesprochen hatte, den Eingang. Es musterte Juliet beiläufig, wandte sich dann ab und lächelte Marco freundlich an.

„Womit kann ich Ihnen helfen, Sir?", erkundigte sie sich und neigte lockend den Kopf leicht zur Seite.

Marco lächelte zurück und genoss ganz offensichtlich ihre Bewunderung. „Ein Tisch für zwei."

Statt ihn sofort abzuweisen, wie sie es mit Juliet getan hatte, verzog die Restaurantleiterin bedauernd das Gesicht. „Es tut mir leid, Sir. Wir sind ausgebucht."

Nun ja, Juliet hatte ihn ja gewarnt. Sie verlagerte ihr Gewicht auf die Fersen und wollte sich schon abwenden. Marco aber beugte sich vor, griff nach einer Hand der jungen Frau und schaute ihr tief in die Augen. „Ich bin sicher, dass Sie irgendetwas für uns tun können …"

Und Juliet hörte zu, während er die Frau bezauberte. Er redete, sie lächelte, errötete, und dann blätterte sie in dem Buch, das vor ihr lag. Schließlich schaute sie sich um, beugte sich vor und flüsterte: „Nun ja, wenn Sie mir versprechen, sich beim Essen nicht allzu viel Zeit zu lassen, kann ich Sie vielleicht noch einschieben, bevor die Leute kommen, die reserviert haben."

Und dann winkte sie einen Kellner herbei, damit er sie durch das voll besetzte Restaurant auf die Terrasse führte, die direkt über dem Wasser lag. Der Bereich war fast vollständig von einer Pergola beschattet, an der tropische Rankgewächse wucherten, während zwischen den Pfosten Lichterketten gespannt waren. Es gab ein paar leere Tische mit Reserviert-Karten darauf, und der Kellner führte sie an einen Tisch, der etwas unglücklich in eine Ecke gequetscht war. Marco runzelte die Stirn, und als der Kellner fort war, stand er einfach auf und wählte einen anderen Tisch, über dem ein wahres Blütenmeer von weißem Jasmin von der Pergola herabhing. Das Reserviert-Schild stellte er auf den Tisch, der ihnen zuvor zugewiesen worden war.

Juliet schaute ihn ungläubig an. „Kannst du das einfach so machen?"

Marco zuckte nur die Achseln. „Ich glaube, ich habe es gerade getan – dieser Tisch …"

Sie würde nicht mit ihm darüber streiten. Der Tisch stand direkt am Rand der Terrasse, das Wasser plätscherte sanft gegen die Pfosten unter ihnen, und wenn sie sich umdrehten und über das Meer schauten, dann konnten sie einen völlig unbeeinträchtigten Blick auf einen vielversprechenden Sonnenuntergang genießen.

Als sie ihre Vorspeise bestellt hatten, reichte Marco seine Speisekarte dem Kellner zurück und schaute Juliet an. „Also … ich muss dich etwas fragen, Giulietta."

Wie er ihren Namen aussprach – die erste Silbe lang gedehnt und die Zunge um den Rest gerollt –, das gefiel ihr. Es klang nicht so nach geraden aufrechten Buchstaben, kurz und prägnant, sondern faszinierend und verführerisch. So ganz und gar nicht nach ihr.

„Schieß los."

Um seine Augen bildeten sich höchst attraktive Lachfältchen, als er sie anlächelte. „Was tut eine schöne Frau allein auf so einer schönen Insel?"

Zuerst hätte Juliet sich beinah umgeschaut, um zu sehen, von welcher schönen Frau er sprach, aber dann wurde ihr klar, dass er von ihr redete. Sie errötete und rief sich ins Gedächtnis, dass er Italiener war. Italiener flirteten gern. Vermutlich konnte er gar nicht anders. Das hatte nichts zu bedeuten. Trotzdem musste sie sich gegen den verrückten Drang wehren, sich zu entschuldigen, davonzuhasten und an den anderen Tischen und den Toiletten vorbei hinaus in die Nacht zu fliehen.

Großer Gott, Juliet. Wann bist du zu solch einem Feigling geworden?

Sie zwang sich, auf dem sehr bequemen Stuhl sitzen zu bleiben. „Um ehrlich zu sein: Das war reiner Zufall."

Er lächelte mit geschlossenen Lippen, als wäre er verzaubert von ihren Worten, und Juliet lächelte unwillkürlich zurück, während ihre Nervosität allmählich wieder abflaute.

„Willst du etwa behaupten, du hättest gar nicht vorgehabt, ein Flugzeug nach St. Lucia zu besteigen, und bist trotzdem hier gelandet?"

Leise lachend schüttelte sie den Kopf. „Nein, ganz so aufregend war es leider nicht. Meine Schwester hat diese Reise gebucht …" Sie verstummte, konnte den Satz nicht zu Ende bringen. Ihr wurde klar, dass sie keineswegs die ganze Wahrheit erzählen durfte, wenn ihre frühere Lüge nicht auffliegen sollte. Vielleicht tat es ja auch ein Teil der Wahrheit. „In letzter Minute kamen ihr … familiäre Pflichten dazwischen. Deshalb konnte sie nicht reisen." *Ihre* familiären Pflichten, aber das sagte sie natürlich nicht. „Also hat sie mir vorgeschlagen, an ihrer Stelle den Urlaub anzutreten."

Marcos Lächeln erstarb. Er wirkte ehrlich überrascht. „Dann hast du eine sehr großzügige Schwester. So etwas würde ich für keinen meiner Brüder tun."

Juliet ergriff die Rettungsleine, die er ihr unbeabsichtigt zugeworfen hatte, nutzte die Gelegenheit, das Thema zu wechseln und von sich abzulenken. „Und wie steht es mit dir? Bestimmt möchte ein Mann, der das ganze Jahr umherreist, Weihnachten zu Hause verbringen. Warum bist du allein hier?"

Er schaute sie viel ernster an, als sie ihn je gesehen hatte. „Familien", meinte er leise seufzend. „Sie sind kompliziert, nicht wahr?"

„Nein", erwiderte Juliet. „Doch", fügte sie dann mit Nachdruck hinzu, „definitiv. Ich weiß, dass meine es ist. Aber warum deine?"

Er zuckte halbherzig die Achseln und senkte den Blick auf sein Weinglas. „Mein Vater missbilligt meine Berufswahl."

„Ich hätte gedacht, deine Eltern wären stolz auf dich. Du hast einen großartigen, aufregenden Job, von dem viele Leute träumen."

Seine Mundwinkel senkten sich, und er schaute sie wieder an. „Mein Vater sieht das nicht so. Er wollte, dass ich mich im Familienunternehmen engagiere, und hat mir nicht verziehen, dass ich das nicht tue. Seiner Ansicht nach arbeite ich nicht, sondern treibe mich rum und benutze meinen Job als Ausrede, nicht zu Hause zu sein."

Juliet nippte hastig von ihrem Wein. Wie oft hatte sie Gemma etwas Ähnliches vorgeworfen? Sie schaute Marco über den Tisch hinweg an. Erst wenige Stunden kannte sie ihn, aber sie spürte jetzt schon die Ruhelosigkeit in seinem Wesen. In einem Restaurant zu arbeiten, an Ort und Stelle zu bleiben, das war nichts für ihn. Er brauchte Gelegenheit, seine Flügel auszubreiten, um glücklich zu sein.

Genau wie Gemma. Aber während sie Gemma diesen Charakterzug übel nahm, stellte sie fest, dass es sie bei ihm nicht störte. Im Gegenteil, die Spur von Unberechenbarkeit, die ihm innewohnte, fand sie aufregend.

„Nun ja, ich glaube, man sollte tun, was einen glücklich macht", erklärte sie, obwohl ihr durchaus bewusst war, dass sie gegen ihren eigenen Rat handelte. „Bist du gut in dem, was du tust?"

Die Frage schien ihn zu überrumpeln, und er brauchte ein paar Sekunden, um zu antworten, legte dabei die Stirn in tiefe Falten. „Sehr gut."

Juliet nickte und lehnte sich ein wenig zurück, während der Kellner ihren marinierten Tintenfisch servierte. Als er wieder fort war, stellte Marco die nächste Frage. „Worin liegen deine Familienprobleme? Steht du und deine großzügige Schwester euch nicht nahe?"

Die Frage war nicht leicht zu beantworten. Hauptsächlich, weil sie für diesen Abend in Gemmas Schuhe geschlüpft war und darüber nachdenken musste, in welcher Rolle sie antworten sollte – als sie selbst oder ihre Schwester. Sie beschloss, nach ein paar Gläsern Wein und als Anfängerin im Schwindeln sei es vermutlich besser, sich an eine Geschichte zu halten, statt zwei miteinander zu kombinieren. Sie musste einfach an ihrer Lüge festhalten, sie weiter ausspinnen. Und seltsamerweise gefiel ihr die Vorstellung, nicht nur Urlaub von ihrem Leben, sondern sogar ein bisschen von ihr selbst zu machen.

„Gemma ist fast fünf Jahre älter als ich", schwindelte sie. „Sie war für unsere Eltern eine ziemliche Überraschung. So jung schon Kinder zu haben, das hatten sie nicht geplant. Aber sie bekamen das in den Griff … letzten Endes. So gut, dass sie sich noch mehr Kinder wünschten, aber es dauerte länger als erwartet, bis das nächste Baby kam."

Er griff nach Messer und Gabel und begann, seinen Kaisergranat zu essen. Die Sonne stand jetzt schon sehr tief und tauchte eine Seite seines Gesichts in rosa-goldenes Licht. „Wenn deine Eltern lange auf dich warten mussten, haben sie dich sicher sehr geliebt."

Juliet presste die Lippen aufeinander und dachte über die Frage nach. Sie erinnerte sich gut, wie überglücklich ihre Eltern während der Schwangerschaft ihrer Mutter waren, wie aufgeregt, als sie Gemma aus dem Krankenhaus mit nach Hause brachten. „Ja, sehr", sagte sie leise. „Aber vielleicht haben sie ein bisschen übertrieben ... Vielleicht haben sie vergessen, dass sie schon eine Tochter hatten, die auch ihre Aufmerksamkeit brauchte."

Marco nickte. „Ich bin selbst der Jüngste. Ich verstehe. Das führt heute noch zu Problemen mit deiner Schwester?"

Sie seufzte. „Schlimmer denn je, so wie es aussieht."

Er nickte wissend. „Sie ist eifersüchtig."

„Nein", widersprach Juliet. Vielleicht ein bisschen zu schnell und zu laut. Schließlich hielt er in Wirklichkeit *ihr* damit vor, eifersüchtig zu sein. Sie zwang sich zur Ruhe. „Nein. Nicht eifersüchtig, es ist nur ..." Sie wusste nicht, was es war. Und es fiel ihr schwer, so über sich selbst zu sprechen, als betrachte sie sich von außen. „Es ist nur so, dass ich diejenige bin, die immer alle Aufmerksamkeit auf sich zieht. Ich bin von Natur aus extrovertierter, und sie ist still ... vernünftig. Sie kommt einfach immer nur irgendwie zurecht."

Uff, wenn sie sich so selbst beschrieb, klang sie wie eine Langweilerin.

Er stützte die Ellenbogen auf den Tisch und das Kinn auf eine Hand. „Und versuchst du, die ganze Aufmerksamkeit auf dich zu ziehen?"

Sehr zu ihrer eigenen Überraschung schüttelte Juliet den Kopf. „Nein. Das scheint einfach so zu passieren. Ich weiß nicht, woran es liegt." Die Antwort entsprang ihrem Unterbewusstsein, aber plötzlich war ihr klar, dass sie der Wahrheit entsprach. Gemma versuchte nicht, sie in den Hintergrund zu drängen. Das passierte einfach nur – immer.

Ob diese Erkenntnis sie froh oder traurig machte, hätte sie nicht sagen können. Ja, sie war froh, dass Gemma nicht so herzlos war, aber es fühlte sich auch nicht gerade gut an zu wissen, dass sie selbst sich so leicht in den Schatten stellen ließ.

„Mit mir und meinen Brüdern ist es genauso", erklärte er. „Aber sie verstehen das nicht. Das macht Familientreffen … problematisch."

Juliet nickte. In ihrem Magen bildete sich ein Eisklumpen. „Und deshalb verbringst du Weihnachten allein hier, nicht wahr? Weil es einfacher ist fernzubleiben."

Er richtete sich kerzengerade auf und lachte, als wollte er ein Unbehagen verscheuchen. Ihre Unterhaltung war ein wenig zu sehr ins Ernsthafte abgedriftet. Das schelmische Blitzen kehrte in seine Augen zurück. „Und weil das Wetter besser ist und die Frauen nicht meine Schwestern sind, die mir in den Ohren liegen, ich solle ihnen in der Küche helfen."

Sie lachte. Ja, das nahm sie ihm ab. Sie hielt Marco nicht gerade für einen sonderlich häuslichen Mann.

„Ich wette, du warst ein ungezogenes Kind", meinte sie lächelnd.

Jetzt endlich lächelte er wieder richtig. „Nur ein bisschen. Meine Brüder behaupteten immer, ich hätte ihnen das Spielzeug geklaut, als ich noch klein war."

„Und später, als du älter warst?"

Er lächelte immer noch, kein bisschen schuldbewusst. „Da haben sie mir vorgeworfen, ich nähme ihnen die Freundinnen weg."

Unsicher, ob sie ihn ernst nehmen sollte oder nicht, lachte sie. Danach wandte ihre Unterhaltung sich seichteren Themen zu. Juliet hatte endlich verstanden. Er war ein wenig einsam, genauso wie sie. Er hatte einen unkomplizierten, nicht anstrengenden Menschen gesucht, mit dem er sich unterhalten konnte. Einerseits fand sie diese Erkenntnis ernüchternd, andererseits stieß sie innerlich einen Seufzer der Erleichterung aus.

Nach dem Essen verließen sie gemeinsam das Restaurant und gingen zurück zur Hauptrezeption, um einen Shuttle zu bekommen. Dort wartete jedoch schon eine kleine Menschenmenge, und Juliet schlug eine andere Richtung ein. „Hier entlang", sagte sie. „Wenn das Wasser niedrig genug steht, können wir vielleicht am Strand entlanggehen."

Sie führte ihn durch das Rezeptionsgebäude, am Hauptpool vorbei und die Stufen hinunter an den Strand. Dort streifte sie sich die Sandalen ab und hängte sie sich über die Finger, als sie den Sand erreichten. Sie ließen die Lichter der Bar hinter sich und wanderten am Meer entlang.

Es war dunkel, aber nicht stockfinster. Dafür sorgten die Lichter von den Balkonen der Villen über ihnen. Und als sie das Ende der Bucht erreichten, stellte sie erfreut fest, dass das Wasser zwar nicht seinen niedrigsten Stand erreicht hatte, sie aber trotzdem in ihre kleine Bucht gelangen konnten, wenn sie über die Felsen kletterten. Marco übernahm die Führung und drehte sich alle paar Schritte nach ihr um, aber die Felsen waren überwiegend groß und glatt, sodass Juliet gut zurechtkam.

Jedenfalls bis zu dem Augenblick, in dem sie auf einem Stein landete, der wackelte, weil er lose auf zwei anderen Felsen lag. Sofort griff Marco nach ihrem Handgelenk und hielt sie fest. Aber er überstürzte nichts und versuchte nicht, sie zu retten, sondern gab ihr nur genügend Halt, selbst ihr Gleichgewicht wiederzuerlangen. Als der Stein endlich aufhörte zu schaukeln, schaute sie Marco an. Seine Augen glitzerten in der Dunkelheit. Sie rührten sich beide nicht.

Juliet meinte, ihren Herzschlag zu hören, wie er das sanfte Plätschern der Wellen an den Steinen übertönte. Marcos Finger lagen warm an ihrem kühlen Handgelenk, und eine leichte Spannung überzog ihren Arm, sodass sich die Härchen aufrichteten. Plötzlich fühlte sie sich sehr jung und sehr unsicher. Was jetzt?

Marco griff leicht nach ihrer Hand und zog sie näher. Ihre Handflächen trafen sich, Haut auf Haut, und sie verschränkten ihre Finger miteinander. Sie atmete aus und vergaß, was man normalerweise als Nächstes tat. Sauerstoff? Wen interessierte schon Sauerstoff?

Juliet spürte, wie er sich bewegte, und erwartete, dass er sie ganz an sich zöge. Aber stattdessen ging er weiter, ihre Hand lose in seiner, und ließ sie spüren, dass sie sich auf ihn stützen konnte, falls das wieder nötig werden sollte.

Sei kein Narr, Juliet. Er wollte dich nicht küssen. Er schaut dich nicht so an. Und wenn du schon nicht mit dem bisschen Aufmerksamkeit fertig wirst, das dir Will, dieser Hort der Sicherheit, Stabilität und Verlässlichkeit, zukommen lässt, wie um alles in der Welt, glaubst du dann, würdest du reagieren, wenn dieser Mann tatsächlich Interesse an dir hätte? Du würdest doch so schnell davonrennen, dass du morgen früh schon Barbados erreicht hättest.

Als sie wieder im Sand ihrer kleinen Bucht standen, ließ er ihre Finger los. Schweigend gingen sie zu den hölzernen Stufen, die auf Juliets Terrasse führten. Dann wandte er sich zu ihr um. Sie fragte sich, ob er seine Einladung von neulich Abend wiederholen würde. Ob er ihr einen Absacker anbieten würde. Aber er tat es nicht. Stattdessen trat er nur einen Schritt näher und küsste sie leicht auf die Wange.

„*Buona sera, Giulietta*", flüsterte er und sah ihr nach, wie sie die Treppe zu ihrer Villa hinaufstieg.

17. KAPITEL

Gemma spähte auf ihre Einkaufsliste, die sie hastig aus Juliets Notizbuch auf den Rücken eines Umschlags geschrieben hatte. Es war noch so früh am Morgen, dass eins ihrer Augen sich beharrlich weigerte, etwas zu erkennen. Kein gutes Vorzeichen für einen erfolgreichen Einkaufstrip. Mindestens fünfzig Leute mit startbereit gehaltenen Einkaufswagen drängten sich vor den Türen des Supermarkts und warteten darauf, dass endlich ein Verkäufer auftauchte und aufschloss.

An jeder Hand hielt sie einen Zwilling, und als ein leicht verängstigt wirkender Verkäufer sich der Eingangstür näherte, kauerte sie sich nieder, um den beiden Jungs letzte Instruktionen zu geben. „Wonach sucht ihr zuerst?“, fragte sie.

„Apfelsinen“, rief Josh und machte einen Hüpfer.

„Apfelsinen“, schrie auch Jake.

„Nein, Schatz“, erwiderte Gemma langsam. „Josh holt die Apfelsinen, und du holst …?“

Jake sah sie verständnislos an.

„Rosenkohl“, erinnerte sie ihn. Da er immer noch kein bisschen so aussah, als hätte er begriffen, fügte sie eine Erläuterung hinzu. „Rosenkohl sieht aus wie klitzekleine Weißkohlköpfe.“

Er nickte langsam, die Augen weit aufgerissen.

„Und denkt daran: Der Erste, der mit seiner Beute zum Einkaufswagen zurückkommt, gewinnt einen Preis.“

Das munterte den Jungen wieder auf. Jetzt hüpften die beiden so aufgeregt auf und ab, dass Juliet sie enger an sich heranziehen musste, um zu verhindern, dass sie eine kleine alte Dame umwarfen. „Entschuldigung“, sagte Gemma lächelnd, als die Frau ihnen einen wütenden Blick über die Schulter zuwarf.

„Einen Preis?“, wiederholte Will neben ihr. „Woher willst du den nehmen?“

Gemma hatte ihn als einen der grässlichen Menschen eingeschätzt, die allen Ernstes gern schon in aller Herrgottsfrühe aufstanden. Aber an diesem eiskalten Morgen schien er kein bisschen bessere Laune zu haben als sie.

„Mir fällt schon was ein", murmelte sie geheimnisvoll. Wenn sie in den letzten vierundzwanzig Stunden etwas gelernt hatte, dann, dass sie mit ein bisschen Fantasie und dem Versprechen von Schokolade diese Kinder zu nahezu allem überreden konnte.

Im selben Moment gingen die Türen auf. Der Supermarktangestellte rannte davon, sobald er den Schlüssel aus dem Schließmechanismus gezogen hatte, und als die automatischen Türen sich öffneten – das wirkte so einladend wie das Gähnen eines Krokodils –, brandete die Menge vorwärts. Die kleine alte Dame vor ihnen fuhr mindestens drei Leuten mit ihrem Einkaufswagen über die Füße, um als Erste in den Laden zu gelangen.

Gemma vergewisserte sich, dass sie die Zwillinge sicher im Griff hatte, schaute, ob Polly sich an Will festhielt, und stürzte sich dann ins Getümmel. Violet hatte zu Hause bleiben dürfen. Sie passten nicht alle sechs in Wills Auto, und das Mädchen hatte versprochen, das Haus aufzuräumen, während alle anderen weg waren.

Gleich vorne im Laden entdeckte Gemma, was sie brauchte: preisreduzierte Adventskalender. Sie schnappte sich zwei und stellte sie auf den Kindersitz vorn am Einkaufswagen. Jedes Mal, wenn eines der Kinder erfolgreich von seiner Such- und Rettungsmission für einen Artikel auf der Einkaufsliste zurückkam, öffnete sie irgendein Türchen am Adventskalender und gab ihm den Inhalt als Belohnung. Genial. Siehst du, Will Truman!

Die nächsten zwanzig Minuten verliefen chaotisch. Jake kam mit Brokkoli, Spargel und schließlich einem gewaltigen Kohlkopf zurück, bevor Gemma begriff, warum er keinen Rosenkohl finden konnte: Es gab keinen – alles ausverkauft. Trotzdem schenkte sie ihm ein Stück Schokolade für seine Bemühungen. Man konnte dem Jungen wahrlich keinen Mangel an Eifer vorwerfen, auch wenn er Schwierigkeiten hatte, Gemüsesorten auseinanderzuhalten.

Alles lief richtig gut, bis sie den Gang mit der Fleisch- und Geflügelkühlung erreichten. Will schob den Einkaufswagen –

geleitet von Pollys Hinweisen zur richtigen Fahrspur und ihren Warnungen vor Gefahrenstellen –, und die Jungs genossen es, zwischen den Kunden hin und her zu flitzen, um ihr nächstes Stück vom Supermarktschatz zu ergattern. Gemma ging vorneweg und zog Artikel, die auf ihrer Liste standen, aus den Regalen, aber jetzt standen sie alle vor etlichen Reihen leerer Fächer und starrten ungläubig hinein.

Keine Truthähne. Nicht ein einziger.

„Es gibt nicht einmal Hähnchen", jammerte sie und drehte sich zu den Kindern um. „Was machen wir denn jetzt? Wir können doch Weihnachten nicht nur Gemüse essen."

Die Jungs verzogen die Gesichter, und vielleicht lag es an der drohenden Aussicht, dass Josh sich ein bisschen stärker auf das aktuelle Problem konzentrierte. „Ich kann eins sehen", erklärte er, als er in das unterste Fach des Kühlregals spähte.

„Wo?", erkundigte sich Gemma atemlos und ging in die Knie, um zu sehen, worauf er zeigte. Und tatsächlich, ganz hinten im Fach und damit außer Sichtweite für jeden, der größer als neunzig Zentimeter war, lag ein einsames, in Zellophan gehülltes Hähnchen. Sie stürzte sich darauf und drückte es an ihre Brust. „Hab ich dich, Schönster", rief sie laut.

Als sie wieder aufstand, stellte sie fest, dass Will sie mit hochgezogenen Brauen ansah. Nun ja, sie hatte schließlich gerade mit einem Hähnchen geredet. Ohne ihn zu beachten, packte sie das Tier in den Einkaufswagen. „Wie viele kommen zum Essen?", wollte er wissen. „Ich sehe, dass es ein großes Hähnchen ist. Aber auf dem Aufkleber steht ‚Ausreichend für sechs bis acht Personen'."

Gemmas Lächeln erlosch, und sie beugte sich über den Einkaufswagen, um einen Blick auf die Verpackung zu werfen. Verflixt! Er hatte recht. Und aus irgendeinem Grund hätte sie gern ihm die Schuld daran gegeben, dass das Hähnchen obendrein ein bisschen mager wirkte.

„Wir brauchen mehr Eiweiß", beschloss sie, stemmte die Hände in die Hüften und blickte sich um. „Aha!" Vor ihr lag der Bereich der Kühlung, wo fertig verarbeitete Fleischwaren lagen. Sie ging darauf zu, nahm vier Pakete Chipolatas und noch paar Packungen durchwachsenen Speck aus den Fächern. „Dann müssen wir eben hiermit strecken. Jeder liebt Würstchen im Speckmantel!"

Sie ließ den Blick über ihre Gruppe schweifen. Alle sahen sie an und nickten einmütig. „Das wäre geklärt", sagte sie, und das Lächeln kehrte auf ihre Lippen zurück. Es sah ganz so aus, als erlebte sie denselben Adrenalinrausch wie am Filmset, wenn dort alles drunter und drüber ging. Und das beflügelte sie förmlich. In diesem Zustand gab es kein Problem, ob nun von Menschen oder Göttern ihr in den Weg gelegt, das sie nicht lösen konnte.

Der Rest der Einkaufstour war ziemlich verschwommen. Sie entdeckte Partyhappen im Sonderangebot – kaufen Sie eines und erhalten Sie ein zweites gratis – und schnappte sich einen ganzen Karton davon. Außerdem wanderten Kartoffelchips, Nüsse und Softdrinks in den Einkaufswagen. Ihr Plan war simpel: Erst mal alle mit Kanapees, kohlensäurehaltigen Getränken und alternativen Fleischquellen abfüllen. Vielleicht merkten sie dann ja nicht mehr, dass sie beim Hauptgang nicht gerade viel von dem Vogel auf dem Teller hatten.

Will gab sich wortkarg. Er schob nur den Einkaufswagen hinter ihr her und machte einen leicht benebelten Eindruck, während sie im Gedränge hin und her huschte, um die letzten Artikel auf ihrer Liste zu ergattern. Sie gewöhnte sich recht schnell daran, dass er da war. Er bildete eine Art ruhenden Pol, zu dem sie zurückkehren konnte, nachdem sie aufgrund einer verrückten Eingebung davongeschossen war oder nach etwas griff, von dem sie wusste, dass es Abwechslung oder ein wenig Aufregung ins Weihnachtsmenü bringen konnte.

Als sie schließlich die Unmenge an vollen Plastiktüten im Kofferraum von Wills Auto verstauten, war sie tatsächlich ein bisschen zufrieden mit sich selbst.

„Okay, Kinder, zurück ins Auto", rief sie und klatschte in die behandschuhten Hände, aber Polly und die Zwillinge waren mit den Augen ganz woanders. Sie starrten sehnsüchtig auf die

Hinweisschilder für die provisorische Eisbahn, die im Park auf der anderen Straßenseite aufgebaut worden war.

„Ich möchte Schlittschuh laufen", quengelte Josh.

Und kaum hatte er diesen Wunsch ausgesprochen, schlossen Jake und Polly sich ihm an.

Gemma schüttelte den Kopf und schaute in den vollen Kofferraum. „Das geht jetzt nicht", erklärte sie. „Wir müssen die Lebensmittel nach Hause bringen."

„Bitte, Tante Gemma", bettelte Jake und sah sie aus großen traurigen Hundeaugen an. „Nur eine halbe Stunde? Mummy hat versprochen, dieses Jahr mit uns hinzugehen, weil sie letztes Jahr keine Zeit hatte …"

„Genau wie vorletztes Jahr", warf Polly ein und betrachtete mitleidig ihren Bruder. „Aber du bist noch zu klein, um dich daran zu erinnern." Sie drehte sich um und schaute Gemma an. „Ich habe vor zwei Jahren Schlittschuhunterricht zum Geburtstag bekommen, und seitdem konnte ich noch kein einziges Mal ausprobieren, was ich gelernt habe."

Sie klang sehr sachlich, und ihr Gesichtsausdruck wirkte so gleichgültig wie immer, aber Gemma entging der sehnsüchtige Blick in ihren Augen nicht. Fragend sah sie Will an. „Es ist dein Auto", sagte sie zu ihm. „Deine Zeit, die wir verplempern … Ich glaube, das solltest du entscheiden."

Seine Augen wurden ein bisschen schmal. Was denn? Glaubte er etwa, sie hätte einfach den Schwarzen Peter weitergereicht? So war es ganz und gar nicht. Es wäre wirklich gedankenlos von ihr gewesen, wenn sie einfach zugestimmt hätte, ohne das vorher mit ihm abzuklären. Sie versuchte doch nur, sich verantwortungsbewusst zu verhalten.

Er schaute hinüber zu den Schildern. Dahinter lag der von Büschen gesäumte Park, in dem sie von hier so gerade eben das blendende Weiß der Eisfläche ausmachen konnten. Ein Seufzer. „Warum nicht? Es ist kalt genug, dass die Lebensmittel nicht verderben werden, wenn wir sie eine Weile im Auto liegen lassen."

Alle drei Kinder brachen in begeisterten Jubel aus und bestürmten ihn. Polly schlang ihm sogar die Arme um die Taille, drückte ihn und schloss dabei die Augen. Im ersten Moment wirkte Will ein wenig überrumpelt, aber dann lächelte er und wuschelte ihr durchs Haar.

Zehn Minuten später standen sie am Rand der Eisbahn. Gemma konnte nicht anders, sie musste grinsen. Rund um die Eisbahn war ein deutscher Weihnachtsmarkt aufgebaut, und die verführerischen Düfte von Lebkuchen und Glühwein trieben übers Eis zu ihr, getragen von blecherner Weihnachtspopmusik, die aus verborgenen Lautsprechern schallte.

Polly glitt mühelos aufs Eis. Ein bisschen geriet sie ins Taumeln, als sie sich zu ihnen umdrehte, aber schon bald lief sie in stetigem Tempo davon und gewann mehr Selbstvertrauen. Die Jungs stürmten auf die Eisfläche und landeten sofort auf dem Hintern. Jake lachte nur, aber Josh begann laut zu weinen.

„Habe ich nicht gesagt, ihr sollt auf mich warten?“, meinte Gemma, griff nach der Bande und zog sich aufs Eis. Sie half Jake auf und sorgte dafür, dass er sich an der Umrandung festhielt, während sie sich um seinen Bruder kümmerte. Nach einer tröstenden Umarmung drückte sie auf seinen gepolsterten Jackenärmel einen kleinen Kuss, der den Schmerz im angeschlagenen Ellenbogen lindern sollte. Sofort war alles wieder in Ordnung. Sie schaffte es, ihn auf die Beine zu stellen, aber er verlor beinahe sofort wieder das Gleichgewicht, griff nach der Bande – und nach Gemma. Die Bande nahm das unerschütterlich hin. Gemma nicht.

Es begann mit einem Zittern, das sich schnell ausweitete und ihren ganzen Körper erfasste. Sie streckte die Arme aus und versuchte verzweifelt, ihre Beine dazu zu bringen, sich in dieselbe Richtung zu bewegen, aber die verweigerten die Zusammenarbeit. Ein plötzlicher Windstoß, als einer der erfahreneren Schlittschuhläufer vorbeisauste, reichte, um jede Chance, die Balance wiederzuerlangen, zunichtezumachen. Sie zitterte, wankte, und dann kam das Eis näher und näher, bis …

„Uff!“ Ihr Gesicht knallte gegen etwas. Etwas Hartes, Festes und … Warmes?

Etwas, das verdammt viel Ähnlichkeit mit Will Truman hatte.

Ihre Hände zuckten nach vorn, packten seine Arme, um Halt zu finden, während sie sich bemühte, ihr Gesicht von seiner Brust zu lösen. Sie hätte das sogar schaffen können, wenn ihre Beine nicht darauf bestanden hätten, rückwärts von ihr fortzugleiten. Starke Hände umfassten ihre Schultern und brachten sie wieder ins Gleichgewicht.

„Ist schon eine Weile her, dass ich so etwas getan habe", murmelte sie in seinen Mantel.

„Im Ernst?", fragte er trocken zurück, aber sie konnte das Lächeln in seiner Stimme hören.

Es gelang ihr, die Kufenspitzen ihrer Schlittschuhe ins Eis zu haken und so Halt zu bekommen. Dadurch konnte sie ihre Beine wieder unter ihren Körperschwerpunkt bringen. Und schließlich löste sie sich von Wills starkem Körper und schaute hoch in sein Gesicht.

In seinen Augen lag noch ein verräterischer Rest von Wärme. „Kannst du jetzt auf eigenen Füßen stehen?"

Sie nickte – und stellte fest, dass sie mit der Kombination aus Schlittschuhen, Reden und großer Nähe zu Will doch nicht fertigwurde. Zum Glück bewahrte er sie davor, den Rest der Zeit auf der Eisbahn stumm zu bleiben, indem er sie sanft wieder in die Senkrechte brachte. Jetzt konnte sie wieder reden.

„Das war brenzlig", meinte sie nervös lachend. Aber bevor sie ihm danken konnte, kam Polly schwungvoll hinter ihr zum Stehen.

„Komm schon, Tante Gemma. Ich zeige dir, wie es geht." Damit griff das Mädchen nach ihrer Hand und zog sie einfach mit sich. Gemmas Können in Sachen Schlittschuhlaufen war so gering, dass sie nicht wirklich widersprechen konnte.

Zuerst musste sie sich unglaublich konzentrieren, um auch nur auf den Beinen zu bleiben. Sie achtete lediglich auf ihre Füße und überließ Polly die Sorge darum, wo sich andere Schlittschuhläufer bewegten. Aber nach wenigen Runden kam sie immer besser allein klar. Sie blickte auf, sah sich nach den Zwillingen um und entdeckte sie am anderen Ende der Eisfläche bei Will. Er brachte ihnen bei, wie man einen Fuß vor den anderen setzte, ohne wie ein nasser Sack auf dem Eis zu landen. Egal, wie oft die Jungs an ihre Grenzen kamen und hinfielen, er stellte sie einfach wieder auf die Beine und machte weiter.

Das Eis unter ihren Kufen war kalt und hart, aber in ihr begann etwas zu schmelzen. Was der Mann da tat – zwei sechsjährigen Rabauken das Schlittschuhlaufen beizubringen, die noch nicht mal seine eigenen Kinder waren –, das erforderte eine ganz besondere Art von Geduld.

Sie rief sich zur Raison. Jetzt war nicht der richtige Augenblick, um … was auch immer für Juliets Nachbarn zu entwickeln. Sie musste sich auf ihre Füße konzentrieren, bevor sie wieder hinzusegeln drohte, denn diesmal war niemand da, der sie auffangen konnte.

Trotzdem blieb das weiche, ein wenig schnulzige Gefühl, solange sie auf der Eisbahn waren, und auch noch während der anschließenden Heimfahrt. Dass er darauf bestand, die Lebensmittel auszuladen und zusammen mit ihr ins Haus zu tragen, half auch nicht gerade dagegen. Sie war sich nicht sicher, ob sie enttäuscht oder erleichtert sein sollte, als er sich schließlich verabschiedete und nach nebenan entschwand.

Während Gemma die Einkäufe verstaute, fiel ihr auf, dass sich rings um sie beunruhigend wenig verändert hatte. Was zum Teufel hatte Violet die ganze Zeit getrieben? Sie hätte doch das Frühstücksgeschirr wegräumen, den Tisch abwischen und das Erdgeschoss saugen sollen.

„Violet?“, rief sie.

Augenblicke später trödelte ihre Nichte in die Küche, Handy in der Hand und eifrig darauf herumklickend. „Ja …“, murmelte sie, ihre ganze Aufmerksamkeit auf das Display gerichtet.

„Du hast versprochen aufzuräumen“, mahnte Gemma stirnrunzelnd. Wenigstens verdrängte jetzt wachsende Verärgerung Stück für Stück das lästige romantische Gefühl.

Violet zuckte nur die Achseln. „Das mache ich gleich.“

Gemma nahm ihr das Handy weg und drückte ihr stattdessen eine Einkaufstüte mit Lebensmitteln in die Hand. „Stimmt, das wirst du. Und zwar jetzt.“

Vi verdrehte die Augen, aber sie widersprach nicht. Gemma fuhr fort, Plastiktüten auszuräumen und den Inhalt in Speisekammer und Kühlschrank zu verstauen, aber die letzte Tüte bot eine Überraschung. Darin fand sie ein chinesisches Festmahl für eine Person und eine gute Flasche Rotwein.

Sie konnte sich nicht entsinnen, diese Dinge gekauft zu haben. Anscheinend hatte jemand seine Einkäufe versehentlich bei ihr abgeladen.

Nachdem sie Violet klare Anweisungen gegeben hatte, endlich den Staubsauger in Betrieb zu nehmen, sobald sie den Kühlschrank eingeräumt hatte, schlüpfte Gemma aus der Haustür, ging nach nebenan und klingelte.

Will zog verwundert die Brauen hoch, als er sie dort stehen sah. „Ich glaube, ein Teil deiner Einkäufe ist bei uns gelandet", begann sie.

„Oh." Er wirkte überrascht. „Danke."

Sie reichte ihm die Tüte, und dann standen sie da und musterten sich ein paar Sekunden lang unbehaglich. „Es tut mir leid, dass wir deinen Heiligabend vereinnahmt haben", sagte sie. „Danke. Für die Fahrt zum Supermarkt, das Schlittschuhlaufen … für alles."

Sie meinte, was sie sagte. Meistens hatte sie es mit Männern zu tun, die so selbstverliebt waren, dass sie immer glaubten, alles müsse für sie getan werden. Es war ungewohnt für sie, einem Mann zu begegnen, der tüchtig, konzentriert und … nett war.

Er hatte noch nichts gesagt, und als sie etwas genauer hinschaute, erkannte sie, dass er sie argwöhnisch musterte. „Was?", fauchte sie.

„Du hast Danke gesagt."

„Und …?"

„Ich warte nur auf die Pointe."

„Es gibt keine", erklärte sie. Diesmal biss sie nicht an. Wurde weder schnippisch noch rechthaberisch. „Jedenfalls diesmal nicht."

„Gern geschehen", erwiderte er leise.

„Okay … Dann will ich mal wieder rüber … Bye."

„Auf Wiedersehen, Gemma", sagte er und legte seine Hand an die Tür.

Warum schloss er sie nicht? Er ließ die ganze kalte Luft ins Haus.

Oh.

Sie stand ja immer noch im Weg.

Hastig trat sie von der Türschwelle zurück und verließ rückwärts seine Einfahrt. „Kein weiteres Drama in den nächsten vierundzwanzig Stunden. Versprochen", versicherte sie, drehte sich um und lief nach nebenan, ohne sich noch einmal umzusehen.

18. KAPITEL

Als Juliet am nächsten Morgen erwachte, lag sie eine Weile still da und starrte durch das Moskitonetz hindurch an die Zimmerdecke. Sie dachte kurz daran, nach ihrem Buch zu greifen, aber ihr Arm wollte sich einfach nicht von der Bettdecke lösen. Es war noch sehr früh – noch nicht einmal sechs Uhr –, dennoch musste sie bald aufstehen, denn sie hatte einen Katamaran-Ausflug entlang der Westküste gebucht. Unterwegs wollten sie mehrfach einen Stopp einlegen, um sich ein paar der beliebtesten Touristenziele anzuschauen.

Dieser Tag hätte sich selbst mit größter Mühe kaum weniger wie Heiligabend anfühlen können. Normalerweise war der vierundzwanzigste ein Tag der Panik, der Einkäufe in letzter Minute, der Vorbereitungen und eines ständigen Wettlaufs gegen die Zeit, bis Juliet schließlich irgendwann nach Mitternacht fix und fertig ins Bett fiel.

Sie stand auf und packte alles, was sie brauchen würde, in ihre Strandtasche. Als sie jedoch die Schublade öffnete, in der ihr vernünftiger schwarzer Einteiler lag, lachte der rote Bikini sie einladend an. Der würde sich in dieser feuchten Hitze viel angenehmer tragen als der Badeanzug …

Gedacht, getan. Ohne sich die Zeit zu nehmen, noch einmal darüber nachzudenken, nahm sie das winzige rote Top und das Höschen aus der Schublade und zog beides an. Wenn sie schwimmen ging, konnte sie immer noch ein T-Shirt überwerfen.

Am Bootssteg warteten schon etwa ein Dutzend Gäste darauf, an Bord gehen zu können. Auf dem Katamaran mit seinem glänzenden Rumpf gab es eine große Kabine und eine überdachte Sitzfläche im Heck.

Während die Crew einander Befehle zurief und die Leinen löste, stand Juliet im Heck des Bootes. Sie drehte sich einmal um ihre eigene Achse, beschattete die Augen mit einer Hand, um nicht von der Sonne geblendet zu werden, und ließ den Blick über das Gelände schweifen. Kurz fragte sie sich, ob sie Marco heute Morgen zu Gesicht bekommen würde. Es war erst acht, und sie schätzte ihn als Nachteule ein, weil sie ihm noch nie beim Frühstück begegnet war. Wenn sie es genau bedachte, hatte sie ihn noch nie vor dem späten Nachmittag gesehen.

Aber gerade als der Katamaran ablegen wollte, kam er auf den Steg gerannt und sprang an Bord. Juliet saß bereits auf ihrem Platz im Heck, und ihr Herz machte einen kleinen Sprung, als ihre Blicke sich trafen. Auch er wirkte erfreut, sie zu sehen, und setzte sich grinsend neben sie.

„Ich wusste nicht, dass du diese Tour mitmachst", begrüßte sie ihn, während sie nervös die Tasche auf ihrem Schoß umklammerte.

„Ich bis vor zehn Minuten auch nicht", gab er zurück und schob sich die Sonnenbrille hoch ins Haar. „Aber ich habe den Handzettel gesehen und mir gedacht, es könnte ganz nett werden." Sein Lächeln verblasste ein wenig. „Stört es dich? Ich verspreche auch, dass ich dir nicht nachlaufe."

Juliet lachte. Mehr über die Vorstellung, dass ein Mann wie er ihr nachlaufen könnte, als über irgendetwas anderes. Selbst Greg hatte das nie getan, nicht mal in der ersten Verliebtheit. „Nein, es stört mich nicht. Ich finde es schön, mich mit jemandem unterhalten zu können." Die meisten anderen Passagiere waren Pärchen oder Familien. Sie hatte sich schon darauf eingestellt, sich wieder ziemlich fehl am Platze zu fühlen.

„*Bene*", sagte er, klatschte in die Hände und stand auf. „Warum sitzen wir hier hinten? Komm. Vorn im Boot ist es viel besser." Er nahm sie bei der Hand und führte sie am Steuerstand vorbei. Direkt vor dem Mast war zwischen den beiden Rümpfen ein Netz gespannt. Dort machte Marco es sich auf dem Fiberglasdeck bequem und ließ die Beine baumeln.

Kurz darauf legten sie ab, und als die Segel gesetzt waren – Juliet nahm an, dass die leichte Brise nicht ausreichte, denn der Motor lief weiter –, fuhren sie etwa eine Stunde an der Westküste der Insel entlang. Der Wind war äußerst angenehm. Sie lehnte sich zurück, stützte sich auf die Hände und legte den Kopf in den Nacken. Tief durchatmend schloss sie die Augen und genoss die Sonne auf ihrem Gesicht. Himmlisch.

Marco blieb nicht die ganze Zeit bei ihr, aber das fand sie in Ordnung. Sie hatte schließlich keinen Anspruch auf ihn. Aufmerksam betrachtete er das Geschehen im Wasser links und rechts vom Boot, gelegentlich sprach er jemanden von der Crew an und fragte, wie der Ort heiße, an dem sie gerade vorbeisegelten. Oder er fing eine Unterhaltung mit anderen Gästen an. Ihr wurde bewusst, dass er Gemma sehr ähnlich war. Offenbar fiel es ihm leicht, mit jedem über alles Mögliche ins Gespräch zu kommen, selbst wenn er vom Thema kaum etwas verstand. Die Leute fühlten sich wohl in seiner Gegenwart. Schon bevor sie die halbe Strecke zu ihrem Ziel zurückgelegt hatten, hatte er alle Frauen an Bord in seinen Bann gezogen und sich mit allen Männern angefreundet.

Juliet saß einfach nur auf dem Deck, zufrieden damit, sein Kommen und Gehen am Rande zu bemerken. Er kehrte immer zu ihr zurück, erzählte ihr Geschichten, entweder von jemandem, mit dem er sich gerade unterhalten hatte, oder von seinen Segeltouren auf dem Gardasee. Offenbar lernte dort fast jedes Kind segeln, sobald es laufen konnte.

Nach etwa einer Stunde ergriff er ihre Hände und zog Juliet auf die Beine. „Komm, Juliet. Wenn du hier die ganze Zeit sitzt, verpasst du grandiose Ausblicke."

Sie hatte in der Hoffnung aufs Meer hinausgeschaut, vielleicht einen Blick auf Martinique im Norden zu erhaschen. Aber als sie sich jetzt umdrehte, keuchte sie erstaunt auf. Sie waren schon weit genug gekommen, um hier einen fantastischen Blick auf die Pitons zu haben, die beiden Vulkanberge, für die St. Lucia berühmt war und die sich spitzkegelig aus dem Meer erhoben. Schon vom Flugzeug aus hatte sie einen verschwommenen Blick auf die Gipfel erhascht, aber aus dieser Perspektive war der Anblick überwältigend, zumal die salzige Brise den morgendlichen Dunst inzwischen aufgelöst hatte.

Sie blieb im Bug stehen, nahm den Anblick in sich auf, während der Katamaran eine Landzunge umsegelte und in eine weite Bucht einlief. Vor ihnen lag die alte Hauptstadt Soufriere, ausgebreitet auf niedrigen Hügeln vor dem dramatischen Hintergrund der Berge.

Die Passagiere stiegen um in mehrere Minibusse, und auf ging es in den Regenwald, wo eine Seilbahnfahrt durch die Bäume auf sie wartete. Die kleinen Gondeln waren kaum mehr als Metallgestelle mit Holzsitzen und hölzernem Boden, in denen sie lautlos an einem dicken Stahlseilkabel, gespannt zwischen kräftigen Pylonen, an den Baumkronen entlangglitten. Eigentlich hatte Juliet ein bisschen Höhenangst, aber solange sie sich an etwas Stabilem festhalten konnte, war alles in Ordnung. Die Gitter der Gondel waren dick und gut verschweißt, sodass ihr das Ganze überhaupt nichts ausmachte.

Ihre Gruppe bestand aus acht Leuten, und sie beide saßen hinten. Außer Marco und Juliet war noch ein junges Pärchen dabei, das wirkte, als sei es auf Hochzeitsreise, außerdem zwei Mädchen in den Zwanzigern und ein Vater mit seiner Tochter. Einer ihrer Guides, Davidson, mit dem Juliet sich schon unterhalten hatte, saß im hinteren Teil der Gondel, der andere vorn. Er zeigte ihnen verschiedene Bäume und heimische Pflanzen und lieferte am laufenden Band Informationen.

Hier in den Bergen war es kühler und sehr friedlich, obwohl die Luft schwirrte vom Gesang unzähliger Vögel, die sie nicht zu Gesicht bekamen, sowie dem Rufen der Insekten und der Baumfrösche. Am Ende des langsamen Aufstiegs und am höchsten Punkt des Bergausläufers stockte Juliet der Atem. Die Gondel blieb leicht schaukelnd einen Moment stehen, damit die Touristen Fotos schießen konnten.

Vor ihnen lag der gesamte Nordwesten von St. Lucia. Eine scheinbar endlose Hügellandschaft, überwuchert von tropischer Vegetation. Ganz weit hinten im Dunst nahe der Küste ließ sich ein gelblicher Streifen erahnen, der an das leuchtende Tiefblau des Ozeans grenzte. Juliet war beinahe ein wenig traurig, als die Gondel sich wieder in Bewegung setzte. Denn das bedeutete, sie hatten schon fast die halbe Strecke hinter sich. Demnächst würden sie also aussteigen und eine kurze Wanderung zu Fuß machen, bevor sie zur Seilbahn zurückkehrten und damit den Rückweg antraten.

Als sie ihr Ziel erreicht hatten, gab es jedoch eine Überraschung. Ihnen blieb keine Zeit, die kühle Bergluft zu genießen und den Geräuschen des Waldes zu lauschen. Stattdessen wurden sie zu Gruppen zusammengefasst, und ihre Guides nahmen jeden von ihnen einzeln unter die Lupe. Anschließend holten sie Geschirre und Gurtzeug aus einer kleinen Hütte auf der Betonplattform, die als Gondelstation diente. Jemand drückte Juliet einen Helm in die Hand. Verwirrt wandte sie sich zu Marco um, aber der zuckte nur mit den Achseln.

Davidson war bereits damit beschäftigt, einem der Mädchen Geschirr und Gurte anzulegen. Juliet tippte ihm auf die Schulter. „Entschuldigung?"

Er brachte seinen Handgriff zu Ende und drehte sich gelassen um. „Ja?"

Juliet hielt ihm den Haufen Gurte hin, den man ihr in die Hand gedrückt hatte. „Wozu brauchen wir das? Die Gondelfahrt zurück kann doch nicht gefährlicher sein als die Fahrt hierher, oder?"

„Nein, natürlich nicht", gab Davidson lächelnd zurück, und Juliet begann, sich ein wenig zu entspannen. „Das wird für die Seilrutschen gebraucht."

Fast hätte Juliet ihre Gurte fallen lassen. „Wie bitte?"

„Seil-rut-schen", wiederholte Davidson langsam, als hätte sie das Wort nicht verstanden.

Juliet schnappte ein paarmal nach Luft, bevor sie die Sprache wiederfand. „Aber ich habe mich nicht für Seilrutschen angemeldet. Ich habe nur die Seilbahnfahrt gebucht, nichts weiter. So hat es die Dame im Hotel gesagt."

Davidson zuckte nur mit den Achseln. „Tja, jetzt bekommen Sie die Seilrutschen gratis dazu."

Juliet versuchte, ihm das Gewirr aus Gurten und Karabinerhaken in die Hand zu drücken. „Nein, wirklich nicht, danke. Ich fahre einfach mit einer der nächsten Gondeln zurück."

Davidson lachte freundlich. „Wir sind mit der letzten hochgekommen." Damit nickte er dorthin, wo die Gondel nur Minuten zuvor angehalten hatte. Der Platz war leer. Keine Gondel weit und breit.

„Wann … wann …?“ Ihre Stimme klang kratzig und schrill. Sie versuchte es noch einmal. „Wann kommt sie zurück?“

Der Guide seufzte und betrachtete sie mitfühlend. „Gar nicht. Zurzeit gibt es nur eine Möglichkeit, von diesem Berg herunterzukommen.“

Ihr drehte sich fast der Magen um, und sie drückte ihr Geschirr fest an den Bauch. Nervös schaute sie zu den anderen in der Gruppe hinüber, die ihre Ausrüstung schon halb angelegt hatten.

„Es ist vollkommen sicher“, versuchte Davidson, sie zu beruhigen.

Juliet nickte, ohne wirklich zu begreifen. Sie konnte nur an den Haftungsausschluss denken, den sie unterzeichnet hatte, bevor sie in die Gondel gestiegen war. Darauf hatte gestanden, dass sie sich darüber im Klaren war, auf eigene Gefahr zu handeln, sollte es zu Verletzungen oder gar zum Tode kommen. Sie hatte das für ein bisschen übertrieben gehalten angesichts einer Tour mit einer Miniseilbahn, aber man wusste ja, wie das mit Gesundheits- und Sicherheitsvorschriften so war …

Sie schluckte. „Es gibt wirklich keine andere Möglichkeit?“

Davidson verzog den Mund, und er schüttelte den Kopf. „Tut mir leid, aber wir geben eine gründliche Einweisung und lassen Sie eine kurze Strecke zum Üben rutschen, bevor es richtig losgeht. Sie werden sehen, es wird Ihnen Spaß machen.“

Die nächsten Minuten, in denen Davidson ihr das Gurtgeschirr anlegte, erlebte sie wie durch einen dichten Nebel. Das Geschirr bestand aus zwei Teilen – einem, das über ihre Schultern verlief, und einem, das sich um ihren Unterleib und die Oberschenkel zog. Zusammengehalten wurden sie von massiven Karabinern und Klemmhaltern. Als sie versuchte, in dem Geschirr zu gehen, kam sie sich vor wie ein Cowboy, aber das war ihr egal. Sie war fest verschnürt, und irgendwie nahm ihr das ein klein wenig von ihrer Angst.

Und dann hatte sie ihren Helm auf dem Kopf und ging auf die Plattform zu, von der ein niedrig hängendes kurzes Drahtseil über einen flachen Abhang nach unten führte. Juliet konzentrierte sich voll auf alles, was Davidson sagte, aber ihr Gedächtnis verhielt sich wie ein riesiger dunkler Schwamm: Es saugte alles auf, weigerte sich aber, irgendetwas wieder herzugeben.

Marco hingegen war ganz in seinem Element. Er meldete sich freiwillig, als Erster das Seil hinunterzurutschen, und juchzte vergnügt, als er davonschoss. Juliet wagte nicht einmal hinzusehen. Er winkte und grinste zu ihr herüber, als er die andere Plattform erreichte, aber sie schüttelte jedes Mal den Kopf, wenn das Seil wieder frei war, sodass schließlich nur noch sie und das Mädchen auf der Plattform standen.

Die Kleine war vermutlich Amerikanerin. Ihr Vater, der als einer der Ersten hinuntergerutscht war, versuchte, ihr von der anderen Plattform Mut zu machen. „Du schaffst das, Liebling!“, brüllte er. „Probier's einfach.“ Das Mädchen war jedoch offensichtlich vor Angst erstarrt. Genauso wie Juliet, um offen zu sein. Allerdings vergaß sie das einen Augenblick lang. Jetzt wollte sie am liebsten dieses Drahtseil hinuntersausen, um dem Trottel von Vater die Leviten zu lesen. Von wegen *Probier's einfach!* Sah der Typ denn nicht, wie viel Angst das arme Kind hatte?

Sie setzte ihre tapferste Miene auf – nur gut, dass sie darin geübt war – und wandte sich an das Mädchen. „Hör mal“, sagte sie. „Ich gebe zu, dass ich genauso viel Angst davor habe, das zu tun, wie du. Ich bin älter und schwerer als du, und in meinen Gelenken knirscht es bereits. Aber ich schätze, wenn ich das schaffe, schaffst du das auch.“

Das Mädchen riss die Augen nur noch weiter auf, und sie umklammerte das Geländer noch fester.

„Ich heiße Juliet. Und wie heißt du?“

„Amy“, gab das Mädchen zittrig zurück.

„Also, Amy, ich habe eine Tochter. Die ist ein bisschen älter als du, und sie hat so etwas vor ein paar Jahren mal getan. Hinterher hat sie mir erzählt, dass sie zuerst fürchterliche Angst hatte, dass es ihr aber ungeheuren Spaß gemacht hat, nachdem sie das erste Seil geschafft hatte. Außerdem ist die Sache vollkommen sicher. Sieh nur, wie viele Haken, Klemmen und Sicherheitsleinen es gibt!“

„Wohl wahr, wohl wahr“, meldete sich Davidson neben ihnen zu Wort.

Und Juliet kam eine grandiose Idee. „Hör mal, wie wäre es, wenn ich als Erste runterrutsche? Und wenn ich nicht schreie, dann weißt du, dass es gar nicht so schlimm ist und du auch heil unten ankommen wirst. Einverstanden?“

Nach kurzem Zögern nickte Amy, und Juliet sank das Herz in die Kniekehlen. Sie und ihr vorlautes Mundwerk! Worauf hatte sie sich nur eingelassen?

Als Davidson sie an den Rand der Plattform geleitete, sie in das Doppelseil einhakte und noch eine zusätzliche Sicherheitsleine spendierte, kämpfte sie gegen den übermächtigen Drang an zu wimmern. *Oh Gott, lass mich nicht als ein Haufen blutiges Fleisch und Knochen irgendwo auf halber Höhe eines Berges enden.* Ihre Kinder brauchten sie. Das durfte noch nicht das Ende sein. Sie stellte sie sich allesamt vor, wie sie zu Hause herumlungerten und sich über die letzten Süßigkeiten vom Weihnachtsbaum in die Haare kriegten, und das beruhigte ihren Herzschlag ein wenig. Trotzdem zitterten ihr die Knie, als sie am Rand der Plattform stand, und ihre Kiefermuskeln verkrampften sich.

Davidson, der bis zu diesem Augenblick ein ganz normaler, typischer cooler St. Lucianer gewesen war, schaute ihr direkt in die Augen. „Los geht's, Juliet“, erklärte er streng.

Das war ein Befehl, nicht etwa eine Frage.

Sie versuchte, sich mit den Zehen in das grobe Holz der Plattform zu stemmen, aber er gab ihr einen sanften Stoß, und plötzlich hinderten sie nur noch ein paar dünne Drahtseile und einige Gurte daran, sechs Meter tief in den üppigen grünen Pflanzenteppich unter ihr zu stürzen. Sie biss die Zähne zusammen, froh, dass sie nicht mal genug Atem hatte, um zu schreien, während sie den Draht hinabrauschte und ihr die Worte *Verletzungen* und *Tod* unablässig durch den Kopf gingen.

Violet war sicher auf der Party abgeliefert, ihr Handy in ihrer Handtasche und die Rückfahrt arrangiert. Die Mutter eines der anderen Mädchen würde sie nach Hause bringen. Polly und die

Jungs lagen im Bett. Jetzt konnte Gemma nur noch warten, und sie vertrieb sich die Zeit damit, einige der kleineren Geschenke für die Weihnachtsstrümpfe der Kinder in Geschenkpapier zu wickeln. Das Problem war nur, dass Juliet kein Klebeband im Haus hatte.

Sie durchsuchte die Küchenschubladen, ohne Erfolg. Als Nächstes kam die Bastelschachtel der Kinder dran. Kein Klebeband. Aber sie fand immerhin einen Pritt-Stift und machte sich daran, die Geschenke zuzukleben, so gut es ging.

Als sie das erledigt und die Strümpfe an den Kamin gehängt hatte, zog sie sich mit einem Glas Wein ins Wohnzimmer zurück, löschte das Licht und ließ nur die Lichterkette am Weihnachtsbaum brennen. Gerade noch rechtzeitig schaltete sie den Fernseher ein, um *Liebe braucht keine Ferien* nicht zu verpassen. Und während Kate Winslet und Cameron Diaz ihr Leben tauschten und sich verliebten, blätterte Gemma Juliets Weihnachts-Notizbuch durch.

Seufzend griff sie zu einem Stift und setzte eine Reihe feiner Häkchen neben die dicken schwarzen von Josh. Es fühlte sich merkwürdig an, in Juliets Buch zu schreiben. Irgendwie verboten. Danach blätterte sie sich durch einige Seiten. Und dann durch noch ein paar. Das hatte einen leichten Suchtfaktor. Vielleicht lag es daran, dass sie zwischen den Zeilen, versteckt im randvoll gepackten Kalender, unter den langen Reihen abzuhakender Kästchen und eigentlich auf jeder Seite des Büchleins einen faszinierenden Einblick in das Wesen ihrer Schwester bekam.

Junge, Junge, Juliet hatte wirklich einen Blick für Details. Sie notierte winzige Kleinigkeiten, um die andere sich vermutlich überhaupt keine Gedanken machen würden: zum Beispiel abgewandelte Garzeiten, um ein Rezept zu vervollkommnen. Oder die kulinarischen Vorlieben ihrer Gäste, damit sie ihnen nichts servierte, was sie nicht mochten. Aber es gab auch noch andere Dinge, beunruhigendere Dinge, beispielsweise mehrere Seiten mit Entwürfen für den gedeckten Tisch, einige davon ärgerlich durchgestrichen, wobei jede Zeichnung nur in Kleinigkeiten von der vorherigen abwich. Und der Umstand, dass jeden Tag jede Minute genauestens verplant war, ohne dass Zeit für Spaß oder Erholung oder irgendetwas Nettes vorgesehen war.

Und das tat Juliet Jahr für Jahr, wenn man der Reihe ordentlicher Notizbücher im Bücherregal ihres Arbeitszimmers Glauben schenken durfte. Je mehr Gemma sich in das Notizbuch vertiefte, desto mehr ging ihr eine Frage nicht mehr aus dem Kopf. *Warum?* Sie verstand einfach nicht, was ihre Schwester antrieb, sowohl in dieser Sache als auch in ihrem Leben allgemein. Jedenfalls schien sich all ihre Energie auf diese Jahreszeit zu konzentrieren. Jedes Jahr zu Weihnachten feierten ihre kleinen Neurosen ihren absoluten Höhepunkt.

In Gemmas Erinnerung war Weihnachten zu Hause, als sie noch ein Kind war, wunderbar gewesen – glücklich und entspannt. Juliet hatte viele Rezepte und Traditionen ihrer Mutter wieder zum Leben erweckt. Warum also fühlte sich ihre Art, Weihnachten zu begehen, nicht genauso an? Warum roch dieses Büchlein eher nach panischer Angst statt nach Wärme, Geborgenheit und Liebe? Das ergab einfach keinen Sinn.

Gemma klappte das Notizbuch zu und starrte ins Leere. Der Film im Fernsehen war längst vergessen.

Juliet wollte nicht nur, dass Weihnachten perfekt war. Sie brauchte das. Unbedingt.

Das einzige Problem lag darin, dass Gemma nicht die leiseste Ahnung hatte, warum.

19. KAPITEL

Siehst du? War doch gar nicht so schlimm", sagte Marco und legte ihr einen Arm um die Schulter.

Juliet schüttelte ihn ab und drehte sich mit einem Ruck zu ihm um. „Machst du dich etwa über mich lustig? Das waren die schlimmsten zehn Sekunden meines Lebens!"

Sie hatte nicht mal die Augen geöffnet. Das Gefühl, durch die Luft geschleudert zu werden, sich dabei leicht in ihrem Geschirr zu drehen, den Boden irgendwo unter ihren Füßen vorbeirauschen zu hören ... Und so etwas machten Leute zum Spaß? Ihre Beine zitterten so sehr, dass sie kaum die paar Stufen von der Plattform zum Waldboden hinuntersteigen konnte. „Wie viele weitere Seilrutschen kommen noch?", fragte sie Marco kläglich.

Er stieß einen Seufzer aus. „Sechzehn."

Sechzehn. Die Zahl ging ihr unablässig im Kopf herum, während sie den kurzen Fußmarsch auf einem ausgetretenen Pfad durch den Regenwald zur Plattform der ersten richtigen Seilrutsche hinter sich brachten. Juliet bemerkte natürlich, dass der Hang hier viel steiler abfiel. Irgendwo vor ihnen war eine andere Gruppe bereits unterwegs nach unten. Sie konnte ihr Juchzen hören, das sich mit den Rufen der Vögel und Insekten mischte.

Juliet und Marco waren als Letzte an der Reihe. Die anderen sechs aus ihrer Gruppe waren dem ersten Guide bereits gefolgt. Nur wenige hatten gejuchzt so wie Davidson, sondern sich stattdessen darauf konzentriert, mit ihrer behandschuhten Hand das Tempo ein wenig zu drosseln. Marco bot an, das Schlusslicht zu bilden, damit Juliet nicht mit dem anderen Guide allein zurückblieb, aber sie klammerte sich an das Geländer der Plattform im Baumwipfel und schüttelte den Kopf.

„Das kann ich nicht", stieß sie zwischen zusammengebissenen Zähnen hervor.

Marco legte ihr eine Hand auf den Arm. „Doch, du kannst das. Du hast gesehen, wie alle anderen es getan haben, und niemandem ist etwas passiert."

Das war natürlich ein Argument. Selbst Amy hatte es gewagt. Sie hatte sich zwar fest an ihre Gurte geklammert, aber auf ihrem Gesicht hatte ein zaghaftes Lächeln gelegen. Trotzdem konnte das den Aufruhr in Juliets Magen nicht beruhigen.

„Wovor hast du Angst?", fragte Marco und lächelte sie sanft an.

Sie kniff die Augen zu. Schon immer hatte sie es gehasst, irgendeiner Sache ausgeliefert zu sein, die sie nicht unter Kontrolle hatte, selbst wenn es nur um die normalerweise hilfreiche Schwerkraft ging. „Vor dem Gedanken, über die Kante ins Nichts zu treten. Und wenn ich diesen Schritt getan habe, gibt es kein Zurück mehr, nichts mehr, was ich tun könnte, um die Sache zu stoppen." Sie umklammerte das Geländer noch fester.

Marco löste ganz sanft ihre Finger vom Holz, ging mit ihr zur Vorderkante der Plattform, wo er eine Schuhlänge vor dem Abgrund stehen blieb, beugte sich zu ihr und flüsterte ihr ins Ohr: „Du musst gar nichts *tun*, Juliet. Du musst einfach nur loslassen."

Während seine Worte in ihr Bewusstsein drangen, wurde sie plötzlich ganz still.

Loslassen.

Genau das hatte sie nötig, nicht wahr? Loslassen – ihr altes Leben, denn das kehrte nie wieder zurück. Verletzungen, die so lange zurücklagen, dass sie sich kaum noch erinnerte, wie sie zustande gekommen waren, deren Narben aber immer noch jeden Tag schmerzten. Vor allem aber die Persönlichkeit, zu der sie geworden war. Die Frau, die so neurotisch war, dass ihre Kinder sie baten, über Weihnachten zu verreisen. Nein, diese Frau mochte sie überhaupt nicht.

Aber sie wusste nicht, wie sie das anstellen sollte. Schon so oft war sie mit dem Kopf gegen die Wände ihres emotionalen Gefängnisses angerannt, und was hatte es ihr gebracht? Nur Kopfschmerzen.

Sie schaute hinüber zur nächsten Plattform. Die war etwa dreißig Meter entfernt und befand sich in fünfzehn Meter Höhe in einem Baum. Vielleicht wusste sie nicht, wie sie all das tun konnte, was sie tun musste. Aber wie das hier ging, das wusste sie. Schließlich hatte sie es doch schon einmal getan, auch wenn sie dabei nicht unbedingt *losgelassen* hatte. Jeder Muskel in ihrem Körper war angespannt gewesen.

Langsam schob sie sich an den Rand der Plattform. Bloß nicht nach unten sehen. Auf der anderen Plattform grinste Davidson und winkte sie voran. Juliet war nicht bereit, das Geländer links und rechts der Lücke loszulassen, in der sie jetzt stand, aber sie lächelte schwach zurück, obwohl er das über die Entfernung kaum würde sehen können.

Nichts *tun* …

Sie atmete zittrig ein, setzte sich in ihr Geschirr, wie Davidson ihr gezeigt hatte, spürte das Gewicht ihres Körpers, der in den Gurten hing, die ihren Unterleib und ihre Oberschenkel umfassten.

Stück für Stück war das hier nicht machbar, so viel wurde ihr klar. Loslassen war eine Entscheidung zwischen Ja und Nein. Alles oder nichts. Entweder sie war völlig angespannt und wehrte sich gegen die Kraft, die sie nach vorn zog, oder sie gab ihr nach.

Ihr schien es, als hinge sie Ewigkeiten da, gefangen zwischen Angst und Mut. Im Geiste sagte sie sich, sie müsse nur ihren Fuß heben, den letzten Rest von Widerstand beseitigen, aber irgendwie erreichte die Botschaft ihr Bein nicht.

Tu es. Tu es jetzt. Lass los.

Schließlich war es nur eine ganz winzige Bewegung, die sie befreite. Ein ganz leichtes Heben ihres Sportschuhs. Und dann war sie unterwegs, sauste der nächsten Plattform entgegen – mit klopfendem Herzen, verspannten Muskeln, so fest um ihr Geschirr verkrampften Fingern, dass sie taub wurden –, aber sie ließ die Augen offen, und als sie die andere Plattform erreichte, jubelten ihr alle zu.

Überrascht schaute sie von einem Gesicht zum anderen und bemerkte dabei kaum, wie Davidson ihr Geschirr vom Seil löste und mit einer Sicherheitsleine verband, die an dem gewaltigen Baumstamm befestigt war.

Sie hatte es geschafft. Sie hatte es tatsächlich geschafft.

Und vermutlich hätte sie sich viel mehr darüber gefreut, wenn nicht noch fünfzehn weitere Seilrutschen vor ihr gelegen hätten.

Juliet bekam keine Gelegenheit, sich richtig zu erholen, denn jetzt ging es Schlag auf Schlag. Die Angst ließ allmählich nach, je weiter der Nachmittag voranschritt, obwohl die Plattformen höher wurden und einige der Rutschen deutlich steiler nach unten führten. Juliet behielt einfach nur Davidson im Auge, der stets auf der nächsten Plattform auf sie wartete, und betete. Irgendwann kam sie beim Zählen der bereits bewältigten Rutschen nicht mehr nach, bis Davidson sie angrinste. „Jetzt ist es so weit. Die letzte. Mach sie zu etwas Besonderem."

Sie warf ihm einen schiefen Blick zu. „Soll das heißen, die anderen waren nur Übungsläufe für diese?"

Er schüttelte den Kopf. „Mir geht es darum, dass du die ganze Zeit noch kein einziges Mal die Augen vom Seil und die Hände von deinem Geschirr gelöst hast."

Juliet schaute ihn an. Genau das war auch ihre Absicht gewesen, obwohl einige von den anderen abenteuerlustiger geworden waren, ihre Arme ausgebreitet oder sich weit zurückgelehnt hatten. Davidson war sogar einmal kopfüber hinuntergesaust, die Füße nach oben über das Drahtseil gestreckt. Sie schaute sich die letzte Seilrutsche an. Sie war bei Weitem die längste, begann hoch in einem Baum und lief dann auf einen kleinen Hügel zu. Das bedeutete, dass das Drahtseil dieses Mal schließlich auf dem Boden endete statt wieder auf einer Baumplattform. Er hatte recht. Wann würde sie je wieder die Chance haben, so etwas zu tun?

Sie überraschte die Gruppe damit, dass sie sich freiwillig meldete, den Anfang zu machen. Davidson hakte sie in das Drahtseil ein, sie setzte sich in ihr Geschirr und ließ sich von der Plattform in den darunterliegenden Dschungel fallen. Einen Sekundenbruchteil später breitete sie ihre Arme aus. Dadurch begann sie sich zu drehen. Bäume und Farne rasten vorbei, ihre Blätter so nah, dass sie sie fast hätte berühren können. Sie erhaschte einen Blick auf die anderen, die sie von der Plattform aus beobachteten, wie sie sich drehte wie ein Kreisel. Der Drang, sich an ihr Geschirr zu klammern und quasi hineinzukriechen, wurde beinahe übermächtig, aber sie zwang sich, offen zu bleiben. Als sie das letzte Stück hinabglitt, die Füße nur knapp über dem Boden, stieß sie einen Schrei aus. Sie hätte selbst nicht sagen können, ob vor Freude oder vor Erleichterung.

Der Rest der Gruppe sauste ihr hinterher. Marco startete als Letzter, und als er unten ankam, nahm er ihr Gesicht in beide Hände und küsste sie rasch und zärtlich. „*Brava!* Ich wusste, dass du es schaffst." Die anderen Frauen in der Gruppe seufzten.

Der Fußweg den Hang hinunter zur Hauptstation, die Befreiung aus ihrem Geschirr, die Rückgabe des Helms, das alles blieb ihr kaum in Erinnerung. Die Kinder würden nie glauben, dass sie das getan hatte! Die innere Wärme, die ihre Leistung ihr schenkte, hielt die ganze Fahrt bis zur Plantage an, in der sie etwas aßen und anschließend eine Führung durch den Botanischen Garten bekamen. Sie wärmte sie sogar noch, als sie wieder an Bord des Katamarans gingen und ablegten, um an der Westküste zurückzusegeln.

Juliet lehnte sich an die Metallreling am Bug, als die Sonne begann, den Himmel rosa und die Wolken blau zu färben. Marco gesellte sich zu ihr. Diesmal sagte er nichts – keine trockenen Kommentare, keine lustigen Geschichten. Er streckte einfach nur seine Hand aus und legte seine Finger über ihre.

Juliet stockte der Atem.

Das war etwas. Etwas Konkretes. Etwas, das deutlich machte, dass Marco nicht nur freundlich war. Richtig? Oder interpretierte sie etwas Falsches hinein? Es konnte doch kaum sein, dass er ausgerechnet sie wählte unter all den Frauen in Pelican's Reach.

Und dann strich Marco mit den Fingern über ihren Handrücken, löste ihre Hand von der Reling und schloss seine Finger um ihre.

Juliet konnte es kaum glauben. Das war ein Traum. Genau, das war es. Sie lag noch in ihrem Bett und schlief, und in fünf Minuten würde der Wecker klingeln, und sie musste sich beeilen, um das Boot noch zu erreichen.

Aber kein Wecker klingelte. Marco hielt ihre Hand, während der Katamaran die Landspitze umrundete und in die schmale

Marigot Bay einlief, wo sie einen letzten Halt einlegen würden, bevor sie nach Pelican's Reach zurückkehrten.

Einen Moment ließen sie einander los, als er vor ihr auf den Landungssteg sprang, aber dann drehte er sich um und bot ihr seine helfende Hand.

Auf der Aussichtsterrasse eines der hiesigen Luxushotels bekamen sie Cocktails serviert, während sie darauf warteten, dass die Sonne im Meer versank. Ihre Schultern und bloßen Arme berührten sich, und Juliet sog seine Nähe in sich auf wie das Gelb und Gold der sinkenden Sonne. Als der letzte schmale Streifen Sonnenlicht im Wasser versunken war, wandte Marco sich ihr zu, nahm ihr das Cocktailglas aus der Hand, stellte es auf die Terrassenbrüstung und schaute ihr in die Augen.

Juliet schwindelte ein wenig. Nie hatte sie geglaubt, dass es solche Momente wirklich geben könnte. Kein echter romantischer Augenblick fühlte sich so an, wenn man ihn tatsächlich erlebte. Sondern erst, wenn er aus der Ferne betrachtet wurde, weichgezeichnet von der vergangenen Zeit, in der Erinnerung aufpoliert und mit Attributen versehen, die in Wirklichkeit dem Augenblick gar nicht angehaftet hatten.

Marcos Pupillen waren groß und schwarz. Er starrte sie an, ließ den Blick über ihre Züge wandern, als versuchte er, sich jedes Detail einzuprägen. Als versuchte er, in ihr Innerstes zu schauen.

Wann hatte Greg sie das letzte Mal so angesehen, als wollte er wissen, was ihr Innerstes ausmachte, und noch viel mehr? In den letzten Jahren ihrer Ehe hatte sie sich oft gefragt, ob er sie überhaupt wahrnahm. Ebenso gut hätte sie ein Pappplakat sein können, und er hätte ihr immer noch einen flüchtigen Kuss auf die Wange gegeben, wenn er morgens zur Arbeit ging, oder ihr den Po getätschelt, um sich für eine gute Mahlzeit zu bedanken.

„Marco …", flüsterte sie.

Er brachte sie zum Schweigen, drückte einen Finger auf ihre Lippen und lächelte unglaublich sanft. „Nicht reden, Giulietta", wisperte er. „Nur dies …"

Und dann beugte er sich vor, berührte ihre Lippen mit den seinen und gab ihr den schönsten Kuss ihres Lebens.

Die Uhr auf dem Kaminsims zeigte zweiundzwanzig Minuten nach zehn. Nur eine Minute später als beim letzten Mal, als Gemma auf die Uhr geschaut hatte. Violet hätte inzwischen zu Hause sein müssen. Gemma wählte erneut die Handynummer ihrer Nichte und wartete, ohne das Telefon auch nur ans Ohr zu heben.

„Hier ist die Mobilbox für die Telefonnummer Null Sieben Neun …"

Gemma schnitt der selbstgefällig klingenden Ansage mitten im Satz das Wort ab.

Sie knurrte frustriert und drückte auf einen Knopf, um eine SMS zu schicken. Erst als sie den bissigen Text schon halb geschrieben hatte, blickte sie auf und stieß einen lautlosen Schrei aus.

Verdammter Mist. Sechseinhalb Tage. Nur sechseinhalb Tage hatte es gedauert, und sie verwandelte sich in Juliet.

Hatte sie nicht erst vor ein oder zwei Wochen genau so eine SMS erhalten? Und die hatte sie ganz und gar nicht dazu ermuntert, kooperativer zu werden. Ganz im Gegenteil. Vielleicht war dies nicht die richtige Methode, mit der Situation umzugehen. Sie löschte den Text und fing noch mal von vorn an. Etwas weniger streitlustig diesmal. Violet war schließlich gerade mal fünfzehn. Wahrscheinlich hatte sie gar nicht bemerkt, wie spät es war, und vielleicht dröhnte die Musik so laut, dass sie ihr Handy nicht hören konnte.

Trotzdem gelang es Gemma nicht stillzusitzen, während sie versuchte, sich beim Fernsehen abzulenken, und die Uhr auf dem Kaminsims zog ihre Blicke an wie ein Magnet. Zwanzig Minuten nur. Nun ja, fünfundzwanzig inzwischen. Sie brauchte sich noch keine Sorgen zu machen.

Oder doch?

Es war egal. Sie geriet ohnehin allmählich in Panik, und sich dagegen zu wehren, brachte gar nichts. Plötzlich schien es ihr doch keine so schlechte Idee gewesen zu sein, die erste Nachricht abzuschicken – die SMS, die sie gelöscht hatte. Sie stand vom Sofa auf und begann, im Zimmer auf und ab zu wandern.

Sie fühlte sich so hilflos. Weiter als an die Straße gehen konnte sie nicht, denn Polly und die Jungs schliefen oben. Und so war sie ganz und gar einem Teenager ausgeliefert, der ein Handy mit möglicherweise leerem Akku hatte. Dabei hatte sie doch alles getan, was getan werden musste. Sie hatte dafür gesorgt, dass Violet ihr Handy mitnahm. Und dass sie nach Hause gebracht wurde.

Dreißig Minuten.

War es noch zu früh, die Polizei anzurufen?

Sie rannte aus der Haustür, die kurze Einfahrt hinunter und blieb am Straßenrand stehen, sah klopfenden Herzens zu, wie Autos an ihr vorbeifuhren.

Beruhig dich, sagte sie sich. Es ist nur eine halbe Stunde. Für die Zeitbegriffe von Teenagern ist das gar nichts. Und hatte nicht Juliet schon immer gesagt, dass Vi grundsätzlich zu spät kam? Wahrscheinlich wusste sie nicht, wo sie ihre Handtasche hingelegt hatte, und Kiera und ihre Mutter halfen ihr bei der Suche.

Mit dieser vernünftigen Erklärung im Hinterkopf zwang Gemma sich, wieder ins Haus zurückzugehen, sich aufs Sofa zu setzen und zu versuchen, dem Film weiter zu folgen.

Als Juliet sich vor etlichen Monaten während ihrer sommerlichen Grillparty das perfekte Weihnachten ausgemalt hatte, war diese Szene definitiv nicht vor ihrem geistigen Auge aufgetaucht. Trotzdem entschied sie schnell: Bei Sonnenuntergang auf einer Tropeninsel einen attraktiven Italiener zu küssen, hatte das Zeug dazu, auf die Liste der Dinge zu gelangen, die zu jedem künftigen Weihnachten unabdingbar dazugehörten.

So sollte ein Kuss sein, ging es ihr durch den Kopf, während er zärtlich an ihren Lippen knabberte. Aber bisher war die Realität immer hinter dieser Idealvorstellung zurückgeblieben. Marco wusste genau, wann er die Kontrolle übernehmen und wann er nachgeben, wann er sie mit sich reißen und wann er sich ihrer Führung überlassen musste. Als er sich schließlich von ihr löste, schloss sie die Augen und lehnte ihre Stirn an sein Kinn. Sie brauchte einen Moment, um sich wieder zu fangen.

Schließlich fand sie den Mut, den Blick zu heben und ihm ins Gesicht zu sehen. Seine Miene war ernst, aber in seinen Augen lag Wärme. Was er dachte, hätte sie nicht sagen können.

„Warum hast du das getan?"

Ein kaum merklicher Anflug eines Lächelns spielte um einen seiner Mundwinkel. „Weil ich es wollte." Er musste die nachfolgende Fragen ihren Augen abgelesen haben, denn noch bevor sie den Mund öffnete, um sie zu stellen, fügte er hinzu: „Weil ich einen schönen Moment mit einer schönen Frau genossen habe und mir dies der einzig mögliche Weg schien, diesen Augenblick zu feiern."

Juliet stieß zittrig den Atem aus. Eine gute Antwort. Wurden Männer in Italien in solchen Dingen unterrichtet?

Ihr gingen noch viele Fragen durch den Kopf, aber in diesem Moment rief ihr Guide nach seinen Schäfchen und erklärte, es sei an der Zeit, wieder an Bord zu gehen. Jetzt, nachdem die Sonne untergegangen war, würden sie zurücksegeln nach Pelican's Reach. Der Moment war vorüber.

Aber dann nahm Marco ihre Hand und führte sie zurück zum Anlegesteg. Und in ihr regte sich etwas Warmes, Federleichtes.

Hoffnung.

Nein, nicht Hoffnung auf einen weiteren Kuss. Hoffnung für sie selbst. Für ihr Leben.

Warum nur hatte sie so viel Angst davor zu hoffen? Und warum versuchte sie, ihr Leben mit allem Möglichen vollzustopfen, nur um nicht über den Mangel trauern zu müssen?

„Bereit?", fragte Marco, als er ins Boot sprang und ihr die Hand hinhielt.

Juliet schaute ihn an. War sie das?

Jammerte sie nicht immer wieder, sie wollte ein Freigeist sein, der sich treiben lassen und unerwartete Geschenke des Lebens genießen konnte? Wollte sie nicht die Art von Frau sein, die keine Angst davor hatte, nach Vollkommenheit zu streben, statt nur Vollkommenheit zu planen?

Sie lächelte, als sie nach seiner Hand griff.

„Ja. Ich glaube, ich bin bereit."

20. KAPITEL

Kurz nach elf stand Gemma zum zweiten Mal vorn in der Einfahrt und musterte die Insassen jedes vorbeifahrenden Autos. Ein silbergrauer Wagen wurde langsamer, während er sich näherte, und einen Moment wurde es ihr leichter ums Herz. Aber dann bog er zu früh ab – in die Einfahrt nebenan.

Doch statt wirklich hineinzufahren, blieb der Wagen davor stehen. Gemma ließ die Schultern sinken, als die Scheibe an der Fahrertür hinunterfuhr. Ein Zeuge für das Drama des heutigen Abends hatte ihr gerade noch gefehlt. Zwar betrachtete sie Will nicht mehr als einen Feind, aber sie war sich nicht sicher, ob er ein Verbündeter war.

Sie ging zu seinem Wagen, die Arme fest vor der Brust verschränkt.

„Was tust du hier draußen?", wollte er wissen, als sie nahe genug war.

Normalerweise hätte Gemma ihm gesagt, er solle sich gefälligst um seinen eigenen Mist kümmern, aber diese Sache war zu wichtig. „Es ist wegen Violet. Sie hätte schon vor einer Dreiviertelstunde zu Hause sein sollen, und sie geht nicht an ihr Handy."

Will musterte sie aus zusammengekniffenen Augen, dann warf er einen Blick auf seine Armbanduhr. Gemma wusste, was sie anzeigte: drei Minuten nach elf. Wer redete von Blut – in ihren Adern kreiste pures Adrenalin. Jede Sekunde spürte sie wie Kanonendonner.

„Wohin ist sie gegangen?", erkundigte er sich stirnrunzelnd.

„Hör mal, ich habe sie nicht einfach allein in die Nacht hinausziehen lassen", gab Gemma zurück. „Juliet wusste von der Party. Es war alles bestens arrangiert, auch dafür, dass eine der anderen Mütter sie nach Hause fährt, war gesorgt."

Will legte seine Stirn noch tiefer in Falten. „Warte einen Moment", bat er und lenkte den Wagen ganz auf seine Einfahrt. Nur Sekunden später kam er um die Hecke herum. Er blickte finster drein.

Gemma drückte auf ihrem Handy den Knopf für Wahlwiederholung und lauschte nebenbei nach oben, ob eins der anderen Kinder wach geworden war. Noch während sie lautlos betete, Violet solle sich melden, ging ihr gleichzeitig der beunruhigende Gedanke durch den Kopf, dass Violets Handy die ganze Zeit über unbemerkt in ihrer Tasche geklingelt haben könnte und durch das ständige Klingeln der Akku erschöpft war.

„Weißt du, wo die Party steigt?", fragte Will.

„Natürlich weiß ich, wo die Party steigt." Sie zog einen Zettel aus der Tasche, auf dem Violet den Namen ihrer Freundin und die Adresse vermerkt hatte, und reichte ihm die Notiz.

„Willst du, dass ich hinfahre und nach ihr suche?"

Das würde er für sie tun?

Nein. Nicht für sie. Für Juliet.

Aber um ehrlich zu sein, war es ihr egal, warum oder für wen er es tat. Sie war einfach nur froh, mit dem Problem nicht allein dazustehen. Dies war eine der Gelegenheiten, bei denen Charme und Improvisation ihr überhaupt keine Hilfe waren.

Dann kam ihr ein weiterer Gedanke. „Das geht nicht. Abbys Mutter wird Violet niemals mit einem Fremden wegfahren lassen", erklärte sie. Jedenfalls hoffte sie, dass die Frau das nicht tun würde. Juliet hätte es jedenfalls unter keinen Umständen getan, wenn die Party in ihrem Haus stattgefunden hätte. „Aber ich könnte fahren, wenn du hierbleibst und auf die Kinder aufpasst."

Will warf einen nervösen Blick auf das Haus. „Wie wahrscheinlich ist es, dass sie aufwachen?"

Gemma zuckte die Achseln.

„Und kennst du dich in den Wohngebieten aus? Einige sind angelegt wie Kaninchenbauten, mit jeder Menge Sackgassen und Straßen, die nie dorthin führen, wohin du denkst."

Sie schüttelte den Kopf. Plötzlich fühlte sie sich zutiefst erschöpft. „Nein …" Hatte sie sich in Tunbridge Wells nicht schon dreimal gründlich verfahren? Und das, obwohl sie immer nur bei Tageslicht unterwegs gewesen war. „Außerdem … verdammter Mist … ich habe ein großes Glas Wein getrunken. Eigentlich sollte ich mich nicht ans Steuer setzen."

Sie sahen einander an. „Lass mich mal machen“, sagte er und eilte davon.

Noch einen Moment blieb Gemma fröstelnd stehen. Sie hatte keinen Mantel angezogen, als sie nach draußen gegangen war, und inzwischen begann die Kälte, durch die Gänsehaut hindurch in ihre Muskeln und Knochen zu kriechen. Also huschte sie ins Haus zurück und schnappte sich einen der warmen Mäntel ihrer Schwester. Juliet war größer als sie, sodass die Ärmel bis über ihre Fingerspitzen reichten, aber dafür wärmte der Mantel sehr effektiv.

Während sie darauf wartete, dass Will zurückkam, versuchte sie erneut, Violet zu erreichen. Nach ihrem vierten Versuch tauchte Will wieder auf, eine Frau mittleren Alters im Schlepptau.

„Das ist Linda“, sagte er, und Gemma nickte und lächelte, obwohl sie es für ein bisschen abwegig hielt, ausgerechnet jetzt einer Fremden vorgestellt zu werden.

„Ich wohne drei Häuser weiter“, erläuterte die Frau. „Wenn Sie möchten, bleibe ich bei den Kindern. Beim besten Willen könnte ich nicht abzählen, wie oft Juliet in der Vergangenheit meine Rettung war. Ich tue das wirklich gern.“

„Danke“, erwiderte Gemma, ergriff die Hände der Frau und lächelte sie voller Wärme an. Und das war noch nicht einmal gespielt.

Es hatte also doch Vorteile, eine Schwester zu haben, die schon fast einen Heiligenschein trug.

Dann vergeudeten sie und Will nicht noch mehr Zeit, sondern rannten nach nebenan zu Wills Auto. Die Fahrt zu Abbys Haus dauerte quälende zehn Minuten, und Gemmas Herz schlug heftiger mit jeder Kreuzung, die sie überqueren mussten. Allmählich wurde ihr ein wenig schlecht.

„Alles in Ordnung mit dir?“, fragte Will.

Sie war so tief in Gedanken versunken, dass sie fast vergessen hatte, wer neben ihr saß, und der Klang seiner Stimme ließ sie zusammenzucken. Im Dunkeln war sie tief und volltönend, gar nicht so langweilig und ausdruckslos, wie Gemma sie in Erinnerung hatte.

„Ja", gab sie fest zurück. „Alles in Ordnung."

Und dann wurde ihr bewusst, dass das Juliets Motto war. Juliets bequeme kleine Lüge, die sie da von sich gab, während sie in Juliets Mantel im Wagen von Juliets Nachbarn saß.

„Nein", korrigierte sie sich hastig. „Ich mache mir gleich in die Hose."

Das war besser, auch wenn sie sich damit schwächer und kleiner fühlte. Genau dieses Gefühl hatte sie in Gegenwart dieses Mannes nie erleben wollen, wurde ihr plötzlich klar.

„Ich bin sicher, es geht ihr gut. Du weißt doch, wie Teenager sind ..."

„Ja, ich weiß ...", erwiderte sie erschöpft, dachte daran, wie unpünktlich sie selbst gewesen war, wie oft sie ihre Eltern fast in den Wahnsinn getrieben hatte, weil sie nirgendwo zu finden gewesen war. Der Gedanke hätte sie eigentlich trösten sollen, aber dann fielen ihr ein paar Dinge ein, die sie in diesem Alter angestellt hatte. Zu einer Zeit, in der sie ihre Eltern auf die Probe gestellt und immer wieder getriezt hatte, nur um zu sehen, wie weit sie gehen konnte, bevor deren Verständnis und ihre Vergebungsbereitschaft ein Ende fanden. Um zu sehen, ob ihre scheinbar grenzenlose Liebe nicht doch Grenzen hatte.

Sie wandte sich Will zu und legte ihm eine Hand auf den Arm. „Kannst du etwas schneller fahren?"

Kaum merklich nickte er und drückte das Gaspedal weiter durch.

Gemma sank im Beifahrersitz zusammen und runzelte die Stirn. Sie wünschte sich nicht, dass Vi ihre Grenzen auslotete, wie sie selbst das getan hatte. Dennoch, wenn es einen Punkt gegeben haben sollte, mit dem sie die Liebe ihrer Eltern überfordert hätte, so war es ihr nie gelungen, ihn zu erreichen. Manchmal hatte sie die beiden sogar nur deshalb gereizt, damit sie mit ihr schimpften und Juliet dadurch ein wenig aus der Schusslinie kam. Aber auch das schien nie funktioniert zu haben.

Natürlich hatte das ihr Verhältnis zu Juliet nur noch stärker belastet. Juliet, das gute Mädchen, das inzwischen einen Job sowie einen netten Freund hatte und immer pünktlich nach Hause kam. Es musste so ausgesehen haben, als hätte Gemma die ganze Liebe ihrer Eltern eingeheimst und nichts Besseres damit zu tun gewusst, als sie achtlos mit Füßen zu treten. Nie hatte sie darüber nachgedacht, wie das damals auf ihre Schwester gewirkt haben musste. Stattdessen hatte sie in Juliet immer nur die Spaßbremse gesehen, die ihr mit Vorliebe vorhielt, was sie alles falsch machte. Sie schlug die Hände vors Gesicht und wünschte, der Wagen würde schneller fahren.

„Ist mein Fahrstil so grausam?" Ein Anflug von Humor lag in seiner Stimme.

Sie schüttelte den Kopf, schaute auf und sah aus der Windschutzscheibe. „Nein, das ist es nicht. Es ist nur …" Sie stieß einen so gewaltigen Seufzer aus, dass sie in sich zusammenfiel wie ein Luftballon, dem die Luft entwich, und sich schwach und leer fühlte. „Juliet hat zurzeit viele Gründe, mich zu hassen, und ich möchte dieser Liste wirklich nicht noch einen Punkt hinzufügen, indem ich eines ihrer Kinder verliere."

„So!"

Die Wärme, die für einen Augenblick in seiner Stimme gelegen hatte, war wie weggeblasen. Aber er klang auch nicht einfach nur ernst und konzentriert. Er klang … wütend.

„Was habe ich gesagt?"

Er schüttelte den Kopf. „Wie konnte ich nur so dumm sein … Ich habe doch tatsächlich geglaubt, du machtest dir ernstlich Sorgen um deine fünfzehnjährige Nichte. Aber in Wirklichkeit sorgst du dich nur um dich. Darum, ob alle dich hassen oder nicht."

Sie drehte sich ihm zu. „Das habe ich doch überhaupt nicht gesagt!"

Im schwachen Schein der Armaturenbeleuchtung konnte sie erkennen, wie seine Kiefermuskeln sich anspannten.

Gemma verschränkte die Arme vor der Brust. „Natürlich mache ich mir Sorgen um Violet. Glaubst du wirklich, ich würde mitten in der Nacht in Tunbridge Wells herumkurven – noch dazu ausgerechnet mit dir –, wenn dem nicht so wäre? Und wage es ja nicht, mir vorzuwerfen, mir läge nichts an meiner Familie.

Genau weil mir sehr viel an ihr liegt, habe ich gesagt, was ich gesagt habe."

Sie schwieg einen Moment, um ihren Atem zu beruhigen.

„Juliet und ich hatten in den letzten Jahren ein ziemlich angespanntes Verhältnis zueinander, und ich hatte angenommen, wir hätten endlich ein paar Fortschritte gemacht. Ich weiß, dass du das nicht glaubst. Weil du ein verzerrtes Bild von mir in deinem kleinkarierten Hirn hast. Aber ich liebe Juliet, und ich wollte nie, dass die Dinge zwischen uns so liegen wie im Moment."

Der Umstand, dass Will nicht sofort antwortete und unbehaglich auf seinem Sitz herumrutschte, verschaffte ihr einen klitzekleinen Triumph.

„Na schön", räumte er schließlich langsam ein. „Vielleicht bin ich dir gegenüber wirklich voreingenommen ... Aber wenn stimmt, was du sagst, warum hast du dann so lange nichts gegen die verfahrene Situation unternommen?"

Gemma starrte durch die Windschutzscheibe in die kahlen Äste der Bäume, die sekundenlang im Scheinwerferlicht auftauchten und wieder verschwanden. „Ich schätze, bei näherer Betrachtung habe ich einfach nicht geglaubt, dass sie mich wirklich braucht. Alles ist so gut geordnet, so unter Kontrolle. Selbst wenn ich versuche, in Juliets Leben eine Rolle zu spielen, hat sie einfach nie Platz für mich. Es ist für sie unwichtig, ob ich da bin oder nicht." Sie atmete aus. „Ich weiß nicht, ob es dir aufgefallen ist, aber meiner Schwester nahezukommen, ist ganz und gar nicht einfach."

Will stieß ein kurzes „Hmm" aus, das ihr zeigte: Er wusste genau, wovon sie redete.

„Ich wollte unsere Beziehung verbessern", fuhr sie fort, während sich eine steile Falte zwischen ihren Brauen bildete. „Mir ist klar, dass ich sie einfach als selbstverständlich betrachtet habe. Deshalb habe ich ihr vorgeschlagen, meinen Urlaub anzutreten. Ich wollte die Dinge ändern, aber ich weiß nicht, ob sie das zulassen wird ... Schon gar nicht, wenn eins ihrer Kinder unter meiner Aufsicht verschwindet."

„Verstehe.“ Das klang unverbindlich, aber sie spürte, dass sich etwas an seiner Haltung geändert hatte. Die Atmosphäre im Auto entspannte sich ein wenig.

„Und Violet ist ein gutes Mädchen“, fügte sie hinzu. „Sie hilft mir oft mit den Kleinen. Ich dachte, sie verdient vielleicht eine Chance, einfach mal fünfzehn zu sein und ein bisschen Spaß zu haben.“

Will nickte. „Hoffen wir, dass das alles ist.“ Er bog in eine Sackgasse ein, und Gemma erkannte den Namen auf dem Straßenschild als die Adresse, die Vi ihr gegeben hatte. Noch bevor das Auto stand, löste sie ihren Sicherheitsgurt und legte die Hand auf den Türgriff.

Es war nicht schwer zu erkennen, in welchem Haus Abby wohnte. In jedem Zimmer brannte Licht, und die Haustür stand offen. Dumpfes Bassgewummer tönte nach draußen, dazu das Stimmengewirr einer bunten Ansammlung von Teenagern beiderlei Geschlechts, die sich schreiend miteinander verständigten, obwohl sie nur Zentimeter voneinander entfernt standen.

Will holte Gemma ein, als sie die Haustür erreichte. „Hat jemand Violet Taylor gesehen?“, fragte sie und schaute in die Gesichter.

Ein paar der Anwesenden zuckten die Achseln. Ein Mädchen schüttelte den Kopf.

„Als ich sie das letzte Mal gesehen habe, war sie mit Callum Brady zusammen“, erklärte ein Mädchen, dessen dichte blonde Haare sein halbes Gesicht verbargen. Der Chor aus verstohlenem Kichern, der auf diese Aussage folgte, ließ Gemma und Will Blicke tauschen. Ohne weiter nachzufragen, drängte Gemma sich an den Jugendlichen vorbei, die in der offenen Tür standen, und betrat das Haus.

Sie wusste nicht, was Vi ihrer Mutter über diese Party erzählt hatte, aber das ganze Ding schrie förmlich nach sturmfreier Bude. Und angesichts der Menge zertretener Chips, vergossener Drinks und der Garderobe, die halb von der Wand gerissen war, rechnete Gemma nicht damit, dass Abbys Eltern besonders glücklich sein würden, wenn sie nach Hause kamen. Was also hatte es mit der Geschichte auf sich, die Vi ihr von einer Fete unter Aufsicht erzählt hatte?

Sie drängte sich an ein paar schlaksigen Jungs im Flur vorbei und ging weiter bis zur Küche, wobei sie sich der hochgewachsenen männlichen Präsenz hinter sich bewusst war. Auf angenehme Weise bewusst, stellte sie fest. Zu ihrer großen Überraschung stieß sie in der Küche auf zwei Frauen Ende dreißig, die an einem kleinen Tisch saßen, rauchten und Rosésekt aus Wassergläsern tranken.

„Sind Sie Abbys Mutter?“, fragte sie.

Eine der Frauen schnippte langsam die Asche von ihrer Zigarette, bevor sie aufblickte. „Ja.“

„Und Sie … Sie lassen zu, dass ein Haufen Fünfzehnjähriger Ihr Haus auf den Kopf stellt, trinkt, raucht und …“ Ihr fiel wieder ein, was sie im Vorübergehen im Wohnzimmer gesehen hatte. „… und sich befummelt?“

Die Frau starrte sie einfach nur an. „Das sind Teenager. Die tun so was nun mal.“

„Nicht Violet“, widersprach Gemma. „Solch ein Mädchen ist sie nicht.“

Die beiden Frauen wechselten einen verschwörerischen Blick.

„Wo ist sie?“, fragte Gemma.

Die andere Frau schaute kurz hoch zur Decke und grinste. Das reichte Gemma. Sie drängte sich wieder an den Körpern vorbei, die den Flur säumten, und eilte zur Treppe. Leider wusste sie nur zu gut, was Teenager auf einer Party in schwach beleuchteten Schlafzimmern anstellten. Daraus, wie dicht Will ihr auf den Fersen blieb und sie fast schon vorwärts scheuchte, schloss sie, dass ihm Ähnliches durch den Kopf ging. Schon seltsam, denn sie konnte sich ihn einfach nicht als schlaksigen Teenager vorstellen, der im Schlafzimmer der Eltern eines Freundes ein Mädchen unter einem Haufen Mäntel begrabschte.

Sie setzte den Fuß auf die unterste Treppenstufe und drehte sich zu Will um. „Vielleicht bleibst du besser hier unten?“

„Nein, ich begleite dich.“

„Denk noch mal darüber nach", bat sie und senkte ihre Stimme ein wenig. „Wir wissen nicht, was sie mit diesem Callum Brady treibt. Wenn wir in das Zimmer platzen, könnte das für alle Beteiligten peinlich werden."

Er öffnete den Mund, und sie hob eine Hand.

„Versteh mich nicht falsch. Ich werde hineinplatzen. Es ist nur so, dass Violet es vielleicht ein bisschen weniger demütigend empfindet, wenn sie von einer *Frau* in einer kompromittierenden Lage ertappt wird."

Will verzog keine Miene, aber er nickte. „Verstanden. Aber wenn du in fünf Minuten nicht wieder unten bist, komme ich rauf und suche nach dir."

Gemma lächelte schwach. „Wenn ich in fünf Minuten nicht wieder unten bin, wäre ich womöglich sogar dankbar dafür."

Sie holte tief Luft und begann, die Treppe hinaufzusteigen, wobei sie im Gewirr von Teenagern nach Violets langen dunkelblonden Haaren Ausschau hielt. Eine ganze Gruppe saß auf dem Treppenabsatz und trank billiges Supermarktbier aus Dosen. Gemma musste über ihre ausgestreckten Beine hinwegsteigen wie auf einem Hindernisparcours.

„Au", beschwerte sich jemand.

„Tschuldigung", gab sie locker zurück. Tatsächlich war sie sich ziemlich sicher, dass das Kind bereits zu benebelt war, um sich in ein paar Sekunden noch an den Schmerz zu erinnern. Sie steckte den Kopf durch eine Tür. Dahinter fand sie zwei Paare, und sie konnte hören, dass eifrig schmatzend-schlürfende Küsse getauscht wurden. Lag das am Alter? Sorgte der Hormonspiegel dafür, dass man mehr Speichel produzierte, oder was? Keine Violet. Gemma ging weiter zum nächsten Zimmer. Die Tür war geschlossen, und sie packte die Klinke und öffnete die Tür.

Drinnen war es dunkel. Nur der Schimmer der Straßenlaterne auf der anderen Straßenseite warf ein wenig Licht in den Raum. Aber sie konnte hören, dass sich etwas darin bewegte. Gemma blinzelte, versuchte herauszufinden, was der dunkle Schatten auf dem Bett war. Sie zog eine Grimasse, streckte eine

Hand aus und betastete zaghaft die Matratze. Ihre Hand traf auf verschiedene Stoffe: seidig mit Futter, kratzige Wolle, grober Strick … Erleichtert seufzte sie. Sie hatte die Mäntel gefunden. Das war alles.

Im selben Moment raschelte es am anderen Ende des Bettes, und Gemma erstarrte.

„Hallo?", fragte sie leise.

Ein klägliches Stöhnen antwortete ihr.

„Violet? Bist du das?"

Ohne eine Antwort abzuwarten, tastete sie sich zur Geräuschquelle vor. Ihre Augen hatten sich inzwischen an das schwache Licht gewöhnt, und sie erkannte eine Gestalt, die auf allen Vieren kauerte und schwer atmete.

Zum Glück war das Mädchen allein.

„Vi?"

Die Angesprochene wandte den Kopf und schaute Gemma aus trüben Augen an. „Ich kann meinen Mantel nicht finden", lallte sie. „Muss meinen Mantel finden." Sie tastete halbherzig auf dem Boden herum. „Hey! Wer hat das Bett verschoben?"

Alles in Gemma, das bereits das Schlimmste befürchtet hatte, entspannte sich ein wenig. Hier war Violet. In Sicherheit, allein und – mit Abstand am wichtigsten – vollständig bekleidet. Sanft schob sie ihre Arme unter Violets Achseln und zog das Mädchen auf die Beine.

„Hey!"

„Ich bin hier, um dich mit nach Hause zu nehmen, Schatz."

Violet drehte den Oberkörper, sodass sie sie blinzelnd anschauen konnte. „Hi, Tante Gemma. Ich fühle mich nicht besonders."

Gemma widerstand dem Impuls zu lachen, vor allem aus Erleichterung, aber auch weil Violet in beschwipstem Zustand irgendwie süß war. Sie drehte sich, sodass ihre Schulter unter Vis linker Achsel lag, und fasste das Mädchen um die Taille. Auf diese Weise schafften sie es bis fast zur Tür, aber dann begann Violet sich zu winden. „Ich muss meinen Mantel finden! Mum bringt mich um, wenn ich schon wieder einen verliere …"

Gemma wollte gerade sagen, dass unter den gegebenen Umständen Juliet der Mantel wohl egal sein würde, aber dann fiel ihr ein, dass es besser sein mochte, ihrer Schwester gegenüber nicht ins Detail zu gehen. Man musste sie ja nicht unnötig beunruhigen. Vor diesem Hintergrund war es aber vermutlich wirklich eine gute Idee, Vis Mantel zu suchen. Sonst würden sie nämlich erklären müssen, wie er verloren gegangen war.

Sie ließ Violet auf das Fußende des Bettes sinken und griff nach der Lampe auf einem Tisch in der Nähe. Violet stöhnte auf und wandte sich hastig von dem hellen Licht ab, ließ sich fallen und vergrub ihr Gesicht in dem Berg von Mänteln.

„Welche Farbe hat er?", fragte Gemma.

„Rot", murmelte Violet in eine silbergraue Skijacke.

Gemma zog die Stirn kraus. Sie war sicher, dass Violet keinen roten Mantel getragen hatte, als sie zur Party gegangen war. Einen schwarzen oder dunkelblauen. „Nein, das stimmt nicht. Vi, wie sieht dein Mantel aus?"

„Ich wollte einen roten, aber Mum hat es nicht erlaubt ...", erzählte Violet verträumt.

Gemma schüttelte den Kopf. Sie begann, den Haufen zu durchwühlen, um mit Glück etwas darin zu finden, was sie wiedererkannte. Schließlich stieß sie auf einen dunklen Dufflecoat, der ihr bekannt vorkam. Sie tippte Violet auf die Schulter. „Ist das deiner?"

Violet hob den Kopf, ließ aber die Augen geschlossen. „Nein."

Gemma wollte sie gerade wachrütteln, als sie einen Schal aus der linken Tasche lugen sah. Den kannte sie. Schließlich hatte sie ihn für Vi gekauft, als sie am Tag zuvor in der Stadt gewesen waren. Eine kurze Suche in der anderen Tasche förderte eine Monatskarte für den Bus mit Violets Namen und Foto sowie ihr Handy zutage.

Sie war gerade dabei, einem ziemlich betrunkenen und verschlafenen Teenager unsanft in den Mantel zu helfen, als es leise an der Tür klopfte. Gemma erstarrte. „Wer ist da?"

„Die Kavallerie. Deine fünf Minuten sind um."

Sie lächelte. Fünf Minuten auf die Sekunde genau – darauf hätte sie gewettet.

Er klang ein wenig nervös, als er sich noch einmal meldete. „Ist es – ähm – sicher? Kann ich reinkommen?“

„Alles in Ordnung.“

Die Tür wurde vorsichtig aufgeschoben, und Will streckte seinen Kopf herein.

„Sie ist nur ein bisschen wackelig auf den Beinen“, erklärte Gemma. „Vermutlich nicht an harte Sachen gewöhnt. Und mit harten Sachen meine ich den verwässerten Sirup im Supermarkt, der heutzutage als Apfelwein verkauft wird.“

Er stieß die Tür ganz auf und kam herein, während Gemma sich wieder daranmachte, Violets Arme in den Mantel zu bekommen. Ein wenig half der Umstand, dass sie bäuchlings auf dem Bett lag, denn so musste sie den Mantel nur über den halb bewusstlosen Teenager breiten und dann versuchen, ihre Arme in die Ärmel zu bugsieren, ohne ihr irgendwelche Knochen zu brechen. Wobei sie nicht mal sicher war, dass Violet das überhaupt gespürt hätte. Nach vollbrachtem Werk stand sie auf. Will trat neben sie, und gemeinsam betrachteten sie die leise schnarchende Gestalt auf dem Bett.

„Ich beneide sie nicht darum, wie sie sich morgen früh fühlen wird“, meinte Gemma und lachte leise in sich hinein. Dann warf sie einen raschen Seitenblick auf Will, nur für den Fall, dass er streng und missbilligend dreinschaute. Zu ihrer Überraschung lächelte er aber ebenfalls.

„Das ist ein Übergangsritus, nicht wahr? Sie wird daraus lernen.“

Gemma stupste seinen Arm mit dem Ellenbogen an. „Sag jetzt nicht, dass du in deinen Teenagerzeiten jemals weggetreten auf einem Haufen Mäntel gelegen hast.“

Er wandte sich ihr zu und sah sie an. „Man sagt ja, dass manche Leute bei Partys irgendwann immer in der Küche landen, aber ich bin stets gleich hier gelandet.“ Damit zeigte er auf den Haufen Bekleidung, der sich rasch aufzulösen schien. Mindestens ein Drittel der Mäntel lagen schon fast auf dem Fußboden.

In seinen Augen funkelte es, und Gemma fragte sich, ob er wohl genauso gut wie sie das Vergnügen *unter* dem Mantelstapel kannte und wie viele Mädchen er dort wohl geküsst haben mochte.

Und dann fragte sie sich, warum in aller Welt sie sich solche Fragen zu Will Truman stellte. Sie spürte, wie ihre Wangen heiß wurden, und unterbrach den Blickkontakt, um sich wieder ihrer Nichte zuzuwenden.

„Hilfst du mir, sie hier rauszuschaffen, oder amüsierst du dich nur köstlich, während ich versuche, sie die Treppe runterzubringen?“, fragte sie. Es klang ein bisschen bissiger, als sie beabsichtigt hatte.

Will musterte sie verdutzt – offenbar fragte er sich, was jetzt schon wieder los sei – und nahm den Teenager auf den Arm. Violet hing wie ein nasser Sack in seinen Armen, versuchte aber, eine verirrte Haarsträhne aus ihrem Gesicht zu streichen, ohne sie zu erwischen. Nach dem dritten Versuch gab Gemma Will ein Zeichen stehen zu bleiben und strich Violet die kitzelnde Strähne hinters Ohr. Allerdings brachte sie das näher an den Mann heran, und ihr stieg sein vertrautes Aftershave in die Nase, holzig und sehr männlich.

Sie trat zur Seite und schüttelte den Kopf.

Offenbar hingen die Teenagerhormone wie ein schwerer Dunst in der Luft. Jedenfalls wurde es höchste Zeit, hier rauszukommen. Sie ging voran, strahlte die auf dem Treppenabsatz hockenden halb betrunkenen Teenager an und schlängelte sich so vergnügt zwischen ihnen hindurch, dass sie ebenso verwirrt wie entgegenkommend reagierten. Dann waren sie die Treppe hinunter, aus der Tür hinaus und auf dem Weg zu Wills Auto.

Violet hob den Kopf, als die kalte Luft sie traf, und schaute zum Haus zurück. „Callum …“, flüsterte sie.

„Wer von denen ist Callum?“, fragte Gemma, die neben Will ging, auf gleicher Höhe mit Violets Kopf.

Violet stöhnte leise und deutete auf ein Pärchen. An einen mit einer knallbunten Lichterkette geschmückten Baum gelehnt, waren die beiden gerade dabei, sich gegenseitig zu verschlingen.

Ah. Das erklärte natürlich Violets Verfassung. Der Flirt war schneller gewesen als sie.

Nein, halt. Das war doch Vis Freundin Abby! Gemma erkannte sie von den Fotos auf der Facebookseite ihrer Nichte.

Arme Violet.

Es war wahrscheinlich nicht hilfreich, wenn Gemma ihr sagte, sie sei ohne den Kerl besser dran und es werde kaum das letzte Mal sein, dass ein Exemplar des männlichen Geschlechts sie dazu brachte, eine Dummheit zu begehen – meistens mit Alkohol verbunden –, dass sie aber möglicherweise irgendwann von Apfelwein auf Tequila umsteigen würde.

Jetzt war dafür nicht der richtige Augenblick. Außerdem gab es Dinge, die musste jeder selbst lernen. Gemma seufzte und half Will, ihre Nichte auf den Rücksitz seines Autos zu verfrachten.

21. KAPITEL

Als Gemma die Treppe in Juliets Haus herunterkam, stellte sie fest, dass Will im Flur auf sie wartete. Er hatte ihr geholfen, Violet nach oben zu bringen, sich aber dann ritterlich zurückgezogen, als sie vor dem Schlafzimmer des Mädchens gestanden hatten.

„Ich habe nicht viel gemacht", gestand Gemma. „Außer ihr die Schuhe und den Mantel auszuziehen und ihre Bettdecke über sie zu breiten. Und ich habe ein Glas Wasser auf den Nachttisch und eine große Schüssel auf den Fußboden gestellt. In den Kleidern zu schlafen, nachdem man eine Nacht durchgemacht hat – das ist auch ein Übergangsritual, nicht wahr?" Vi hakte an diesem Abend offenbar eines nach dem anderen ab. „Ich hätte ja gesagt, das ist so gar nicht typisch für sie. Hast du eine Ahnung, warum sie das getan hat?"

Er schüttelte den Kopf. „Liebe, vor allem Jugendliebe … Ergibt sie jemals Sinn und Verstand?"

Für einen so praktisch veranlagten Mann war das eine ziemlich schwermütige Frage. Gemma warf einen Blick nach oben. „Ich glaube, da steckt mehr dahinter. Meinst du …?" Sie brachte den Satz nicht zu Ende und runzelte die Stirn.

„Meine ich was?"

Sie verzog das Gesicht. Was sie als Nächstes sagen wollte, löste Unbehagen in ihr aus. „Ich habe nur den Eindruck, dass in letzter Zeit … Nun ja, vielleicht hat Juliet sie ein bisschen zu hart angefasst. Zu viel von ihr erwartet."

Will reagierte ein wenig gereizt. Eine instinktive Reaktion, so viel konnte sie erkennen. Sie hatte Juliet kritisiert, und das mochte er nicht, aber dann sah sie, dass er sich ihre Frage durch den Kopf gehen ließ.

„Vielleicht", meinte er schließlich. „Die letzten Jahre waren hart für Juliet, und ich glaube, sie hat sich sehr darauf verlassen, dass Violet ihr hilft. Ich war bisher nicht der Meinung, dass sie zu viel verlangt hat, aber vielleicht empfindet Violet das anders."

„Wenn Violet sich ein wenig überfordert gefühlt hat, dann wäre das eine Erklärung, warum sie bei der ersten sich bietenden Gelegenheit etwas Dummes und Rebellisches tut." Gemma lachte selbstironisch. „Glaub mir, damit kenne ich mich bestens aus."

Sie schüttelte den Kopf und sah ihm direkt in die Augen. „Mir scheint, ich muss dir heute andauernd danken."

Seine Miene wurde kein bisschen freundlicher. „Kein Problem. Deiner Schwester helfe ich gern."

Natürlich. Einen Moment lang hatte sie geglaubt, sie wären ein Team gewesen und hätten zusammengearbeitet, um Violet nach Hause zu holen. Aber jetzt fiel ihr wieder ein, dass sie nur stellvertretend hier stand. Sie war für Juliet eingesprungen. Aber das bedeutete noch lange nicht, dass er ihren Dank nicht verdient hatte. Und obendrein vielleicht, mochte es auch noch so schmerzhaft sein, eine Entschuldigung. Also räusperte sie sich. „Und es tut mir leid ... was ich gesagt habe ..."

Seine Brauen schnellten in die Höhe. „Bei welcher Gelegenheit?"

Sie strich sich mit der Hand über die Stirn. „Bei den meisten, vermutlich. Aber ich spreche jetzt von dem, was ich im Sommer gesagt habe. Das mit dem Stock, den du verschluckt hast und der dir deshalb ... im Hintern ..."

Seinerzeit hatte sie natürlich etwas andere Worte gewählt. Um seine Lippen zuckte es. „Danke. Ich wusste nicht, dass du meinem Hintern genug Aufmerksamkeit geschenkt hast, um die Sache noch einmal zu überdenken."

Gemma blinzelte überrascht. Er hatte nicht nur ihre Entschuldigung akzeptiert. Was er gerade gesagt hatte, klang verdächtig nach Flirten.

Röte stieg ihr in die Wangen, obwohl sie Weltmeisterin im Flirten war und seit dreißig Jahren in Gegenwart von Männern noch nie auf den Mund gefallen war. „Das war mir auch nicht bewusst. Aber anscheinend habe ich das."

Oh oh, das wiederum klang verdächtig danach, als flirte sie zurück. Und es entsprach gar nicht dem, was sie hatte sagen wollen. Wahrscheinlich sollte sie ihn jetzt zur Tür scheuchen und sie hinter ihm schließen. Fest.

Stattdessen sagte sie: „Hör mal, im Kühlschrank steht eine Flasche Wein, und ich glaube, wenn je ein Abend ein beruhigendes Gläschen gerechtfertigt hat, dann dieser. Hättest du Lust, mir dabei Gesellschaft zu leisten?“ Sie deutete zur Küche hinüber.

Sie füllte Wills Glas großzügig mit Wein, dann auch ihr eigenes und setzte sich an den Küchentisch. Nur die Lampen unter den Oberschränken waren eingeschaltet. Juliet hatte kleine handgearbeitete Christbaumanhänger an den Schrankgriffen befestigt – kleine Herzchen aus Karostoff und Filzsterne. Das sah alles sehr gemütlich und weihnachtlich aus. Am liebsten hätte Gemma jetzt ein wenig Glühwein und Weihnachtsgebäck gehabt, aber da sie im Supermarkt nur zwei Pakete hatte auftreiben können, bewahrte sie die für morgen auf.

Beziehungsweise für heute, wie ihr ein Blick auf die Küchenuhr zeigte, deren kleiner Zeiger sich der Eins näherte.

„Frohe Weihnachten“, sagte sie zu Will und hob ihr Glas. „Worauf wollen wir trinken?“

Er schaute sie ruhig an. „Auf einen Waffenstillstand?“

Gemma lachte. „Gute Idee … er hat uns ja praktisch schon eingeholt.“

Will lächelte nur. „Wie steht's mit den Weihnachtsvorbereitungen?“

„Die waren ein Alptraum“, gab sie zu und nahm einen Schluck Wein. „Nach dem Supermarkt heute Morgen habe ich das Haus aufgeräumt – nach Juliets Maßstäben, wohlgemerkt –, und dann wurde mir klar, dass ich nicht wusste, wo sie die Geschenke für die Kinder versteckt hat. Ich brauchte zwei Stunden, um das Versteck zu finden, und habe dabei solche Unordnung angerichtet, dass ich gleich noch mal aufräumen musste.“

„Und das Essen? Ist dir noch was eingefallen?“

Gemma seufzte. „Sozusagen.“ Sie hatte all ihre Improvisationskünste und Kreativität einsetzen müssen. Schließlich war sie es nicht gewohnt, für viele Leute zu kochen, zumal wenn der ganze Speiseplan über den Haufen geworfen worden war. „Ich musste zwei der Au-pair-Mädchen aus Juliets Kirche anrufen und ihnen absagen. Aber das konnte ich weder mit Mrs Waterman noch mit Onkel Tony und seiner Freundin tun, also werden sie essen müssen, was auf den Tisch kommt. Wir werden genug haben, aber natürlich wird das nicht Juliets perfektes Weihnachtsmenü, sondern eher etwas …"

„Aus dem Ärmel geschüttelt?", schlug Will vor.

Gemma lachte in sich hinein. „Ich wollte eigentlich ungenießbar sagen, aber deine Bezeichnung gefällt mir wesentlich besser."

Ihr war bewusst, dass seine Füße ihr jetzt sehr viel näher waren, und sie zog ihre eigenen unter den Stuhl zurück. „Ich hab's beim Gemüsehändler versucht, aber weder Geld noch gute Worte haben geholfen. Die anderen Gemüse, die ich haben wollte, habe ich einfach nicht bekommen. Um die Pastinaken tut es mir leid, aber nicht um den Rosenkohl. Den mag sowieso niemand."

Will verzog das Gesicht.

Gemma sah ihn entsetzt an. „Du magst ihn doch nicht etwa?"

„Doch", erwiderte er und zuckte mit einer Achsel. „Ich weiß nicht, was daran so schrecklich sein soll."

„Komischer Kauz", sagte sie.

„Selber", gab er zurück.

Sie nahm eine Satsuma aus der Obstschale mitten auf dem Tisch und warf sie halbherzig nach ihm. Er musste sich nicht einmal ducken, denn sie flog einfach an ihm vorbei und rollte über den Fußboden, bis sie an der Scheuerleiste liegen blieb.

„Ich dachte, wir hätten einen Waffenstillstand geschlossen", erinnerte er sie völlig unbeeindruckt.

„Haben wir. Aber das heißt noch lange nicht, dass ich dich nicht auf Trab halten werde", erklärte sie leichthin. „Egal … außer dem Hähnchen werde ich eine Sache selbst zubereiten, und das wird die Brotsauce, denn nur dafür habe ich alle nötigen Zutaten."

„Ohne Brotsauce ist Weihnachten kein Weihnachten", erklärte Will sehr ernsthaft.

Gemma schaute ihn wortlos an.

„Was? Hältst du mich auch für einen komischen Kauz, weil ich Brotsauce mag?"

Sie schüttelte den Kopf. „Nein", sagte sie leise. „Ich liebe Brotsauce. Es hat mich nur schockiert, dass wir jetzt tatsächlich doch noch etwas gefunden haben, über das wir uns einig sind."

Er antwortete nicht, und er lächelte nicht, aber die ungewohnte Wärme schlich sich wieder in seine braunen Augen. Plötzlich fand Gemma den Inhalt ihres Weinglases sehr faszinierend. Und während sie in den Chardonnay starrte, kam ihr ein Gedanke. Einer, den sie vorher nicht gehegt hatte, weil sie das – ganz offen gesagt – nicht wollte.

„Will …?", fragte sie und schaute ihn unter gesenkten Wimpern hervor an. „Hast du morgen schon was vor?"

„Ja", erwiderte er achselzuckend.

„Den Tag vor dem Fernseher verbringen, ein chinesisches Festessen für eine Person und eine Flasche Rotwein zählen nicht", erklärte sie.

Er wandte den Blick ab. „Es wäre eine sehr friedvolle Art, den Tag zu verbringen – nach all den durchgebrannten Sicherungen, fehlenden Truthähnen, Kamikaze-Einkaufstouren und ausgerissenen Teenagern."

„Ich weiß, dass Juliet dich eingeladen hat", sagte sie und tippte auf das Notizbuch, das mitten auf dem Küchentisch lag. „Du hast es aber nie erwähnt."

„Ah."

Sie drängte nicht auf eine ausführlichere Antwort, denn ihr war durchaus klar, dass er – höflich, wie er war – ihr aus dem Weg gegangen war. Sie hatte geglaubt, sie beide hätten sich stillschweigend darauf geeinigt, dass es keine gute Idee wäre, Weihnachten zusammen zu verbringen. Aber jetzt kam es ihr gemein vor. Und kleinkariert.

„Bitte komm", sagte sie, hob den Kopf und schaute ihn jetzt richtig an. Ihr Blick übermittelte dieselbe Bitte, noch lange, nachdem sie ausgesprochen war. „Juliet wollte es so, und ohne deine Hilfe würden wir alle im Dunkeln essen, nachdem wir das Hähnchen bei Kerzenlicht gegart haben, oder die Wälder in der Umgebung nach einem verlustig gegangenen Teenager absuchen. Du hast es verdient zu kommen."

Er schüttelte den Kopf. „Ich möchte nicht aus Mitleid eingeladen werden, nur weil du meinst, ich hätte es mir verdient."

Gemma ließ ihre Schultern hängen und hob den Blick gen Himmel. Na schön, ein Waffenstillstand bedeutete, keine offenen Kampfhandlungen mehr. Aber offensichtlich hatten sie immer noch Probleme miteinander. „So habe ich es nicht gemeint."

Er zog eine Braue in die Höhe, ein Trick, den sie schon immer gern selbst beherrscht hätte, aber einfach nicht zustande brachte. „Was hast du dann gemeint?"

„Ich meine …" Sie atmete tief durch. Bei diesem Mann hatte es keinen Sinn, raffiniert oder clever vorzugehen. Er durchschaute sie immer sofort und schon von Weitem. Also beschloss sie, es einfach mit der Wahrheit zu versuchen. „Ich meine: Ich möchte, dass du kommst."

Da. Sie hatte es gesagt. Es laut zugegeben. Ihm und sich selbst gegenüber.

Seine Augenbraue senkte sich wieder. „Dann nehme ich die Einladung gerne an. Und ich habe ein Hähnchen im Gefrierschrank, das ich über Nacht auftauen lassen könnte. Zwei Vögel sind ganz sicher besser als einer. Wir können sie zusammen zubereiten …"

Aus irgendeinem Grund wurde Gemma rot. „Nein, ist schon gut. Ich habe Juliet versprochen, mich ums Kochen zu kümmern, und das tue ich auch." Aus irgendeinem Grund war ihr das jetzt sehr wichtig.

Einer seiner Mundwinkel zuckte nach oben. „Ich meinte, im selben Backofen."

„Oh." Na toll. Jetzt klang sie wie ein verlegenes Schulmädchen. „Oh, prima. Wunderbare Idee." Auf der Suche nach einem neuen Gesprächsthema ließ sie den Blick durch die Küche schweifen, und er fiel auf die Weinflasche auf der Küchentheke. „Noch ein Glas?"

Ohne eine Antwort abzuwarten, sprang sie auf und füllte ihre Gläser neu. Eine Weile schwiegen sie beide und nippten nur an ihrem Wein. Obwohl Gemma sich bemühte, jeden Blickkontakt zu vermeiden, stellte sie fest, dass sie alle paar Sekunden unweigerlich zu ihm hinübersehen musste.

Will stellte sein Glas ab und schaute sie aufmerksam an. „Ich hatte falsche Vorstellungen von dir, nicht wahr?"

„Das haben viele", gab sie widerwillig zurück. „Und ich weiß auch, woher: von meiner Schwester." Gemma schob ihren Stuhl zurück und stand auf, das Weinglas in der Hand. Aus irgendeinem Grund konnte sie nicht stillsitzen. Sie musste auf und ab gehen, während sie über dieses Thema nachdachte. „Mir ist bewusst, dass einiges vom dem stimmt, was sie über mich sagt. Aber so schlecht, wie sie glaubt, bin ich nicht."

„Ein typisches Problem zwischen Geschwistern", bestätigte Will mitfühlend.

Sie blieb stehen und sah ihn an. „Hast du Brüder und Schwestern?"

Er nickte. „Einen Bruder und eine jüngere Schwester, sie ist am schlimmsten. Noch dazu ist sie Psychologin. Das heißt, sie analysiert mich nicht nur ständig, sie versucht auch permanent, mich zu therapieren."

Gemma lächelte. „Willkommen im Club." Freundschaftlich grinsten sie einander an.

„Juliet glaubt, ich wäre der Liebling meiner Eltern gewesen", erzählte sie ihm traurig. „Und ich glaube, es muss tatsächlich so ausgesehen haben, weil Mum und Dad einen Narren an mir gefressen hatten. Aber ich weiß, dass unsere Eltern sie geliebt haben." Sie runzelte die Stirn. „Aus irgendeinem Grund war Mum immer strenger zu ihr als zu mir, aber ich habe nie verstanden, warum. Sie wurde wegen der kleinsten Kleinigkeit ausgeschimpft, und mir ließ Mum selbst das Schlimmste durchgehen. Im Rückblick kann ich erkennen, wie unfair das war. Aber zu mir waren sie auch unfair ..."

Will stand auf und lehnte sich ihr gegenüber an die Küchentheke. „Tatsächlich?"

„Sie hatten Geheimnisse vor mir", sagte sie, und ihre Mundwinkel sanken herab. „Das hat Juliet mir erzählt, und deshalb verstehe ich heute, warum ich mich manchmal ein wenig … ausgeschlossen von allem fühlte. Meine Eltern waren wirklich wunderbar, aber ich fühlte mich trotzdem oft, als gehörte ich nicht dazu."

Er sagte nichts, aber seine Miene ließ erkennen, dass er bereit war, ihr zuzuhören. Das rührte eine Saite tief in ihrem Inneren an. Wann hörte Juliet ihr jemals richtig zu? Sie filterte immer alles, was Gemma tat, durch ihre eigenen Vorstellungen, hörte nur, was sie hören wollte, sah nur, was sie sehen wollte.

„Mir ist klar, warum sie das taten", fuhr sie leise fort und wandte den Blick ab. „Sie hielten mich nicht für stark oder fähig genug, damit fertigzuwerden." Juliet hingegen schon, und zwar immer. Kurz sah sie Will an. „Aber ich bin stark. Schau dir nur meinen Job an! Der ist wirklich fordernd, und ich bin richtig gut darin, aber meine Familie hat das nie begriffen. Für sie war und blieb ich immer die kleine Gemma – nur Flausen im Kopf, sonst nichts …"

Sie schüttelte den Kopf, wandte sich ab, griff nach der Weinflasche und füllte ihr Glas nach, nur um etwas zu tun. Dann stieß sie einen langen Seufzer aus. „Egal … mittlerweile habe ich mich daran gewöhnt. Es macht mir nichts mehr aus."

Als sie sich umdrehte, mit dem Po an die Theke lehnte und damit Wills Haltung spiegelte, stellte sie fest, dass er sie genau beobachtete. Oh doch, es macht dir etwas aus, schienen seine Augen zu sagen. „Hast du jemals mit Juliet darüber gesprochen?"

Erneut schüttelte sie den Kopf. „Ich habe es vor Weihnachten versucht, aber du weißt ja, wie das in Familien so ist: Man ist so an eine bestimmte Dynamik gewöhnt, zumal wenn man damit aufgewachsen ist, dass einem der Gedanke, es müsste nicht unbedingt so sein, gar nicht erst kommt." Sie seufzte. „Im Ergebnis haben wir uns nur gewaltig gestritten – wie immer über dieselben alten Themen – und nicht ein einziges Problem gelöst."

Sie starrte in ihr Weinglas. „Ob sich das jemals bessern wird, weiß ich nicht. Ich bin, wie ich bin, Will. Egal wie sehr ich mich anstrenge, ich glaube nicht, dass ich jemals Juliets hohen Maßstäben gerecht werden kann. Sie ist ja nicht mal bereit, sie für sich selbst ein wenig zu lockern, also welche Chance habe ich dann? Da ist es einfacher …“

„Wegzulaufen?“, vollendete er den Satz. Es klang leichthin gesagt, aber die Wärme war aus seinen Augen verschwunden. „Du klingst wie jemand, den ich mal gekannt habe.“

„Ich laufe nicht weg“, erwiderte sie leise. Jedenfalls nicht, solange man sie nicht von sich stieß.

„Nein? Dann sag mir, wie viele deiner Beziehungen länger gehalten haben als ein halbes Jahr?“ Jegliche Aufgeschlossenheit war aus seiner Stimme geschwunden. Jetzt klang er wieder wie Juliet.

„Nicht viele.“ Aber das hatte nichts zu bedeuten. „Was willst du mir damit sagen?“

Sein Blick schien sie zu durchbohren. „Dass du zu diesen Leuten gehörst.“

Gemma richtete sich auf. „Was für Leute?“

Ein leichtes Kopfschütteln. „Die Sorte, die nie jemanden an sich heranlässt.“

Gemma öffnete den Mund, um zu widersprechen, um zu sagen, das Problem liege auf Juliets Seite, nicht auf ihrer. Aber keine Silbe, kein Wort kam heraus. Hatte Michael nicht genau dasselbe zu ihr gesagt? Dass sie sich ihm nie ganz geöffnet habe, einen Teil von sich vor ihm zurückhalte? Zu dem Zeitpunkt hatte sie das als gewaltigen Schock erlebt, und sie hatte seine Aussage sofort als unzutreffend verworfen.

Will musste die Zweifel in ihrer Miene erkannt haben, denn er redete weiter. „Die Sorte, die davonrennt, wenn jemand versucht, ihnen nahezukommen.“

Sie schüttelte den Kopf. „Das stimmt nicht. Ja, ich hatte viele Beziehungen, die nach ein paar Monaten auseinandergegangen sind. Aber das lag nicht an mir allein. Genau genommen war es umgekehrt: Meistens sind die Männer abgehauen, bevor ich es tat.“

Bevor ich es tat.

Die Worte hingen zwischen ihnen in der Luft.

Diese unzuverlässigen Männer, die sie praktischerweise immer zu wählen schien ... Diese Typen, die garantiert schnell aufgeben und nie zu viel von ihr verlangen würden.

Gemma ignorierte das Körnchen Wahrheit, über das sie unversehens gestolpert war. „Nur zu deiner Information: Ich dachte, mein letzter ernsthafter Freund wäre der Mann fürs Leben, aber er hat mich sitzen lassen. Deine kleine Theorie ist also falsch, verstehst du?“ Damit drehte sie sich um und nahm einen großen Schluck Wein, damit er nicht das verräterische feuchte Glänzen in ihren Augen sah.

Was war denn so falsch daran, niemanden zu schnell an sich heranzulassen? Sie hielt das für ein ausgesprochen vernünftiges Verhalten, wenn die Menschen, die ihr am nächsten standen, sie ständig nur verurteilten und ihre Mängel sahen.

Sie stellte ihr Weinglas auf die Arbeitsplatte und funkelte ihn zornig an. „Bei Michael habe ich es versucht. Er hat mich trotzdem verlassen. Ich wäre nicht fortgelaufen. Nicht, wenn er mir eine Chance gegeben hätte.“ Ihre Stimme brach am Ende des Satzes, und eine Welle von Scham überflutete sie.

Sie hatte erwartet, wieder die übliche verurteilende Miene zu sehen, die Will so oft aufsetzte, aber stattdessen waren seine Züge weich geworden. Er schaute sie an, als verstände er jedes Wort, was sie sagte.

Aah.

„Wer war sie?“, fragte sie leise und sah, wie er überrascht zusammenzuckte.

„Wer war wer?“ Es klang so locker, so beiläufig. Offenbar war sie nicht die Einzige, die die Wahrheit verschleierte und so tat, als wäre ihr alles egal.

„Die Frau, die dich verlassen hat.“

Will wurde sehr still. Er sagte kein Wort, und seine Miene wurde ausdruckslos.

„Nun komm schon. Ich habe dir mein Herz ausgeschüttet. Jetzt bist du dran.“

Eine Weile rührte er sich nicht und verzog keine Miene, aber dann zog er scharf die Luft ein, und seine Augen fokussierten sie wieder. „Sie hieß Samantha. Wir waren drei Jahre zusammen, doch als ich sie bat, mich zu heiraten, verschwand sie mitten in der Nacht und kam nie zurück."

Autsch.

Gemma stellte fest, dass ihr dazu kein schlagfertiger Kommentar einfiel. Nicht angesichts der Trostlosigkeit in seinem Blick. „Das tut mir leid", sagte sie, und sie meinte es so, auch wenn es beliebig klang, eine Floskel, die Leute so von sich gaben, wenn sie nicht wussten, wie sie reagieren sollten.

„Das muss es nicht", sagte er. „Das warst ja nicht du."

Und auch das war nicht die inhaltsleere Standardantwort. Die Art, wie er sie anschaute, sagte ihr, dass er verstand. Sie hatte ein paar Dummheiten in ihrem Leben begangen – und ein paar ausgesprochen unsensible Dinge noch dazu –, aber *das* hatte sie nie getan. Und sie würde es auch nie tun.

Der Gedanke erfüllte sie mit Wärme.

Nein, der Wein war schuld.

Allmählich wurde es ihr zu ernst, zu unbequem.

Zu viel Nähe.

Bewusst warf sie einen Blick auf die Uhr. Der erste Weihnachtstag war längst angebrochen. „Ich glaube, ich mache lieber Schluss für heute", meinte sie und leerte ihr Glas. „Heute Morgen habe ich noch unglaublich viel Arbeit vor mir."

Will nickte, akzeptierte den Schlusspunkt, den sie angeboten hatte, obwohl er den Blick nicht von ihr wendete, als er sein Glas abstellte und durch die Küche ging. Sie folgte ihm bis zur Haustür. Als er sich abwandte, um zu gehen, wurde ihr klar, dass sie noch eine Sache brauchte. Noch eine Wahrheit. Und Will schien der einzige Mensch zu sein, der bereit war, sie ihr zu geben.

Sie atmete tief durch und stellte ihre Frage. „Hast du den Eindruck, dass ich mich vor dir verschließe?"

Zu ihrer großen Überraschung fing Will an zu lachen. „Wenn das deine Art ist, dich zu verschließen, dann wird es höchste Zeit für *mich*, die Flucht zu ergreifen."

22. KAPITEL

Nur wenige Stunden nachdem sie sich von Will verabschiedet hatte, lag Gemma in tiefem Schlaf. Ihre Träume waren beherrscht von den Weihnachtsvorbereitungen der letzten Woche: bunte Lichterketten, die wie Schlangen durchs Haus krochen, Rosenkohlröschen, die wie Schneeflocken vom Himmel purzelten, und ein Truthahn, dem sie in einem leeren Supermarkt hinterherjagte. Jedes Mal, wenn sie sich auf ihn stürzen wollte, schoss er auf seinen plumpen, kleinen gerupften Schenkeln davon und lachte sie aus.

Sie hörte ein polterndes Geräusch hinter sich und drehte sich um. Es wurde lauter, kam näher und klang irgendwie sehr nach … Rentierhufen?

Und dann lag sie wieder im Bett. Die fluoreszierende Supermarktbeleuchtung war weg, und etwas, das einem großen Sack ähnelte, landete auf ihrer Brust. Ein zweiter folgte und nahm ihr fast den Atem.

Der Weihnachtsmann?

Aber plötzlich hatten die Säcke Knie und Ellenbogen und kicherten und flüsterten in einer Lautstärke, die einem Rufen deutlich näherkam. Gemma schlug die Augen auf und hob den Kopf. Die Schlafzimmertür stand halb offen, und im Dämmerlicht konnte sie zweimal das gleiche grinsekatzenähnliche Lächeln und zwei Paar glitzernder Augen sehen.

„Frohe Weihnachten, Jungs“, stieß sie heiser hervor, ließ den Kopf wieder aufs Kopfkissen fallen und schloss die Lider.

„Der Weihnachtsmann war da! Der Weihnachtsmann war da!“, riefen sie im Chor, und unter ihrer kaum beherrschten Aufregung begann die Matratze zu beben.

„Kein Rumhüpfen!“ Sie hatte immer noch blaue Flecken vom letzten Mal.

Die Zwillinge hörten tatsächlich auf herumzuspringen, begannen aber stattdessen, sie anzustupsen. Erneut öffnete sie die Augen.

„Dürfen wir unsere Strümpfe leeren, Tante Gemma?", bettelte Josh.

Sie stützte sich auf einen Ellenbogen und wandte sich um zum Wecker. Igitt. Erst halb sechs. Trotzdem hatte sie vermutlich Glück, dass die beiden so lange geschlafen hatten. Ihr Instinkt sagte ihr, es sei sinnlos, sie zurück ins Bett zu schicken, damit sie noch ein wenig Schlaf bekamen.

„Wir leeren unsere Strümpfe immer auf Mummys Bett", erläuterte Jake. „Sie möchte auch gern sehen, was der Weihnachtsmann uns gebracht hat."

Gemma lächelte. Sie wusste längst genau, was in jedem Päckchen steckte, genau wie Juliet es in den letzten Jahren gewusst haben musste. Es ging ihr nicht darum, die Geschenke zu sehen, sondern die Freude auf den Gesichtern der Kinder. Und da Gemma mindestens die Hälfte des Strumpfinhalts hatte kaufen müssen, stellte sie fest, dass auch sie sich darauf freute – obwohl noch ein paar Stunden vergehen würden, bis es auch nur dämmerte.

„Warum schaust du nicht mal nach, ob Polly schon wach ist, Josh?"

Josh hüpfte sofort vom Bett und rannte aus dem Zimmer. Jake machte Anstalten, ihm zu folgen. „Soll ich Violet holen?"

„Nein", meinte Gemma zögernd. „Ich glaube, Violet möchte jetzt noch nicht geweckt werden."

„Warum?", wollte Jake wissen.

Gemma hüstelte und schaute zur Tür. Sie dachte an das Mädchen und daran, dass Violet sich vermutlich eher das Ende der Welt herbeiwünschte als den ersten Weihnachtstag, wenn sie endlich die Augen aufbekam. „Weil sie … Nun ja, es ist spät geworden gestern Abend."

„Und du weißt doch, wie Teenager sind", mischte sich eine hochnäsig klingende Kinderstimme ein. Polly war ihrem Bruder in Gemmas Schlafzimmer gefolgt. Ihren Strumpf schleppte sie mit und setzte sich ein wenig zimperlich auf die Bettkante, während ihre Brüder sich so richtig auf dem Bett breitmachten und herumhampelten. „Violet ist in letzter Zeit praktisch nachtaktiv geworden."

„Aber wir leeren unsere Strümpfe immer gemeinsam“, jammerte Jake. „Sie wird wütend auf uns sein. Violet ist im Moment immer wütend auf uns, und das mag ich nicht.“

„Ich glaube, sie wird das verstehen“, beruhigte Gemma ihn. „Und wenn nicht, könnt ihr mir die Schuld in die Schuhe schieben.“

Bei der Aussicht hellten sich die Mienen der Jungs auf, und natürlich war die Verlockung, die kleine Spielzeuge und Süßigkeiten boten, einfach zu groß. Sie stürzten sich auf ihre Strümpfe und begannen, das Geschenkpapier von den ersten Päckchen zu reißen. Nach wenigen Sekunden hielt Jake inne.

„Tante Gemma, warum sind unsere Geschenke alle glitschig und klebrig?“

Ah. Der Pritt-Stift. Der Klebstoff war immer noch nicht trocken.

„Nun, der Weihnachtsmann musste dieses Jahr unheimlich viele Geschenke einpacken, und da ist ihm der Tesafilm ausgegangen“, antwortete sie. „Außerdem ist es umweltfreundlicher, Klebstoff zu benutzen.“ Sie war sich nicht sicher, ob das stimmte oder nicht. Aber so, wie Umweltthemen heutzutage schon in der Grundschule betont wurden, ging sie davon aus, dass sie die Kinder zu allem bringen konnte, solange sie ihnen nur erzählte, das sei umweltfreundlich.

Polly schnaubte verächtlich. „Man sollte meinen, ein Mann seines Alters und seiner Erfahrung wäre ein bisschen besser organisiert“, murmelte sie, während sie vorsichtig ihr erstes Geschenk aus dem Papier wickelte.

Gemma schob sich ein Kissen in den Rücken und ließ sich lächelnd dagegen sinken. Sie freute sich mit den Kindern über jede neue Entdeckung, die das Weihnachtspapier freigab. Ja, sie versuchte sogar, ein oder zwei Schokoladenmünzen zu schnorren. Hundemüde war sie, aber glücklich. Und jetzt verstand sie auch, warum Juliet sich abhetzte, um all diese Kleinigkeiten zu kaufen. Die Belohnung machte die Mühe mehr als wett.

Als die Kinder etwa die Hälfte ihrer Geschenke ausgepackt

hatten, schaute Josh zu ihr auf. „Willst du deinen Strumpf nicht leeren, Tante Gemma?“

Sie lächelte nur. „Ich habe keinen, Schatz, und ich genieße es, euch dabei zuzusehen, wie ihr eure auspackt.“

„Doch, hast du!“, rief Jake und deutete auf das Fußende ihres Bettes.

Gemma sah nach, worauf er zeigte, und tatsächlich: Zu ihrer großen Überraschung lag da ein handgearbeiteter Weihnachtsstrumpf mit einer großen Schleife dran. „Wie …? Was …?“ Ihre Augen wurden schmal, und sie schaute Polly und die Jungs misstrauisch an. „Habt ihr den da hingelegt?”

Alle drei schüttelten die Köpfe.

„Wie könnten wir?“, fragte Josh. „Das macht doch der Weihnachtsmann.“

Gemma starrte die drei nur an, und als Polly ihr den Strumpf reichte, der vollgestopft mit Geschenken in Weihnachtspapier war, das sie noch nie gesehen hatte, schnürte es ihr die Kehle zu. Sie drückte ihn an ihre Brust, genoss das Rascheln des Papiers und die schwindelerregende Vorfreude.

„Willst du deine Geschenke gar nicht auspacken?“, fragte Polly.

Gemma lächelte breit. „Doch, und ob ich das will.“ Und dann griff sie in den Strumpf, nahm das oberste Päckchen und begann, das Geschenkpapier aufzureißen.

Gemma starrte auf das Rezept für die Brotsauce in Juliets Notizbuch, als hinter ihr schlurfende Schritte vernehmbar wurden. Da die Kleinen in ihren Zimmern mit den Spielzeugen beschäftigt waren, die sie zu Weihnachten bekommen hatten, war nicht schwer zu erraten, wer da kam.

Sie hatten gefrühstückt und darauf gewartet, dass Violet auftauchte, denn ursprünglich hatten sie sie zum Öffnen der großen Geschenke mit einbeziehen wollen. Aber gegen halb acht waren die Zwillinge völlig durch den Wind gewesen, und Gemma hatte nachgegeben. Außerdem musste jeder die Konsequenzen seines Handelns selbst tragen, wie Juliet zu sagen pflegte.

Gemma stellte den Messbecher ab, den sie hielt, und drehte sich zu Violet um. „Frohe Weihnachten", sagte sie fröhlich. „Wie geht es dir heute Morgen?" Violet zuckte beim Klang ihrer Stimme schmerzlich zusammen, und Gemma spürte einen Hauch von Mitleid. „So gut, hmm?"

Das Mädchen, grau im Gesicht und ziemlich derangiert, zuckte nur die Achseln.

Gemma konzentrierte sich wieder auf das Rezept. Dreihundert Milliliter Milch … Sie maß die angegebene Menge ab, kippte die Milch dann in eine Stielkasserole und stellte sie auf den Herd. Während sie die Milchflasche zurück in den Kühlschrank stellte, wandte sie sich an Violet. „Ich glaube, du schuldest Will ein großes Dankeschön, wenn er nachher kommt."

Violets Lider sanken ein wenig herab. „Meinetwegen."

Nur ein kleines Wort, aber es traf Gemma auf dem falschen Fuß. Sie hatte sich darauf vorbereitet, gut gelaunt und verständnisvoll zu reagieren, aber das Mindeste, was sie von Violet erwartete, war eine Entschuldigung. Und vielleicht ein kleines bisschen Dankbarkeit dafür, dass sie ihr zu Hilfe gekommen waren.

„Du hast mir gestern Abend ziemliche Angst eingejagt, weißt du", erklärte sie bemüht locker. Es fiel ihr schwer, diesen Tonfall beizubehalten. „Du hast vielen Leuten mit deinem leichtsinnigen Verhalten eine Menge Umstände bereitet. Warum bist du nicht ans Telefon gegangen?"

Violet zuckte die Achseln. „Ich hatte es in meiner Manteltasche gelassen."

„Und du solltest um Viertel nach zehn zu Hause sein. Was war mit der Heimfahrt, die wir organisiert hatten?"

„Keiras Mutter wollte noch ein bisschen bleiben und sich mit Abbys Mutter unterhalten, bevor wir nach Hause fuhren. Sie hat mich nach oben geschickt, damit ich meinen Mantel hole."

Ah, das war also die zweite Frau in der Küche gewesen. Gemma fiel wieder ein, was für einen gewaltigen Drink sie vor sich stehen gehabt hatte, und war plötzlich sehr froh darüber, dass Violet nicht von ihr nach Hause gefahren worden war.

„Musstest du dich letzte Nacht übergeben?", erkundigte sie sich.

Violet schüttelte den Kopf.

Glück gehabt, Mädchen. Gemma verschränkte die Arme vor der Brust und wartete. Jetzt sollte Violet eigentlich endlich den Mund aufmachen und sagen: *Danke, Tante Gemma, dass du dich kurz vor Mitternacht auf den Weg gemacht hast, um mich abzuholen. Danke, dass du mich nicht zur Schnecke machst und mich davor bewahrt hast, dass mir etwas passiert oder ein Junge meine Situation ausnutzt und mich schwängert.* Aber Violet strich nur mit dem bestrumpften Fuß über den Küchenfußboden, bevor sie aufblickte. Ihre Augen wirkten leer und völlig unbeeindruckt.

„Und …?"

„Und was?", gab das Mädchen zurück. „Ich bin wohl kaum der erste Teenager, der sich auf einer Party betrinkt. Entspann dich!"

Die Milch auf dem Herd begann zu kochen. Gemma erkannte, dass es ihr innerlich ähnlich ging. Hier stand sie, rannte umher wie ein kopfloses Huhn, versuchte Vi und den anderen Kindern ein perfektes Weihnachtsfest zu bereiten, und das Mädchen nahm das alles für selbstverständlich. Die Milch sprudelte, Tropfen spritzten auf die heiße Platte.

„Ich glaube einfach nicht, dass du so egoistisch bist", sagte sie mit erstickter Stimme. Und hörte zugleich in ihrem Kopf Juliet dieselben Worte sagen. Es war ein ziemlich bizarres Déjà-vu. Genau diese Unterhaltung hatte sie schon oft erlebt, aber jetzt stand sie auf der anderen Seite, erlebte das Ganze zum ersten Mal aus Juliets Sicht.

Erneut zuckte Violet mit den Achseln, aber jetzt schaute Gemma genauer hin und erkannte die Scham und das Schuldbewusstsein in ihrer Miene, bevor das Mädchen sich abwandte.

Es traf sie wie ein Schlag ins Gesicht. Genau so fühlte Juliet sich immer, wenn Gemma einen ihrer eigenen Fehler herunterspielte. Jedes Mal, wenn sie so tat, als wäre das Ganze doch nur eine Kleinigkeit und Juliet übertreibe mal wieder maßlos.

Kein Wunder, dass Juliet sich darüber aufregte.

Um sich zu beruhigen, atmete sie kontrolliert, und entschied sich für eine andere Vorgehensweise. Sie verabscheute es, wenn Juliet immer gleich schwere Geschütze auffuhr. Dadurch fühlte sie sich in die Defensive gedrängt und tat Dinge, die ihre Schwester nur noch mehr ärgerten. Und jetzt stand Juliets älteste Tochter vor ihr. Das Mädchen ähnelte ihr in so vieler Hinsicht und entwickelte offenbar auch ähnliche Strategien, mit Konflikten umzugehen. Sosehr sie am liebsten geschimpft, geschrien oder spitze Bemerkungen gemacht hätte, zwang sie sich, das nicht zu tun.

„Hör zu", begann sie sanft. „Ich weiß, dass du wegen dieser Sache ein schlechtes Gewissen hast. Und mir ist klar, dass es einfacher scheint, so zu tun, als wäre das Ganze nur eine Kleinigkeit. Aber in einigen Situationen musst du ehrlich mit deinen Fehlern umgehen. Manchmal musst du sie eingestehen und sagen, dass es dir leidtut, wenn du Mist gebaut hast. Nur so können alle den Konflikt friedlich beilegen, statt den Groll in sich hineinzufressen und dort vor sich hin brodeln zu lassen."

Violet ließ den Kopf hängen und nickte. „Es tut mir leid, Tante Gemma. Entschuldige, dass ich ungezogen war … und wegen letzter Nacht."

Gemma spürte, wie sich der größte Teil ihres Ärgers in Luft auflöste. „In Ordnung. Wir sprechen später noch darüber, aber jetzt glaube ich, du solltest dich erst einmal …" Eigentlich hatte sie „anziehen" sagen wollen, aber Violet trug noch die Jeans und das T-Shirt vom Abend zuvor. „… umziehen. Und dann komm wieder runter und frühstücke eine Kleinigkeit."

Violet verzog das Gesicht, aber ehe sie protestieren konnte, fügte Gemma schnell hinzu: „Du wirst dich besser fühlen, wenn du was Handfestes im Magen hast. Glaub mir. Ich weiß, wovon ich rede."

Als Juliet aufwachte, drang das Sonnenlicht durch die hauchdünnen Vorhänge. Sie lächelte. Weihnachten.

Kaum vorstellbar. Für Juliet war der Morgen des ersten Weihnachtstages immer mit einem dunklen Himmel verbunden, einem ausgekühlten Haus, dem behaglichen Gefühl, sich in einen warmen flauschigen Bademantel zu hüllen und sich von den Kindern umringen zu lassen, die ihre handgearbeiteten Weihnachtsstrümpfe anschleppten und das Geschenkpapier von den winzigen Päckchen fetzten, die sie heimlich hineingesteckt hatte.

Ihr Lächeln erlosch, und sie griff nach dem Telefon auf ihrem Nachttischchen. Wie sehr sie sich doch nach ihren Kindern sehnte! Zwar hatten sie ausgemacht, dass sie nicht anrufen würde, denn das würde ihnen allen die Trennung vermutlich nur noch schwerer machen, aber an diesem Morgen konnte sie nicht anders. Sie versuchte, die Enge in ihrer Brust zu ignorieren, und musste ein paarmal blinzeln, als sie ihr Handy in die Hand nahm.

Am anderen Ende klingelte es mehrmals. Dann nahm Violet ab. „Hi, Mum."

Sie klang glücklich. Das war gut, oder?

„Frohe Weihnachten, mein Schatz", sagte Juliet leise. „Habt ihr einen schönen Tag?" Es musste zu Hause schon später Vormittag sein.

Violet lachte in sich hinein. „Einen ereignisreichen jedenfalls."

Juliet gab sich Mühe, nicht in Panik auszubrechen. „Was soll das heißen?"

Ihre Tochter seufzte. „Kein Grund zur Sorge, Mum. Es ist alles in Ordnung. Wir sind alle auf und angezogen, und Tante Gemma kocht das Mittagessen ..." Sie verstummte und brach in schallendes Gelächter aus. Juliet schloss die Augen und betete lautlos.

„Sind Polly und die Jungs da?"

„Natürlich", versicherte Violet, und Juliet konnte laute Schritte hören, so als renne ihre Tochter die Treppe hinunter ins Erdgeschoss.

Sekunden später ertönte lautes Zanken. „Ich zuerst!" und „Nein, ich will!" Als der Tumult ein wenig nachließ, vernahm sie Pollys Stimme.

„Hallo, Mutter. Wie sind die Tropen? Hast du schon Malaria?"

Juliet musste hinter vorgehaltener Hand lachen. Polly würde sich sehr ärgern, wenn sie wüsste, dass ihre Mutter so heftig kicherte, dass ihr Bauch zitterte. „Frohe Weihnachten, Liebling“, sagte sie, holte tief Luft und fing sich wieder. „Die Tropen sind herrlich, und nein, ich habe keine Malaria. Darüber braucht man sich auf St. Lucia auch keine Sorgen zu machen.“

„Hmmm. Na ja, ich habe nachgeschlagen, damit ich weiß, wie ich mich um dich kümmern kann, wenn du nach Hause kommst. Bist du sicher, dass du keine Malaria hast?“ Sie klang beinahe enttäuscht, aber Juliet konnte sich darüber nicht ärgern. Polly tat einfach gern etwas für andere und wollte immer gründlich vorbereitet sein.

„Ganz sicher“, erwiderte sie. „Aber es könnte sein, dass ich einen Jetlag habe, wenn ich zurückkomme. Weißt du, was man dagegen unternehmen könnte?“

„Noch nicht“, gab Polly zur Antwort. Am Klang ihrer Stimme wurde ersichtlich, dass die Frage sie deutlich aufgemuntert hatte. „Warum unterhältst du dich nicht ein bisschen mit den Jungs. In der Zwischenzeit schaue ich in meiner Forschungsmappe nach.“

Und dann war sie weg. Die Jungs kabbelten sich um das Telefon, und Violet musste eingreifen und die Freisprechanlage einschalten, damit beide gleichzeitig reden konnten. Juliet meinte, etwas über Geschenke zu hören, noch mehr über Süßigkeiten und über etwas Lustiges, das Tante Gemma getan hatte. Jake wollte noch mehr hinzusetzen, aber Violet brachte beide zum Schweigen, und sie fingen an zu kichern. Schließlich bat Juliet ihre älteste Tochter, die Freisprechanlage wieder abzuschalten, und bereitete sich darauf vor, sich zu verabschieden. Es war ihr egal, ob dieser Anruf sie tausend Pfund gekostet hatte – er war es wert gewesen.

„Geht es euch auch ganz bestimmt gut?“, erkundigte sie sich. „War Tante Gemma …? Ich meine, war alles …“ Sie suchte nach den richtigen Worten, um zu fragen – aber nicht zu offensichtlich –, ob das Haus abgebrannt war oder eins ihrer Kinder Gliedmaßen verloren hatte oder Tante Sylvia von der Spitze des

Weihnachtsbaums im Stadtzentrum hatte gerettet werden müssen, aber ihr fiel nichts ein. „… okay?“, brachte sie schließlich nur lahm hervor.

Violet lachte nur. „Es ist alles in bester Ordnung, Mum.“

„Gut“, gab sie ruhig zurück. „Das freut mich. Ich liebe dich, Vi, und richte Polly und den Jungs aus, dass ich sie auch liebe.“

„Wir lieben dich auch, Mum. Und wünschen dir einen tollen Weihnachtstag. Ich hoffe, er wird perfekt für dich.“

Juliet nickte. Die Tränen, die ihr übers Gesicht strömten, hinderten sie am Sprechen. Am anderen Ende der Leitung ertönte ebenfalls ein leises Schniefen, und dann mussten sie und Violet gleichzeitig lachen. „Auf Wiedersehen, Liebling …“

Nachdem Violet aufgelegt hatte, behielt Juliet ihr Telefon noch in der Hand, ohne die Verbindung zu unterbrechen. Sie nahm das Handy vom Ohr und starrte es an, lauschte dem ärgerlichen Summen des Freizeichens. Schließlich schaltete sie es doch aus, legte das Telefon auf die Ablage neben dem Bett zurück und seufzte.

Der Anblick des Nachttischchens erinnerte sie daran, dass in der Schublade noch Gemmas Geschenk lag. Vermutlich ein kleines Schmuckstück, gekauft auf einer ihrer Reisen. Das konnte sie richtig gut – in aller Welt kleine Dinge auftreiben, die Juliet gefallen würden, und sie ihr mitbringen. Bisher hatte sich Juliet immer ein bisschen darüber geärgert, weil sie die Präsente als Wiedergutmachungsgeschenke betrachtete, die Gemmas allzu seltene Besuche wettmachen sollten. Aber als sie jetzt darüber nachdachte, wurde ihr bewusst, welch eine gute Wahl Gemma jedes Mal traf. Und Juliet wusste genau, wie viel Überlegung und Mühe es kostete, das perfekte Geschenk zu finden. Warum also war ihr nie aufgefallen, dass Gemma genau das gelang?

Weil du dir selbst nicht eingestehen wolltest, dass die Situation nicht schwarz und weiß war …

Juliet atmete ein und gab innerlich zu, dass dieser Gedanke der Wahrheit entsprach. Sie behandelte Gemma wirklich mit Härte, oder? Das hatte sie immer getan. Aber warum? Wann hatte sich ihre Geschwisterliebe in etwas viel Hässlicheres verwandelt? In ihr regte sich der Verdacht, dass sie es teilweise wusste. Aber noch war sie nicht bereit, unter diesen Stein tief in ihrem Innersten zu schauen. Vermutlich weil sie wusste, dass sie dort nichts Schönes finden würde.

Sie zog die Schublade des Nachttischchens auf und nahm das kleine Päckchen heraus. Obwohl das Geschenk darin vermutlich vollkommen war, entpuppte sich die Verpackung als typisch für Gemma. Dennoch ärgerten weder das billige Papier noch die in Eile angebrachten Tesafilmstreifen sie so wie sonst. Sorgfältig zog sie die Klebestreifen ab, faltete das Papier auseinander, und zum Vorschein kam eine kleine, flache, quadratische Schachtel. Sie sah aus, als läge darin ein Armband oder ein Schlüsselanhänger. Doch als Juliet den Deckel abnahm, blieb ihr der Mund offen stehen. Das war kein hübsches folkloristisches mit Perlen besetztes oder handgeschnitztes Schmuckstück.

In einem Nest aus Watte lag der Verlobungsring ihrer Großmutter.

Sie drückte eine Hand an ihre Brust und starrte den Ring an. Wieder einmal hatte Gemma die perfekte Wahl getroffen.

23. KAPITEL

Um kurz nach zehn klopfte Will an die Haustür und überreichte Gemma eine Grillpfanne für den Backofen, abgedeckt mit Haushaltsfolie. „Frohe Weihnachten."

Mit einem trockenen Lachen nahm sie die Gabe entgegen. „Noch nie hat mir jemand zu Weihnachten ein rohes Hähnchen geschenkt."

Er schaute sich in der Küche um, in der es aussah, als hätte es eine kleine kontrollierte Explosion gegeben. „Brauchst du Hilfe?"

Zu gern hätte sie Ja gesagt, aber etwas in ihr war davon überzeugt, dass sie diese Sache allein durchziehen musste. Nicht nur, um Juliet zu beweisen, dass sie sich in ihr geirrt hatte, oder um Ärger aus dem Weg zu gehen, sondern weil sie selbst es wollte.

„Schon gut. Ich habe eine Liste, auf der genau vermerkt ist, was wir kochen werden und wann es auf den Herd oder in den Ofen muss." Sie drehte sich zu ihm um und lächelte schwach. „Juliet wäre stolz auf mich."

Das Lächeln, das er ihr schenkte, war typisch für ihn. Die Lippen waren kaum beteiligt, aber seine Augen leuchteten warm, und sie spürte den Effekt in ihren Knien. „Ja, das wäre sie."

Sie ignorierte die Wärme, versteifte ihre Knie und sagte sich energisch, dies sei nicht der richtige Zeitpunkt, sich in einen Mann zu verlieben, der ganz und gar nicht ihr Typ war. Unangemessen war es obendrein, denn er mochte Juliet, und sie hegte insgeheim den Verdacht, dass Juliet seine Zuneigung erwiderte. Deshalb durfte zwischen ihnen nichts laufen.

„Wir sehen uns um halb eins", meinte sie, „wenn du mit Mrs Waterman kommst", und schloss sacht die Tür.

Dann drehte sie sich um und stemmte die Hände in die Hüften. „Kinder!", brüllte sie.

Schweigen antwortete ihr. Sie waren alle viel zu sehr mit ihren Geschenken beschäftigt. Das war nachvollziehbar, aber sie hatten ein Festessen vorzubereiten. Ihr kam der Verdacht, dass es nicht nur ihr in der Familie zur Gewohnheit geworden war, Juliets Tatendrang als selbstverständlich zu betrachten. Und heute konnte sie definitiv ein paar helfende Hände gebrauchen.

Sie versuchte es noch einmal. „Schokolade!“, rief sie die Treppe hinauf.

Und binnen Sekunden ließen sich vier begeistert dreinschauende Gesichter auf dem Treppenabsatz blicken. Gemma lächelte die Kinder an. Ja, es würde Schokolade geben, aber noch nicht. Erst einmal mussten sie sich die Leckerei verdienen.

Sie übertrug den Zwillingen die Aufgabe, das Geschenkpapier im Wohnzimmer einzusammeln und wegzuwerfen. Dann zeigte sie Violet, wie man den Speck um die Würstchen wickelte, und machte sich Pollys Rechenkünste zunutze. Sie sollte herausfinden, wie lange und bei welcher Temperatur jeder der Partybissen im Ofen garen musste, damit jederzeit Kanapees servierbereit waren, wenn die Gäste eintrudelten.

Um die Mittagszeit war alles fix und fertig vorbereitet, Möhren und Kartoffeln geschält, der Tisch gedeckt, auch wenn die Zwillinge Messer und Gabeln mal links, mal rechts von den Tellern anordneten. Allmählich bekam Gemma das Gefühl, sie könnten tatsächlich gemeinsam etwas Essbares auf den Tisch bringen. Und zwar nicht nur die selbst gemachte Brotsauce. Sie hatte die berühmte Geflügelfüllung ihrer Mutter zubereitet und wollte die Möhren glasieren, was Juliet normalerweise nicht tat, aber sie hatte auf der Suche nach etwas anderem ein passendes Rezept gefunden, und es kam ihr nicht allzu schwierig vor.

Gerade hatte sie die Kinder abgeklatscht und ihnen ihre süße Belohnung überreicht, da trafen Onkel Tony und seine Freundin ein.

Er war ein hochgewachsener Mann Mitte fünfzig, mit dichten braunen Haaren und einem breiten strahlenden Lächeln. Aus irgendeinem Grund konnte sie sich gut vorstellen, dass er in jüngeren Jahren ein schneidiger Flugzeugpilot gewesen wäre, obwohl Juliet ihr gesagt hatte, er habe eine Abwasseraufbereitungsanlage geleitet. Jedenfalls war er charmant und prahlerisch genug, um einen Jet zu fliegen, und strahlte die ruhige Überlegenheit aus, die dazugehörte.

Gemma umarmte ihn, als er eintrat, obwohl sie nicht sicher war, wann oder ob sie ihn jemals zuvor kennengelernt hatte. Er war nicht ihr richtiger Onkel, sondern der Witwer der Schwester ihres Vaters. Aber als seine Hand ein bisschen zu tief über ihren Rücken nach unten rutschte und auf der Rundung ihres Pos liegen blieb, fiel es ihr schlagartig wieder ein.

Oh, *der* Onkel Tony also. Mit einem schmallippigen Lächeln löste sie sich aus seinem Griff. Jetzt war ihr klar, warum der Rest der Familie ihm lieber aus dem Weg ging. Allerdings hatte sie keine Ahnung, warum Juliet sich seiner erbarmt hatte.

Seine Freundin machte einen merkwürdigen Eindruck. Sie war eine dürre Frau mit Hakennase und tiefschwarz gefärbtem Haar, das weder zu ihrer Hautfarbe noch zu ihrem Alter passte. Vom Hals aufwärts sah sie aus wie eine unglückliche Pfarrersfrau – verkniffen, trübsinnig und leicht missbilligend –, aber vom Hals abwärts kleidete sie sich wie eine Dirne. Das Kleid im Leopardendruck, das sie trug, war so eng, dass es unerbittlich alle Problemzonen betonte, und obendrein war es extrem kurz. Gemma war sich sicher, dass sie die Jungs ständig würde ermahnen müssen, keine flüsternden Kommentare abzugeben und zu kichern.

„Freut mich, dich kennenzulernen, Wanda", sagte sie, schloss sie aber nicht in die Arme. Irgendetwas sagte ihr, dass Wanda nicht auf Umarmungen stand. Die Frau nickte nur und folgte Tony ins Haus. Gemma nahm ihnen ihre Mäntel ab und geleitete sie ins Wohnzimmer, wo den Kindern die Aufgabe zufiel, die Gäste zu unterhalten.

Ein Blick auf die Uhr. Juliet hatte das Essen für halb zwei geplant, also blieb ihr noch eine Stunde. Die beiden Hähnchen waren bereits im Ofen und brutzelten vor sich hin – hier machte sich Juliets massiver Aga-Herd bezahlt –, und als Nächstes konnte sie die Kartoffeln aufstellen.

Seufzend erhob sie sich von ihrem Küchenstuhl. In den letzten vierundzwanzig Stunden hatte sie geschuftet wie ein Tier, aber jetzt hatte sie es fast geschafft. Das Ergebnis würde nicht das gediegenste Weihnachtsmahl ihres Lebens werden, aber auch keineswegs das schlechteste. Hoffentlich würde Juliet stolz auf sie sein. Sie selbst war es jedenfalls.

Sie rief nach Polly und erklärte sie zur Verantwortlichen für Chips und Nüsse, eine Aufgabe, die ihre Nichte ohne Zögern übernahm. Nachdem sie ihr Schalen mit Tortillachips und Bretzeln in die Hände gedrückt hatte, wies Gemma sie an, die Schalen ständig nachzufüllen und Tony und Wanda zu fragen, was sie trinken wollten.

Polly war noch nicht zurück, als es schon wieder an der Tür klingelte. Gemma runzelte die Stirn. Wer zum Teufel war das jetzt? Für Will und Mrs Waterman war es noch zu früh. Schließlich war er immer überaus pünktlich. Sie ging zur Tür, trocknete sich dabei die Hände an einem Geschirrtuch ab und öffnete.

Unmittelbar vor ihr standen drei Personen. Eine von ihnen erkannte sie als Mrs Waterman, im Schlepptau hatte sie zwei junge Frauen, die sie nicht kannte. Hinter ihnen tauchte Will auf.

„Frohe Weihnachten", grüßte Doris Waterman laut und strahlte sie an. „Das ist Birgit. Sie kommt aus Deutschland. Und das ist Trine. Aus Dänemark."

Gemma blieb der Mund offen stehen. „Aber ich dachte, ich hätte erklärt ... Wir hatten hier eine kleine Katastrophe zu bewältigen, und ich kann unmöglich ein Weihnachtsessen für so viele Leute zustande bringen."

„Natürlich hattest du das erklärt", erwiderte Doris lächelnd. „Du hast gesagt, dass du es nicht schaffen kannst. Du hast nicht erwähnt, dass wir es nicht gemeinsam schaffen können."

Erst jetzt sah Gemma, dass alle drei abgedeckte Schüsseln und Kunststoffbehälter trugen. Doris drückte sich an Gemma vorbei und eilte in die Küche, Birgit und Trine im Schlepptau. Will betrat nach ihnen das Haus. „Tut mir leid", flüsterte er, „aber sie hat mir das Versprechen abgenommen, dir nichts zu verraten."

Gemma blinzelte, schloss die Tür und eilte den Frauen nach. Als sie die Küche erreichte, waren die drei bereits dabei, ihre Schüsseln und Behälter auf dem Küchentisch abzustellen.

„Aber warum …? Wie …?“, stotterte Gemma.

Doris reichte ihr einfach nur eine Platte voller Brötchen mit Aufschnitt und einen Becher Weinbrandbutter. „Deine Schwester hat schon so viel für uns getan, nicht wahr, Mädchen?“ Sie warf einen Blick über ihre Schulter hinüber zu Trine und Birgit. Beide nickten entschieden.

„Sie hat sich mit uns unterhalten, als wir noch niemanden kannten und Heimweh hatten“, erklärte Trine.

„Und sie hat uns zum Abendessen eingeladen und manchmal sonntags zum Mittagessen“, ergänzte Birgit.

„Das Mädchen hat einen Urlaub verdient. Und das Mindeste, was wir für sie tun können, ist, uns um ihre Familie zu kümmern, während sie fort ist“, fügte Doris hinzu und reichte Gemma eine Tüte mit allerhand Grünzeug. „Mein Freund zieht in seinem Gewächshaus selbst Gemüse.“

Darüber hinaus hatte Doris einen honigglasierten Schinken und einen echten hausgemachten Christmas Pudding mitgebracht, der fünfmal so gut duftete wie das armselige Etwas, das Gemma im Laden gekauft hatte. Birgit steuerte einen Stollen bei und Trine geschmorten Rotkohl sowie einen köstlich aussehenden Reispudding mit warmer Kirschsauce. Traditionelle dänische Küche, versicherte sie.

Schließlich rückte auch Onkel Tony mit seinem Trumpf heraus und holte sechs Flaschen Champagner aus seinem Auto. Sie öffneten einige davon und schenkten jedem ein Glas ein – natürlich außer den Kindern, die Apfelsaftschorle bekamen –, und dann prosteten sie einander zu und wünschten sich Frohe Weihnachten.

Gemma ließ den Blick durchs Zimmer schweifen, betrachtete all die glücklich lächelnden Menschen, darunter einige, die sie nicht einmal kannte. Hinter ihr lag eine verrückte Woche, und da das Weihnachtsessen noch nicht auf dem Tisch stand, war sie ziemlich sicher, dass noch etwas passieren würde. Dennoch musste sie zugeben, dass dieser Augenblick so viel besser war als Weihnachten für sich allein, ganz gleich, an welchem warmen und sonnigen Ort man es auch verbrachte.

Dieses Gefühl dazuzugehören, eine Familie zu haben, hatte sie vermisst. Und das Traurige an der Sache war, dass es ihr nicht einmal aufgefallen war, weil sie so in Eile gewesen war, vor dieser Familie davonzulaufen.

Sie nippte an ihrem Champagner, und ihr Blick fiel auf Will. Bisher hatte sie ihn als Juliets Stellvertreter betrachtet, der, solange ihre Schwester nicht da war, auf sie aufpassen und über sie urteilen sollte. Tatsächlich war er Augenzeuge der meisten Gelegenheiten gewesen, bei denen sie in der letzten Woche Mist gebaut hatte, aber da stand er und prostete ihr zu. Erneut spürte sie, wie es sie heiß überlief, aber diesmal hatte das nichts mit warmen, verschwommenen Weihnachtsgefühlen zu tun. Diese Hitze war eher eine Hiobsbotschaft.

Sie ließ den Schluck Champagner die Kehle hinuntergleiten. „Okay", verkündete sie knapp. „Ich muss zurück in die Küche." Damit verschwand sie mitsamt ihrem Glas an den Herd.

Wenn sie Juliets Weihnachtsessen in Juliets Küche zubereitete und es auf dem bestem Geschirr ihrer Schwester servierte, dann gelang es ihr vielleicht, sich in Geschäftigkeit zu verlieren und zu vergessen, welche Gefühle sie für Juliets Freund zu entwickeln begann.

Marco fand Juliet am Strand, wo sie aufs Meer hinausstarrte. Sie drehte sich um, als sie ihn kommen hörte, und lächelte ihn an.

Er erwiderte ihr Lächeln. „*Buon Natale.*"

„Frohe Weihnachten", gab sie leise zurück, und weil er so zum Küssen einlud, wie er da stand, küsste sie ihn.

Er ließ seine Hände an ihrem Körper hinabgleiten, schlang seine Arme um ihre Taille und zog sie an sich. „Jetzt ist Weihnachten ganz besonders schön …", flüsterte er. Dann küsste er sie noch einmal, bevor er ihre Hand nahm und sie die Holzstufen hinauf zu seiner Villa führte. „Als ich dich am Strand spazieren gehen sah, habe ich Frühstück für uns bestellt. Ich hoffe, es macht dir nichts aus."

Kopfschüttelnd lächelte sie.

Also setzten sie sich, aßen von dem hübsch arrangierten frischen Obst mit cremigem Joghurt dazu und rundeten das Ganze mit luftig-leichten Croissants ab, die so wunderbar nach Butter dufteten und schmeckten wie sonst höchstens in einem Pariser Café. Dabei unterhielten sie sich ein wenig, aber die meiste Zeit aßen sie in geselligem Schweigen. Als Juliet ihr Gebäck verzehrt hatte, stellte sie fest, dass Marco sie musterte.

„Was ist?“, wollte sie wissen und wischte sich nicht vorhandene Croissant-Krümel von den Lippen.

Er schüttelte den Kopf. „Nichts … Du wirkst so anders heute.“

„Ich fühle mich anders heute“, bestätigte sie, die Stirn leicht gerunzelt. „Als wäre das hier mein wahres Ich. Nicht der Mensch, der ich zu sein bemüht war, sondern der, der schon immer in mir schlummerte.“

Leicht zog er die Brauen hoch. „Ich bin nicht sicher, ob ich verstehe …“

Sie zuckte die Achseln. „Ich auch nicht.“ Dann lachte sie. Und lachte noch mehr, weil sich das so gut anfühlte und weil sie es wollte.

Marco schüttelte nur den Kopf und lächelte. „Wie schon gesagt, du bist eine faszinierende Frau.“

Sie goss sich ein wenig Guavensaft nach. „Ich glaube, dort, wo ich herkomme, nennt man das exzentrisch.“ Mit exzentrisch konnte sie leben. Das war einen Schritt näher an freigeistig und impulsiv als neurotisch und kontrollierend. Mit anderen Worten: Sie machte Fortschritte.

„Was hättest du heute gern?“, erkundigte er sich.

Lächelnd sah sie ihn an, sehr in Versuchung, einfach zu sagen: dich. Aber sie musste erkennen, dass ihr dafür doch noch der Mut fehlte. Außerdem, wozu die Eile?

Sie drehte sich um und betrachtete den strahlend blauen Himmel über dem Meer. „Ich möchte auf ein Boot und einfach nur segeln“, erwiderte sie. „Und dann will ich Fisch essen, der fangfrisch aus dem Meer kommt, und nichts sehen, was auch nur Ähnlichkeit mit einem Truthahn, einer gerösteten Kartoffel oder einer Geflügelfüllung hat.“

Wie immer war Marco sofort Feuer und Flamme. Er schob seinen Stuhl zurück und stand auf. „Dann lass uns gehen."

Und genau das taten sie an diesem Tag. Pelican's Reach verfügte über Mietboote, und weil Marco an einem See aufgewachsen war, konnte er mit allem umgehen, was ein Segel hatte. Unterwegs schnorchelten und schwammen sie in kleinen Buchten, bevor sie vor einem menschenleeren Strand vor Anker gingen und mit dem kleinen Schlauchboot zur Küste fuhren. Das Weihnachtsessen fand unter einer Palme statt. Sie packten Salate und Brote aus, die sie sich vor ihrem Aufbruch im Hotel hatten mitgeben lassen, und grillten frischen Fisch über einem Feuer, das Marco entfacht hatte.

Während sie aßen, tauchte wie aus dem Nichts ein alter Mann auf, der alle nur vorstellbaren tropischen Früchte verkaufte. Mit seinem weißen Bart und seinem lustigen Lächeln erinnerte er Juliet an einen karibischen Weihnachtsmann, obwohl er statt eines roten Anzugs Shorts und eine Weste trug und keinen Schlitten lenkte, sondern ein gelb, rot und grün gestrichenes Boot. Er verkaufte ihnen eine frische Kokosnuss und öffnete sie mit seiner Machete. Juliet und Marco tranken die Kokosmilch und holten mit einem Löffel das weiche Fruchtfleisch heraus. Verglichen mit dieser frischen Frucht, kamen ihr die Kokosnüsse in den Supermärkten daheim trocken und verschrumpelt vor. Als sie dem Alten zum Abschied winken wollte, waren der Mann und sein Boot bereits fort.

Die heißeste Zeit des Nachmittags verbrachten sie unter dem Sonnendach im Heck ihres Bootes und tranken Wein. Um ihn kühl zu halten, hatten sie ein Seil um den Flaschenhals gebunden und die Flasche über Bord hängen lassen. In der Trägheit dieses Faulenzer-Nachmittags konnte Juliet jedoch nicht mehr verhindern, dass ihre Gedanken nach Hause wanderten und sie ins Grübeln kam. Was taten wohl ihre Kinder jetzt? Hatten sie den Weihnachtstag genießen können?

Marco, der ausgestreckt und schläfrig auf der gegenüberliegenden Bank lag, richtete sich ein wenig auf und sah sie an. „Du siehst wieder aus, als wärst du in Gedanken weit fort. Worüber bist du traurig?"

Manchmal schien er jünger, als er tatsächlich war, dann wieder war er erschreckend scharfsichtig. „Ich fühle mich ein bisschen schuldig, weil ich hier rumsitze und faulenze, während zu Hause alle hart daran arbeiten, den Weihnachtstag zu etwas Besonderem zu machen. Mir ist, als wäre ich davongerannt und hätte die ganze Mühe den anderen überlassen."

Mit einem kleinen Lächeln runzelte er die Stirn. „Bedeutet Weihnachten normalerweise harte Arbeit für dich?"

Juliet nickte. „Mein Exmann meinte immer, ich machte einen fürchterlichen Aufstand deswegen, und das stimmt vermutlich auch. Aber ich will doch nur, dass es perfekt wird für ..." Sie schüttelte den Kopf.

Marco setzte sich ganz auf. Auf einmal wirkte er sehr interessiert. „Für ...?"

Sie hob den Blick zum Baldachindach über ihren Köpfen. *Für meine Kinder,* hatte sie eigentlich sagen wollen. Aber das ging natürlich nicht. Sie gab sich schließlich hier als Gemma aus. Keine Bindungen, keine Wurzeln und ganz sicher keine Familie.

„Mich selbst", murmelte sie schließlich. „Ich mache es mir immer selbst furchtbar schwer. All die kleinen Details, deretwegen ich mir Stress bereite. Und jetzt sitze ich hier und beginne mich zu fragen, ob das alles wirklich so wichtig ist."

Und tatsächlich fragte sie sich gerade, ob irgendetwas in ihrem Weihnachtsstern-Notizbuch stand, das absolut unerlässlich für ein frohes Weihnachten war. Oder reichte es nicht vielleicht doch, einfach nur ihre Kinder lieb zu haben und ihnen schöne Momente mit ihr zu schenken? Zu ihrer Schande musste sie sich eingestehen, dass dieser Punkt vermutlich nicht einmal auf ihrer farbkodierten Abhakliste stand.

Marco beugte sich vor und sah sie prüfend an. „Warum muss Weihnachten perfekt sein, Juliet? Warum kann es nicht einfach sein, wie es ist? Genau genommen ist es doch ein Tag wie jeder andere auch."

Die Lüge über ihre wahre Identität machte es ihr unmöglich, Marco die Wahrheit zu sagen. Sie wollte einfach nicht, dass ihre Kinder dieselbe Erfahrung machten wie sie selbst. Das Gefühl drohenden Unheils, wenn der Dezember nahte. Die Angst davor, dieses Jahr könnte es so weit sein, dass alles grässlich schiefging und hinterher nichts mehr so sein würde wie zuvor.

Seit Jahren war sie erfolgreich vor diesem Gefühl davongerannt, aber jetzt drohte es sie einzuholen. Sie spürte, wie Kälte in ihr aufstieg, den Sonnenschein verdrängte und eine Gänsehaut sie überlief. Nein, sie wollte nicht darüber reden. Niemand in ihrer Familie redete jemals darüber. Und sie war so gut darin geworden, es totzuschweigen, dass sie die Sache in den letzten Jahren beinahe vergessen hatte. Ihr dicht gewebtes Tarnnetz aus Aufgaben und Listen zu erledigender Dinge hatte es effektiv in Schach gehalten und vor ihren eigenen Blicken verborgen.

Wieder schien Marco tief in ihr Innerstes zu blicken. Und wieder fragte er sie, wovor sie Angst habe. Aber seine Frage jetzt war viel gefährlicher als jene in dem Moment, als sie fünfzehn Meter über dem Dschungel an einem dünnen kleinen Draht gehangen hatte.

Nichts, wollte sie sagen. Aber ein stechender Schmerz unter ihren Rippen durchzuckte sie so überraschend, dass sie scharf die Luft einzog und den Atem anhielt. Sie schüttelte den Kopf, brachte aber keinen Ton über die Lippen, und Marcos Gesicht dicht vor ihrem verschwamm vor ihren Augen.

Nein, sie wollte nicht über jenes Weihnachten reden. Sie wollte nicht dorthin zurück. Ihr ganzes Leben lang hatte sie versucht, dieser Erinnerung zu entkommen, froh, dass sie mit jedem Jahr tiefer in die Vergangenheit sank.

„Erzähl mir …“

Erneut wollte sie den Kopf schütteln, aber die Sonne schien so strahlend, die Wellen plätscherten so sanft, die ganze Umgebung strahlte solchen Frieden aus, dass sie zu zweifeln begann. Wenn es jemals einen sicheren Platz gäbe, an dem sie über jenes grässliche Weihnachten reden konnte, war er dann vielleicht hier?

Sie starrte hinüber zu den Palmen, die die Küste säumten und sich sacht im Wind wiegten. „Bei jenem Weihnachtsfest war ich neun … Wir standen frühmorgens auf, und alles war in

Ordnung. Aber etwas später kam ich in die Küche, und da saß meine Mutter und weinte."

Marco kam zu ihr hinüber und setzte sich neben sie. „Ist etwas Schlimmes passiert?"

Ein trockenes Auflachen war die Antwort. „Nein, das war ja das Merkwürdige ... Sie hatte vergessen, das Wurstbrät in die Geflügelfüllung zu tun. Und sie versuchte, die bereits halb gegarte Füllung wieder aus dem Vogel zu holen und das Wurstbrät unterzumengen. Das klappte einfach nicht, und je mehr alles auseinanderfiel, desto mehr regte sie sich auf. Dad versuchte, ihr zu sagen, dass es egal sei. Doch sie machte einfach weiter und weinte dabei und dann ... explodierte sie sozusagen. Sie warf alles hin und rannte aus dem Haus."

Juliet sagte ihm nicht, was das Fass zum Überlaufen gebracht hatte, denn sie schämte sich zu sehr dafür. Sie verschwieg ihm, dass sie das Feuer an die Lunte gelegt hatte. Wenn sie nicht das Gesicht verzogen und gesagt hätte, sie wolle eigentlich gar keine Füllung zu ihrem Truthahn, dann hätte ihre Mutter vielleicht die komische Seite der Sache gesehen, und sie hätten sich wie immer zum Weihnachtsessen an den Tisch setzen können. Aber die Worte waren ausgesprochen, und ihre Mutter war aus dem Haus gerannt, die Schürze noch umgebunden, ins Auto gesprungen und weggefahren.

„Sie kam erst nach den Feiertagen wieder", fuhr Juliet leise fort. „Ich war so erleichtert, als ich ins Erdgeschoss kam und sie im Flur stehen sah, wo sie meinen Vater umarmte."

Er war außer sich vor Verzweiflung gewesen, bis sie wieder auftauchte, aber er hatte sich nichts anmerken lassen. Mach ein tapferes Gesicht, war immer sein Motto gewesen. Erzähl Gemma nichts, hatte er ihr eingeschärft. Sie ist noch zu klein. Sie versteht das nicht. Und so hatte sie mit Gemma gespielt, sich mit ihr Filme im Fernsehen angeschaut und gemeinsam mit Dad so getan, als hätte Mum unbedingt jemanden besuchen müssen, der sie brauchte. Gemma hatte aus großen blauen Augen vertrauensvoll zu ihnen beiden aufgeschaut und ihnen jedes Wort geglaubt. Jede Lüge, die sie ihr erzählten.

Juliet wusste nicht einmal, ob Gemma sich daran erinnerte, dass an jenem Weihnachten irgendetwas nicht in Ordnung gewesen war. Ja, ob sie sich überhaupt an dieses eine Weihnachtsfest erinnerte. Aber genauso hatten sie es ja gewollt, nicht wahr?

Den gesamten ersten und zweiten Feiertag über hatte Juliet gelächelt, gelacht und so getan, als wäre alles in Ordnung. Aber tief in ihr quälte sie die Angst, Weihnachten verdorben zu haben. Und weil sie dieses Fest – den wichtigsten Tag des ganzen Jahres – verdorben hatte, würde nichts jemals wieder in Ordnung kommen.

Dad hatte ihr gesagt, sie sei sehr tapfer gewesen. Sein großes Mädchen. Sie verhalte sich sehr erwachsen und schütze ihre kleine Schwester. Ja, sie musste ihm wirklich gut vorgespielt haben, mit allem fertigzuwerden, denn nicht ein einziges Mal hatte er versucht, sie zu beruhigen und ihr zu versichern, dass ihre Mutter wiederkomme.

Vermutlich war das für ihn selbstverständlich gewesen, aber Juliet war so erleichtert gewesen, ihre Mutter wiederzusehen, dass sie schluchzend zu ihr gelaufen war und sich in ihre Arme gestürzt hatte. Ihre Mutter hatte sie an sich gedrückt, aber nur wenige Augenblicke später hatte sie ihre älteste Tochter von sich geschoben. „Nun ist aber gut, Juliet“, hatte sie streng gesagt. „Mach nicht so einen Aufstand.“ Und Juliet hatte Angst und Scham in den Augen ihrer Mutter gesehen. Als sie sich jetzt auf die Erinnerung an diesen Anblick konzentrierte, wurde ihr klar, dass ihre Mutter es ihr möglicherweise verübelt hatte, die Wahrheit zu kennen.

„Jahre später haben wir erfahren, dass sie schon lange unter wiederkehrenden Depressionen litt“, fuhr sie fort. „Das war ihre Art, mit Überforderung umzugehen. Sie rannte weg – und kam etwas später wieder und tat so, als wäre nichts geschehen.“ Das hatte sie sogar nach dem Tod von Juliets Vater einmal getan, und eine neunzehnjährige Juliet war die ganze Nacht in ihrem altersschwachen ersten Auto in dem Wohnviertel von Beckenham herumgefahren und hatte nach dem roten Mantel ihrer Mutter Ausschau gehalten. Auch davon hatte sie Gemma nie etwas erzählt.

Nach jenem Weihnachtsfest war ihre Mutter offensichtlich beim Arzt gewesen und hatte sich Tabletten oder andere Medikamente verschreiben lassen, denn danach lief lange Zeit alles besser. Es war beinahe, als wäre jenes Weihnachten nur ein schrecklicher Albtraum gewesen, den niemand anzusprechen wagte.

„Vermutlich bin ich nicht nur vor *diesem* Weihnachten davongelaufen", gestand sie Marco. „Ich glaube, ich bin mein ganzes Leben lang vor Weihnachten davongelaufen."

Er wirkte weder schockiert noch entsetzt. Stattdessen lächelte er und küsste sie zärtlich. „Dann sind wir beide Weihnachtsflüchtlinge", flüsterte er.

Lachend erwiderte sie seinen Kuss, wandte sich ihm zu und schlang ihre Arme um seinen Hals. „Heute bin ich froh darüber. Aber wir können nicht ewig fortlaufen. Schon bald werden wir beide zurückfliegen müssen nach Hause."

Als sie sich voneinander lösten, wirkte Marco nicht mehr so unbeschwert wie nur Sekunden zuvor.

„Wir haben beide Probleme, mit denen wir uns auseinandersetzen müssen", fuhr sie fort und schaute ihm tief in die wunderschönen braunen Augen. „Ich muss lernen loszulassen, und du solltest Frieden mit deiner Familie schließen. Kehr nach Hause zurück und zeig ihnen den wunderbaren Mann, zu dem du herangewachsen bist. Erinnere sie daran, dass du nicht mehr der ungezogene kleine Junge bist, den alle in ihrem Gedächtnis haben."

Er stand auf, ging hinüber zu der Bank an der anderen Bordseite und starrte hinaus aufs Meer.

„Entschuldige", sagte sie und stand auf. Dann ging sie zu ihm und legte ihm eine Hand auf den Arm. „Ich wollte meine Nase nicht in deine Angelegenheiten stecken."

Ohne sich umzudrehen, starrte er nur einfach auf das endlose Blau hinaus, und sie sah, wie sich die Muskeln in seinem Kiefer anspannten. „Du bist zu großzügig mit mir, Juliet. Vielleicht verdiene ich das harte Urteil meiner Familie."

Das war eine merkwürdige Aussage. Sie stellte sich neben ihn, legte eine Hand an seine Wange und zwang ihn, sie anzusehen. „Das glaube ich nicht, und du solltest so etwas auch nicht denken."

Eine Weile hatte er jeden direkten Blickkontakt gemieden, aber jetzt schaute er sie an, die warmen braunen Augen nur Zentimeter von ihren eigenen entfernt.

Sie lächelte ihn an. „Ich glaube, wir sollten einen Eid ablegen ..."

Seine Augenbrauen schossen in die Höhe. „Einen Eid?"

Immer noch lächelnd nickte sie. „Ja, einen feierlichen Weihnachtseid."

Jetzt begriff er, dass sie scherzte, und seine Mundwinkel verzogen sich nach oben. „Und der lautet?"

„Ich verspreche, Weihnachten im nächsten Jahr nicht zu besonders machen zu wollen, wenn du versprichst, es zu Hause bei deiner Familie zu verbringen."

„Kann man Weihnachten zu besonders machen?"

„Ja, ich glaube, das kann man", erwiderte sie aufrichtig.

Jetzt endlich lächelte er richtig. „Also ... warum hörst du nicht einfach auf, das zu versuchen, und lässt mich Weihnachten *für dich* zu etwas Besonderem machen?", flüsterte er ihr ins Ohr.

Das war für Juliet definitiv in Ordnung, vor allem wenn sie daran dachte, was Marco ihr schon alles gegeben hatte. Kleine Geschenke, die sie kaum bewusst wahrgenommen hatte, deren Wert sie jetzt aber allmählich erkannte. Er sagte ihr, sie sei schön, überraschend und ungewöhnlich, und wenn sie mit ihm zusammen war, glaubte sie sogar selbst daran.

Sie drehte sich leicht, um ihn richtig zu küssen. Tief und intensiv. „Ich glaube, das hast du schon getan", gab sie leise zurück und schlang die Arme um seinen Hals.

24. KAPITEL

Die bunte Gesellschaft aus Familienmitgliedern und Freunden war in Juliets Esszimmer versammelt. Obwohl sie den Tisch ausgezogen hatten, war es eng für zwölf Personen. Außerdem gab es nicht genug Stühle. Aber die Zwillinge nahmen mit Gartenstühlen vorlieb, und Polly nahm mit Freuden Platz auf dem gobelinbestickten Klavierschemel, weil sie meinte, er sehe aus wie ein Thron. Niemanden schien es zu stören, dass sie Ellenbogen an Ellenbogen saßen, während sie die verschiedenen Speisen auf dem Tisch betrachteten und ihnen das Wasser im Munde zusammenlief.

Das Menü entsprach nicht ganz dem, was Juliet aufgetischt hätte, aber Gemma war sicher, dass dieses Weihnachtsessen keiner von ihnen jemals vergessen würde. Selbst Tante Sylvia, die nicht so recht gewusst hatte, wo sie war, als der Minibus von Greenacres sie hier abgesetzt hatte, lächelte jetzt. Der rote Papierhut, den sie sich aufgesetzt hatte, saß neckisch auf ihrem Kopf.

„Haut rein", sagte Gemma und verschwand noch einmal in der Küche, um eine letzte Platte zu holen. Das Klappern von Geschirr und Besteck aus dem Esszimmer begleitete sie. Offenbar hatte niemand allzu viel für unnötige Höflichkeiten übrig. Das gefiel ihr.

Als sie zurückkam, stellte sie eine kleine Servierplatte neben Wills Teller ab.

Fragend sah er sie an und hörte auf, sich Röstkartoffeln auf den Teller zu laden. Sie nickte, schob die Platte ein bisschen näher zu ihm, obwohl ihr schon der Anblick der kleinen kugeligen Gemüse leichte Übelkeit verursachte.

„Aber hast du nicht gesagt, dass du keinen Rosenkohl mehr bekommen hast, weder für Geld noch für gute Worte?", fragte er, ein schelmisches Blitzen in den Augen.

„Ich habe mich geirrt. Offenbar hat Doris einen Bewunderer mit Gemüsegarten."

„Und du hast sie gekocht. Für mich?"

Wegwerfend zuckte sie die Achseln. „Nur eine kleine Portion. Wie schon gesagt, niemand mag sie. Nicht einmal Doris." Sie wandte sich ab und eilte zum anderen Ende des Tisches, aber sie spürte sein Lächeln auf dem ganzen Weg bis zu ihrem Platz.

Es war laut am Tisch. Sie lachten viel, es gab ein paar kleinere Streitigkeiten, jede Menge Trinksprüche und gute Wünsche, während sie sich durch ihr unkonventionelles Weihnachtsmahl aßen. Irgendwann mittendrin legte Gemma Messer und Gabel aus der Hand, lehnte sich zurück und lächelte. Bis jetzt war es ein wundervoller Tag gewesen. Jake und Josh hielten Onkel Tony für das Lustigste, was sie je gesehen hatten. Sie lachten sich beinahe tot über seine dummen Witze und genossen es, wenn er so tat, als zwicke er ihnen die Nase ab und laufe damit weg. Selbst Wanda musste lächeln, während sie den Spaß beobachtete.

Doris und Polly steckten die Köpfe zusammen, unterhielten sich über Geschichte und Bücher und wissenschaftliche Experimente. Es stellte sich heraus, dass die alte Dame früher Grundschullehrerin gewesen war. Polly nutzte die Gelegenheit, so viel Wissen in sich aufzusaugen wie nur irgend möglich. Und Doris war geschickt darin, es ihr zu vermitteln und Polly trotzdem Gelegenheit zu geben, mit ihren Kenntnissen zu glänzen und zu zeigen, was für ein kluges Mädchen sie war.

Auch Violet hatte sich inzwischen ein bisschen erholt und plauderte mit Birgit und Trine über Mode, Make-up und darüber, wer in diesem Jahr in der Nachwuchstalentshow *X-Factor* tatsächlich hätte Sieger werden müssen.

Und dann war da noch Will.

Will, der stets zu ihr hinüberzuschauen schien, wenn sie einen Blick in seine Richtung warf. Will, dessen Gegenwart ihr wirklich nicht jede Sekunde des Nachmittags hätte bewusst sein dürfen, zumal sie versuchte, ihn zu ignorieren und sich einzureden, die Schmetterlinge in ihrem Bauch kämen nur vom Champagner.

Schließlich stemmte sich die ganze Gesellschaft etwa eine Stunde später vom Tisch hoch und schleppte sich ins Wohnzimmer, wo die Erwachsenen sich auf Sofas und Lehnstühle fallen ließen, während die kleineren Kinder sich zurückzogen, um mit ihrem neuen Spielzeug zu spielen. Gemma setzte sich neben ihre Tante. „Hat dir das Essen geschmeckt, Tante Syl?"

Sylvia nickte. Dann sah sie sich im Zimmer um. „Wo ist Juliet?"

Überrascht zuckte Gemma zusammen. Das war das erste Mal seit Ostern, dass sie den Namen ihrer Schwester aus dem Mund ihrer Tante hörte. Sie ließ sich ihre Verblüffung nicht anmerken. „Sie macht ein wenig Urlaub", erklärte sie. Vermutlich war es besser, nicht weiter ins Detail zu gehen, um Tante Sylvia nicht mehr als nötig zu verwirren.

Sylvia nickte. „In Broadstairs? Broadstairs gefällt mir wirklich gut."

Gemma schüttelte den Kopf. „Nein, nicht in Broadstairs. Sie ist nach St. Lucia geflogen.

Ihre Tante schniefte abfällig. „Ich möchte wetten, dass sie in St. Lucia nicht so schöne rosa-weiße Felsen haben wie in Broadstairs."

Unwillkürlich musste Gemma lächeln. „Nein, ich glaube nicht, dass sie die haben."

Im selben Moment kamen die Jungs ins Zimmer gerannt, offenbar tief verstrickt in einen epischen Kampf auf Leben und Tod zwischen den Spielzeugrobotern, die Juliet ihnen zu Weihnachten geschenkt hatte. Sie tobten herum, machten Laserkanonengeräusche und rannten wieder aus dem Zimmer. Tante Sylvia schien das nichts auszumachen. Im Gegenteil, sie lächelte ihnen liebevoll nach.

„Ich liebe Jungs mit Temperament", sagte sie. „Deine Jungs sind einfach zauberhaft. Ja, alle deine Kinder sind entzückend."

Gemma schüttelte den Kopf und korrigierte ihre Tante. In ihrer Stimme lag ein Hauch von Traurigkeit. „Das sind nicht meine Kinder."

„Rede keinen Unsinn", widersprach Sylvia und richtete sich kerzengerade auf. „Natürlich sind sie das." Sie musterte Gemma einen Moment ziemlich finster, bevor ihr Blick sich in der Ferne verlor. Als sie schließlich von dort, wo sie gewesen sein mochte, wieder in die Gegenwart zurückkehrte, beugte sie sich vor und tätschelte Gemma die Hand. „Du bist ein gutes Mädchen, so liebevoll."

Gemma schluckte. Ihre Tante mochte sie zwar mit dem richtigen Namen anreden, aber sie sprach trotzdem nicht von ihr. Wenn man sie beschrieb, dann ganz sicher nicht mit dem Wort liebevoll. Spaßig, vielleicht. Lebensfroh. Ab und zu hatte ihr jemand auch vorgeworfen, sie habe nur Unsinn im Kopf. Und üblicherweise war dieser Jemand Will Truman gewesen. Aber das hatte sie ihm mittlerweile längst verziehen.

„Du musst nur darauf achten, dass du das Gleichgewicht hältst und nicht vergisst, auch an dich selbst zu denken", meinte Sylvia nickend. „Liebe ist wie Weihnachten, Juliet ... Du musst lernen, zu nehmen wie zu geben."

Gemma beugte sich vor und küsste ihre Tante auf die Wange, die sich unter ihren Lippen trocken und brüchig wie Pergament anfühlte. „Weise Worte, Tante Syl. Weise Worte."

Dann ließ sie sich in ihren Sessel zurücksinken und dachte darüber nach.

Juliet gab manchmal zu viel. Und Gemma war nur zu froh gewesen zu nehmen, was ihre Schwester ihr anbot, ohne auch nur einmal darüber nachzudenken, ob sich die Waagschale nicht ständig zu ihren Gunsten neigte.

Wieder und wieder hatte sie sich, wenn sie Juliets Notizbuch durchging, gefragt, warum ihre Schwester so viel Aufwand betrieb, um Weihnachten – mehr noch, das Leben – perfekt zu machen. Und jetzt glaubte sie, die Antwort zu kennen.

Sie und ihre Schwester waren beide einfallsreich und konnten hervorragend organisieren, waren großzügig und kreativ. Aber sie nutzte ihre Fähigkeiten, um am Ende des Monats ihr Gehalt einstreichen zu können. Und Juliet? Sie setzte sie für die Menschen ein, die sie liebte.

Gemma betrachtete die Schar der Gäste, die in Juliets Wohnzimmer herumlungerte, während der Abspann eines Harry-Potter-

Films lief. Die Verdauungspause nach dem Essen näherte sich dem Ende, und die ersten begannen sich zu rühren. Gemma war sofort auf den Beinen.

„Ich habe Juliet versprochen zu versuchen, alles zu tun, was in ihrem Weihnachtsnotizbuch steht", erklärte sie ihrer noch halb dösenden Zuhörerschaft. „Und hier, auf Seite dreizehn ..." Sie nahm das Buch von dem Tischchen neben sich und schlug es auf. „Hier steht, dass nach dem Essen Spiele dran sind, darunter ausdrücklich Pantomimespiele."

Diejenigen, die noch wach waren, stöhnten desinteressiert, und Onkel Tony schnaubte abfällig.

„Nein, nein ... Nun habt euch nicht so! Das macht bestimmt Spaß. Juliet hat schon Karten mit Film-, Fernsehshow- und Buchtiteln vorbereitet. Ein Schläfchen vor dem Fernseher hatte sie nicht eingeplant, und einige von uns haben ein ausgedehntes Nickerchen gemacht ..." Sie hielt inne und schaute demonstrativ zu den Hauptübeltätern hinüber. „Also, was meint ihr?"

Doris, die auf dem Sofa Onkel Tony und Wanda gegenübersaß, richtete sich auf. „Ich halte ein nettes Charadespiel für eine tolle Idee."

Gemma lächelte sie dankbar an und nahm einen Stapel säuberlich beschrifteter Karteikarten aus dem Notizbuch. Die Erwachsenen zeigten wenig Begeisterung, und die Zwillinge, die es sich während des Films auf großen Kissen auf dem Fußboden bequem gemacht hatten, streckten nur die Beine in die Höhe und rührten sich ansonsten nicht. Aber Gemma bearbeitete jeden Einzelnen, überredete, schmeichelte, munterte auf, und schon bald hatten sie zwei Mannschaften, die das geplante Spiel nicht nur einfach über sich ergehen ließen, sondern sich darauf zu freuen begannen.

Sie teilte die Mannschaften in Zweier- und Dreierteams ein, damit sie Titel und Zitate ausarbeiteten, die von den anderen erraten werden sollten. Wenn Streit ausbrach, schlichtete sie. Als die Kinder Probleme bekamen, flüsterte sie ihnen Anregungen ins Ohr. Und als Onkel Tony ein bisschen zu handgreiflich wurde bei seiner Pantomime, entschlüpfte sie ihm geschickt und lächelte mit zusammengebissenen Zähnen. Je mehr Alkohol Onkel Tony intus hatte, desto mehr neigte er zum Grabschen.

Etwa bei Halbzeit machten sie eine Pause, und Gemma reichte Erfrischungen. Für die Kinder schenkte sie Limonade ein und steckte bunte gedrehte Strohhalme, die sie eigentlich für die Weihnachtsstrümpfe gekauft hatte, in die Gläser. Als sie aufsah, stand Will neben ihr.

„Kommst du mit ihm zurecht?", erkundigte er sich und nickte zu Tony hinüber, der sich auf dem Sofa neben Wanda lümmelte und versuchte, sich wieder bei ihr einzuschmeicheln. „Wenn du willst, rede ich ein Wörtchen mit ihm – von Mann zu Mann."

Gemma stellte das Glas ab, das sie gerade gefüllt hatte, und sah ihn an. „Lass ruhig … Mit solchen Typen werde ich fertig … quasi nebenbei. Bei meinem Job gehört das dazu, Berufsrisiko sozusagen."

„Das glaube ich dir", gab er zurück und schaute ihr direkt in die Augen. „Nach den letzten paar Tagen schätze ich, dass du mit allem fertigwerden könntest."

Trocken lachte sie auf. „Hast du zu viel von dem Weihnachtssherry getrunken? Die vergangenen Tage waren eine einzige Katastrophe!"

Lachfältchen bildeten sich in seinen Augenwinkeln, und der Anblick erfüllte Gemma mit Wärme. „Nein, das waren sie nicht. Es gab eine Menge Problemchen, das schon, aber du bist mit jedem einzelnen fertiggeworden. Und heute hast du die ganze Arbeit geschafft, dabei immer gelächelt und aufmunternde Worte für jeden gefunden. Du hast sogar diesen alten Lustmolch …" – ein Nicken zum Sofa hinüber – „… ertragen, ohne ihm eine Ohrfeige zu verpassen."

Gemma biss sich auf die Lippen, um nicht zu lächeln. „Ich würde ihm wirklich zu gern eine Ohrfeige verpassen", gestand sie, und Wills Lippen verzogen sich zu dem Lächeln, das seine Augen bereits angekündigt hatten. „Aber er ist nun mal Juliets Gast. Wenn ich diesen Tag überstanden habe, sorge ich dafür, dass ich ihn nie wiedersehe."

„Das kann ich dir nicht verübeln. Aber eigentlich wollte ich etwas anderes sagen, bevor wir zu aufdringlichen Onkeln abgeschweift sind. Dieser Weihnachtstag ist ein ganz erstaunlicher Tag geworden, und das haben wir dir zu verdanken." Sein Lächeln schwand, und er blickte jetzt eher ernst drein. „*Du* bist erstaunlich."

Gemmas Herz tat einen Doppelschlag und nahm dann einen ungleichmäßigen Rhythmus auf. Sie spürte, wie ihr Hitze in die Wangen stieg. „Danke", erwiderte sie leise, und dann schaute sie ihn einfach nur an, weil sie nicht wusste, was sie sonst noch sagen sollte.

Großer Gott, das war wirklich keine gute Idee.

Nicht nur, dass dieser Mann Juliet gehörte – nun ja, nicht wirklich *gehörte*. Aber Juliet hatte ihn sich zumindest schon mal für später vorgemerkt. Und obendrein wollte er keine Frau wie Gemma.

Glücklicherweise klingelte es in dem Moment an der Tür, und der Fahrer des Minibusses von Greenacres, der Tante Sylvia abholen wollte, bewahrte Gemma davor, etwas Dummes zu sagen.

Sanft weckte sie ihre Tante, erklärte ihr, es sei an der Zeit zu gehen, half ihr in den Mantel und begleitete sie zur Tür. Sylvia küsste sie auf die Wange und tätschelte sie dann mit ihrer knochigen Hand. „Vergiss nicht, was ich gesagt habe", mahnte sie, ein Funkeln in den Augen.

„Das werde ich nicht, Tante Syl."

„Geben und nehmen, Gemma. Geben und nehmen."

Während sie ihrer Tante noch nachwinkte, tauchten Tony und Wanda im Flur auf. „Wir machen uns besser auch auf die Socken", meinte er. „Lange Fahrt und so."

Wanda trat vor, schlang ihre Arme um Gemma und drückte sie fest. Überrascht riss sie die Augen auf. Will stand in der Tür und beobachtete die Szene. Über Wandas Schulter hinweg tauschten sie ein verschwörerisches Lächeln.

„Es war schön, an einem so fröhlichen Weihnachtsfest im Kreis der Familie teilnehmen zu dürfen", sagte Wanda. Und das war vermutlich der längste Satz, den sie den ganzen Tag von sich gegeben hatte. Ob sie es ernst meinte, ließ sich ihrem Pokergesicht nicht ablesen.

Gemma löste sich von ihr und lächelte sie an. „Ja, nicht wahr?“ Dann schloss sie Wanda ihrerseits in die Arme und drückte sie.

Tony tätschelte Wanda den Po. „Warum setzt du dich nicht schon mal ins Auto, Schatz? Leg eine CD ein, wenn du magst. Ich verabschiede mich inzwischen und komme gleich nach.“

Birgit und Trine tauchten ebenfalls auf, bedankten sich überschwänglich und boten an, auf die Kinder aufzupassen, falls das in der kommenden Woche nötig sein sollte. Gemma war so damit beschäftigt, sie zum Abschied zu umarmen und zu versprechen, sie werde sie oder ihre Familien besuchen, wenn ihre Arbeit sie jemals nach Dänemark oder Deutschland führen sollte, dass sie gar nicht auf Tony achtete, der geduldig darauf wartete, selbst an die Reihe zu kommen.

Sie winkte den beiden Mädchen nach und drehte sich um, bereit, ihn zum Abschied zu umarmen, und mehr als bereit, ihn aus der Tür zu schubsen und sie hinter ihm zu schließen. Aber statt auf sie zuzukommen, breitete er nur die Arme aus und wartete, dass sie der Aufforderung nachkam. Erst als sie das tat und sich von ihm in die Arme nehmen ließ, sah sie, wie sein Blick nach oben ging, und begriff, was er vorhatte.

Den Mistelzweig, den Juliet an der Zimmerdecke im Flur aufgehängt hatte, hatte sie komplett vergessen. Verdammter Mist. Sich einigermaßen würdevoll aus dieser Situation zu retten, wo er sie bereits umarmte, war sehr viel schwerer, als wenn sie sein kleines Manöver vorhergesehen und einfach Abstand gehalten hätte. Schließlich wollte sie nicht ausgerechnet am Weihnachtstag einen Verwandten schlagen. Nicht, wenn es sich vermeiden ließ.

„Oh, sieh nur“, meinte Tony gespielt unschuldig, als er und Gemma sich aus der Umarmung lösten.

Aber bevor er noch ein Wort zu dem Weihnachtsschmuck über ihren Köpfen loswerden konnte, schob Will sich zwischen sie beide und legte besitzergreifend einen Arm um Gemmas Taille. „Wanda wartet auf dich“, sagte er zu Tony. Sein Tonfall war freundlich, sein Blick ganz und gar nicht. Er zog Gemma ein bisschen enger an sich heran. „Außerdem glaube ich, dass ich jetzt dran bin.“

Tony runzelte die Stirn und setzte zu einer Erwiderung an, aber Will lächelte nur und winkte ihm ein Lebewohl zu. Schließlich murmelte der ältere Mann einen Abschiedsgruß und machte sich aus dem Staub. Fort zu seiner Freundin, die im Auto auf ihn wartete.

Sie sahen ihm beide nach. Mrs Waterman und die Kinder hatten das Ganze von der Wohnzimmertür aus verfolgt, und die ganze Zeit spürte Gemma, wie Wills Arm ihr förmlich den Rücken verbrannte. Sie versuchte, das zu ignorieren.

Natürlich war ihr klar, was geschehen war. Wills Radar für die Jungfrau in Nöten hatte wieder Alarm geschlagen, und diesmal war sie sogar erleichtert darüber. „Danke“, meinte sie ein wenig zittrig. „Jetzt hätte er mich fast erwischt.“

„Keine Ursache“, erwiderte Will und schaute sie an.

Aber er ließ sie nicht los, und auch sie rührte sich nicht.

Es sähe merkwürdig aus, wenn sie sich jetzt voneinander lösten, oder? Also spielten sie besser weiter ihre Rollen, auch wenn das Ganze nur Show war.

Offenbar war Will der gleiche Gedanke durch den Kopf gegangen, denn statt einen Schritt zur Seite zu treten und sie loszulassen, beugte er sich zu ihr herab und gab ihr einen sanften, aber festen Kuss auf die Lippen.

Dabei hätte Gemma es bewenden lassen sollen – ein schnelles, kurzes Küsschen, und anschließend ging alles wieder seinen gewohnten Gang. Auf keinen Fall hätte sie ihm entgegenkommen und sich an ihn schmiegen sollen, wie sie es tat. Und als er ein wenig zögerte, hätte sie vermutlich nicht tief aufseufzen sollen, aber sie konnte einfach nicht anders.

Glücklicherweise brachte Will die Selbstbeherrschung auf, die ihr fehlte. Nach etwa einer Sekunde löste er sich abrupt von ihr, murmelte etwas in sich hinein und eile in Richtung Küche davon. Gemma drehte sich um und stellte fest, dass ihr Publikum sie immer noch beobachtete.

Mrs Waterman neigte kaum merklich den Kopf. Violet strahlte. Josh und Jake zogen Grimassen.

„Igitt“, kommentierte Jake.

„Selber igitt“, gab Gemma zurück und schob sich an ihnen vorbei. „Wer hat Lust auf eine weitere Runde Charade?“

25. KAPITEL

Das exklusivste Restaurant von Pelican's Reach lag auf der Kuppe eines steilen Hügels und bot einen fantastischen Ausblick über das gesamte Resort. Die große Terrasse ragte über den Hang hinaus, und Juliet hatte das Gefühl zu schweben – hoch über der Pelican Bay, durch nichts an Land oder Himmel gebunden. Wenn man von unten heraufschaute, kam einem der Hügel gar nicht so hoch vor, aber von hier oben war der Strand kaum mehr als ein kleiner blasser Halbmond vor dem Blau des Meeres und dem samtigen Himmel. Die Brandung in der Ferne war nur als Flüstern zu hören. Sie wurde fast übertönt vom Zirpen nachtaktiver Insekten und der klassischen Musik, die zwischen den Tischen hindurch in die Nachtluft schwebte.

Sie fühlte sich wie in einem wundervollen Traum. Marco hatte *sie* gewählt.

Oh, nicht für Liebe, Treueschwüre und ein glückliches Bis-an-ihr-seliges-Ende. Nein, so dumm war sie nicht. Oder besser gesagt, sie war nicht bereit, sich solch eine Dummheit zu erlauben, nicht nach nur wenigen Tagen. Aber allein im Mittelpunkt der Aufmerksamkeit eines Menschen zu stehen, einmal diejenige zu sein, die im Licht erstrahlte, statt im Schatten übersehen zu werden, das hatte etwas Verführerisches. Um ehrlich zu sein, machte der Gedanke sie ein wenig trunken.

Oder vielleicht lag es ja doch an den Cocktails …

Sie hatte etwas mehr als die Hälfte ihres Urlaubs hinter sich, und somit war es an der Zeit, ein paar Cocktails mit den seltsamen Namen auf der Getränkekarte der Bar zu probieren, statt wie zu Hause immer die gleichen Weine zu bestellen. Was sie jetzt in ihrem Glas hatte, war eine Spezialität des Hauses, die sich passend Pelikanbiss nannte. Sie bestand aus hellem Rum, Limettensaft, Melonenlikör und ein paar anderen Zutaten, die Juliet sich zwar hatte einprägen wollen, an die sie sich jetzt aber nicht mehr recht erinnern konnte.

Um besser nachdenken zu können, rümpfte sie die Nase.

War es nun extra trockener Sekt oder Wodka? Aus irgendeinem Grund wollte ihr die Antwort partout nicht einfallen.

Sie aß Jakobsmuscheln und Goldmakrele mit Chilis und Papaya. Der Reis dazu war so leicht und fluffig, dass sie sich erstaunt fragte, warum er nicht davonschwebte. Dennoch konzentrierte sie sich nicht auf das Essen, was im Grunde eine Schande war. Aber sie konnte nur an Marco denken. Daran, wie seine Finger sich anfühlten, als er nach ihrer Hand auf dem Tischtuch griff. Wie seine fein konturierten Lippen sich bewegten, wenn er aß. Wie sie sich wissend verzogen, wenn er bemerkte, dass sie ihn beobachtete. Und Juliet ahnte, dass sie diese Lippen auf ihren spüren würde, noch bevor die Nacht herum war.

Der Gedanke ließ sie erschauern und machte sie nervös. Vielleicht hatte sie deshalb ihr letztes Glas geleert, ohne es überhaupt zu merken.

„Bist du bereit zu gehen?", erkundigte er sich und deutete mit einer Kopfbewegung zu der nur halb verzehrten und inzwischen fast völlig zerlaufenen Portion Kokos- und Limetteneiscreme auf ihrem Teller hinüber.

„Ja", erwiderte sie, nachdem sie tief Luft geholt hatte. „Ich bin bereit."

In Wahrheit war sie alles andere als das. Sie war nicht bereit für das, was als Nächstes kommen würde, obwohl sie es nur zu gern gewesen wäre. Bei Marco wollte sie die Frau sein, die sie zu sein vorgab. Sie wollte impulsiv, wild, leidenschaftlich sein. Aber sie hatte Angst, dass sich, selbst wenn sie den Mut fand, ihn mit in ihr Bett zu nehmen, dort der Nebel ihres anderen, besseren Ichs verflüchtigen würde und er mit der langweiligen guten alten Juliet vorliebnehmen musste.

Doch als sie das Restaurant verließen, die gepflasterten Stufen hinuntergingen und auf den Shuttle warteten, der sie zu ihren Villen zurückbringen sollte, zog Marco sie an sich und küsste sie. Juliets hatte das Gefühl zu schweben, und ihre Haut war wie elektrisiert. Sie vergaß, ständig an sich selbst zu zweifeln, und erwiderte einfach seinen Kuss. Dabei verlor sie sich so im

Moment, dass das Hupen, mit dem der Fahrer höflich auf seine Ankunft aufmerksam machte, sie zusammenzucken ließ. Marco löste sich lächelnd von ihr, und sie atmete aus.

Okay. Vielleicht konnte sie das ja doch. Auch wenn das Feuer zwischen ihr und Greg zum Schluss erloschen war, sprühten zwischen ihr und Marco definitiv heiße Funken. Seine Küsse waren perfekt. Beinahe zu perfekt. Als wüsste er einfach, wann ein romantischer Augenblick begann, und nutzte jeden einzelnen aus. Aber das konnte sie ihm wohl kaum verübeln.

Während der Fahrt zurück zu ihrer exklusiven kleinen Bucht legte er den Arm um sie, und Juliet kuschelte sich auf dem Rücksitz des Wagens an ihn. Hin und wieder drückte er seine Lippen auf ihr Haar oder ließ seine Finger über ihren bloßen Arm gleiten. Tief in ihrem Inneren entzündete das eine Flamme, die er mit jeder Berührung, jeder Bewegung anfachte.

Als der Fahrer sie vor ihrer Villa abgesetzt hatte, schluckte sie den letzten Rest Angst hinunter und wandte sich an Marco. „Möchtest du … Möchtest du mit reinkommen und …“ Die Worte wollten ihr einfach nicht über die Lippen. Himmel, was war sie doch feige. Oder prüde. Oder vielleicht auch beides. „… und mit mir in den kleinen Pool steigen?“

Er beugte sich zu ihr hinab und küsste sie. Nicht etwa feurig. Oder gierig. Nein, langsam, innig, zurückhaltend. Und diese süße Selbstbeherrschung versprach mehr, als bloße Leidenschaft hätte versprechen können. „Ja, Giulietta … Das möchte ich sehr gern.“

Ihre Finger zitterten, als sie die Schlüsselkarte aus ihrer kleinen Handtasche holte. Zum Glück hatte das Schloss ein Tastenfeld. Wenn sie die Karte durch einen Leseschlitz hätte ziehen müssen, hätten sie womöglich die ganze Nacht vor verschlossener Tür gestanden.

„Ich bin gleich zurück“, sagte er. Dann schaute er auf den Ring ihrer Großmutter an ihrem Finger. „Den solltest du vielleicht abnehmen. Die Chemikalien im Wasser bekommen ihm womöglich nicht.“ Und damit verschwand er durch die Tür in Richtung seiner eigenen Villa.

„Ich warte im Pool auf dich", rief sie ihm lächelnd nach. Genau deshalb mochte sie diesen Mann. Er war aufmerksam und freundlich. Er gab. Allein schon das Selbstvertrauen, das er ihr vermittelt hatte, ließ sie an eine positive Zukunft glauben. Vielleicht musste sie sich doch nicht damit abfinden, allein zu bleiben oder einen zweiten Greg zu finden und sich an ein kleingeistiges Leben zu gewöhnen. Möglicherweise konnte sie ja doch die Liebe ihres Lebens finden. Warum nicht? Sie seufzte. Zu schade, dass es nicht Marco sein konnte.

Denn auch das war ihr klar. Was immer zwischen ihnen lief, hatte nur Bestand für die Dauer dieses Urlaubs. Sie war noch nie ein Freund von Liebeleien gewesen. Partnerschaft, das Geben und Nehmen in einer Beziehung, das mochte sie. One-Night-Stands hingegen wirkten so ... egoistisch. Man nahm nur, was man wollte, statt den Mut aufzubringen, zu geben und zu empfangen.

Bevor sie Greg kennenlernte, hatte sie ein paar Freunde gehabt, aber sie war mit keinem von ihnen ernstlich gegangen. Begegnet war sie ihm mit neunzehn. Er hatte sie angelächelt, auf der Geburtstagsparty einer Freundin. Dann war er zu ihr gekommen, um sich mit ihr zu unterhalten. Er wirkte selbstbewusst, sah ganz gut aus und schien kein Idiot zu sein. Und er war ehrgeizig. Von ganzem Herzen hatte sie an diese Beziehung geglaubt. Gemeinsam planten sie, sich nicht nur ein hübsches Haus zu kaufen, sondern ein richtig schönes. Zusammen strebten sie nach guten Jobs und reizenden Kindern. Mit anderen Worten, nach einem Leben, um das jeder andere sie beneiden würde.

Sie hatte ihren Teil getan. Hatte alles gegeben, um den Traum wahr werden zu lassen. Und hatte den Schock ihres Lebens erfahren, als sie erkennen musste, dass all das doch nicht reichte. Dass Greg entschieden hatte, mehr zu wollen, und sie nicht diejenige war, die ihm das geben konnte.

Wie hätte sie das auch anstellen sollen? Sie hatte sich für ihn vollkommen verausgabt. Wie in aller Welt konnte er erwarten, dass ihr noch etwas geblieben war?

Zum ersten Mal erkannte sie, dass sie sich vielleicht anders hätte verhalten sollen. Nicht, weil es falsch war, ganz für einen anderen Menschen da zu sein. Aber Greg hatte nicht dasselbe getan, jedenfalls nicht mehr gegen Ende ihrer Ehe. Eine so einseitige Beziehung war ungesund, und dadurch, dass sie in diesem Muster verharrte, ermöglichte sie es ihm erst, immer selbstsüchtiger zu werden, bis er alles nahm, was sie geben konnte, und sich damit aus dem Staub machte.

Also war es vielleicht an der Zeit für sie, auch mal völlig selbstsüchtig zu sein, nach dem zu greifen, was sie sich wünschte. Zur Hölle mit den Konsequenzen.

Sie hatte immer ihre eigenen Wünsche versteckt, als wären sie heimliche Laster, die sie nicht eingestehen konnte. Jetzt aber listete sie all die Dinge auf, die sie so sauber zusammengelegt und in ihrem Unterbewusstsein verstaut hatte. Und da war nichts Schmutziges und Beschämendes an dem, was sie sah. Nur Träume. Hoffnungen. Wünsche …

Und sie kannte ihren geheimsten Wunsch. Wenn sie sich etwas zu Weihnachten wünschte, dann Marco.

Sie warf einen langen Blick auf das tadellos gemachte Bett, während sie den Ring ihrer Großmutter abstreifte und auf das Nachttischchen legte. Dann ließ sie sich Zeit, um sich vorzubereiten, zog langsam ihr Sommerkleid aus und Gemmas roten Bikini – nein, *ihren* roten Bikini – an, legte ein wenig Parfüm auf und steckte ihr Haar zu einem losen Knoten hoch. Wenig später ging sie zurück auf die Terrasse, um Marco zu treffen. Diesmal ohne T-Shirt.

Er wartete schon im Pool, als sie aus der Tür trat. Als sie näherkam, wandte er den Blick nicht von ihr. In seinen Augen schimmerte es anerkennend, und sie stellte fest, dass sie ihm gern dabei zusah, wie er sie beobachtete. In ihr entfaltete sich etwas Verwegenes und Furchtloses, während sie die Stufen zum kühlen Wasser hinunterschritt und sich hineingleiten ließ. Unter Wasser gab es einen gemauerten Vorsprung, der sich einmal halb um die Innenrundung des kleinen Pools zog. Juliet ließ sich Marco gegenüber auf dieser Stufe nieder, damit sie ihn anschauen konnte, denn sie wollte seinen Anblick in vollen Zügen genießen.

Er reichte ihr ein schlankes Glas. Jetzt erst entdeckte sie den Champagnerkübel neben ihm. „Woher kommt der?"

Sein typisches und ungemein attraktives halbes Schulterzucken war die Antwort, gefolgt von einem noch viel attraktiveren halben Lächeln. „Was ist Weihnachten ohne Champagner?"

Sie nahm die Champagnerflöte entgegen und nippte von der übermütig perlenden Flüssigkeit. Wie es aussah, hatte er sie gerade erst eingeschenkt. Der Champagner war vollkommen. Frisch, trocken, berauschend. Aber schon nach dem ersten Schluck stellte sie das Glas auf dem Rand des Pools ab und schaute Marco an. Jetzt war der Augenblick gekommen, auf den sie gewartet hatte. Und sie plante, dieses Kästchen richtig abzuhaken.

Er wirkte sehr entspannt, zurückgelehnt gegen den Rand des Pools, die Arme weit zu beiden Seiten ausgestreckt. Als sie aufstand und die paar Schritte zu ihm watete, weiteten sich seine Augen ein wenig, als hätte er das nicht unbedingt von ihr erwartet. Seine Lippen öffneten sich zu einem freudigen Lächeln, als sie ihm das Glas aus der Hand nahm, kurz daran nippte und es dann auf den Fliesen hinter seinem Kopf abstellte. Aber seine Überraschung wandelte sich zu etwas Heißerem, als sie ihre Knie links und rechts von ihm auf die Sitzbank senkte und sich auf seinem Schoß niederließ.

Mit den Händen strich sie von unten über seine Brust, begann unter Wasser, durchbrach die Oberfläche und schob ihre Finger dann über seine Schultern nach oben, legte sie in seinen Nacken und zog ihn an sich.

Das fühlte sich richtig an. Sie hatte keine Angst mehr, nicht sexy oder jung oder hübsch genug zu sein. Keine Angst mehr, dass die Realität der Fantasie nicht genügen konnte. Und sie reizte seine Lippen mit ihren eigenen, erforschte und schmeckte ihn, tat, was ihr gerade in den Sinn kam, und ihr wurde immer heißer dabei.

Marco schien zu wissen, dass sie die Kontrolle übernehmen und das Tempo bestimmen musste. Und obwohl er ihren Kuss sanft und doch fest zugleich erwiderte, ließ er seine Arme auf dem Rand des Pools liegen. Sie küsste ihn noch tiefer, verlor jedes Gefühl für Zeit und Raum, war sich nur noch ihres wachsenden Verlangens bewusst und genoss den langen gewundenen Weg zur Erfüllung, den sie eingeschlagen hatte. Sie spürte, wie sich allmählich Spannung in seinen Muskeln aufbaute, fühlte, wie aus dem neckischen Spiel Ernst für ihn wurde und es ihn immer mehr Mühe kostete, die Hände von ihr zu lassen.

„Ja", flüsterte sie ihm ins Ohr, denn sie wusste, was er wollte, und sie wusste auch, dass er verstehen würde, was sie meinte.

Blitzschnell schlossen sich seine Arme um sie. Er zog sie an sich, strich mit den Händen über ihren bloßen Rücken. Juliet unterbrach seinen Kuss, schnappte nach Luft, bevor sie sich wieder auf ihn stürzte und sich in ihm verlor. Sie hatte es mit einem neuen Marco zu tun, fiel ihr auf. Obwohl seine Küsse auch vorher schon oft leidenschaftlich gewesen waren, hatte sie immer gespürt, dass er sich beherrschte. Dass er winzige Entscheidungen traf, was sie als Nächstes brauchte oder wie er ihr eine Reaktion entlocken konnte. Beinahe, als wäre er ein Meisterchoreograph, der einen Tanz aus Gliedmaßen, Händen und Lippen improvisierte.

Aber jetzt war es anders. Sie wusste genau, in welcher Sekunde er seine Selbstbeherrschung verlor. Als er sich von ihr löste, schwer atmend, die Haare zerzaust, wo Juliet sie mit nassen Händen durchwühlt hatte. Das Wasser tropfte ihm auf die Stirn und lief ihm über die Wangenknochen. Er wirkte wie halb berauscht, genauso vom Augenblick mitgerissen wie sie selbst, und das gefiel ihr. Sie genoss es, dass sie das mit ihm anstellen konnte. Dankbar, dass ein Mann wie er sie auch nur anschaute, hatte sie sich auf diese Affäre eingelassen – oder was es auch immer sein mochte. Aber jetzt war es anders. Sie begegnete ihm auf Augenhöhe, als Ebenbürtige.

„Bist du sicher, dass du das willst?", fragte er atemlos, und seine besorgt gerunzelte Stirn festigte nur ihre Entschlossenheit.

„Ja, ich will es. Ich will dich."

In einer fließenden Bewegung schlang Marco seine Arme fest um sie und hob sie aus dem Wasser. Ein kleiner Laut der Überraschung entschlüpfte ihr, als er sie aus dem Pool, über die Terrasse und durch das Wohnzimmer ihrer Villa trug. Seine nassen Füße hinterließen Pfützen auf dem Boden. Und dann stieg er die Treppe zu ihrem Schlafzimmer hinauf, wo er sie sanft aufs Bett legte.

Die alte Juliet hätte aufgeschrien, das Bettzeug werde ja nass, aber der neuen Juliet war das egal. Sie wollte es wild, unordentlich und unaufgeräumt. Sie wollte sich im Zentrum des Wirbelsturms befinden, den sie um sich herum erschufen.

Sie ließ nicht zu, dass er sich entfernte, sondern zog ihn auf sich herab.

„*Mio Dio, Giulietta …*", murmelte er an ihrem Hals und begann, sie dort zu küssen.

Scharf zog sie die Luft ein, als er die Stelle direkt unter ihrem Ohr erreichte, und drehte den Kopf zur Seite, damit er besser herankam.

Mio Dio traf es wirklich gut.

Aber gerade als sie ihre Augen schließen wollte, fiel ihr Blick aus nächster Nähe auf ihr Nachttischchen: die Lampe, der Wecker, Ohrstöpsel, ihre Schlafmaske …

Sie riss die Augen wieder auf und erstarrte.

„Mein Ring!", sagte sie, stützte sich auf einem Arm hoch und vergaß dabei völlig den heißen Italiener, der an ihrem Ohrläppchen knabberte. „Wo ist mein Ring?"

„In Ordnung, Kinder, Zeit, eure Schlafanzüge anzuziehen!", verkündete Gemma laut.

Die drei Kleinen fingen sofort an zu nörgeln.

„Ich habe nicht gesagt, dass ihr schon ins Bett müsst", erläuterte sie und scheuchte die Kinder die Treppe hinauf. „Aber es ist schon acht, und ihr solltet wenigstens bettfertig sein, wenn ich euch aufbleiben und noch einen Film ansehen lasse."

Das Gejammer wandelte sich zu Freudengeschrei, und Jake, Josh und Polly rannten die Treppe hinauf. Gemma stieß einen tiefen Seufzer aus, als sie fort waren. Dann ging sie zu Vi, die in der Tür zum Wohnzimmer stand, und legte einen Arm um sie. „Wie fühlst du dich heute Abend?"

Violet schnitt eine Grimasse. „Dumm", erwiderte sie und schaute zu Boden.

Gemma drückte sie sanft. „Ich meinte körperlich. Aber zu erkennen, dass du dich dumm verhalten hast, ist auch gut. Du wirst aus diesem Fehler lernen."

Violet blickte zu ihr auf. „Glaubst du? Ich habe das Gefühl, ich mache andauernd Dummheiten, und anscheinend ändert das überhaupt nichts."

Gemma nickte. Willkommen im Club, dachte sie insgeheim. Was hatte sie sich nur dabei gedacht zuzulassen, dass Will sie so küsste?

Schon als Tony nach oben geschielt hatte, war ihr klar gewesen, wohin sich die Sache entwickeln würde. Ebenso hatte sie gewusst, dass Wills Ehrenhaftigkeit ihm einfach nicht erlaubte, tatenlos zuzusehen, wenn eine Jungfrau gerettet werden musste, und zwar auch dann, wenn *sie* diese Jungfrau war. Aber deshalb hätte sie sich doch nicht so gehen lassen müssen? Sie hatte sich komplett zum Narren gemacht.

Sie gab Violet einen Kuss auf den Scheitel und ging dann ins Wohnzimmer, um zu schauen, was Doris trieb. Gemma entdeckte sie in einem Sessel, wo sie in Juliets Notizbuch blätterte.

„Was für ein Mann, nicht wahr?", meinte sie und schaute auf.

Gemma verdrehte die Augen. „Er ist ein widerlicher Trampel", erwiderte sie. „Ich weiß nicht einmal, wie er es geschafft hat, Juliet eine Einladung abzuringen. Wahrscheinlich nur deshalb, weil die ganze Familie die Nase gestrichen voll hat von Onkel Tony und er sonst nirgendwohin konnte."

Doris musterte sie wissend. „Den meinte ich nicht", sagte sie und beobachtete dabei ganz genau, wie Gemma reagierte. „Ich meinte den anderen."

„Oh." Allein schon der Gedanke an das, was unter dem verflixten Mistelzweig geschehen war, ließ ihr das Blut in die Wangen schießen, und das, obwohl es so harmlos gewesen war, dass es kaum zählte. „Na ja, ich schätze, er ist schon in Ordnung", räumte sie ein und sah zu Boden. Dabei fiel ihr plötzlich wieder ein, wie ähnlich Violet gerade reagiert hatte. „Allerdings so gar nicht mein Typ."

Doris warf den Kopf in den Nacken und lachte. „Wer ist das schon, Herzchen? Ich war über vierzig Jahre mit Mr Waterman verheiratet. Was für ein alberner Kerl! Immer nur Flausen im Kopf. Jeder hat mir prophezeit, dass diese Beziehung nicht hält. Dass wir viel zu verschieden sind. Aber der Mann hat mich angebetet bis zu dem Tag, an dem er gestorben ist." Ihr Tonfall wurde ernster, als sie ihren Satz beendete, und sie schaute kurz zur Seite, bevor sie Gemma ansah. „Was ich damit sagen will: Du kannst nicht ewig davor davonlaufen und dir einreden, dass sich dir noch eine weitere Chance bieten wird. Das Leben funktioniert nicht immer so. Manchmal musst du einfach tapfer sein und zugreifen, wenn sich dir etwas bietet."

Gemma wusste nicht, was sie darauf antworten sollte. Noch nie hatte jemand angedeutet, dass er sie nicht für tapfer hielt. Alle betrachteten sie als Tollkopf, als impulsiv und zu allem bereit. Allerdings gab es da eine Ausnahme, wie ihr jetzt bewusst wurde. In Beziehungen war sie nie mutig. In dieser Hinsicht litt sie genauso wie Juliet unter emotionaler Verstopfung.

„Wo wir gerade von Will reden … Er hat gesagt, dass er dich nach Hause begleiten will." Sie sah sich um und zog die Stirn kraus. „Wo steckt er?" Seit dem Zwischenfall im Flur hatte sie ihn nicht mehr gesehen. Um genauer zu sein, seitdem hatte sie bewusst nicht mehr auf ihn geachtet.

Doris zuckte die Achseln. „Keine Ahnung. Aber wenn du ihn findest, sag ihm, dass ich bereit bin, mich zu verabschieden, wenn er es ist."

Wenn du ihn findest. Das bedeutete, sie musste nach ihm suchen. Und Gemma war sich nicht sicher, ob sie das konnte. Geschweige denn, dass sie tapfer genug war, die Liebe zu ergreifen und nicht wieder loszulassen.

26. KAPITEL

Juliet sprang vom Bett und begann, den Fußboden rings um das Nachttischchen abzusuchen. „Er muss hier irgendwo sein. Schließlich kann er sich nicht einfach in Luft aufgelöst haben!"

Marco stand ebenfalls auf und kam zu ihr herüber. Er sah zu, wie sie die Schublade aufzog und wieder zuknallte. „Bist du sicher, dass du ihn hierhingelegt hast?"

Sie nickte. „Ich habe ihn abgenommen, nachdem du das vorgeschlagen hast, vorhin an der Tür. Also vor vielleicht zwanzig Minuten. Und ich war die ganze Zeit im Zimmer, bis ich rausgegangen bin, um dich am Pool zu treffen – abgesehen von der kurzen Zeit, die ich im Bad war."

Es war kein großer Akt, den Bereich rings um das Bett abzusuchen. Der Raum war wunderschön möbliert, aber auch sehr zurückhaltend, und auf dem gefliesten Boden konnte man leicht etwas entdecken, das hinuntergefallen oder unters Bett gerollt war. Nachdem sie zehn Minuten lang gründlich gesucht hatten, setzten sie sich ziemlich atemlos wieder aufs Bett.

Juliet sah Marco an. Heute Abend auf diese Art außer Atem zu kommen, hatte sie sich ganz und gar nicht vorgestellt.

„Vielleicht hast du ihn in den Safe gelegt?", meinte er.

Sie schüttelte den Kopf. „Nein. Ich bin sicher, dass ich ihn hier liegen gelassen habe."

„Und du hast ihn nicht hinterher woanders aufbewahrt? Schau doch einfach nach, nur um nichts auszulassen."

Zugegeben, sie war ein bisschen benebelt und verträumt gewesen. Außerdem hatte sie zwei Cocktails getrunken. Aber konnte sie wirklich vergessen haben, den Ring woanders hinzulegen? Sie seufzte. Es gab nur einen Weg, sich zu vergewissern.

Sie sprang auf, schnappte sich einen dünnen Kaftan und zog ihn über den Bikini. Jetzt, wo die Hitze des Augenblicks gründlich verflogen war, fühlte sie sich ein wenig nackt. Marco folgte ihr nach unten, blieb hinter ihr stehen und sah ihr über die Schulter, als sie in die Hocke ging und die Tür der Kommode öffnete, hinter der der Safe verborgen war. Sie gab schnell die Ziffernkombination ein – Violets Geburtstag –, und die schwere Metalltür öffnete sich. Der Safe war im Inneren mit dunklem Filz ausgekleidet, sodass die Diamanten hätten funkeln müssen, sobald ein Lichtstrahl sie traf. Aber da war nichts. Trotzdem griff sie hinein und tastete im Inneren, schob ihren Pass und das dicke Bündel Bargeld beiseite. All das Geld hatte sie letztlich nicht gebraucht, da der Aufenthalt im Pelican's Reach sämtliche Leistungen einschloss. Nichts musste zusätzlich bezahlt werden, aber Gemma hatte vergessen, ihr das zu sagen.

„Nein … nichts."

Sie schloss den Safe und stand auf. Marco trat von hinten an sie heran, schlang seine Arme um sie und drückte seine Wange gegen ihre. „Was willst du jetzt tun?"

Sie spürte, wie jeder Muskel in ihrem Körper erschlaffte. Natürlich war es ihr nicht vergönnt, eine vollkommene Nacht mit dem perfekten Mann zu erleben. Wie hatte sie sich das nur einbilden können? So viel Glück hatte sie einfach nicht.

„Das Einzige, was ich tun kann", antwortete sie traurig. „Ich muss den Sicherheitsdienst des Hotels benachrichtigen. Irgendwer muss hier gewesen sein, während wir im Pool saßen. Mein Ring wurde gestohlen."

Gemma durchstreifte das Erdgeschoss auf der Suche nach Will. Jetzt, nachdem die meisten Gäste sich verabschiedet hatten, war es sehr still. Polly und die Jungs waren im Schlafanzug wieder heruntergekommen. Aber mittlerweile machte sich das frühe Aufstehen wohl bemerkbar, denn sie rannten nicht mehr wie wild kreuz und quer durchs Haus, sondern waren zufrieden damit, sich im Wohnzimmer auf dem Sofa und den Sesseln herumzulümmeln, umgeben von verschiedenen Plüschtieren, und sich einen Film anzuschauen.

Sie sah in der Küche nach, aber dort war alles still. Kein Ton war zu hören außer dem Wasserrauschen im Geschirrspüler. Schon wollte sie sich abwenden, da traf sie ein Schwall kalter Luft, und sie drehte sich um, um festzustellen, woher er gekommen war. Im Wintergarten war die Beleuchtung gedimmt, und soweit sie sehen konnte, hielt sich niemand darin auf. Doch eine der Türen, die nach draußen führten, stand offen.

Sie durchquerte den Wintergarten und spähte nach draußen. „Will?“, fragte sie leise, weil sie nicht laut zu rufen wagte.

Links von der Tür hörte sie ein Geräusch, so als hätte sich etwas an der roten Ziegelwand des Hauses gerieben. Gemma trug nur dicke Socken, aber sie konnte nichts sehen, solange sie drinnen stand und vom Licht um sie herum geblendet wurde. Also trat sie auf die Terrasse hinaus und bewegte sich in die Richtung, aus der sie das Geräusch vernommen hatte.

Nur Sekunden später entdeckte sie Will. Er lehnte an der Wand, ein Knie hochgezogen, die Fußsohle gegen die Mauer gestemmt. Als sie näher kam, wandte er den Kopf, sagte aber nichts.

„Was machst du hier draußen?“, erkundigte sie sich fröstelnd.

„Ich brauchte ein bisschen frische Luft. Vorzugsweise *kalte* frische Luft.“

Verdammt. Er also auch? Eigentlich hatte sie gehofft, sich selbst einreden zu können, der Kuss habe mehr mit Ritterlichkeit zu tun gehabt als mit anderem.

Aber das bedeutete noch nicht, dass sie etwas unternehmen musste, oder? Sie räusperte sich. „Doris sagt …“

Schlagartig fiel ihr wieder ein, was Doris gesagt hatte. Allerdings nicht der Teil, in dem es darum ging, dass Will sie nach Hause begleiten könne. *Was für ein Mann …*

Ja, Doris hatte recht. Genau da liegt mein Problem, dachte Gemma und betrachtete ihren Atem, der in der Dezembernacht zu weißen Wölkchen kondensierte, bevor er sich auflöste.

Will stieß sich von der Hauswand ab und trat an den Rand der Terrasse. Dort blieb er stehen und starrte hinaus in den Nachthimmel, an dem rötlich-graue Wolken den Mond und die Sterne verdeckten. Gemma nahm seinen Platz an der Wand ein, in der Hoffnung, dass er ihn ein wenig vorgewärmt hatte.

In ihr machte sich das grässliche Gefühl breit, dass dieser Mann mehr als jeder andere, dem sie bisher begegnet war, das

Zeug dazu hatte, sie in die Flucht zu schlagen. Es war sinnlos, sich vor ihm zu verstecken. Ihre schlimmsten Seiten kannte er längst. Bestimmt war es nur eine Frage der Zeit, bis ihm klar wurde, was für ein Fehler das Ganze war.

„Doris sagt was?“, fragte er schließlich, und Gemma wurde plötzlich bewusst, dass sie mitten im Satz verstummt war und ihn nicht zu Ende gebracht hatte.

Sie schluckte. „Doris sagt, sie ist bereit zum Aufbruch, wenn du es bist.“

Er drehte sich um und sah sie an. Gemma spürte, wie ihr Inneres sich in Wackelpudding verwandelte. Hatte sie Will nicht einmal als langweilig und öde beschrieben? Warum raste dann ihr Herz? Warum stockte ihr der Atem? Nett hatte sie ihn genannt und ihn mit diesem schwachen Lob verdammt, hatte sich über sein höflich-gesittetes Temperament lustig gemacht. Aber gerade jetzt war der Ausdruck in seinen Augen alles andere als höflich-gesittet.

Der nette, rasenmähende, beim Abwasch helfende Will, der sechs Monate Anlaufzeit brauchte, um einer Frau zu sagen, dass er sie mochte, war verschwunden. Oder vielleicht hatte sie sich diese Version des Mannes auch nur eingebildet. Er setzte sich in Bewegung, kam auf sie zu. Gemma war versucht auszuweichen, aber da sie nicht durch die roten Ziegel verschwinden konnte, die sich gegen ihren Rücken drückten, hatte sie keine Chance.

„Und was ist mit dir, Gemma?“, wollte er wissen. Noch immer bewegte er sich auf sie zu. „Bist du bereit?“

Gemma öffnete den Mund – und stellte schnell fest, dass sie nicht wusste, was sie sagen sollte. „Ich … ich …“

„Das dachte ich mir“, sagte er auf den letzten Schritten auf dem Weg zu ihr. Und dann drückte er sie gegen die Mauer und brachte zu Ende, was sie unter dem Mistelzweig angefangen hatten.

Mitternacht war schon vorbei, als sie endlich zu Juliets Villa zurückkehrten. Marco begleitete sie bis an die Tür, blieb aber auf der Schwelle stehen.

Sie waren zur Rezeption hinuntergegangen, um mit dem Hotelportier zu sprechen, und dann war der Sicherheitsdienst gerufen worden. Auch mit diesen Leuten hatte sie ewig lange gesprochen, hatte ihnen erklärt, wie der Ring aussah, was sie den Tag über getan hatte. Schließlich sagte man ihr, dass es Gerüchte von Diebstählen in anderen exklusiven Resorts auf Martinique und den Grenadinen gab, die nur einen kurzen Flug entfernt lagen. Und so blieb ihnen keine andere Wahl, als die Polizei zu rufen.

Natürlich dauerte es, bis die beiden Polizisten kamen – sie waren hier schließlich auf St. Lucia. Marco und sie warteten fast zwei Stunden, und dann durften sie alles noch einmal durchkauen, und zwar ganz von vorn.

Marco hatte sich wirklich erstaunlich verhalten. Er blieb die ganze Zeit bei ihr, hörte aufmerksam zu, nahm alle Informationen in sich auf, fragte nach, wenn etwas nicht ganz klar war. So geschäftsmäßig und konzentriert hatte sie ihn noch nie erlebt. Das war eine ganz neue Seite an ihm, eine Seite, die in ihr den Wunsch weckte, sie könnten über den Strand und die Palmen und damit über das Ende ihres Urlaubs in einer Woche hinaus eine Zukunft haben.

Mehr als einmal bot sie ihm an, er könne doch in seine Villa zurückkehren, aber er weigerte sich. Und auch jetzt wusste sie, er blieb bei ihr, um sich um sie zu kümmern und dafür zu sorgen, dass sie heil zurück in ihre Villa gelangte. Er wollte sie nicht ausnutzen. Dabei hatte sie genau das mit ihm vorgehabt.

Als er sie anschaute, lag Mitgefühl in seinen Augen statt heißen Verlangens. „Sei nicht traurig. Es wird andere Ringe geben."

Sie nickte, aber vielleicht waren der Stress und die lange Nacht doch zu viel für sie gewesen, denn eine dicke Träne rollte ihr über die Wange. Sie sah zu Boden. „Aber keinen wie diesen", erklärte sie. „Er gehörte meiner Großmutter. Das war ihr Verlobungsring. Und ich …" Oh verflucht. Ihre Stimme brach und versagte. „Er hatte großen persönlichen Wert für mich."

Als sie den Blick wieder hob, sah er sie sehr merkwürdig an. Dann strich er ihr mit der Hand die Haare aus dem Gesicht.

„Das tut mir sehr leid. Vielleicht wurde er ja gar nicht gestohlen. Möglicherweise taucht er unerwartet wieder irgendwo auf."

Noch einmal nickte sie. Mehr, um ihm für seinen Beistand zu danken, als seine Worte zu bestätigen. „Danke, dass du heute Abend so wunderbar warst. Ich weiß nicht, was ich ohne dich getan hätte."

Er schenkte ihr ein zögerliches Lächeln. „Du bist eine starke Frau, Juliet. Ich bin sicher, du wärst sehr gut zurechtgekommen."

Ihr war klar, dass er sich bereit machte, sich zu verabschieden. Der Augenblick, der so heiß und vielversprechend gewesen war, war längst vorbei. Statt sie auf ihr Bett zu werfen und es mit ihr zu treiben, war er jetzt ganz Gentleman. Verdammt noch mal!

Vielleicht hätte sie dagegen etwas unternommen, wenn sie nicht todmüde gewesen wäre und sich nicht obendrein heftige Kopfschmerzen angekündigt hätten. Außerdem wollte sie nicht, dass ihr erstes Mal mit ihm aus halbherzigen Fummeleien bestand, bevor sie in Tiefschlaf fiel. Wenn sie es miteinander taten, dann sollte es auch fantastisch werden. Weltbewegend. Lebensverändernd. Also musste sie sich wohl in Geduld üben.

„Gute Nacht, Juliet", flüsterte er und beugte sich vor, um sie sanft auf die Lippen zu küssen.

Sie krallte sich in sein Hemd und sorgte dafür, dass er noch ein, zwei Sekunden verweilte. Als sie sich voneinander lösten, seufzte sie. „Es tut mir leid", sagte sie kopfschüttelnd.

Mit einer Hand berührte er ihr Gesicht, ließ den Daumen über ihren Wangenknochen gleiten. „Morgen ist auch noch ein Tag ..."

Sie schmiegte sich an ihn und küsste ihn noch einmal. Jetzt war er wieder so, wie sie ihn kannte, selbstbeherrscht wie immer. Und obwohl der Kuss wunderschön war, fehlte ihr das primitive Verlangen, das sie beide empfunden hatten, als er sie aus dem Pool gehoben und zu ihrem Bett hinaufgetragen hatte. „Bis morgen früh, Marco."

Wortlos sah sie ihm nach, als er ging. Am Ende des Pfades drehte er sich noch einmal um und winkte. Wenig später war er fort. Juliet atmete tief ein und ließ die Luft schwungvoll entweichen. Dann schloss sie die Tür hinter ihm.

27. KAPITEL

Am zweiten Weihnachtstag war Gemma schon um sieben Uhr früh auf. Sie knotete den Bindegürtel ihres Morgenmantels zu, schlüpfte mit den Füßen in ihre Pantoffeln und marschierte nach unten in die Küche. Dort angekommen, durchstöberte sie Juliets Kochbücher nach einem Rezept für Pfannkuchen. Dann machte sie sich an die Arbeit. Eier, Milch, Mehl, ein bisschen Butter … allzu schwer konnte das kaum sein.

Kurz darauf stellte sie fest, dass die Kinder offenbar über ein gut funktionierendes Pfannkuchenradar verfügten, denn in den nächsten zwanzig Minuten tauchte eins nach dem anderen gähnend in der Küche auf, setzte sich an den Tisch und wartete. Leider mussten sie alle ziemlich lange warten.

Der Teig an sich war nicht das Problem. Der ging leicht. Aber die Pfannkuchen zu backen, war knifflig, und der Umstand, dass Juliets Aga keine Temperatureinstellung hatte, erleichterte die Sache auch nicht gerade.

Im Rezept stand, man solle die Pfannkuchen wenden, wenn der Teig obenauf blubberte. Beim ersten Mal wendete Gemma die Pfannkuchen zu früh. Mit der Folge, dass der noch nicht wirklich gebundene Teig in die Pfanne zurückrutschte und als klebriger Klumpen endete. Beim nächsten Mal wartete sie zu lange, und aus der Pfanne stieg Qualm auf. Polly rümpfte die Nase angesichts der angekokelten kleinen Dinger, die Gemma auf den Tisch stellte.

Als sie schließlich eine zweite Portion Teig angerührt hatte, begann sie sich bereits zu wünschen, die Idee wäre ihr nie gekommen.

Und schuld war nur Will Truman.

Wie kam dieser Mann dazu, in der einen Woche stinklangweilig, grau und oberlehrerhaft zu sein und sich in der Woche darauf als eine Art Ritter in schimmernder Rüstung zu entpuppen, der küsste wie ein Gott? Kein Wunder, dass sie sich nicht auf die Pfannkuchen konzentrieren konnte!

Allein schon der Gedanke an diesen Kuss ließ ihre Ohren erglühen. Mit der freien Linken rieb sie sich das Ohr, um die Hitze daraus zu vertreiben, und zog eine finstere Miene. Sie hätte weglaufen sollen, als sie ihn so auf sich hatte zukommen sehen. Nicht wie ein Vollidiot stehen bleiben, insgeheim wartend, mit klopfendem Herzen und feuchten Händen.

Ihre Erinnerung an den eigentlichen Ablauf des Kusses war verschwommen. Sie hatte keine Ahnung mehr, was Mund und Lippen getan, wohin Arme und Hände sich bewegt hatten, zu welchem Zeitpunkt sie sich von der Wand gelöst und ihn fester an sich gezogen hatte. Das lag halb verborgen wie hinter einem Schleier. Aber wie ihr Körper reagiert hatte, an die Champagnerperlen, die in ihrem Blut zu kreisen schienen, an das Kribbeln, an ihr Seufzen, an all das erinnerte sie sich mit erschreckender Klarheit.

Und auch daran, dass sie sich hastig voneinander gelöst hatten, als sie gehört hatten, wie jemand in die Küche gekommen war, konnte sie sich gut erinnern. An den Schock und das Schuldbewusstsein, die sie überfielen. Und an Wills Gesichtsausdruck, der ihr verriet, dass er genauso empfand.

Anschließend hatte er Doris nach Hause begleitet und war nicht wiedergekommen.

So ungern sie sich das auch eingestand, Gemma musste der Tatsache ins Auge sehen, dass sie ihn mochte. Sehr sogar. Womöglich mehr noch, als sie Michael am Anfang gemocht hatte. Und wenn die Dinge anders gestanden hätten, zu einer anderen Zeit, an einem anderen Ort, hätte sie auf Doris gehört und die Chance ergriffen. Unglücklicherweise konnte sie sich diesen Luxus nicht leisten.

Denn es war zwar nichts zwischen Will und Juliet gelaufen, aber es hatte sich etwas angebahnt. Das wussten sie alle.

Also musste sie Will in den nächsten sechs Tagen aus dem Weg gehen.

Und sie hoffte bei Gott, dass ihre Katastrophensträhne für dieses Weihnachten vorbei war, denn wenn jetzt noch etwas passieren sollte, würde sie Will auf gar keinen Fall wieder um Hilfe bitten. Dann musste sie eben selbst damit fertigwerden.

Juliet konnte Marco nirgends finden. Sie hatte erwartet, ihn beim Frühstück auf seiner Terrasse zu sehen oder auf dem Balkon. Als sie an seine Tür klopfte, kam keine Reaktion. Schließlich ging sie schwimmen und trödelte dann zum Souvenirladen des Hotels, um nach Mitbringseln für die Kinder zu suchen. Auf dem Weg zurück entdeckte sie ihn an einem der Tische am Hauptpool, vor sich eine unberührte Tasse Kaffee.

Sie ging zu ihm, plötzlich ein wenig nervös. Blicklos schaute er in die Ferne und bemerkte sie erst, als sie schon fast neben ihm stand. Als er sie jedoch wahrnahm, zuckte er nicht zusammen, sondern drehte nur den Kopf und sah sie an.

Die Tüte mit den Geschenken fest an sich gedrückt, zog sie sich einen Stuhl heran und setzte sich. „Marco? Was ist los?"

Eine Weile starrte er auf seine Kaffeetasse, bevor er wieder zu ihr hinübersah. „Ich habe eine Nachricht von meinem Bruder erhalten. Mein Vater ist sehr krank. Ich muss morgen abreisen."

„Oh, nein …" Sie beugte sich über den Tisch und legte ihre Hand auf seine. In der kurzen Zeit, die sie ihn kannte, war er so unglaublich lieb zu ihr gewesen, dass sie ihm wenigstens ein bisschen Trost schenken wollte. Aber trotz der Wärme und des Mitgefühls, die sie empfand, bildete sich in ihrem Magen ein kleiner Eisklumpen. Das bedeutete, sie hatten nur noch einen gemeinsamen Tag – vielleicht sogar weniger –, und bis jetzt war ihr nicht klar gewesen, wie viel er ihr inzwischen bedeutete.

„Ich wünschte, ich könnte stattdessen hier bei dir bleiben", murmelte er. Und so verloren, hin- und hergerissen, wie er wirkte, erhielt sie einen kurzen Blick auf den kleinen Jungen, der er einmal gewesen sein musste. Nicht so ausgeglichen und voller Selbstvertrauen wie als Erwachsener.

Sie lehnte sich zu ihm hinüber und küsste ihn auf die Schläfe. Dabei schloss sie die Augen, ließ ihre Lippen weich auf seiner Haut ruhen, bevor sie sich wieder von ihm löste. „Ich wünschte auch, du könntest länger bleiben", flüsterte sie. „Aber die Familie geht vor. Ich verstehe das."

Als er sie ansah, verdüsterte Traurigkeit seinen Blick, bevor er sie an sich zog. „Ich will nicht fort, Juliet. Wirklich nicht. Am liebsten würde ich bei dir bleiben und unser Zusammensein genießen. Ich will nicht, dass irgendetwas uns das verdirbt."

Sie legte ihre Stirn an seine und atmete zittrig aus. „Manchmal spielt es im Leben keine Rolle, was wir wollen, nicht wahr? Dann ist es wichtiger, was wir geben müssen. Es kommt nur darauf an, zwischen beidem das richtige Gleichgewicht zu finden."

Ihre Worte ließen sie sehr weise klingen, aber sie hatte über vierzig Jahre und einen Beinahe-Zusammenbruch gebraucht, um über dieses besondere Körnchen Weisheit zu stolpern.

„Vielleicht ist es für dich an der Zeit, deiner Familie noch eine Chance zu geben? Wenn dein Vater wirklich krank ist, dann musst du nach Hause fahren und deinen Frieden mit ihm schließen, solange du noch Zeit dafür hast." Ihr schnürte es die Kehle ab. „Ich … ich habe meinen Vater sehr plötzlich verloren. Deshalb weiß ich, wie es ist, wenn man sich wünscht, man hätte eine Chance gehabt, sich zu verabschieden."

Sie wartete, bis er sie richtig ansah. Dann erst redete sie weiter. „Geh nach Hause, Marco. Tu es für dich wie für sie. Ich werde schreckliche Sehnsucht nach dir haben … aber ich glaube, du musst gehen, und ich schätze, ich muss aufhören, egoistisch zu sein, und dich gehen lassen."

Ein kleiner Teil ihrer selbst wollte genau das Gegenteil. Der Teil, der Angst hatte, sie würde diesen Mann nie wiedersehen, wenn er jetzt fortginge, und all die Verheißungen dieses wundervollen Weihnachtsfestes würden sich in nichts auflösen. Sie atmete tief durch die Nase ein und lehnte sich in ihrem Stuhl zurück.

Mit beinahe erbitterter Miene schaute er sie an. „Und du würdest das hier – uns, was immer du von mir hättest bekommen können – einfach aufgeben, damit ich nach Hause fahren und mit meiner Familie glücklich werden kann?"

Sie runzelte die Stirn. So merkwürdig hätte sie das zwar nicht formuliert, aber vom Grundgedanken her war es richtig so. „Natürlich."

Marco fluchte, stieß seinen Stuhl zurück, ging an den Rand des Swimmingpools, drehte sich wieder um, kam zurück an den Tisch und stützte sich mit beiden Händen auf die Tischplatte.

Die Sehnen seiner Unterarme traten deutlich hervor, so angespannt war er.

Eine Weile saß sie nur da und fragte sich, was sie gesagt haben mochte und wie sie mit seiner verwirrenden Reaktion umgehen sollte. „Wir haben einen Tag, Marco. Lass uns das Beste daraus machen. Aber vorher muss ich dir etwas sagen … Ich war nicht ganz ehrlich zu dir. Weißt du, ich bin nicht die, für die du mich hältst."

Er hatte unverwandt auf die Tischplatte gestarrt, aber jetzt hob er mit einem Ruck den Kopf. „Du bist nicht Juliet Taylor aus England?"

Müde schaute sie ihn an. „Doch, leider ja. Und genau das muss ich dir erklären. Denn ich will nicht, dass die kurze Zeit, die uns noch bleibt, von Lügen überschattet wird. Ich bin es leid, dir etwas vorzumachen und alles oberflächlich perfekt aussehen zu lassen, wenn es darunter in Wirklichkeit chaotisch und kompliziert ist."

„Ich verstehe nicht, was du sagst."

Sie schüttelte den Kopf. „Ich weiß, aber … hör zu …" Damit stellte sie ihre Tüte auf den Tisch, stand auf, ging zu ihm und nahm seine Hände. „Ich arbeite nicht beim Film. Es ist meine Schwester, die diesen Job hat. Und ich treffe auch nicht jeden Tag irgendwelche Filmstars und jette in der Welt herum. Ich bin eine neurotische Hausfrau aus Tunbridge Wells, die vier Kinder hat und eine beunruhigende Backsucht. Und dass ich hier in Pelican's Reach bin, hat nur einen Grund: Meine Schwester hat diese Reise bezahlt. Ich bin eine komplette Fälschung, Marco, und es tut mir leid, dass ich dir das nicht früher gesagt habe. Aber ich hatte Angst, du würdest mich langweilig und öde finden."

Wie erstarrt stand er da und sah sie an. Wortlos bewegten sich seine Lippen, seine Stirn legte sich in tiefe Falten, und dann packte er sie bei der Hand, nahm sie ins Schlepptau und marschierte mit ihr hinüber zu ihren Villen.

Mit seinen langen Beinen schritt er kräftig aus, und sie konnte ihm kaum folgen. Mehr oder weniger stolperte sie hinter ihm her. Bei ihrer Villa angelangt, forderte er sie auf, die Tür zu öffnen. „Komm mit“, befahl er, ohne zu lächeln, und führte sie die Stufen von ihrem Schlafzimmer hinunter in ihr Wohnzimmer. Vor der großen hölzernen Kommode blieb er stehen und öffnete eine der Türen.

„Schau in deinen Safe.“

Juliet starrte ihn an, die Stirn gerunzelt. Was war los mit dem Mann? In der einen Minute hatten sie einander das Herz ausgeschüttet und sich über alles Erdenkliche ausgetauscht, und in der nächsten verfiel er in mürrisches Schweigen und verhielt sich völlig unverständlich. „Was meinst du?“

Marco deutete auf den Safe. „Öffne ihn. Sieh nach, was darin liegt.“ Und dann wandte er sich ab und ging ans Fenster, um hinauszuschauen.

Juliet kauerte sich vor den kleinen Tresor, ließ aber die Finger unentschlossen vor dem Ziffernfeld kreisen. Eigentlich wollte sie nicht auf Marcos Spiel eingehen, andererseits schien das die einzige Möglichkeit zu sein herauszufinden, was eigentlich los war. Sie gab ihren Zifferncode ein, und die Metalltür öffnete sich.

Blinzelnd spähte sie in den Safe, aber da sie gerade aus dem grellen Sonnenlicht gekommen und der Safe mit schwarzem Filz ausgeschlagen war, sah sie nichts. Also langte sie hinein und tastete darin herum. Sie fühlte ihre Kamera, ihr Mobiltelefon und ihren Pass ... Aber es gab auch Dinge, die sie hätte finden müssen, die jedoch nicht da waren.

Sie stand auf und wich kopfschüttelnd einen Schritt zurück. „Meine Brieftasche! Wo ist meine Brieftasche?“ Und damit meinte sie nicht die kleine Börse, die sie in ihrer Strandtasche bei sich trug und in der nur ein paar Dollar und eine Prepaid-Geldkarte lagen. Sie vermisste den Pappumschlag, den man ihr in der Bank ausgehändigt hatte, als sie sich ostkaribische Dollar und US-Dollar hatte eintauschen lassen. Hunderte von Dollar.

„Ich muss den Sicherheitsdienst anrufen“, keuchte sie und eilte zum Telefon. „Der Dieb war noch einmal da.“

Marco fasste nach ihrer Hand und führte sie zu den Sofas. „Wenn du willst, ruf sie in einer Minute an“, sagte er. „Aber erst muss ich dir etwas zeigen. Setz dich.“

Als sie seiner Aufforderung nachgekommen war, setzte er sich ihr gegenüber auf die Kante eines Sessels, griff in seine Hosentasche, zog etwas heraus und legte es sorgfältig mitten auf das Weidentischchen mit der Glasplatte.

Ein Pappumschlag mit dem Namen ihrer Bank, prallvoll mit Geld. Sie starrte ein paar Sekunden darauf, ohne zu begreifen. Und dann wurde die Situation noch verrückter, denn Marco legte vorsichtig den Verlobungsring ihrer Großmutter auf den Umschlag.

Juliets Blick wanderte zwischen ihm und dem Geld hin und her. „Warum …? Was hast du …? Was machst du damit?“

Ein winziger unlogischer Bereich ihres Hirns wünschte sich die Auskunft, die Polizei habe die Sachen zurückgebracht. Aber sie wusste doch genau, dass er das nicht sagen würde.

Mit finsterer Miene erwiderte Marco ihren Blick. „Das ist das, was ich tue, Juliet. Das bin ich. Glaubst du immer noch, meine Familie sollte mich mit offenen Armen wieder aufnehmen?“

Wortlos schüttelte sie den Kopf, wieder und wieder, weil sie einfach nicht wusste, was sie sonst tun sollte.

„Das ist mein toller Job. Und der Grund, warum mein Vater mich so verachtet.“

Kopfschmerzen machten sich bei Juliet bemerkbar. „Dein Job?“

Er nickte. „Ich reise von Land zu Land, von Resort zu Resort, und suche mir alleinreisende Frauen – normalerweise in den Dreißigern oder Vierzigern –, die sich nach ein bisschen Gesellschaft sehnen, und ich … freunde mich mit ihnen an.“

Mit offenem Mund sah Juliet ihn an, und ein krächzender Laut entschlüpfte ihr.

Marcos Gesicht verzog sich zu einem höhnischen Grinsen, aber er schaute nicht sie dabei an, sondern sein Spiegelbild in der Glasplatte des Kaffeetischchens. „Ich suche mir reiche, gelangweilte Frauen aus, die mir gern erlauben, ihre Fantasien

Wirklichkeit werden zu lassen. Und ich arbeite hart daran, gut zu sein in dem, was ich tue.“ Er nickte zu dem Geldumschlag auf dem Tisch hinüber. „Dafür habe ich doch sicher eine kleine Entschädigung verdient?“

Juliet wollte aufstehen. Fortlaufen. Aber ihre Beine versagten ihr den Dienst.

Das hatte er ihr also angetan. Und sie war darauf hereingefallen. Auf all die dummen Schmeicheleien, dass sie wundervoll sei, schön und aufregend. Er hatte ganz genau gewusst, was er sagen musste, um sie an die Angel zu bekommen.

Sie keuchte auf, als ihr Stück für Stück bewusst wurde, wie sehr er sie hinters Licht geführt hatte. Leichte Übelkeit stieg in ihr hoch. Kein Wunder, dass seine Küsse so vollkommen gewirkt hatten, sein romantisches Timing so makellos. Hatte sie nicht manchmal sogar gespürt, dass alles ein wenig zu einstudiert wirkte? Und dann seine zurückhaltende Vorgehensweise – ganz langsam hatte er sie geködert und umschmeichelt.

Oh Gott. Sie kam sich entsetzlich dumm vor.

„Und ich dachte, du wärst der großzügigste Mann, dem ich je begegnet bin“, flüsterte sie heiser. „Und natürlich warst du das, weil du nicht einmal echt warst. Nur aus einem einzigen Grund hast du mir etwas gegeben, nämlich weil du mir alles nehmen wolltest.“

Mehr als das Geld. Viel mehr als das Geld. Ihren Stolz. Ihr Selbstvertrauen. Ihre neu gefundene Freiheit, von der sie geglaubt hatte, er hätte sie ihr geschenkt. Plötzlich war ihr richtig übel.

Sie wusste, dass sie ihn anschauen musste, obwohl sie das überhaupt nicht wollte. Ihr war klar, dass sie ihm ins Gesicht sagen musste, was für eine widerliche Kreatur er war. Viel würde das zwar nicht bringen, aber vielleicht konnte sie damit wenigstens ein bisschen von ihrer Würde retten.

„Ich war bereit, dir alles zu geben – sogar meinen Körper“, fügte sie mit unterdrücktem Schluchzen hinzu, denn die Wahrheit dieser Aussage schmerzte wie ein Messerstich in ihrer Brust. „Und du wolltest mich nur bestehlen. Was für ein Mann tut so etwas?“

Jetzt endlich suchte sie seinen Blick, aber statt Triumph und Arroganz in seinen Augen zu entdecken, sah sie nur Scham und Niedergeschlagenheit. „Kein besonders guter."

Nette Worte, aber sie änderten nichts an den Tatsachen, und jetzt, wo der Schock langsam nachließ, begann auch Juliets Blut wieder zu fließen. Ihre Fingerspitzen wurden warm und fingen an zu kribbeln. „Du widerst mich an. Nur um an mein Geld zu kommen, wolltest du mit mir schlafen?"

Marco senkte den Blick und schüttelte den Kopf.

Das machte Juliet nur noch zorniger. Sie schoss in die Höhe und starrte ihn an, befahl ihm mit ihrer bloßen Willenskraft, sie anzusehen. Das konnte sie gut. Normalerweise geschahen Dinge, nur weil sie es wollte. „Lüg mich nicht an! Das gehört alles zu deinem Job, nicht wahr? Und du weißt, was das aus dir macht?"

Seine Schultern sanken herab und er wandte den Kopf zur Seite. „Nein, normalerweise nicht. Ich bin all das, dessen du mich anklagst, aber das – das bin ich nicht."

Noch mehr Lügen. Sie deutete mit der Rechten zur Decke. „Und was war dann gestern Abend? Du hast mich nach oben getragen und auf mein Bett geworfen!" Schleimige Kälte überlief sie, während ihr die eigenen Worte in den Ohren klangen. Sie war sich so sicher gewesen, dass ein bisschen heißer Urlaubssex all ihre Probleme lösen konnte. Wie sehr sie sich doch geirrt hatte! Wie blind sie doch gewesen war!

„Ich schlafe nicht mit den Frauen, die ich aufs Korn nehme", erklärte er, immer noch ohne sie anzusehen. „Aber gestern Abend … Ich konnte mich einfach nicht mehr bremsen. Normalerweise finde ich einen Weg, darum herumzukommen. Das ist leichter, als du denkst."

Wieder überrollte sie eine Welle aus Scham und Demütigung. Oh ja, darauf hätte sie gewettet. Sie hätte darauf gewettet, dass er gut darin war, Frauen zu manipulieren. Er hatte sie definitiv an der Angel gehabt. „Und warum war ich so anders? Warum warst du bereit, in meinem Fall deinen persönlichen Ehrenkodex …", ein abfälliges Schnauben begleitete diesen Ausdruck,

„… über den Haufen zu werfen? War ich wirklich so leicht rumzukriegen?“

Ganz leicht zuckte er mit einer Schulter. Bisher hatte sie diese Geste immer ungemein attraktiv gefunden, aber jetzt hätte sie am liebsten so hart zugeschlagen, dass es ihm die Schulter ausgekugelt hätte. „Ich … wollte es einfach.“

Ihr verschlug es die Sprache angesichts der puren Selbstsucht, die er da zugab.

Schließlich blickte er doch auf und sah sie an. „Es lag daran, dass du anders warst. Ich mochte dich.“ Er schüttelte leicht den Kopf. „Normalerweise kann ich Abstand wahren, kann meine Gefühle heraushalten …“

Sie brach in Gelächter aus, aber es klang schrecklich. „Du tust es immer noch! Schmeicheleien über Schmeicheleien, nur um dich aus der Klemme zu befreien. Ich glaube dir kein Wort.“

Das Schlingern in ihrem Magen, das vor ein paar Minuten begonnen hatte, wurde stärker, und sie wandte sich zur offenen Tür, halb laufend, halb stolpernd. Sie musste hier raus. Ganz dringend brauchte sie frische Luft.

Sie stürzte auf die Terrasse hinaus. Erst am Geländer blieb sie stehen, stützte sich dagegen, schwer atmend und ohne etwas von dem schönen sonnigen Morgen zu sehen. Dieser Urlaub hatte ihre Chance sein sollen, sich zu erneuern. Ihre Rettung. Stattdessen bestätigte er jetzt nur all das, was in ihrem Leben falsch lief. Sie fühlte sich wie ein Gerippe, Stück für Stück verzehrt von Greg und ihrer Familie, ja sogar von den verrückten Forderungen, die sie an sich selbst stellte, und jetzt hatte Marco auch noch die Knochen abgenagt, sodass nichts mehr übrig blieb.

Als sie ein Geräusch hinter sich vernahm, drehte sie sich nicht um. Sie konnte es nicht.

Aber sie hörte, dass er näher kam und etwa zwei Meter von ihr entfernt an der Terrassenbrüstung stehen blieb. Warum ich? hätte sie am liebsten gefragt. Warum hast du ausgerechnet mich unter all den Frauen in Pelican’s Reach ausgewählt? Aber sie fürchtete, die Antwort zu kennen. Raubtiere wie er wussten, wie man die Verwundbaren, die Schwachen erkannte. Und auf ihrer Stirn stand schon „naiv“ geschrieben, seit sie gerade mal alt genug gewesen war, das Wort zu buchstabieren.

„Der Ring … Mir ist klar, wie leicht es für dich war, ihn zu stehlen. Aber wie bist du an das Geld gekommen? Es lag im …“

Ah, natürlich.

Dass sie das nicht schon früher begriffen hatte! Wie dumm von ihr. Er hatte ihr vorgeschlagen, den Ring abzunehmen. Und dann hatte er darauf bestanden, dass sie im Safe nachsah, als der Ring weg war. In dem Moment, als sie den Code eingab, hatte er hinter ihr gestanden. Sehr schlau.

„Hast du alles bekommen, was du wolltest?“ Sie zog die Brauen hoch, wandte sich zur Seite und sah ihn an.

Er schüttelte den Kopf. „Es war nicht so viel darin, wie ich dachte. Da hätte mir schon klar sein müssen …“

Es war ihr egal, was er dachte. Aber eine Sache beschäftigte sie immer noch. „Du hattest schon alles, was du wolltest. Ich schätze, du hast mir das Geld irgendwann in den letzten vierundzwanzig Stunden geklaut. Warum bist du also noch hier? Warum bist du nicht längst über alle Berge?“

„Ich reise morgen ab. Und es hätte verdächtig gewirkt, wenn ich plötzlich keine Zeit mehr für dich gehabt hätte.“

Juliet fühlte sich benommen. Bei jedem Kuss hatte er insgeheim sein weiteres Vorgehen geplant. Während jeder Unterhaltung hatte er sich bemüht, sie dazu zu bringen, Dinge über sich selbst preiszugeben, die sie nie einem anderen offenbart hatte … Natürlich! Deshalb war er ein so guter Zuhörer. Er benutzte alles als Munition. Je mehr er über eine Frau wusste, desto besser konnte er sein Schauspiel auf sie abstimmen und sie bezirzen. Und sie hatte es ihm so leicht gemacht. Am liebsten hätte sie ihn gehasst, aber dafür fehlte ihr einfach die Kraft.

Sie löste sich vom Geländer und trat näher an ihn heran, wartete darauf, dass er sie ansah. „Warum erzählst du mir all das jetzt? Warum hast du mir alles zurückgegeben?“ Diese eine Sache verstand sie immer noch nicht. Er hätte ungeschoren davonkommen können. Sie war auf sein Blendwerk hereingefallen und hatte keinen Verdacht gehegt.

Während er nach einer Antwort suchte, beobachtete sie ihn. Er wirkte nicht wie ein Mann, der sich eine Lüge ausdachte, aber den Eindruck hatte er auch vorher nie gemacht. „Ich möchte damit aufhören. Es verwandelt mich in jemanden, der mir nicht gefällt. Nur noch ein paar Jobs hatte ich machen wollen, und dann hätte ich genug gehabt. Normalerweise sind die Frauen, die ich treffe, hartgesotten. Sie spielen mit anderen, so wie ich. Ich nehme, sie nehmen, und am Ende sind wir quitt."

Juliet hätte beinahe aufgelacht. Glaubte er das allen Ernstes?

„Als ich dich zum ersten Mal sah, wirktest du auf mich genauso. Da war eine ... Distanz ..., die zu erkennen ich gelernt habe. Und dann fingst du an, mit deinem Job zu prahlen und mit den Filmstars, die du kennengelernt hast, und damit warst du in meinen Augen Freiwild."

Sie schluckte. Einerseits genoss sie seine brutale Ehrlichkeit, andererseits brach sie fast darunter zusammen. „Was hat sich geändert?"

„Du", gab er schlicht zurück. „Direkt vor meinen Augen. Du bist nett, Juliet. Du lächelst den Kellnern zu, merkst dir ihre Namen. Niemand sonst hier tut das. Sieh nur, wie du diesem Mädchen bei den Seilrutschen geholfen hast ... Und du wolltest auch mir helfen, obwohl das bedeutete, dass du von mir nicht bekommen würdest, was du wolltest. Ich widere dich an?" Er schüttelte den Kopf und schloss die Augen. „Mich selbst auch."

Gut, dachte Juliet. Sie hatte kein Mitleid mit ihm. Das hob sie sich für sich selbst auf. Sie war eigensüchtig. Warum auch nicht? Alle anderen waren es doch auch.

„Und was ist so verdammt wichtig, dass du Leute bestehlen musst, um es zu bekommen?"

Marco drehte sich um, lehnte sich an die Brüstung und schaute zurück zur Villa. „Ich möchte zurück an den Gardasee und meiner Familie beweisen, dass ich auch ohne sie Erfolg haben kann. Dort will ich ein Boot kaufen, Segelunterricht geben und Chartertouren anbieten. Dafür brauchte ich noch ein paar Tausend Euro ..."

„Und warum arbeitest du dann nicht wie normale Menschen?", schrie Juliet ihn an. „Warum tust du so etwas?"

Er senkte den Blick auf die Terrakottafliesen unter ihren Füßen. „Weil ich es kann", antwortete er leise.

Weil es leicht für ihn war, erkannte Juliet. Er gehörte zu den Menschen, die immer den Weg des geringsten Widerstands wählten. Sie schaute ihn an. Sah ihn zum ersten Mal richtig an, wie er da stand, in sich zusammengesunken, den Blick auf seine Schuhspitzen gerichtet, und dachte, dass sie ihn vielleicht zum allerersten Mal als das sah, was er wirklich war – ein junger Mann, kein Halbgott. Und auch wenn sie ihn gern für böse gehalten hätte, wusste sie, dass er einfach nur schwach war. Faul. Selbstsüchtig.

Sie hatte geglaubt, er wäre wie Gemma. Aber Gemma hatte keinerlei Ähnlichkeit mit ihm.

Plötzlich hatte sie die Nase voll von ihm. Sie ging um den kleinen Pool herum und zurück in Richtung Wohnzimmer.

„Geh einfach", sagte sie. „Ich will dich nicht wiedersehen."

„Wirst du …?"

Juliet drehte sich auf der Türschwelle um. „Werde ich was?"

Jetzt wirkte er noch beschämter als zuvor. „Wirst du den Sicherheitsdienst informieren?"

Darüber hatte sie noch gar nicht nachgedacht. Ihr wurde klar, dass sie das ganz gern getan hätte, aber von ihren Sachen fehlte nichts. Er hatte ihr alles wiedergegeben. Nein, Marco hatte nichts von ihren Wertsachen gestohlen. Der Schaden, den er angerichtet hatte, ging viel tiefer.

Sie schüttelte den Kopf, wandte sich ab und ging ins Haus. „Leb wohl, Marco."

28. KAPITEL

Den Rest des Tages hielt Juliet sich in den belebteren Ecken des Resorts auf und buchte für den nächsten Morgen einen Ausflug nach Pigeon Island, um sicherzugehen, dass sie Marco nicht noch einmal begegnen würde.

Aber während sie vor der Hauptrezeption auf den Minibus wartete, der sie dorthin bringen würde, entdeckte sie Marco, wie er durch die Menge auf sie zustrebte. Sofort drehte sie sich um und ging in die andere Richtung davon, an der Rezeption vorbei und weiter zum großen Swimmingpool. Marco holte sie erst ein, als sie die kurze Treppe zum Strand hinunterstieg.

„Ich will nicht mit dir reden", sagte sie laut, ohne sich umzudrehen.

„Bitte", flehte Marco hinter ihr. Sie spürte seine Nähe jetzt, fühlte, dass er nur noch Zentimeter von ihr entfernt war. „Lass es mich dir erklären."

Juliet ging weiter. Es interessierte sie nicht, welche Bedürfnisse er hatte. Nicht mehr.

„Ich möchte tun, was du gesagt hast. Frieden mit meiner Familie schließen. Von jetzt an alles richtig machen."

Sie beging den Fehler, über ihre Schulter zurückzuschauen. Jetzt, wo sie wusste, wer er wirklich war, wirkte er so viel jünger. Seine Miene erinnerte sie an die Zwillinge, wenn ihnen klar war, dass sie etwas ausgefressen hatten. Offenbar war sie ein wenig langsamer geworden, denn er holte sie ein und ging neben ihr her.

Juliet versuchte, ihn zu ignorieren, und ging einfach weiter. Doch sie musste feststellen, dass der Frust, der sich seit ihrem letzten Zusammentreffen in ihr aufgestaut hatte, es ihr unmöglich machte, den leichten Weg zu wählen.

„Du könntest alles Mögliche mit deinem Leben anstellen", erklärte sie ihm, ohne ihre Aufmerksamkeit von dem kleinen Baum am Ende des Strandes abzuwenden, auf den sie zugingen. „Warum hast du ausgerechnet diesen Weg gewählt?"

Sie hörte, wie er tief einatmete. „Ich habe ihn eigentlich nicht gewählt. Er hat mich gewählt."

Juliet drehte sich um und sah ihn an. „Erzähl mir keinen Mist, Marco. Ich bin wirklich nicht in Stimmung dafür."

Einen Moment hielt er ihrem Blick stand, dann nickte er. „Ich hatte ein Verhältnis mit einer älteren Frau, die eine Villa am Stadtrand besaß. Sie besuchte unser Familienrestaurant, als ich dort als Kellner arbeitete, und flirtete mit mir."

Juliet schnaubte abfällig.

„Ich war jung, und sie war Französin und unglaublich sexy. Mir ist bewusst, dass du mir vermutlich nicht glauben wirst, aber Charlotte war meine erste ernsthafte Beziehung. Ich hatte mich total in sie verliebt, und ich dachte, sie empfände genauso. Also verließ ich den Familienbetrieb, sehr zum Missfallen meines Vaters, und zog zu ihr. Sie war gern mit jungen Männern zusammen, genoss es, ihnen Sachen zu kaufen, ihnen zu erzählen, wie sie vorankommen konnten, wenn sie sich richtig kleideten, die richtige Musik hörten und die richtigen Speisen aßen. Ich glaube, sie hatte gern das Steuer in der Hand."

Er verstummte, und Juliet warf ihm einen verstohlenen Seitenblick zu. Seine Stirn war in tiefe Falten gelegt, als durchlebte er eine schmerzvolle Erinnerung. Natürlich konnte das alles auch nur gespielt sein, aber was konnte er damit jetzt noch gewinnen? Nichts, soweit sie erkennen konnte.

„Was ist passiert?", erkundigte sie sich, wider Willen neugierig.

„Sie fand ein neues Spielzeug", antwortete er verbittert. „Als ich ihr sagte, sie sei ein herzloses Miststück, gab sie mir recht, meinte aber, ich wäre dafür mehr als reichlich entschädigt worden. Ja, sie war sogar so großzügig …", ein höhnisches Lächeln verzerrte seine Züge beim letzten Wort, „… mir eine Reise nach Sizilien zu bezahlen, um zu beweisen, dass sie recht hatte."

Juliet riss die Augen auf. „Hast du angenommen?"

Er nickte traurig. „Habe ich. Ein Monat fern von Riva, in der Gewissheit, ihr und ihrem neuen, jüngeren Liebhaber nicht jeden Tag zu begegnen, kam mir vor wie ein Geschenk. Und ich war wütend. Ich wusste, dass es ihr nichts ausmachte, diese

Reise zu finanzieren, aber irgendwie dachte ich doch, ich könnte mich damit rächen."

Juliet konzentrierte sich wieder auf den kleinen Baum. Sie waren inzwischen näher gekommen, und immer weniger Sonnenhungrige und Strandliegen säumten ihren Weg. Sie wusste, wie sich das anfühlte – ersetzt zu werden, ausgebootet. Allerdings hätte sie nicht gedacht, dass jemand wie Marco jemals dasselbe empfunden haben mochte.

Er seufzte. „Und in Taormina traf ich eine andere Frau, die genauso war wie Charlotte und die mich begehrte. Also dachte ich mir: Warum nicht? Aber dieses Mal wollte ich sehenden Auges hineingehen und sie blechen lassen. Genau das tat ich." Als er sie anschaute, lag kein Triumph in seinen Augen. Im Gegenteil, nur Trostlosigkeit und Leere.

„Und? Hast du dich dadurch besser gefühlt?"

Er nickte. „Eine Zeitlang. Und ich machte einfach so weiter. Das hielt mich von meiner Familie fern, und als ich nach Hause zurückkehrte, hatte ich Geld und schien erfolgreich zu sein. Ich konnte meinem Vater ins Gesicht sehen – bis er die Wahrheit herausfand. All die Zeit habe ich mir eingeredet, nichts Falsches zu tun und das Ganze als normales Geschäft betrachten zu können."

Sie erreichten den Baum, und Juliet trat unter seine Äste, bevor sie sich zu Marco umdrehte. „Warum bist du hier, Marco? Was willst du von mir?"

„Ich will dir sagen, dass es mir leidtut."

Juliet sah ihn an. Er war unglaublich charmant, genau wie ihre Schwester, und schlau. Nie hätte sie geahnt, was er getan hatte, bevor es zu spät war, wenn er nicht selbst die Notbremse gezogen und es ihr gesagt hätte. Während Gemma ihre Begabungen nutzte, um einen begehrten Job zu bekommen, verschwendete Marco die seinen. Er könnte so viel mehr erreichen.

Sie wusste nicht, ob er ihr die Wahrheit erzählte und sein Leben wirklich ändern wollte, aber sie wünschte, es wäre so. Zwar hatte er eine Zeit lang zynisch mit ihr gespielt, aber trotzdem meinte sie, wenigstens ab und zu einen Blick auf den wahren Marco erhascht zu haben. Ein paarmal, als er über seine Familie redete. In der Nacht, in der er nicht so glatt und selbstbeherrscht zu sein schien. Vielleicht war er diesbezüglich ja doch ehrlich gewesen.

„Wenn du wolltest, könntest du eine gute Segelschule führen", meinte sie. „Die Menschen mögen dich, und du weißt eine Menge über Boote. Du könntest das schaffen."

Marcos Gesicht wurde grau, als müsste er sich gleich übergeben. „Glaubst du das wirklich?"

Obwohl Juliet sich Mühe gab, kein Mitgefühl mit ihm zu haben, scheiterte sie kläglich. Er wirkte so total überrascht, dass sie nach all dem trotzdem noch an ihn glaubte. Bestätigend nickte sie.

In seinen Augen lag pure Dankbarkeit, aber Juliet war nicht so dumm, sich wieder von ihm einwickeln zu lassen. Sie trat aus dem Schatten des Baumes hinaus in die grelle Sonne.

„Fahr nach Hause, Marco. Nutze deine Chance. Finde dich selbst." Und dann drehte sie sich um und ging zum Ende des Strandes. Auf dem felsigen Wellenbrecher blieb sie stehen und schaute hinaus aufs Meer.

Sie hörte, wie er fortging, wie der Sand unter seinen Füßen knirschte. Obwohl sie ein seltsames Mitgefühl für ihn empfand, drehte sie sich nicht nach ihm um und rief ihm nicht nach. Es gab eine Zeit, um zu geben, und eine Zeit, um damit aufzuhören. Für Juliet war diese Zeit jetzt gekommen.

Juliet beschattete ihre Augen mit dem Unterarm und drehte sich ein wenig auf ihrem Liegestuhl. Im Hintergrund hörte sie kreischende Kinder im seichten Wasser plantschen, Seevögel hoch über dem Strand rufen und die Wellen auf den Strand laufen. Ihr Buch lag vergessen im Sand neben ihr, und ihr Cocktail wurde warm.

Nur eines störte ihr seliges Sonnenbad, nämlich die Frau in dem Liegestuhl neben ihr. Ständig zappelte sie herum, zog irgendetwas aus ihrer Tasche, steckte es wieder hinein. Warum konnte sie sich nicht einfach hinlegen und entspannen wie jeder andere auch?

Schließlich gab Juliet den Versuch, ein Nickerchen zu machen, auf und griff nach ihrem Buch. Sie war auf Seite hundertsechsundachtzig gewesen, als sie es beiseitegelegt hatte, und sie blieb in den nächsten zwanzig Minuten auch auf Seite hundertsechsundachtzig.

Tief in ihrem Unterbewusstsein lösten sich Dinge und trieben an die Oberfläche.

Oberfläche.

Alles hatte eine Oberfläche, richtig? Aber was jedes Ding ausmachte, war seine Gesamtheit. Manchmal, wie bei einem Eisberg, sah man nur einen winzigen Teil.

Deshalb hatte sie sich von Marco blenden lassen – wegen seiner Oberfläche. Wenn man einen Mann hätte maßschneidern können, der ihre geheimsten Wünsche erfüllte, dann wäre Marco Capello absolut perfekt gewesen. Sie hätte erkennen müssen, dass es zu schön war, um wahr zu sein. Kein Mann war im wirklichen Leben großzügig. Vielleicht mit Ausnahme von Will. Guter alter Will. Irgendwie war ihr, als hätte sie ihn betrogen.

Sie hätte viel wütender auf Marco sein können, wenn ihr nicht klar gewesen wäre, dass sie sich genauso schuldig gemacht hatte. Ihre Oberfläche war perfekt, nicht wahr? Sie tat immer so, als wäre alles wunderbar und schön, wenn in Wirklichkeit unter der Hülle ein grässliches Chaos herrschte. Aber in ihrem Fall trug wenigstens nur sie allein die negativen Konsequenzen.

Noch während sie zum sechsten Mal einen langen Absatz am Ende der Seite in Angriff nahm, begannen Zweifel an der Richtigkeit ihrer Annahme an ihr zu nagen. Hatte ihr ständiges Streben nach Vollkommenheit nicht alle möglichen Folgen?

Wie stand es um die Entfremdung zwischen ihr und Violet? Um Pollys ständiges Beharren darauf, in allem recht zu haben? Wenn ihre Mutter nicht ganz so verbissen gewesen wäre, hätten sie es vielleicht alle leichter.

Und dann war da noch Gemma.

Und Greg. Vielleicht war er ja doch nicht allein schuld am Scheitern ihrer Ehe. Möglicherweise hätten sie noch etwas retten können, wenn sie zugegeben hätte, am Ende ihrer Kräfte zu sein, anstatt ständig nur zu versuchen, für ihn immer perfekter zu werden.

Seltsam, hier auf St. Lucia konnte sie auf die Juliet in Tunbridge Wells zurückblicken, Tausende von Meilen entfernt, und sie viel klarer sehen, als ihr das aus nächster Nähe, persönlich und in ihrem Alltag möglich gewesen war. Kein Wunder, dass sie sich selbst an den Rand eines Zusammenbruchs gebracht hatte.

Die Frau neben ihr setzte sich mit einem Ruck auf, drehte sich um und schaute zum Hauptpool hinüber. „Sie wissen nicht zufällig, wann Aqua-Aerobic beginnt?“, fragte sie Juliet.

„Um zwei.“

„Danke.“ Seufzend zog die Frau ihre Flip-Flops an. „Bis dahin sind es noch einmal vierzig Minuten … Ich schätze, ich schau mich mal ein bisschen im Laden um.“

Juliet sah ihr nach. Dann legte sie ihr Buch weg und betrachtete das sanft gekräuselte türkisene Meer.

Endlich hatte sie den perfekten Zustand von Entspannung erreicht. Und ihr blieben noch weitere drei Tage, dieses selige Nirwana zu genießen, in dem sie jetzt angelangt war. Es gab nur ein Problem: Jetzt, da sie so weit zur Ruhe gekommen war, dass sie wieder klar denken konnte, wusste sie genau, was ihrem vollkommenen Urlaub fehlte.

Ihre Kinder.

Eine Auszeit von ihnen war nötig gewesen – für die vier ebenso wie für sie –, aber zwei Wochen waren zu lang.

Außerdem wartete ein Leben auf sie. Möglicherweise eine Chance, ihre Beziehung zu ihrer Schwester zu heilen. Sie hatte eine Menge über sich selbst und über Gemma gelernt, seit sie von zu Hause fort war. Bestimmt konnte sie ihr neues Verständnis wenigstens teilweise nutzen, um ihnen beiden zu helfen, einen Neuanfang zu machen.

Und dann war da noch Will. Der einzige feste Punkt an ihrem Horizont. Keine Fantasie, sondern ein Mann aus Fleisch und Blut. Es wurde Zeit, ihre Zurückhaltung ihm gegenüber aufzugeben. Und überraschenderweise, selbst nach der geradezu spektakulären Implosion ihrer Romanze mit Marco, stellte sie fest, dass sie bereit war, in ihrem Liebesleben etwas Neues keimen zu lassen. Greg war nicht der Einzige, der sich anderen Horizonten zuwenden konnte.

Von ihrer Liege aus schaute sie hoch zu den Palmwedeln über ihrem Kopf, die sich im Wind wiegten. Hier war es hell, warm und fröhlich. In Tunbridge Wells befand man sich noch in der trägen Woche zwischen Weihnachten und Neujahr, in der alles etwas gemächlicher verlief und die Leute in ihren Häusern blieben, ein Feuer im Kamin, gemütlich, behaglich, glücklich. Und trotz der wunderbaren Wärme auf ihrer Haut wünschte Juliet sich einen winzigen Hauch von Frost auf ihrer Nase.

St. Lucia war fantastisch gewesen – eine Offenbarung –, aber es wurde Zeit, wieder nach Hause zu fliegen.

29. KAPITEL

Juliets Küche blitzte vor Sauberkeit. Gemma hatte geschrubbt, geputzt und gefegt. Vielleicht lag darin der Grund, warum Juliet ihr Leben so ausfüllte, wie sie es tat. Es half eigentlich nicht, jedenfalls nicht wirklich, aber es war trotzdem unendlich viel besser, als nur herumzusitzen und sich selbst leid zu tun.

Violet betrat die Küche und stellte ein Glas und einen Teller in die Spülmaschine. „Hey, Tante Gemma. Alles in Ordnung mit dir?“

Seufzend nickte Gemma und warf ihren Putzlappen auf die Arbeitsplatte.

Ihre Nichte legte leicht den Kopf schräg und musterte sie. „Liebeskummer, hmm?“

„Ja.“

Der schlimmsten Sorte.

Violet kam zu ihr herüber und nahm ihre Tante liebevoll in den Arm. „Ich verstehe“, sagte sie nur, und Gemma musste zugeben, dass das Mädchen vermutlich wirklich verstand. Es wäre zwar leicht gewesen, ihr zu sagen, sie sei noch zu jung und wisse nicht, wie sich das anfühlte. Aber Liebeskummer schmeckte in jedem Alter gleich.

Sie löste sich von ihrer Nichte. „Nichts, was ein paar Tequilas nicht beheben könnten“, murmelte sie, doch dann fiel ihr wieder ein, mit wem sie redete. „Das hast du nicht gehört“, fügte sie hastig hinzu.

Violet lachte und ging.

Natürlich hatte Gemma gelogen. Sie glaubte nicht, dass Tequila die Lösung für ihr Problem war. Keinesfalls konnte sie damit den pulsierenden Schmerz in ihrer Brust betäuben.

Sie hatte Sehnsucht nach Will, und das war einfach nur dumm. Erst seit zwei Tagen war er fort. Nicht einmal das, wenn man die Stunden zählte. Und genau das hatte sie getan.

Sie hatte gesehen, wie er am siebenundzwanzigsten mit dem Wagen fortgefahren war, und irgendwie hatte sie gewusst, dass er nicht nur eben mal schnell zum Supermarkt wollte, um Milch zu kaufen. Er blieb fort. Von ihr. Und obwohl sie wusste, dass er genau das Richtige tat, half es nicht.

Kopfschüttelnd machte sie sich wieder daran, Krümel von der Arbeitsplatte zu wischen. Heute Morgen war es einfach zu still im Haus. Die Jungs waren fort zum Spielen bei einer Freundin von Juliet und ihren Kindern. Polly war in ihr neues Guinness Buch der Rekorde vertieft, und Violet verließ ihr Zimmer nur im Notfall. Gemma putzte weiter. Mit irgendetwas musste sie die leere Stille füllen.

Als sie erkannte, dass sie eine bereits makellos saubere Küchentheke putzte, seufzte sie und ließ sich auf einen der Stühle am Tisch fallen. All das hätte nicht passieren dürfen. Sie hätte nicht so empfinden dürfen. Dank ihrer Arbeit hatte sie eine ganze Reihe von Fernbeziehungen gehabt und war oft wochen-, manchmal auch monatelang getrennt von dem Mann ihres Lebens gewesen. Und doch hatte sie sich noch nie zuvor so … leer … gefühlt.

In diesem Augenblick hörte sie ein Geräusch an der Außentür des Wintergartens. Sie blickte auf, und alles begann sich um sie zu drehen. Es gab nur einen einzigen festen Punkt, und das war der Mann, der draußen vor der Tür stand und ganz den Eindruck machte, hereinkommen zu wollen.

Will. Er war zu ihr zurückgekehrt. Das sah sie seiner finster entschlossenen Miene an, spürte es an seiner inneren Anspannung und der ungeheuren Anziehungskraft seiner bloßen Gegenwart. Wie hatte sie ihn nur je für durchschnittlich und langweilig halten können? Sie musste blind gewesen sein.

Langsam erhob sie sich, durchquerte die Küche und den Wintergarten, bis sie an die Doppeltür gelangte, die nach draußen führte. Dort drehte sie den Schlüssel im Schloss, sodass er hereinkommen konnte. Statt ihm die Tür zu öffnen, wich sie zurück und ließ ihn das selbst tun.

„Hi“, sagte sie, als er über die Türschwelle trat und die Tür hinter sich zuzog.

„Hi.“

„Du warst fort.“ Hui, wirklich gut beobachtet, Gemma.

Er musterte sie intensiv. „Bei meiner Schwester. Und jetzt bin ich zurück."

Ihr dummes Herz hüpfte auf und ab und klatschte in die Hände.

„Warum?"

Sie wussten beide, dass es keine gute Idee war. Darum war er ja überhaupt erst fortgegangen.

Er trat einen Schritt vor, füllte den Raum vor ihr aus, bis sie nur noch ihn sah. „Um dir zu sagen, dass ich nicht länger fernbleiben kann, Gemma. Ich kann nicht weglaufen vor dieser … vor dir. Ich muss nur wissen, ob du genauso empfindest."

Hatte sie nicht mal geglaubt, Will wüsste nicht, wie er erreichen konnte, was er wollte? Die Frau, die er wollte? Junge, hatte sie sich geirrt! Sie sagte nichts, rührte sich nicht, aber der Ausdruck in ihren Augen musste sie verraten haben, denn sie sah, wie seine eigenen sich mit Wärme füllten, und sie wusste, dass sie mit Ja geantwortet hatte.

Er griff nach ihren Händen und hielt sie fest. Seine Fingerspitzen waren kalt, aber seine Hände waren warm. „Nachdem Sam mich verlassen hat, habe ich einfach die Schotten dichtgemacht. Schon bevor sie ging, war nicht mehr alles eitel Sonnenschein. Je stärker sie auszubrechen versuchte, desto mehr meinte ich, ihr Anker sein zu müssen, der beständige Partner." Er runzelte ganz leicht eine Braue. „Der langweilige Partner."

Gemma schüttelte den Kopf, aber er redete einfach weiter.

„Also beschloss ich, eine andere Frau zu brauchen. Eine Frau, die sicherer und einfacher ist. Weniger anspruchsvoll."

Alles Worte, mit denen die Männer in ihrem Leben sie nur äußerst selten beschrieben hatten. Leider. Verrückt, kompliziert, anstrengend … das waren die Attribute, die sie dagegen oft gehört hatte.

„Ich habe mich geirrt", fuhr Will fort. „Ich brauche jemanden, der impulsiv, kreativ … freigeistig ist, jemanden, der mich ergänzt. Ich brauche dich, Gemma."

Seine schlichten, unverblümten Worte entzündeten etwas in ihr, aber sie schüttelte den Kopf, entzog ihm ihre Hände und ging zurück in die Küche. Sie entfernte sich so weit wie möglich von ihm, bis sie vor den Schränken unter dem Fenster stand, von dem aus man die Einfahrt überblicken konnte.

Will folgte ihr. Sie hätte wissen müssen, dass er das tun würde, schließlich war er genauso eigensinnig wie sie. „Ich weiß, dass es nicht einfach wird. Dass es Hindernisse geben wird ..."

Ein gewaltiges Hindernis, so groß wie Juliet, dachte Gemma.

„Aber ich will dieses Risiko eingehen", beendete er seinen Satz.

Dicke Tränen begannen ihr über die Wangen zu laufen, als sie sich zu ihm umdrehte. Oh, wie gern hätte sie Ja gesagt, sich in seine Arme geworfen und ihn bis zur Besinnungslosigkeit geküsst, aber das konnte sie nicht. Und sie musste dafür sorgen, dass er begriff, warum.

„Mein ganzes Leben lang habe ich meine Schwester verdrängt, ohne es zu merken und zu wollen", erklärte sie ihm. „Ich kam auf die Welt und erhielt den Löwenanteil der Liebe und Aufmerksamkeit unserer Eltern, vor allem unserer Mutter. Mir wurden Möglichkeiten geboten, die ihr verweigert wurden. Da sind so viele Dinge ..."

So viele, die sie nicht einmal bemerkt hatte. Kleinigkeiten, Dummheiten. Aber sie alle zusammen ergaben ein großes Muster.

Sie schüttelte den Kopf. „Wenn auch nur die kleinste Möglichkeit bestanden hat, dass du und Juliet ein Paar geworden wärt, dann kann ich das nicht, Will. Ich kann nicht schon wieder die Selbstsüchtige sein. Diesmal muss ich zuerst an sie denken." Sie wischte mit dem Handrücken über ihre Wange und schniefte. „Sag mir die Wahrheit. Gab es eine Chance?"

Will lächelte nicht mehr. „Ja." Er wandte den Blick ab. „Aber ich glaube nicht, dass es auf lange Sicht gut gegangen wäre. Vermutlich wäre die Sache im Sande verlaufen."

Wieder kamen ihr die Tränen. „Dann kann ich nicht. Nein."

Will verlor die Beherrschung. Bis eben hatte sie gespürt, dass er ihr Raum gab. Dass er ein gewisses Maß an Abstand hielt, weil sie ihn schweigend darum gebeten hatte. Aber jetzt trat er vor, legte ihr die Hände auf die Wangen, sah ihr in die Augen und wischte ihr mit den Daumen die erneut kullernden, salzigen Tränen fort. „Sie löst nicht dieselben Gefühle in mir aus wie du, Gemma."

Und dann küsste er sie. Dieser Kuss war weder heiß noch leidenschaftlich. Er war tief, langsam und zärtlich, und sie begriff ihn als das, was er war. Will hatte verstanden. Jetzt flossen die Tränen nur noch heftiger. Dies war der eine Mann, vor dem sie sich nicht verschließen wollte, vor dem sie wirklich nicht davonlaufen wollte, aber sie musste es tun.

Also erwiderte sie seinen Kuss, genoss jede Berührung seiner Lippen, jede Empfindung, die seine Umarmung, seine Hände auf ihrem Körper auslösten. Denn sie wusste, dass dieses eine Mal sehr wohl das letzte Mal sein konnte. Sie war selbstsüchtig genug, um das Beste daraus zu machen und es zählen zu lassen. In dieser Hinsicht war sie noch sehr die alte Gemma.

Ein plötzliches Geräusch von der Tür her, die in den Flur führte, ließ sie beide erstarren. Gemma ließ ihre Hände sinken, die eben noch in Wills Nacken gelegen hatten, aber sie hielt die Augen geschlossen und lehnte ihre Stirn an seine. „Nicht jetzt, Polly ... lass uns bitte einen Moment allein, ja?"

„Hier ist nicht Polly."

Ein kaltes, Übelkeit erregendes Gefühl durchbohrte Gemma. Sie fühlte sich, als hätte ein gewaltiger Eiszapfen sie aufgespießt. Langsam löste sie sich von Will, spürte, wie kalte Luft zwischen sie beide strömte, und dann wandte sie den Kopf. Als sie genügend Mut gefasst hatte, öffnete sie ihre Augen.

Und da, in der Tür, stand Juliet.

Juliet betrachtete ihre Schwester, wie sie in den Armen ihres Nachbarn lag. Beide waren wie erstarrt stehen geblieben und boten Juliet ein Bild, das sie innerlich in Brand setzte. Der glückselige Zustand, den sie während ihrer letzten Urlaubstage auf St. Lucia erreicht hatte, verflog.

„Du b-bist zurück", stotterte Gemma. „Du hättest doch erst in drei Tagen kommen sollen."

„Nun, es ist offenbar gut, dass ich mich entschieden habe, vorzeitig abzureisen. Das war wirklich sehr aufschlussreich", gab Juliet zurück und schaute sie abwechselnd an.

Gemma ließ ihre Hände von Wills Brust gleiten, und er trat zurück. „Wie lange stehst du schon da?", fragte sie zittrig.

Juliet wusste, was Gemma wirklich wissen wollte: Wie viel hast du gehört? Eine wegwerfende Geste war die Antwort. Ihre Mundwinkel sanken herab. „Oh, etwa seit ‚Sie löst nicht dieselben Gefühle in mir aus wie du'. Ich schätze, das war lange genug."

Will trat vor. „Juliet, ich …"

Sie reckte ihr Kinn vor. „Ich glaube, du verschwindest besser aus meinem Haus", erklärte sie kalt.

Aber Will rührte sich nicht. Er starrte sie einfach nur an, die Zähne zusammengebissen. Juliet kannte diesen Blick. Will machte sich bereit, ihre Schwester zu verteidigen. Verräter. Noch hatte sie ihre Wut einigermaßen unter Kontrolle halten können, aber jetzt begann sie gefährlich hochzukochen und drohte, den Deckel ihrer eisernen Selbstbeherrschung zu sprengen.

Gemma legte ihm eine Hand auf den Arm. „Will, es ist schon in Ordnung … Ich glaube, Juliet und ich müssen miteinander reden … allein." Sein Kopf zuckte herum, und er richtete seinen intensiven Blick auf Gemma. Sie nickte sanft. „Wirklich."

Das Schweigen war zum Schneiden dick, als er Gemma ein letztes Mal lange ansah. Dann ging er. Juliet lauschte seinen Schritten und wartete, bis sie hörte, wie die Haustür geöffnet und wieder zugezogen wurde. Erst jetzt wandte sie sich an ihre Schwester.

Als sie sprach, war sie selbst überrascht, wie kühl und vernünftig sie klang, zumal sie Gemma am liebsten den Kopf abgerissen hätte.

„Wie konntest du nur?", flüsterte sie.

Gemma schüttelte den Kopf. Tränen strömten über ihre Wangen. Normalerweise hätte das Juliets Herz angerührt, aber sie stellte fest, dass etwas in ihr kalt und tot war. Sie fühlte nichts außer der Wut, die langsam und in einer tödlichen Dosis in ihr aufstieg.

Gemma wischte sich mit den Händen die Tränen fort, und dann überschlugen sich ihre Worte fast. „Es ist nicht, wie du denkst. Ich habe nicht versucht …“

„Es spielt keine Rolle, was du versucht oder nicht versucht hast, Gemma. Tatsache ist, dass du es getan hast. Dein ganzes Leben lang bist du mir immer mit derselben Ausrede gekommen. *Ich wollte nicht … Es war nicht meine Schuld …* Das hat so lange funktioniert, bis du etwa im Alter der Zwillinge warst. Aber mit fünfunddreißig zieht das meines Erachtens schon lange nicht mehr.“

Gemma schloss den Mund. Juliet konnte beinahe sehen, wie ihrer Schwester Sätze durch den Kopf schwirrten. Sie bemerkte auch, dass Gemma über jeden einzelnen kurz nachdachte und ihn dann verwarf. „Es tut mir leid“, sagte sie schließlich nur.

Das hätte Juliet freuen sollen. Seit Jahren wartete sie schon auf eine direkte Entschuldigung von Gemma, aber jetzt stellte sie fest, dass es ihr egal war. Das letzte Glied, das sie beide noch verbunden hatte, war in dem Augenblick zerbrochen, als sie ihre Küche betreten und Gemma dabei ertappt hatte, wie sie ihr den Mann stahl, der sich zuerst in sie verliebt hatte. Sie war sich nicht sicher, dass diese Sache jemals wieder in Ordnung gebracht werden konnte, und auf seltsame Art war das ein befreiendes Gefühl.

„Ich dachte, wir könnten vielleicht unsere Beziehung zueinander kitten, wenn ich nach Hause komme“, erklärte sie. „Aber ich glaube nicht, dass das jetzt noch möglich ist. Meine Gefühle spielen für dich offensichtlich überhaupt keine Rolle, und ich kann diese einseitige Sache nicht länger aufrechterhalten. Das ist ungesund, und ich muss zur Abwechslung mal an mich selbst denken.“

Das Entsetzen in Gemmas Augen wirkte beinahe komisch. Ihre Brust hob und senkte sich heftig, und sie schüttelte den Kopf. Aber bevor sie ihren lügnerischen Mund öffnen konnte, fuhr Juliet ihr in die Parade. „Ich glaube, du verschwindest jetzt besser auch.“

„Juliet … Lass mich doch wenigstens erklären!“

„Du kannst erklären, was immer du willst, aber der Kern der Sache ist und bleibt, dass du deine Zunge in Wills Rachen gesteckt hattest, als ich reinkam. Und daran wird sich nichts ändern."

Für einen Moment huschte ein Ausdruck von Beschämung über Gemmas Züge, aber dann biss sie die Zähne zusammen, und ihre Augen glitzerten.

„Das war's dann also ... Du bist endlich frei, Gemma. Ich lasse dich ziehen. Ich will deine Pflichtbesuche nicht mehr. Du brauchst den Kindern keine schuldbewussten Geschenke mehr zu kaufen und nicht mehr aus Mitleid anzurufen. Ich will nichts mehr, was du mir geben kannst." Damit trat Juliet aus der Tür und richtete den Blick nachdrücklich zum Flur.

„Jetzt?", fragte Gemma. „Du willst, dass ich jetzt sofort gehe? Wir können nicht einmal ..."

„Ja, jetzt", fiel Juliet ihr ins Wort. Sie fühlte sich stärker und meinte, ihr Leben besser im Griff zu haben als seit Jahren. „Ich gehe rauf und begrüße meine Kinder. Dann fahre ich mit ihnen ins Pizza Express zum Essen. Und wenn ich zurückkomme, möchte ich, dass du verschwunden bist."

„Die Jungs sind bei Melanie", erklärte Gemma.

Juliet starrte sie einfach nur weiter an. „Schön, dann hast du zwanzig Minuten mehr, deine Sachen zu packen und aus dem Haus zu kommen, nicht wahr?"

Gemma ging auf ihre Schwester zu. „Warte eine Sekunde. Du wirfst mich wirklich raus?"

Juliet nickte. „Ganz recht."

Gemma konnte kaum glauben, was sie hörte. Ungläubig sah sie ihre Schwester an. „Nach allem, was ich für dich getan habe?"

Juliet rückte ein Stück ab. Vermutlich ertrug sie ihre Nähe nicht, schloss Gemma, aber genau genommen hatte sie es noch nie gemocht, wenn ihr jemand so nahe kam. Nicht einmal ihr armer Exmann, der schließlich aufgegeben hatte, mit dieser perfekten Hausfrau zu leben, und sich neuen Zielen zugewandt hatte.

Als Juliet genügend Abstand zwischen sie beide gebracht hatte, drehte sie sich um, die Arme locker vor der Brust verschränkt, und sprach mit kalter, harter Stimme. „Alles, was du je getan hast, Gemma, ist nehmen, was dir nicht gehört. Und ich glaube, das hast du gerade sehr schön bewiesen." Sie warf einen Blick auf den Bereich der Arbeitsplatte, an dem Will und Gemma sich vor wenigen Augenblicken noch geküsst hatten.

Bis jetzt hatte Gemma sich deswegen geschämt, aber jetzt stellte sie fest, dass sie andere Gründe hatte, wütend zu sein. „Du machst Witze!", schrie sie Juliet an. „Fast zwei verdammte Wochen lang habe ich mich gerade um dein Haus und deine Kinder gekümmert ... Ich habe ihre Wäsche gewaschen, ihnen die Nasen geputzt, Essen für sie gekocht ... zu Weihnachten habe ich deine Gäste bewirtet, inklusive diesen widerlichen Kraken ‚Onkel' Tony, und – oh ja! – ich habe dir einen vollständig bezahlten Fünf-Sterne-Urlaub inklusive aller Leistungen in der Karibik geschenkt." Von Wort zu Wort war sie lauter geworden, und jetzt begann ihr die Kehle zu schmerzen. „Ja, du hast recht, Juliet. Ich tue nie, aber auch wirklich nie etwas für dich."

Juliet wirkte ein wenig bestürzt über diesen Ausbruch. Jetzt, wo ihre Schwester ihr keine Vorwürfe mehr um die Ohren schlug, nahm Gemma die Chance wahr, noch ein paar andere Dinge zu klären.

„Und ich war nicht der Liebling zu Hause. Das ist gelogen."

Juliet öffnete den Mund, aber noch war Gemma nicht fertig.

„Ja, ich weiß, Mum war manchmal streng mit dir. Immer trieb sie dich an, immer verlangte sie ein bisschen mehr von dir, aber glaubst du nicht, dass sie das tat, weil sie dich für fähig hielt? Nie hat mich jemand gebeten, mehr zu tun. Ich war immer nur die süße kleine Gemma, zu dumm und zu naiv, um mit Schwierigkeiten konfrontiert zu werden. Also lassen wir sie lieber glücklich vor sich hin tappen und hoffen, sie wird niemals merken, dass sie nicht so vollkommen ist wie ihre wunderbare ältere Schwester."

Juliet schüttelte den Kopf. „Ich war nie vollkommen. Aber ja, ich habe es versucht. Weißt du eigentlich, wie schwer es war, mit dir zu wetteifern? Mit diesen Löckchen und den ach so süßen kleinen Grübchen? Ich hatte gar keine andere Wahl, als so zu sein. Sonst hätte ich nie auch nur die kleinste Chance bekommen."

Plötzlich war Gemma mehr nach Weinen zumute als nach Schreien. „Warum musste es immer ein Wetteifern sein?"

Juliet wirkte geschockt über diese Frage, als hätte sie nie daran gedacht, es könnte auch anders sein. Aber wenn Juliet einmal entschieden hatte, dass sie in einer Sache recht hatte, dann gab es für sie kein Nachgeben. Gemma sah genau, in welchem Moment ihr Gehirn eine Kursänderung befahl und sie wieder auf Konfrontation ging.

„Ja, so ist es richtig. Dreh einfach den Spieß um und schieb mir die ganze Schuld in die Schuhe ... Gott, du bist einfach unglaublich." Sie schüttelte den Kopf. „Nie übernimmst du für irgendetwas die Verantwortung, Gemma. Und du warst immer froh, dich ahnungslos treiben lassen zu können, zu tun, was dich gerade glücklich macht, und es anderen Leuten zu überlassen, mit den schwierigen Dingen fertigzuwerden und alle Probleme aus dem Weg zu räumen."

Gemmas Gesichtsausdruck zeigte Verwirrung. Wovon redete Juliet überhaupt? Was sie sagte, ergab überhaupt keinen Sinn mehr. Es spielte aber auch keine Rolle, denn Gemma war nicht mehr bereit, zu bleiben und sich noch stundenlang im Kreis zu drehen, um immer wieder denselben alten Mist durchzukauen.

Eins aber war in dieser Unterhaltung mehr als klar geworden. Sie verschränkte die Arme vor der Brust und funkelte ihre Schwester zornig an. „Es ist egal, was ich sage oder tue, nicht wahr? Nichts wird jemals gut genug für dich sein. *Ich* werde niemals gut genug für dich sein. Das habe ich jetzt endlich begriffen. Und du hast recht. Vielleicht wird es Zeit, dass wir aufhören, es zu versuchen."

Sie wandte sich ab, um die Küche zu verlassen. „Oh, und nebenbei bemerkt: Ich werde keineswegs auf der Stelle verschwinden. Stattdessen werde ich mich in aller Ruhe von den Kindern verabschieden. Zumindest das haben sie verdient." Damit ging sie hinaus und ließ Juliet einfach stehen. Die starrte ihr mit offenem Mund nach.

30. KAPITEL

Juliet öffnete die Haustür in der Annahme, davor stände der Paketbote der Post. Tatsächlich wartete ein Mann vor ihrer Tür, und tatsächlich trug er eine Art Päckchen, aber es war nicht Reginald, der Paketbote. Einen Moment war sie versucht, dem Besucher die Tür vor der Nase zuzuschlagen.

„Was willst du?"

Will schaute sie an. Er war größer als sie, stand aber eine Stufe tiefer, und somit befanden sie sich auf Augenhöhe.

„Ich glaube, wir müssen reden."

Juliet war eher der Meinung, sie müsste die Zeit zurückdrehen und die letzten vierzehn Tage noch einmal durchleben, aber leider wurden nun mal nicht jedem alle Wünsche erfüllt.

Er öffnete den Deckel der Tupperdose, und Juliets Augen weiteten sich überrascht. „Bitte. Sie sind selbst gebacken", erklärte er.

Brownies. Will hatte Brownies mitgebracht. Und was noch viel erstaunlicher war – so armselig, wie die glitschigen braunen Würfel in der Box aussahen, hatte er sie selbst gebacken. Drei von zehn Punkten für das Backwerk, aber zehn von zehn dafür, dass er wusste, wie er sie erweichen konnte.

Sie seufzte. „Fünf Minuten." Damit drehte sie sich um und ging davon, sodass er ihr folgen und die Tür hinter sich schließen konnte. Ohne ein Wort durchquerte sie die Küche, und da sie dieses Gespräch nicht am Tatort führen mochte, ging sie weiter in den Wintergarten. Dort setzte sie sich auf die Kante eines der Sofas und legte beide Hände auf ihre Knie.

Will stellte die Dose auf den Kaffeetisch zwischen ihnen und setzte sich ihr gegenüber. „Es tut mir leid", begann er. „Uns so zu überraschen, muss furchtbar gewesen sein, und es tut mir leid, dass du mitanhören musstest, was ich gesagt habe."

Juliet beschloss, sich auf die armseligen Brownies zu konzentrieren. Auch wenn es ihm leidtat, hatte er doch die Wahrheit gesagt. Will war nicht wie Marco. Er war nicht der Typ Mann, der einfach erzählte, was die Frau hören wollte, nur um sie zu umgarnen.

Sie sah zu ihm auf. Mit zusammengezogenen Brauen blickte er sie ernst an. Tief durchatmend setzte sie sich richtig aufs Sofa. „Ich bin verärgert über dich, Will, aber ich weiß, dass du niemals bewusst versuchen würdest, mich zu verletzen. Es ist Gemma, auf die ich wirklich wütend bin."

Sie sah ihm in die Augen und versuchte, darin zu lesen. „Habe ich mich geirrt? Habe ich deine Signale missverstanden?"

Will schüttelte den Kopf. „Nein. Ich glaubte auch, dass sich vielleicht irgendetwas zwischen uns anbahnte."

Anbahnte. Nicht *anbahnt.* Was auch immer gewesen sein mochte, es war vergangen und vorbei. Kein Weg führte zurück.

„Es war nicht Gemmas Schuld", fuhr er fort und richtete sich ein wenig auf. Der reuige Ausdruck auf seinem Gesicht veränderte sich.

Juliet kannte ihn gut genug, um zu wissen, was kommen würde. „Wage es ja nicht, sie zu verteidigen." Das gehörte zu den Dingen, die sie am schmerzlichsten trafen. Sie hatte geglaubt, sie könnte sich darauf verlassen, dass er auf ihrer Seite stand. Stattdessen war er ins gegnerische Lager übergelaufen. „Ich weiß, dass du sie für wunderbar hältst – das tun die meisten Männer –, aber als Schwester erlebe ich das anders. Und dadurch, dass sie getan hat, was sie getan hat, hat sie einmal mehr bewiesen, dass ich ihr egal bin."

„Du irrst dich, Juliet. Gemma ist es ganz und gar nicht egal, was du von ihr hältst. Was glaubst du denn, warum sie dir angeboten hat, ihren Urlaub anzutreten, während sie hier für dich die Stellung hält?"

Juliet wusste es nicht. „Schuldbewusstsein vermutlich."

Ein wenig verwirrt lächelte Will und schüttelte den Kopf. „Du siehst es nicht, stimmt's? Du siehst es wirklich nicht?"

Juliet schürzte die Lippen. Warum sollte sie nach etwas suchen, was nicht da war.

Er beugte sich vor. „Wann hast du das letzte Mal deine Schwester richtig angesehen? Und ich meine richtig angesehen, statt nur wahrzunehmen, was du erwartest?“

Ihr war klar, worauf das hinauslaufen musste. Sie sollte sehen, was er sah, und offen gesagt wollte sie das nicht. Es klang zu sehr danach, als wollte er ihr etwas sehr schmerzhaft deutlich machen.

Will lehnte sich wieder in die Kissen zurück, aber seine Kiefermuskeln waren angespannt, und sie konnte erkennen, dass er immer noch bereit war, für ihre Schwester einzutreten. Nach ein paar Sekunden schüttelte er den Kopf und sah weg. So saßen sie eine Weile da, sagten kein Wort und füllten das Schweigen mit unausgesprochenen Gedanken.

„Ich weiß nicht, was ich sagen soll. Was willst du von mir, Will?“

Er sah sie direkt an. „Wir waren Freunde. Das will ich nicht verlieren.“ Als sie nicht antwortete, redete er weiter. „Hast du dich jemals gefragt, warum wir nicht auf das, was sich zwischen uns anbahnte, reagiert haben? Seit über einem Jahr habe ich geglaubt, unsere Freundschaft wäre drauf und dran, sich zu etwas anderem zu entwickeln. Und ich dachte, du empfändest das auch.“

„Kein ganzes Jahr …“, murmelte sie.

„Aber da war etwas. Und doch hat keiner von uns entsprechend reagiert.“

Juliet wollte gerade sagen, dass sie dafür nicht der Typ sei. Dass sie altmodisch sei und die Dinge lieber langsam angehe, aber dann fiel ihr Marco ein. Nein, sie war ganz offensichtlich der Typ dafür, wenn der richtige Mann auftauchte. Oder der falsche, wie sich gezeigt hatte. Aber Marcos Unzulänglichkeit änderte nichts daran, dass Will mit dem, was er gerade gesagt hatte, recht hatte.

Sie entschied, es sei an der Zeit, Mut zu zeigen. Also beugte sie sich vor und löste einen ziemlich klebrigen Brownie vom Boden der Tupperdose. Vorsichtig hob sie ihn an den Mund und biss ein Stückchen ab. Für den ersten Versuch gar nicht mal schlecht, aber ein bisschen fad. Irgendwas fehlte. Vielleicht hatte er eine entscheidende Zutat vergessen.

Und vielleicht war genau das auch das Problem zwischen ihnen. Ihr und Will fehlte die entscheidende Zutat. Denn wenn sie dagewesen wäre, dann wären sie beide inzwischen ein Paar. Es war sicher gewesen, Will zu mögen, wurde ihr bewusst. Der gute alte Will. Ihr Verhältnis zueinander hatte es ihr ermöglicht, so zu tun, als liefe sie nicht wie ein kopfloses Huhn herum, als ginge es ihr nach ihrer Scheidung gut, obwohl die Wirklichkeit ganz anders aussah.

Er musste bemerkt haben, wie sich ihr Gesichtsausdruck änderte, weicher wurde, denn er beugte sich vor. „Juliet, du weißt, dass ich dich für ganz erstaunlich halte, aber ..."

„Ich löse in dir nicht dieselben Gefühle aus wie sie", brachte sie den Satz für ihn zu Ende.

Die Wahrheit in diesen Worten tat weh, obwohl sie inzwischen begriffen hatte, dass er recht hatte.

Schmerzliche Leere zeigte sich in Wills Gesicht, und das drehte das Messer in ihrer Brust noch einmal herum. Er mochte Gemma. Er mochte sie wirklich. Und er hatte kein Jahr um sie herumschleichen müssen, um das zu erkennen.

„Ich verstehe", sagte sie. „Aber ich weiß nicht, ob unsere Freundschaft das überleben kann."

Er ließ seinen Atem entweichen. „Das ist vermutlich nur fair, aber wenn es wirklich so sein sollte, dann wirst du mir fehlen."

Verdammter Kerl. Warum musste er immer die richtige Antwort finden?

„Hast du sie angerufen?", fragte sie, um sich abzulenken von ihrem Wunsch, klein beizugeben, ihre eigenen Wünsche hintanzustellen und Schönwetter zu machen, damit alles wieder in Ordnung kam. Immerhin war sie schon vor zwei Tagen aus St. Lucia zurückgekommen.

Er schüttelte den Kopf. „Bevor ich gehe, muss ich dir erklären, was an jenem Morgen geschehen ist."

Juliet legte den Brownie weg und hob abwehrend beide Hände. Diese Bilder, die ihr sofort durch den Kopf gingen, wollte sie nicht sehen.

„Ich will es nicht wissen", sagte sie giftig.

Will ignorierte das. „Als du reinkamst, hatte Gemma mir gerade erklärt, dass zwischen uns nichts laufen konnte. Und sie sagte das deinetwegen."

Abfällig schnaubte Juliet. „Das sah mir nicht danach aus, als liefe nichts zwischen euch. Ganz im Gegenteil."

Will warf ihr einen freudlosen Blick zu. „Wir haben uns verabschiedet."

Der Schock, den diese Worte auslösten, ließ Juliet stutzen. Abrupt schloss sie den Mund, und sie starrte ihren Nachbarn sprachlos an. In den letzten Tagen hatte sie sich unzählige Unterhaltungen zwischen Will und Gemma ausgemalt, und nicht einmal war es dabei zu diesem Szenario gekommen. Jetzt, wo der rote Filter ihrer Wut verschwunden war, erinnerte sie sich wieder an den Augenblick, in dem sie die Küche betreten hatte, und daran, was sie gesehen hatte. Der Kuss, dessen Zeuge sie geworden war, war voller Leidenschaft und Zärtlichkeit gewesen. Und er hatte etwas Bittersüßes an sich, die stille Verzweiflung eines Abschieds.

Wie konnte sie da mithalten?

Sie wollte es nicht einmal versuchen.

Selbst wenn sie irgendwann in der Zukunft mit Will zusammenkäme, wäre sie immer nur die zweite Wahl. Hinter ihrer eigenen Schwester. Schon wieder.

Sie rieb sich mit der Hand die Stirn, fühlte sich plötzlich müde und zu überwältigt, um zu verarbeiten, was alles über sie hereingebrochen war. „Danke für die Brownies und dafür, dass du gekommen bist, um mir das zu erklären. Aber ich kann dir jetzt nicht die Antwort geben, die du dir wünschst. Ich brauche mehr Zeit zum Nachdenken."

Will nickte und stand auf. „Danke fürs Zuhören", sagte er, und dann verließ er ihr Haus und vielleicht auch ihr Leben.

31. KAPITEL

Gemma band ihre Laufschuhe zu, stöpselte ihre Kopfhörer ein und ging zur Wohnungstür. Ein guter, anstrengender Lauf durch den Greenwich Park war genau das, was ihr der Arzt geraten hatte. In den letzten anderthalb Wochen hatte sie in der Wohnung herumgehangen, Trübsal geblasen und sich immer wieder den Streit mit Juliet durch den Kopf gehen lassen. Jetzt wurde es höchste Zeit, sich wieder aufzurappeln und nach vorn zu schauen.

Seit neun Tagen hatte sie weder mit Juliet gesprochen noch Will gesehen. Er hatte sie ein paarmal auf dem Festnetztelefon angerufen – ihre Nummer hatte er wohl aus dem Telefonbuch –, aber als sie gemerkt hatte, dass er dran war, hatte sie aufgelegt. Das war unhöflich, so viel war ihr klar, aber wenn sie mit ihm sprach, würde sie einknicken, und das durfte nicht sein.

Sie sog scharf die Luft ein, um die drohenden Tränen zurückzudrängen, dann senkte sie den Kopf, setzte die Füße fest auf und stürzte aus ihrer Wohnung, bereit, sofort loszurennen. Allerdings kam sie dabei nicht weit, denn sie stieß mit etwas zusammen. Etwas großem Beigefarbenem, das vor ihrer Wohnungstür stand. Als sie ihr Gleichgewicht so weit wiedergefunden hatte, dass sie aufblicken konnte, erkannte sie es. Das Etwas war Juliet.

Bis zu diesem Moment hatte Gemma geglaubt, ihre vorrangige Empfindung sei Traurigkeit, aber jetzt, wo sie ihre Schwester mit der üblichen verkniffenen Miene vor sich stehen sah, stellte sie fest, dass sie auch wütend war.

„Was tust du hier?"

„Ich bin gekommen, um …" Juliet brach ab und musterte Gemma von oben bis unten.

„Um was? Ich will laufen."

„Du läufst?"

Wenn Gemma nicht so sauer auf ihre Schwester gewesen wäre, hätte sie deren Gesichtsausdruck vermutlich lustig gefunden. Sie wandte sich ab und ging schnellen Schrittes durch den Flur. „Ja, ich laufe. Aber du bist doch nicht hier, um mein Fitnessprogramm zu überwachen? Oder?" Sie traute Juliet durchaus zu, so neugierig oder kontrollierend zu sein.

Rasch setzte Juliet sich in Trab und holte sie ein. „Nein", keuchte sie.

Als sie den Fahrstuhl erreichten, drehte Gemma sich zu ihr um. „Also?"

Juliet atmete tief durch. „Ich muss mit dir reden … Nein, ich meine, wir müssen reden … miteinander. Über letzte Woche. Und über anderes. Familienangelegenheiten."

Oha, diesen Tag musste sie sich wohl im Kalender rot anstreichen. Nachdem sie fast zwei Wochen nichts von Juliet gehört hatte, war sie zu dem Schluss gekommen, ihre Schwester habe sie wirklich verstoßen. Dennoch trat sie unbeirrt in die Kabine, als die Fahrstuhltüren sich öffneten. Sie war es leid, immer nur nach Juliets Pfeife zu tanzen. Wenn Juliet mit ihr reden wollte, dann würde sie es diesmal zu ihren Bedingungen tun müssen.

Unten angekommen, öffnete sie die Haustür, und Gemma schlug zum Aufwärmen einen schnellen Schritt an.

„Du beeilst dich besser mit dem, was du sagen willst. Ich brauche fünf Minuten bis zum Park, und dann laufe ich los", erklärte sie mit einem kurzen Blick auf die hübschen Wildlederstiefel ihrer Schwester. Selbst wenn Juliet wollte, würde sie nicht mithalten können. Außerdem war sie jetzt schon rot im Gesicht und außer Atem.

Gemmas sadistische Seite entschied, sich darüber zu freuen.

„Ich wollte dir sagen, dass es mir leidtut, wie ich neulich mit dir geredet habe", begann Juliet und gab sich größte Mühe, mit ihr mitzuhalten.

Das war beinahe genug, um Gemma erstarren zu lassen. Oder vielleicht sogar für eine Ohnmacht. Aber sie konnte nicht ganz vergessen, mit welcher Verachtung Juliet sie an jenem Morgen angesehen hatte, als sie von St. Lucia zurückgekommen war, und das half ihr, mit großen Schritten weiterzugehen. „Tatsächlich?"

Juliet nickte. „Ich hatte allen Grund, mich aufzuregen, aber ich habe völlig überreagiert."

An der nächsten Ecke bog Gemma ab und eilte an dem imposanten weißen Steingebäude des Marine-College vorbei. „Meinst du?"

Juliet schluckte und ging schneller, um nicht hinter ihr zurückzufallen. „Weißt du, ich habe im Urlaub einen Mann kennengelernt …"

Ohne das Tempo zu verringern, marschierte Gemma weiter, aber sie wandte den Kopf und schaute ihre Schwester an. „Du hast einen Mann kennengelernt … Einen Mann, der vermutlich ganz anders ist als Will. Und dann hast du die Frechheit, nach Hause zu kommen und mich zur Schnecke zu machen?"

Gerade, als sie begonnen hatte zu glauben, Juliet hätte sich geändert und wäre zur Vernunft gekommen, musste ihre Schwester ihr unbedingt beweisen, dass sie sich irrte. Gemma wurde schneller.

„Lange Geschichte", sagte Juliet und trippelte neben ihr her. Allerdings fiel sie nicht zurück, was Gemma ziemlich ärgerte. Sie überlegte, ob sie unauffällig ihre Schrittlänge ausweiten konnte, um Juliet noch mehr zu quälen, damit sie aufgab. In Gedanken war sie mit der Frage beschäftigt, ob das zu erwartende Triumphgefühl es wert war, ihre wachsende Neugier zu zügeln. Dabei hätte sie fast überhört, was ihre Schwester als Nächstes sagte.

„Kurz gesagt: Ich dachte, ein Traum wäre wahr geworden, aber dann stellte er sich als Hochstapler heraus. Er hat versucht, Grannys Ring und all mein Geld zu stehlen."

Damit hatte Juliet endlich ihre volle Aufmerksamkeit errungen. Abrupt blieb Gemma stehen und sah ihre Schwester an. „Du machst Witze."

„Nein", gab Juliet kopfschüttelnd zurück. „Ich wünschte, es wäre so", fügte sie traurig hinzu. „Jetzt weißt du also, warum ich ein bisschen … angepisst war …, als ich vom Flughafen nach Hause kam. Hinzu kamen eine schlaflose Nacht im Flieger und der Jetlag. Ich hatte einfach nicht die beste Laune."

Am liebsten hätte Gemma gelacht. Möglicherweise entschlüpfte ihr sogar ein ganz leises Kichern. Juliet hatte schon immer ein Talent für Untertreibungen gehabt.

„Das ist wirklich nicht witzig“, meinte Juliet und gab sich Mühe, finster dreinzuschauen, aber dann begann es um ihre Lippen zu zucken.

Gemma setzte sich wieder in Bewegung, ging jetzt aber etwas langsamer. „Was ist passiert? Geht es dir gut?“ Verflixt noch mal, das war das Letzte, was sie Juliet gewünscht hätte, als sie ihr den Urlaub angeboten hatte.

Juliet nickte. „Es geht mir gut. Zumindest wird es das bald wieder. Die ganze Geschichte erzähle ich dir später mal, aber im Moment haben wir, glaube ich, Wichtigeres zu besprechen.“

Einerseits hatte Gemma wirklich keine Lust, mit Juliet zu reden. Es hatte sie schmerzlich getroffen, was ihre Schwester an jenem Morgen in ihrem Haus gesagt hatte. Am liebsten hätte sie Juliet abgebügelt und ihr gesagt, das interessiere sie nicht mehr, und dafür sei es zu spät. Aber andererseits mahnte ihre Vernunft, dass sie dann auf ewig in ihren alten verfahrenen Verhaltensmustern verharren würden. Wenn ihre Beziehung sich ändern sollte, dann mussten sie beide bereit sein, sich aufeinander zuzubewegen.

„Na schön“, gab sie schließlich nach. Sie waren inzwischen im Park angelangt, aber statt davonzusprinten, ging Gemma voran zu einer Bank und setzte sich. Juliet nahm neben ihr Platz. Raureif lag auf dem Gras und glitzerte in der Wintersonne, der Park war menschenleer bis auf ein paar Läufer und wenige Hundebesitzer, die ihre Vierbeiner ausführten.

„Ich habe dir eine Menge zu sagen, aber ich glaube, damit das Ganze einen Sinn ergibt, muss ich ganz von vorn anfangen.“ Juliet atmete tief durch, bevor sie sich mit ernster Miene an ihre Schwester wandte. „Weißt du noch, wie Mum zusammengebrochen ist, nachdem Dad gestorben ist?“

Gemma nickte.

„Nun, das war nicht ihr erster Zusammenbruch …“

Und sie begann, ihre Geschichte zu erzählten. Eine Geschichte von zwei Schwestern, einem Vater und einer Mutter und zwei sehr unterschiedlich verlaufenen Kindheiten. Gemma hörte schweigend zu, während ihr Juliet von einem grässlichen

Weihnachten erzählte, an dem ihre Mutter von zu Hause fortgelaufen war. Ein Weihnachten, an das sie sich nicht einmal erinnern würde, wenn sie damals nicht eine Puppe bekommen hätte. Diese hatte sie jahrelang in Ehren gehalten, bis ihr schließlich der Kopf abgefallen war. Sie hörte sich auch andere Geschichten an, von Zeiten, in denen sie zu Hause gelebt, aber trotzdem nicht einmal geahnt hatte, was los war. Und so ging es immer weiter … Über die Kindheit hinaus in die Pubertät und schließlich ins Erwachsenenleben. Bis zu dem Zeitpunkt, an dem ihre Mutter gestorben war.

Als Juliet schließlich alles gesagt hatte, was sie hatte erzählen wollen, und auf die Reaktion ihrer Schwester wartete, stellte Gemma fest, dass sie sprachlos war. Sie fühlte sich, als wäre das, was sie für eine glückliche, geborgene Kindheit gehalten hatte, von der Tafel ihrer Erinnerung getilgt und durch die Erinnerung eines anderen Menschen ersetzt worden. War denn nichts davon real gewesen? Ihr war doch nichts von ihren Eltern geblieben außer Erinnerungen. Und jetzt lagen diese in Fetzen, und ihr blieb nichts mehr, woran sie sich festhalten konnte. Diese wunderbare glückliche Kindheit, die ihr so viel Gewissheit über ihren Platz in der Welt vermittelt hatte, war dahin. Und mit ihr schwanden ihr Mut und ihr Selbstvertrauen.

Sie stand mit zittrigen Beinen auf und sah Juliet an.

„Es tut mir leid", sagte sie heiser, „aber ich kann jetzt nicht anders." Und damit wandte sie sich dem großen Hügel zu, auf dem das Königliche Observatorium lag, und rannte davon, so schnell sie konnte.

Etwa eine halbe Stunde später fand Gemma ihre Schwester oben auf dem Hügel. Sie lehnte am Geländer und ließ den Blick über den alten Park, das dreihundert Jahre alte Marine-College diesseits und die glitzernden Bürogebäude von Canary Wharf jenseits der Themse schweifen. Zwei Seiten desselben Flusses und doch so verschieden. Neu und alt. Traditionell und hypermodern. Und beide Seiten für immer getrennt von dem fließenden Gewässer, das ihnen gemeinsam war.

Sie lief langsam aus und gesellte sich dann zu Juliet, nahm die gleiche Haltung ein wie ihre Schwester und blickte in die Ferne, ohne die Stadt, die sich unter ihnen erstreckte, wirklich zu sehen.

„Es tut mir leid“, erklärte sie mit einem raschen Blick auf Juliet. „Das war ein bisschen viel auf einmal.“

Juliet wandte den Blick nicht von der Aussicht ab, aber sie nickte. „Ich verstehe. Schließlich hatte ich Jahre, um an diesem Brocken zu nagen. Das war wirklich viel auf einmal zu verarbeiten.“

Gemma nickte. Allerdings. „Ich habe ein paar Fragen …“

Ihre Schwester richtete sich auf und wandte sich zu ihr um. „Du willst immer noch mit mir reden?“ Sie wirkte ungeheuer erleichtert darüber. Und sie sah jünger aus. So viel jünger. Seltsam, denn in Gemmas Augen war sie immer die Erwachsene gewesen.

„Wollen wir ein Stück gehen?“, schlug sie vor.

Sie nahmen den Pfad, der einmal um die Kuppe des Hügels herumführte. Als sie die Spaziergänger hinter sich gelassen hatten, die sich am Aussichtspunkt aufhielten, stellte Gemma ihre Frage. „Warum haben sie dir dies alles anvertraut, aber mir nicht? Warum war das alles ein so großes Geheimnis?“

Juliet zuckte die Achseln. „Ich weiß es ehrlich nicht. Als das Ganze anfing, war ich noch so klein, dass ich es selbst nie infrage gestellt habe. Wir haben es eben einfach so gemacht.“

„Einfach so Gemma angelogen“, warf diese bitter ein.

„Nein“, widersprach Juliet und warf ihr einen scharfen Blick zu. Ihre Stimme klang sanft, nicht schneidend. „Gemma beschützt. Das ist ein großer Unterschied.“

„Kein Wunder, dass ich mich manchmal wie eine Außenseiterin gefühlt habe, von so vielem ausgeschlossen.“

Juliet sah aus, als würde sie gleich weinen. „Mir war nie bewusst, dass du das so empfunden hast. Ich hätte sonst was darum gegeben, nicht Bescheid zu wissen. Es war nicht gerade eine Ehre, weißt du.“ Ihr Ausdruck verhärtete sich. „Eher ein

Urteil.“ Ihre Stimme wurde leiser, sie sprach fast nur noch im Flüsterton. „Manchmal glaube ich, sie hat mich dafür gehasst, dass ich die Wahrheit kannte.“

Gemma schluckte. Nun, das erklärte eine Menge. Warum ständig Spannung zwischen ihr und ihrer Mutter gelegen hatte und warum nichts, was Gemma tat, um zu helfen, jemals etwas Gutes bewirkt hatte.

Juliet nickte gedankenverloren. „Ohne es zu merken, sind wir beide den Wegen gefolgt, die unsere Eltern uns gebahnt haben. Ich bezweifle sogar, dass sie selbst es bemerkt haben.“ Sie blieb stehen und wandte sich Gemma zu. „Ich glaube, sie wären entsetzt, wenn sie sehen könnten, was daraus geworden ist. Zumindest ich bin entsetzt.“

Verdammt, ihr kamen schon wieder die Tränen. Gemma wischte mit der Hand über ihre Augen. „Ich auch“, gab sie mit zittriger Stimme zu.

Juliet sah sie an, ihre Brust hob und senkte sich unter den Knöpfen ihres kamelhaarfarbenen Mantels. „Heute kommt es mir so dumm vor, dir böse gewesen zu sein, weil du keine Ahnung hattest, nie mit den Problemen belastet wurdest. Aber ich schätze, ich habe dich um dein verzaubertes Leben beneidet. Im Grunde hätte ich böse auf Mum sein sollen, aber sie wirkte so zerbrechlich und du so unverwüstlich.“

Gemma stieß einen langen Seufzer aus. „Ich wünschte nur, du hättest mir all das früher erzählt.“

Juliet nickte. „Das wünschte ich auch. Aber irgendwie hatte ich mir längst angewöhnt, dir nichts zu erzählen, und konnte dieses Muster einfach nicht überwinden. Aber jetzt kann ich sehen, was du mir schon ewig klarmachen wolltest: dass du eine fähige, selbstbewusste Frau bist, Gemma. Du hast es nicht nötig, dass ich dich vorm Leben beschütze. Du bist mehr als in der Lage, selbst damit fertigzuwerden.“

Gemma schluckte, ihre Augen hatten sich gerötet. „Danke. Aber ich habe auch zu dem Problem beigetragen, indem ich mich manchmal wie ein Kind benommen habe, weggelaufen bin und so getan habe, als wäre mir das alles egal, statt mich der Sache zu stellen. Und es ist mir nicht egal, Juliet. Das war es nie, und ich will nicht, dass es so endet, wie es jetzt ist."

Zu ihrer großen Erleichterung lächelte Juliet. „Deshalb bin ich heute gekommen. Ich möchte, dass wir beide einen Neuanfang wagen. Vielleicht können wir jetzt, wo wir unsere geschwisterliche Beziehung regelrecht pulverisiert haben, etwas Neues aufbauen. Ich möchte immer noch, dass wir Schwestern sind, aber auch, dass wir Freundinnen werden." Sie senkte den Blick und betrachtete angelegentlich ihre Stiefelspitzen. Dann aber hob sie den Kopf wieder und sah Gemma an. „Ich brauche dich, Gemma. Ich brauche dich wirklich."

Und Gemma stürzte sich förmlich auf ihre Schwester und riss sie in die kraftvollste Umarmung, die nur möglich war. Eine Umarmung, die seit Jahren darauf wartete, Wirklichkeit zu werden. Und jetzt, wo sie damit angefangen hatte, konnte sie anscheinend nicht mehr aufhören. Da war es nur gut, dass Juliet sie genauso fest an sich drückte.

Als sie sich schließlich voneinander lösten, lächelte Juliet. „Ich wollte dir danken – für alles, was du zu Weihnachten getan hast. Doris hat mir erzählt, was für ein Kunststück du am ersten Weihnachtstag vollbracht hast. Die Kinder machen einen sehr glücklichen, entspannten Eindruck, und das Haus war so wunderbar aufgeräumt."

Fragend runzelte Gemma die Stirn.

„Na schön, das Haus war nicht wirklich aufgeräumt, aber es war schon recht gut, wenn man bedenkt, dass ich bei meiner Rückkehr das totale Chaos erwartet hatte."

„Wie geht es den Kindern?", erkundigte sich Gemma. „Ich vermisse sie."

„Ich glaube, sie vermissen dich auch. Besonders zum Frühstück. Ich musste losziehen und einen ganzen Haufen Tortendeko kaufen."

Gemma war drauf und dran, sich dafür zu verteidigen, aber Juliet fügte rasch hinzu: „Das ist schon in Ordnung. Wirklich. Sie haben mir erzählt, dass du ihnen auch Obst zum Essen gegeben hast … Außerdem war Weihnachten. Egal. Violet hat sich übrigens mit Abby zerstritten – wegen eines Jungen, glaube ich –, die Jungs sind so überdreht, dass sie dringend wieder zur Schule müssen, und Polly ist schwer enttäuscht, dass ich nicht mit einer Tropenkrankheit nach Hause gekommen bin, sodass sie eine bahnbrechende Therapie entwickeln und die jüngste Nobelpreisgewinnerin werden konnte."

Gemma lachte in sich hinein, aber der Gedanke an die Kinder führte dazu, dass sie an Juliets Haus denken musste, und das wiederum hatte zur Folge, dass sie an das Haus nebenan denken musste ... Da sie nun schon so offen und ehrlich miteinander waren, gab es noch ein Thema, das sie dringend ansprechen musste.

Sie ließ den Blick über den Park schweifen. „Hast du mit Will gesprochen?", fragte sie bewusst leichthin.

Als sie Juliet wieder anschaute, war deren Gesichtsausdruck ein wenig strenger als vorher.

„Er war bei mir", erwiderte sie. „Um zu erklären."

Gemma nickte. Ihre Schwester war also noch nicht bereit, so weit zu gehen. Der Schmerz war noch zu neu, zu unverarbeitet, zu sehr mit all den anderen Dingen verhaftet, die in jener Woche geschehen waren. Die Wärme, die sie eben noch erfüllt hatte, schwand ein wenig. Vielleicht würde Juliet nie bereit sein. Aber sie hatte nun mal diese Wahl getroffen und musste damit leben, so schwer es ihr auch fiel. Es wurde Zeit, nicht länger zu drängen. Für einen Tag hatten sie schon genug geschafft.

„Also ... was war mit diesem Typen im Urlaub? Sag mir bitte, dass er wenigstens sehr, sehr sexy und attraktiv war."

Juliet errötete – etwas, was sie sonst nie tat –, und Gemma hätte fast in sich hineingekichert.

„Er ist Italiener."

Gemma fächelte sich Luft zu. „Das reicht."

Das Teehaus war nicht weit entfernt, und sie fasste Juliet am Arm und steuerte sie in diese Richtung. „Hast du Lust, mit mir eine Tasse Kaffee zu trinken und was sündhaft Kalorienreiches zu essen? Sie haben einen fantastischen Schokoladen-Käsekuchen."

Juliet musterte Gemma in ihrer Sportkleidung. „Ich dachte, du wärst auf einem Fitnesstrip?"

Gemma verzog das Gesicht. Egal! „Ach was, ich fange Montag damit an."

Juliet runzelte die Stirn. „Aber heute ist Montag."

„Na und? Dann eben nächsten Montag", gab Gemma zurück, und lachend betraten sie das Teehaus.

32. KAPITEL

Es war ein kalter, aber sonniger Tag mitten im Zentrum von Paris. Ein Sprechfunkgerät in der Hand, ging Gemma am Seineufer entlang und an der Absperrkette vorbei auf die Pont des Arts. An beiden Enden der stählernen Fußgängerbrücke unterhalb der Île de la Cité drängte sich eine Menschenmenge in der Hoffnung, einen Blick auf die beiden jungen Hollywoodstars werfen zu können, die hier eine Szene aus einer romantischen Komödie drehten.

Die beiden Stars, Ruby Coleman und Jared Fisher, sprachen mitten auf der Brücke mit dem Regisseur, denn als Nächstes sollte die große Wiedersehensszene am Schluss des Films gedreht werden. Gemma wartete geduldig darauf, dass sie ihre Diskussion beendeten. Derweil schaute sie sich um und überprüfte, ob auch wirklich alles nach Plan lief.

Neben den Schaulustigen, die sich an beiden Enden der Brücke drängten, gab es noch zwei große Gruppen von Komparsen. Es war nicht ganz einfach, echte Passanten zu engagieren, wenn gefilmt wurde. Deshalb neigte das Filmteam dazu, Leute anzuwerben, die dafür bezahlt wurden, sich natürlich zu geben. Da Gemma derzeit hauptsächlich an Filmen mitarbeitete, die über ein großes Budget verfügten, brauchte sie die Statisten zum Glück nicht selbst zu hüten. Sie hatte jemanden, der das für sie erledigte.

Mit einer Hand schirmte sie ihre Augen vor der grellen Wintersonne ab und blinzelte. Calvin, der Regisseur, schien ein sehr tiefschürfendes Gespräch mit Ruby und Jared zu führen. Vermutlich eine Variation des alten Themas: *Was ist meine Motivation?* Es konnte also noch eine Weile dauern. Gemma seufzte. Sie musste dringend mit ihm darüber reden, dass eine der anderen Schauspielerinnen eine Notfall-Zahnarztbehandlung brauchte. Das würde nämlich ihren Drehplan der nächsten Tage völlig über den Haufen werfen.

Sie blickte sich um und versuchte zu ignorieren, wie schön Paris im Januarsonnenschein wirkte. Den Fluss, der unter ihren Füßen dahinströmte, wollte sie nicht sehen, auch nicht die

Jugendstilarchitektur oder die uralten Kirchturmspitzen, die hinter den endlosen Reihen von Schornsteinen in den Himmel ragten. Es war schon schlimm genug, sich mit Liebeskummer in der Stadt der Liebe aufzuhalten, ohne dass ihr das ständig unter die Nase gerieben wurde.

Gott sei Dank war sie mehr als beschäftigt. Im Stadtzentrum zu filmen, war eine gewaltige Herausforderung, aber Gemma störte sich nicht daran. Ihr war dieser übersteigerte Wahnsinn sogar geradezu willkommen. Das ließ ihr keine Zeit zum Nachdenken, und das war gut. Denn immer, wenn ihr Geist nichts Besseres zu tun hatte, begab er sich auf denselben Weg, und dieser Weg führte unweigerlich zurück zu Will.

Wenn doch nur … Wieder und wieder dachte sie das. Wenn sie doch nur schon früher, als Juliet und Greg noch verheiratet waren, bemerkt hätte, wie er wirklich war. Wenn doch nur Juliets Italiener sich nicht als so ein Widerling entpuppt hätte und sie verliebt und drauf und dran, nach Italien auszuwandern, nach Hause gekommen wäre. Es gab tausend mögliche Szenarien, die ihr Geist durchspielen konnte. Nur helfen konnte ihr das alles nicht.

Juliet und sie waren gerade dabei, ihre Beziehung zueinander zu kitten, und wenn sie das jetzt ruinierte, dann gäbe es keine zweite Chance. Das wusste sie. Also blieb ihr nur, sich in Geduld üben. Sie musste beten und hoffen, dass das, was immer zwischen ihr und Will in Gang gekommen war, hielt, bis die Phase der Heilung überstanden war. Aber es gab so viel, das heilen musste. Das konnte Monate dauern, vielleicht sogar Jahre. Möglicherweise würde ihre Zeit nie kommen.

Sie eilte weiter und spähte erneut zu den drei Leuten mitten auf der Brücke hinüber. Jetzt mal im Ernst, warum dauerte das so lange? *Was ist deine Motivation? Du bist bis über beide Ohren in dieses Mädchen verliebt, und als du sie allein auf der Brücke stehen siehst, läufst du zu ihr und reißt sie in deine Arme.* Was konnte daran so schwer zu begreifen sein?

Endlich trennten sich die drei. Calvin kam zurück zu seiner Reihe Monitore, die von der Crew scherzhaft Videodorf genannt wurde, und Ruby und Jared nahmen ihre Plätze auf der Brücke ein. Gemma schlich sich an den Ersten Artdirector und den Regisseur heran, um einen günstigen Moment abzupassen. Manchmal machte es ihr Spaß, auf dem Set herumzulungern und zuzusehen. Aber das Liebesgeturtel, das heute abgedreht werden sollte, empfand sie als einfach nur deprimierend. Sie wollte hier weg, so schnell wie möglich zurück in die Sicherheit ihrer Basis auf dem Parkplatz.

Gemma beobachtete die Monitore, während die Schauspieler die Szene das erste Mal spielten. Ruby war einfach nur toll, durch und durch Profi, aber für Jared war es die erste Liebeskomödie. Er war eher an Actionfilme gewöhnt und einfach ins kalte Wasser geworfen worden, da ihnen diese Brücke nur für begrenzte Zeit zur Verfügung stand und sie deshalb das Filmende zuerst drehen mussten.

Ein Crewmitglied hinter ihr lachte in sich hinein. „Er läuft wie der Terminator", kommentierte er, woraufhin alle ihr Lachen hinter vorgehaltener Hand verbergen mussten.

Diesen Augenblick voller Ausgelassenheit genoss Gemma. In letzter Zeit gab es für sie nicht allzu viel zu lachen. Aber es stimmte, Jared rannte eher wie Bourne oder Bond und weniger wie ein Mann, der eine Frau in seine Arme schließen will. Und als er Ruby erreichte, wurde es sogar noch schlimmer. Der Kuss, den er ihr gab, wirkte hölzern und so, als wäre ihm das Ganze unangenehm. Arme Ruby.

Gemma hatte schon ein paarmal mit Calvin zusammengearbeitet, und sie kannte ihn gut genug, um zu sehen, dass er allmählich wirklich gestresst wirkte. Jetzt war vermutlich nicht der beste Augenblick, um ihn darüber zu informieren, dass Miranda eine Zahnkrone abgebrochen war. Vielleicht erzählte sie ihm das besser später.

Ihre Basis lag am anderen Ufer des Flusses, und sie gelangte schneller dorthin, wenn sie die Brücke überqueren und zu Fuß dorthin gehen konnte, als wenn sie mit dem Wagen den Umweg über die nächste Brücke nahm, was sie auf dem Hinweg getan hatte. Also wartete sie, bis die nächste Einstellung abgedreht war.

Als Calvin aufstand, um noch einmal mit Jared zu reden, folgte sie ihm, um über den Fluss zu gelangen, bevor weitergedreht wurde.

Gerade war sie an den Schauspielern und dem Regisseur vorbei, als sie jemanden ihren Namen rufen hörte. Sie drehte sich um, runzelte die Stirn, konnte aber nicht erkennen, wer gerufen hatte. Mist. Das war vermutlich Charlie, der Artdirector. Warum er nicht das Funkgerät benutzte, würde sie nie begreifen. Ihre Schultern sanken herab. Jetzt würde sie zu den Monitoren zurückgehen müssen und dabei die Gelegenheit verpassen, die Brücke zu überqueren, bevor der Dreh wieder aufgenommen wurde. Vielen Dank, Charlie.

Sie drehte sich um und eilte zurück zu ihm, aber dann hörte sie es wieder.

„Gemma!“

Diesmal kam der Ruf definitiv von hinten. Sie drehte sich erneut um und versuchte zu erkennen, welcher Katastrophenfall jetzt eingetreten war.

Genau in diesem Moment brach einer der Statisten aus und rannte los. Ach herrje, das war die sicherste Methode, gefeuert zu werden. Was zum Teufel hatte der Kerl vor?

Und sie konnte immer noch jemanden ihren Namen rufen hören.

Dann wurde es noch bizarrer. Im selben Moment, als ein Sicherheitsmann dem Statisten nachsprintete, erkannte sie, dass sich dessen Mund bewegte. Und dann fiel ihr auf, dass das Rufen zu den Lippenbewegungen des Mannes passte.

In diesem Augenblick wurden ihr die Knie weich, denn jetzt erkannte sie, wer da rannte und ihren Namen rief. Kein gesichtsloser Statist lief auf sie zu, sondern Will.

Schaulustige am Ende der Brücke hatten jetzt offenbar bemerkt, dass irgendwas im Gange war, denn sie hörte Jubeln. Sie wollte selbst losrennen, aber ihre Beine versagten ihr den Dienst, ihre Lunge ebenso, und deshalb stand sie einfach da und sah hilflos zu, wie er auf sie zusprintete.

Als er nur noch ein kurzes Stück entfernt war, wurde er langsamer, und die letzten Schritte ging er. Gemma drückte eine Hand auf ihre Brust. Sie musste sich hinsetzen. Sofort. Bevor sie einfach umkippte. Er wirkte so unglaublich ernst.

„Als Erstes möchte ich wissen, ob dir irgendwer hier auf dem Filmset zu nahe getreten ist."

Sie schüttelte den Kopf.

„Gut", sagte Will mit strenger Miene. „Denn wenn jemand dich auf einem Filmset befummelt, dann bin ich das. Und ich fange sofort damit an", fügte er hinzu.

Und dann konnte sie nur noch denken, was für ein herrliches Gefühl es war, in seinen Armen zu liegen und seine Lippen auf ihren zu spüren. „Was …? Wie …?", murmelte sie zwischen ihren Küssen.

Nur zögernd löste Will sich von ihr, um sie anzusehen. „Juliet hat mich gestern aufgesucht. Sie sagte, sie habe erkannt, dass sie eher an einem Fall von verletztem Stolz leidet als an gebrochenem Herzen."

In Gemmas Bauch begannen Schmetterlinge zu flattern. „Was bedeutet das?", wollte sie wissen, krallte sich in seinen Mantel und klang dabei mehr als nur ein bisschen verzweifelt.

Langsam, so wie die Sonne sich zwischen Wolken hervorschiebt, stahl sich ein Lächeln auf seine Lippen. „Das heißt, sie gibt uns ihren Segen."

Schon oft hatte Gemma Witze darüber gerissen, Juliet sei schon fast eine Heilige. Aber jetzt begann sie zu glauben, sie selbst wäre so etwas wie eine Prophetin. Das hatte Juliet getan? Für sie? Tränen schossen ihr in die Augen.

Mit den Fingern strich sie Will über die Wangen, streichelte seine Schläfen, wagte kaum zu glauben, dass sie ihn wirklich berührte. Hatte ihre Schwester eine Ahnung, welch ein Geschenk sie ihr damit machte? Hatte sie jemals begriffen, wie wunderbar dieser Mann war? Es war ihr vollkommen egal, dass er nicht das große Geld verdiente und den ganzen Tag auf Filmsets herumrannte. Will war stark und vertrauenswürdig, tapfer und ehrbar. Für sie klang das ganz entschieden nach einem Helden. Und jetzt hatte er obendrein bewiesen, dass er auch verrückt und impulsiv sein konnte. Offenbar hatte sie den Jackpot geknackt.

„Wie … wie bist du hierhergekommen?“

„Eurostar“, gab er mit schelmisch blitzenden Augen zurück.

Sie boxte ihn leicht gegen den Arm. „Ich meine aufs Set. Die Sicherheitskräfte nehmen ihren Job sehr ernst.“

Stolz grinste er sie an. „Es ist mir gelungen, ein paar Leute zu bezirzen, meine kreativen Fähigkeiten zu nutzen und zur richtigen Zeit am richtigen Ort zu sein. Ich glaube, du färbst auf mich ab.“

„Du bist verrückt“, sagte sie, sah sich um und begriff, dass sie den Dreh aufhielten und jeder ihrer Küsse vermutlich mehrere Tausend Dollar gekostet hatte. „Hättest du nicht einfach anrufen können?“

Energisch schüttelte er den Kopf. „Nein.“

„Obwohl ich von dir fortgelaufen bin?“

Ihr Selbstvertrauen geriet ein wenig ins Wanken, als sie das sagte, denn genau das hatte sie getan, sie war fortgelaufen. Sie hatte nicht versucht, um ihn zu kämpfen, bei ihm zu bleiben.

„Du bist nicht fortgelaufen, weil du Angst hattest“, erklärte Will, und sein warmer Blick traf sie. „Du musstest es tun. Zumindest dachtest du das. Du hast dich selbstlos und großzügig verhalten. Dadurch habe ich noch mehr erkannt, wie wundervoll du bist.“

Gemma wollte etwas erwidern, musste aber feststellen, dass ihr die Kehle zugeschwollen war und ihr selbst das Schlucken schwerfiel, geschweige denn das Reden.

„Und es gibt nur eines, was man tun kann, wenn eine Frau wie du vor einem Mann davonläuft.“

„Und das wäre?“, brachte sie mühsam hervor.

Will schenkte ihr das überwältigendste und attraktivste Lächeln, das sie je an ihm gesehen hatte. „Man läuft ihr nach.“ Und dann beugte er sich vor und gab ihr noch einen dieser umwerfenden Küsse. Gemma schätzte, dass allein dieser mindestens eine Million wert war.

Wenige Meter entfernt beobachteten ein Regisseur und seine zwei Hauptdarsteller die Szene, die sich ihnen bot, mit großem Interesse. Ruby lächelte, aber Jared wirkte ein wenig fassungslos.

„Wer sind die Leute?“, erkundigte er sich, obwohl er schon seit einer Woche mit Gemma zusammenarbeitete und sie wirklich hätte kennen müssen.

Calvin trat auf seinen männlichen Hauptdarsteller zu und bohrte ihm seinen Zeigefinger in die Brust. „Mach dir darüber keine Gedanken. Sieh einfach hin und mach dir Notizen, Freundchen, denn genau *davon* rede ich die ganze Zeit …“

EPILOG

Heiligabend war in diesem Jahr kalt und frostig und bedeckte das Dach von Juliets Haus mit einem Hauch von Glitzer. Drinnen hingen halbe Nadelwälder, und die Terrasse schmückten weiße Lichterketten. Juliet hörte, wie ein Auto auf die Kieseinfahrt fuhr, und ging lächelnd zur Haustür, um zu öffnen. Mit unendlich vielen Einkaufstüten beladen, kämpfte Gemma sich aus ihrem Wagen und begrüßte sie lautstark.

Drinnen ließ sie die Tüten einfach fallen, und die zwei Schwestern lagen sich in den Armen.

„Wie war es in Finnland?", fragte Juliet.

„Schön, aber sehr, sehr kalt. Gott sei Dank nehme ich den Job in der neuen Produktionsfirma an, denn ich glaube, allmählich werde ich zu alt dafür, hinter Filmstars herzurennen. Bisher bin ich gut damit klargekommen, aber mittlerweile ertappe ich mich dabei, dass ich ihnen am liebsten eine runterhauen und ihnen sagen würde, sie sollen sich endlich zusammenreißen."

Juliet wartete, während Gemma ihren Mantel ablegte und ihn an die Garderobe unter der Treppe hängte. Die Kinder hatten sie offenbar gut erzogen, als sie letztes Jahr hier gewesen war. „Weißt du schon, wann du dort anfängst?"

„Anfang Februar. Ich kann es kaum erwarten. Sie haben Büros in Soho angemietet. Das wäre sogar an den Nahverkehr angebunden."

„Das trifft sich gut, wenn du nebenan einziehst", sagte Juliet ruhig.

Gemma wirkte so geschockt, dass Juliet beinahe gelacht hätte.

„Erst mal gewöhnen wir uns daran, im selben Land zu leben, Schwesterherz. Ein Schritt nach dem anderen. Niemand möchte, dass ausgerechnet in Tunbridge Wells der nächste Weltkrieg ausbricht."

Juliet lächelte nur, dann schaute sie erst zum Teekessel und dann zum Kühlschrank hinüber. „Tee oder Wein?"

Gemma lehnte sich gegen die Küchentheke. „Nach der Bemerkung ... Wein. Ganz eindeutig."

Während Juliet ihnen beiden ein Glas einschenkte, plauderten sie und gingen dann ins Wohnzimmer hinüber, wo die Kinder sich auf dem Sofa lümmelten und einen Film ansahen.

„Tante Gemma!“, schrien Josh, Jake und Polly und stürzten sich auf sie. Juliet hatte gerade noch genug Zeit, ihr das Weinglas abzunehmen, bevor sie alle an ihrer Tante hingen und sie auf das Sofa warfen.

„Jungs“, protestierte Gemma. „Ich habe euch schon mal gesagt: Auf mir wird nicht herumgehüpft.“

Die Zwillinge hörten auf. Nach einer Weile. Als Gemma sie alle geküsst und ihnen versichert hatte, sie habe Geschenke mitgebracht, ließen sie zu, dass sie sich zumindest so weit von ihnen befreite, um sich aufsetzen zu können. Juliet reichte ihr das Weinglas zurück, während sie sich im Wohnzimmer umsah.

„Was ist aus dem Spieleabend geworden?“, fragte sie stirnrunzelnd.

„Nun, Violet ist bis halb neun mit ihren Freundinnen unterwegs, und wir haben dieses Jahr etwas weniger … Stressiges … geplant.“ Sie warf Gemma einen verlegenen Blick zu. „Weißt du, manche Traditionen haben ein Verfallsdatum, und die Kinder wollten mal was anderes tun.“

„Und das wäre?“

„Film gucken und Pizza essen.“ Sie griff nach dem Faltblatt des Lieferdienstes, das auf dem Kaffeetisch lag. „‚Weihnachtspizza‘, haben die Kinder gesagt, aber ich finde sie einfach nicht.“

„Ah“, meinte Gemma.

Juliets Stirn legte sich in noch tiefere Falten. Diesen Gesichtsausdruck kannte sie doch. „Nun sag schon.“

Ihre Schwester gab sich Mühe, so unschuldig wie nur irgend möglich zu gucken. „Die haben wir uns letztes Jahr ausgedacht. Es ist eine einfache Peperonipizza mit ein paar … weiteren Zutaten.“

Streng zog Juliet eine Braue in die Höhe. „Als da wären?“

„Rudolf-Rentier-Nasen?“, meinte Gemma hoffnungsvoll.

Schon war Juliet sich nicht mehr sicher, ob sie überhaupt wissen wollte, womit diese Pizza belegt wurde. „Bitte sag mir, dass das Kirschtomaten sind.“

Gemma schüttelte den Kopf.

„Wir haben festgestellt, dass kandierte Kirschen viel besser passen“, mischte Polly sich ein.

Gemma nahm ihre Nichte in den Schwitzkasten und flüsterte ihr ins Ohr, laut genug, damit Juliet es hören konnte: „Danke dafür, Polls. Ich wollte es deiner Mum schonend beibringen.“ Polly kicherte nur und entschlüpfte Gemmas Griff.

Juliet kämpfte immer noch gegen den Drang zu schaudern. Igitt. Allein schon der Gedanke reichte, um ihr den Appetit auf Pizza völlig zu verderben. Andererseits, es war schließlich Weihnachten …

„Dann lauft und seht nach, ob Kirschen in der Speisekammer stehen“, wandte sie sich an die Kinder, und sie rannten kreischend davon.

Gemma nahm einen großen Schluck Wein und sah ihre Schwester an. „Na schön, klär mich auf … Wann müssen wir morgen früh hoch, um das Essen vorzubereiten?“

Aufseufzend ließ Juliet sich in einen Armlehnstuhl sinken. „Nicht zu spät“, meinte sie. „Etwa halb vier.“

Gemma hätte fast ihren Wein wieder ausgespuckt. „Halb vier! Der verdammte Truthahn muss ja so groß sein wie ein Grizzly.“

Juliet schüttelte den Kopf. „Aber nein, doch nicht für den Truthahn. Um die Zeit fangen wir an, den Pfau zu füllen.“

Gemma starrte sie einfach nur an.

Und Juliet konnte sich nicht länger beherrschen. Sie begann zu kichern. „Gib zu, du hast es tatsächlich geglaubt.“

Ihre Schwester schüttelte den Kopf. „Dafür sollte ich mein Angebot, dir zu helfen, zurückziehen.“

„Zu spät. Du musst dich um die Brotsauce kümmern. Und möglicherweise um die Füllung. Ich wollte dich eigentlich Gemüse putzen lassen, aber die Kinder haben mich angebettelt, sie das machen …“

Sie unterbrach sich, als es an der Tür klingelte. „Das ist nicht der Pizzabote“, erklärte sie Gemma. „Der hat gesagt, er wäre frühestens in einer Viertelstunde da.“

Augenblicklich schoss Gemma von ihrem Sofa und rannte zur Haustür. Juliet sah ihr lächelnd nach. Einen Monat lang war ihre Schwester am Set gewesen – für ihren letzten großen Film. Trotzdem war sie zuerst zu ihr gekommen, statt nach nebenan zu gehen. Das wollte etwas heißen.

Sie beschloss, ihr nicht zu folgen, um ihren zweiten Gast zu begrüßen, denn ihr war klar, dass Will und ihre Schwester bestimmt einen Augenblick für sich allein haben wollten. Sie waren immer noch komplett ineinander vernarrt. Und sie taten einander so gut. Will lächelte viel häufiger, und er hatte seine leicht altmodische Art verloren. Und Gemma? Nun ja, Gemma war immer noch die Alte, aber sie wirkte glücklicher, geerdeter.

Als die beiden schließlich ins Wohnzimmer kamen, stand Juliet auf, um Will einen Willkommenskuss zu geben. Gemmas Wangen waren leicht gerötet, und ihre Augen funkelten. Auch Will wirkte so glücklich, dass er einfach den Blick nicht von Gemma wenden konnte. Es war unübersehbar, dass er sie liebte.

Juliet nippte an ihrem Wein und lächelte in sich hinein. Letztes Jahr war sie die Schwester gewesen, die zu Weihnachten einen Ring bekam. Aber ihr Gefühl sagte ihr, dass dieses Jahr womöglich Gemma an der Reihe war.

Und wo sie jetzt sowieso schon daran dachte …

Sie wandte sich an ihre Schwester. „Ich möchte dich um einen Gefallen bitten."

Gemma lächelte sie an. „Was immer du willst."

Juliet schaute in ihr Weinglas. „Ich frage mich, ob du für Silvester schon irgendwelche Pläne hast? Ich brauche nämlich eventuell einen Babysitter."

Gemma ließ sich auf den Stuhl ihr gegenüber fallen und beugte sich vor. „Der Typ? Dieser stattliche Sportlehrer? Er hat sich endlich mit dir verabredet?"

Juliet biss sich auf die Unterlippe. „Offen gesagt habe ich mich mit ihm verabredet."

Gemma riss die Augen auf. Dann lachte sie in sich hinein. „Na also, du kannst es doch", sagte sie anerkennend.

Juliet lächelte nur.

– ENDE –

Original-
ausgabe

Petra Schier

Kleines Hundeherz
sucht großes Glück

Eine warme Küche und zwei Menschen, die ihn umsorgen – so stellt sich der kleine zerzauste Mischlingshund Amor das Glück vor!
Doch werden seine Weihnachtswünsche wahr?

Band-Nr. 25880

9,99 € (D)

ISBN: 978-3-95649-242-6

eBook: 978-3-95649-496-3

304 Seiten

Susan Mallery

Apfel, Kuss
und Mandelkern

Noelle liebt die Weihnachtszeit und hat sich einen großen Traum erfüllt: Ihr eigenes Geschäft für Weihnachtsdekoration. Als Gabriel anbietet auszuhelfen, wagt sie kaum zu hoffen, dass sich noch ein anderer Traum erfüllt …

Band-Nr. 25881

9,99 € (D)

ISBN: 978-3-95649-243-3

eBook: 978-3-95649-497-0

304 Seiten

Deutsche
Erstveröffent-
lichung